总主编 张西平 全慧

白晋文集

第三卷

白晋使法行记

〔法〕白晋 著

〔德〕柯兰霓 编

张放 王晓丹 彭萍 译

商务印书馆
The Commercial Press
创于1897

Joachim Bouvet,S. J.

JOURNAL DES VOYAGES

Editied by Claudia von Collani

本书由北京外国语大学比较文明与
人文交流高等研究院、中国文化走出去
协同创新中心、中华文化国际传播研究院资助出版

北京外国语大学"双一流"建设重大标志性项目
"文明互鉴：中国文化与世界"
（2021SYLZD020）研究成果

国家社科基金重大项目
《17—18世纪西方汉学的兴起》
（22&ZD229）阶段性成果

白晋墓碑，现藏于北京石刻艺术博物馆"耶稣会士墓碑区"（全慧 摄）

总　序

张西平　　全慧

　　白晋（Joachim Bouvet, 1656—1730），字明远[①]，是首批由法国国王路易十四派往中国的五名耶稣会传教士中的一员，1687年来华，终老于北京，葬于正福寺墓地（旧称北堂墓地或法国人墓地）。[②]由于在多方面的开创之功，故应被称为中法文化交流的开拓者、中欧思想交流的探索者。

　　对明清之际来华的传教士研究应放在1500—1800年的历史大背景下来理解。

　　今天的世界成为一个世界，各个民族和国家真正开始作为全球的成员，参与世界的活动，全世界在经济和文化上构成一个整体。这一切都源于16世纪的地理大发现。[③]"各个相互影响的活动范围在这个发展过程中愈来愈扩大，各民族的原始闭关自守状态则由于日益

---

① 《康熙与罗马使节关系文书》及梵蒂冈教廷图书馆藏有关白晋研读《易经》等文献中又称"白进""博津"等名。
② 原正福寺的包括白晋在内的36座法国来华传教士的墓碑，现藏于北京石刻艺术博物馆。
③ 马克思在《共产党宣言》中说："美洲的发现、绕过非洲的航行，给新兴的资产阶级开辟了新的活动场所。"（《马克思恩格斯选集》第一卷，人民出版社1972年版，第252页。）；恩格斯在《反杜林论》中说："伟大的地理发现以及随之而来的殖民地的开拓使销售市场扩大了许多倍，并且加速了手工业向工场手工业的转化。"（《马克思恩格斯选集》第三卷，第313页。）

完善的生产方式、交往以及因此自发地发展起来的各民族之间的分工而消灭得愈来愈彻底，历史就在愈来愈大的程度上成为全世界的历史。"① 对明清史的研究必须置于地理大发现这一背景下。

由葡萄牙、西班牙开启的地理大发现的历史过程也是西方人用刀和火耕种这个世界的过程，地理大发现的历史同时也是西方殖民史开始的历史，拉丁美洲的血管由此被切开，葡萄牙从西非海岸贩卖奴隶也由此开始。② 当葡萄牙从印度洋来到中国南海，西班牙从太平洋来到中国近邻菲律宾，中国与欧洲在晚明相遇。

葡萄牙和西班牙在中国南海合围时，它们面对着一个有着悠久文明且十分强大的中国，同时中国在与它们的接触中开始利用西方人所开启的全球化网络，向世界展示自己的文明与文化。从全球史来看，晚明至清中期（1500—1800）的中西接触中，中国是以独立、强大的国家形象展现在世界舞台的。这一期间在中国与世界的互动中，中国处在中心和主动地位，这与晚清是完全不同的。

中国与葡萄牙在新会西草湾之战，葡萄牙船队大败。这是葡萄牙国王曼努埃尔一世海外扩张过程中遭遇的第一次军事挫折，也是近世中国与欧洲人的第一次小规模战争。③ 此后葡萄牙人在浙江沿海的双屿岛与华人海盗许二（许栋）、李光头及倭寇勾结，势力越来越大，以致无法无天，成为"福兴诸府沿海患"。朱纨遂命海道副使沈瀚及把总俞亨率福建兵船对双屿围剿，赶走葡萄牙人，填塞双屿港。

---

① 《马克思恩格斯选集》第一卷，第51页。
② 参见〔日〕布留川正博《奴隶打造帝国：征服、殖民、剥削，从奴隶船看资本主义的喋血贸易》，张萍译，（台湾）智富出版有限公司2021年版；高岱、郑家馨《殖民主义史：总论卷》，北京大学出版社2003年版；郑家馨主编《殖民主义史：非洲卷》，北京大学出版社2000年版。
③ 参见汤开建《胡琏其人与西草湾之战》，《明代澳门史论稿》（上），黑龙江教育出版社2012年版，第37—65页。

这是明军第二次与葡萄牙人交锋。嘉靖二十八年（1549）走马溪一战，第三次与葡军交锋，大胜葡军，抓葡人 16 名，奴隶 46 名，华人海盗 112 人，至此"全闽海防，千里肃清"。1554 年，葡萄牙船长索萨（Leonel de Sousa）与广东海道副使汪柏达成口头协议，允许葡萄牙商人进入广州及附近岛屿贸易。1557 年，葡萄牙人因协助明军消灭海盗，广东镇抚默许葡萄牙人居住澳门，1582 年居住在澳门的葡萄牙人得到两广总督的许可，澳门成为中国政府管辖下的中西文化交流的城市。[①]

　　中西关系在明清之际与在晚清是完全不同的，目前许多人一谈起中国与世界的关系都是在讲晚清，实际上晚明至清中前期近三百年也是值得重视的。这一时期中国在与世界的交往中，绝不是处在"野蛮的、闭关自守的、与文明世界隔绝的状态"[②]，相反晚明至清中前期的"中国看起来跟世界上其他任何发达地区一样'发达'，无论是以农业生产力的水平，制造业与市场的复杂程度，还是以消费水平来衡量都是如此。中国家庭也在控制其规模，并能根据变化的经济机会做出相应调整，当这些机会减少时便限制家庭规模，以维持消费水平高于基本生活所需；功能的专业化促成了市场和高度商业化经济的出现；覆盖甚广的、以水路为基础的运输系统，确保了商品和人员在帝国内部的有效流动"[③]。把明清时期的中国一概说成是"木乃伊式的国家"完全是对全球化早期的知识不足与偏见。

---

① 参见汤开建《澳门开埠初期史研究》，中华书局 1999 年版；万明《中葡早期关系史》，社会科学文献出版社 2001 年版。

② 《马克思恩格斯选集》第一卷，人民出版社 2012 年版，第 779 页。

③ 参见 Robert B. Marks, *The Origins of the Modern World: A Global and Ecological Narrative from the Fifteen to the Twenty-first Century,* 2nd ed., Laham: Rowman & Littlefield Publishers, Inc., 2007, p. 106.

这就是说，从晚明到清乾隆年间，中国在与西方的文化关系中处于主动地位，这与西方在非洲和拉丁美洲的殖民历史是完全不同的。此时来华的传教士也和晚清以后来华的传教士有着重要的区别，前者在中国明清政府的管理之下展开活动，成为中西文化交流的桥梁，后者则是在不平等条约背景下展开传教活动。[①] 所以，不能以晚清来理解明清之际。1500—1800 年是人类历史上少有的中华文明与欧洲文明和平交流的三百年，这是人类文明史的重要学术遗产。白晋就是这一时期法国来华耶稣会士的重要代表。

首先，白晋在中西关系史上扮演过重要角色，经历了几次重大事件：他来华传教是奉法王路易十四之命，此事件结束了葡萄牙人垄断对华传教事业的历史；1693 年，他奉康熙皇帝命令回法招募新的传教士，开中国政府与法国使节外交之先河；1698 年返华时，他不仅带回十名新的耶稣会士，更积极促成商船"安菲特里特号"（Amphitrite）的航行，这在当时也是一项历史突破。

其次，在中西文化交流史上，白晋作为集"西学东渐"和"中学西渐"两大"任务"于一身的学者，无论从著作数量与分量，还是从思想深度来看，他在耶稣会中，甚至在整个明清中西文化交流史中都独树一帜：作为康熙的近臣，他和张诚一起给康熙及皇子们传授西方数学、医学等自然科学知识；另一方面也将中国的文化、中医、风俗、儒家经典乃至清廷政治与政体等介绍到了西方，成为推动"中学西传"的重要人物。同时，他精研《易经》，试图借此打通中西宗教哲学思想，发展出令人耳目一新甚至过于大胆的"索隐主义"（figurism）。作为索隐派"先生"的他所带领的团队，留下了

---

① 整体上，晚清来华的传教士是在中国半殖民历史背景下展开各类历史活动的，尽管他们也为中国带来了西方新的科技和文化，有一定的贡献，但他们只是充当了历史的不自觉的工具。

近千页的探索中西文化会通之道的手稿，成为中欧初识时代思想交流史的珍贵文献。

　　在向欧洲介绍中国的过程中，他有三项贡献最为人所乐道：一是作为康熙敕使返回法国时期进献给法王的《中国（康熙）皇帝历史画像》（*Portrait historique de l'empereur de la Chine*），向欧洲全面介绍了中国当时的君主，多有褒扬，引起极大反响，并在客观上影响了欧洲18世纪"中国热"的历史进程；二是向欧洲介绍中医及其亲自参与的中国历史上最早最科学的全国地图《皇舆全览图》的测绘工作；三是向欧洲宣传、译介《易经》，并通过自己的研究，与当时欧洲最重要的思想家之一莱布尼茨直接交流，成就一段佳话，同时也引出二进制之"中源"说的历史误会。

　　如此丰富而具有戏剧性的人生经历，难怪会引起一代又一代不同领域的学者们的兴趣。

20世纪以来的白晋研究

　　西方学者对白晋的研究一直保持较浓厚的兴趣，因为占有材料优势（相关中西文材料皆多藏于欧洲），故这项研究开展远较中国早，并已取得不菲的成就。20世纪以来，除宗教界学者费赖之（Louis Pfister）[①]、裴化行（Henri Bernard 或 Bernard-Maitre）、荣振华

[①]　Louis Pfister, *Notices biographiques et bibliographiques sur les Jésuites de l'ancienne mission de Chine (1552–1773)*, Shanghai: Imprimerie de la Mission Catholique, 1932. 此著作有两个中文译本：冯承钧译《在华耶稣会士列传及书目》（中华书局，1995）和梅乘骐、梅乘骏译《明清间在华耶稣会士列传（1552—1773）》（天主教上海教区光启社，1997）。

（Joseph Dehergne）①、德礼贤（Pasquale D'Elia）②等将其作为天主教中国传教史的重要人物进行了多方面的基础性介绍之外，还有多位学者在白晋研究中投入了较多的精力，有不少学者将其思想纳入他们的研究体系中，其中颇有影响的如下：

法国学者毕诺（Virgile Pinot）在 1932 年出版了博士论文《中国对法国哲学思想形成的影响（1640—1740）》（*La Chine et la Formation de l'Esprit Philosophique en France (1640-1740)*），1971 年再版，该书影响十分深远。白晋等人的索隐派理论在这本书中得到了充分的展现，毕诺从历史上最早的索隐派中找到了白晋等人的思想根源，同时指出这一派别最初的目的是为了维护《圣经》的真实性和权威性，至于后来越走越远的倾向则没有过多论述。也是他首先将莱布尼茨、培尔（Pierre Bayle）、弗雷列（Nicolas Fréret）等人作为深受耶稣会士影响的人物提出来，并辅以充足的论据证明他们思想的发展脉络。

美国学者罗伯塔姆（Arnold H. Rowbotham）著有《传教士与官员：中国宫廷里的耶稣会士》（*Missionary and Mandarin: the Jesuites at the Court of China*）一书，此后还发表过多篇相关论文，例如1944 年的《儒教对 17 世纪欧洲的冲击》（The Impact of Confucianism on Seventeenth-Century Europe）、1950 年的《中国在〈论法的精神〉中之作用：论孟德斯鸠与傅圣泽》（China in the *Esprit des Lois*: Montesquieu and Mgr. Foucquet），以及 1956 年载于《思想史杂志》（*Journal of the History of Ideas*）第 17 卷的《索隐派耶稣会士与 18

---

① 荣振华著有《1552—1800 年入华耶稣会士汇编》（*Répertoire des Jésuites de Chine de 1552 à 1800*, Roma: Institutum Historicum S.I./Paris: Letouzey & Ane, 1973），并撰写数篇关于白晋的论文，如《康熙派往路易十四的一位使节——白晋神父》（Un envoyé de l'Empereur K'ang-hi à Louis XIV: Le Père Joachim Bouvet (1656-1730)）和《道教主义的耶稣会史学家》（Les Historiens Jésuites du Taoisme）等。

② 德礼贤著有《中国天主教传教史》，商务印书馆 1934 年版。

世纪的宗教》（Jesuit Figurists and Eighteenth-Century Religion）。其论著多以索隐派为一个整体，对其中的个人并没有太多的个案分析。

法国学者盖蒂女士（Janette C. Gatty）可以说是"发现"白晋神父之独立价值的第一人，她于 1963 年出版的《白晋神父的暹罗之行》（Voiage de Siam du Père Bouvet，即本文集第一卷《白晋暹罗游记》之底本）一书，是迄今发现最早的专论白晋的著作，同时论及法国耶稣会士传教区在中国之发轫，书中有长达数十页的参考书目与信件，是作者多年搜寻的成果。1974 年，她在法国尚蒂伊（Chantilly）的汉学研讨会上发表《白晋研究》（Les Recherches de Joachim Bouvet）一文，这是一篇珍贵的资料汇编。作者将巴黎国家图书馆、巴黎外方传教会档案馆、罗马国家图书馆、梵蒂冈教廷图书馆、罗马耶稣会档案馆、巴黎耶稣会档案馆等地所藏白晋的手稿进行了整理，从中挑出她认为最能反映白晋思想的专著和论文 53 篇，信件 62 封，都配有简短介绍。

澳大利亚学者鲁尔（Paul A. Rule）于 1972 年出版了《孔子，还是孔夫子？耶稣会士对儒学的诠释》（K'ung-tzu or Confucius? The Jesuit Interpretation of Confucianism）一书，也成为后来者频繁引用的一部著作；他还曾发表《耶稣会士的儒学诠释》（The Confucian Interpretation of the Jesuits）等文章。

耶稣会士魏若望（John Witek）于 1982 年在耶稣会历史研究所出版社（Jesuit Historical Inst.）出版专著《耶稣会士傅圣泽神甫传：索隐派思想在中国及欧洲（1665—1741）》（Controversial Ideas in China and Europe: A Biography of Jean-François Foucquet, S. J. (1665-1741)）。该书承上启下，在分析了前人对于这一小派别的研究多集中于整体、笼统性的叙述后，提出应当将其区别对待，毕竟白晋、傅圣泽、马若瑟（Joseph de Prémare）的思想并不完全一致，甚至多有冲突矛盾之处。此书业已成为研究索隐派及其主要参与者的必读之书。

德国学者柯兰霓女士（Claudia von Collani）在 1985 年以德文发表了博士论文《白晋的生平与著作》（*Joachim Bouvet S. J.: Sein Leben und Sein Werk*），对索隐派的历史进行钩沉，以索隐派思想作为全书的线索，在此基础上详细介绍了白晋的生活经历、思想历程，及其主要思想观点。柯兰霓早在 1982 年便在《中国传教研究（1550—1800）》（*China Mission Studies (1550-1800) Bulletin*）杂志上以英文发表过《欧洲人眼中的中国索隐派》（Chinese Figurism in the Eyes of European Contemporaries）一文，同一时期还发表过德文的《来华传教团中的索隐派人士》（Die Figuristen in der Chinamission）。柯氏一直在孜孜探索，随后又有不少相关成果问世：1987 年在《传教学新杂志》（*Neue Zeitschrift für Missionswissenschaft*）第 43 期发表《一封来自入华传教士的信：耶稣会士白晋关于福建宗座代牧主教颜珰之委任》（Ein Brief des Chinamissionars P. Joachim Bouvet S. J. zum Mandat des Apostolischen Vikars von Fu-kien, Charles Maigrot MEP）；1989 年在《莱布尼茨研究副刊》（*Studia Leibnitiana Sondrheft*）第 18 期发表《中国的科学院：耶稣会士白晋关于中国文化、语言和历史之研究致莱布尼茨和比尼翁的信》（Eine wissenschaftliche Akademie für China. Briefe des Chinamissionars Joachim Bouvet S. J. an Gottfried Wilhelm Leibniz und Jean-Paul Bignon über die Erforschung der chinesischen Kultur, Sprache und Geschichte）；1992 年在《中西文化交流丛刊》（*Sino-Western Cultural Relations Journal*）第 14 期发表《耶稣会士白晋关于象形文字的两封信》（Zwei Briefe zu den figuristischen Schriften Joachim Bouvets S. J.）；1993 年在《华裔学志》（*Monumenta Serica*）第 41 期发表《明朝史中的利玛窦：耶稣会士白晋 1707 年致安多的报告》（Matteo Ricci in der

Chronik der Ming-Dynastie. Der Bericht Joachim Bouvets S. J. an Antoine Thomas S. J. aus dem Jahre 1707）；2000 年在《从开封到上海：中国的犹太人》论文集中发表《中国的喀巴拉》（Cabbala in China）一文；2005 年整理出版了白晋从中国出使法国途中的日记《耶稣会士白晋神父：旅行日记》（*Joachim Bouvet, S. J. Journal des voyages*，即本文集第二卷《白晋使法行记》之底本）；2007 年在《华裔学志》第 55 辑发表《西方与〈易经〉的首次相遇》（The First Encounter of the West with the *Yijing*. Introduction to and Edition of Letters and Latin Translations by French Jesuits from the 18th Century）；2022 年，其新作《天道的原意（天学本义）：白晋（1656—1730）在中国的早期传教神学：拉丁文版本分析、转写与翻译》（*Der ursprüngliche Sinn der Himmelslehre (Tianxue benyi): Joachim Bouvets (1656–1730) frühe Missionstheologie in China: Analyse, Transkription und Übersetzung der lateinischen Fassungen*）出版。就白晋研究而言，柯兰霓女士可称得上是当今西方学者中的第一人。

已故丹麦汉学家龙伯格（Knud Lundbaek）先于 1988 年出版《中国铭文的传统历史：一位十七世纪耶稣会士的手稿》（*The Traditional History of the Chinese Script: From a Seventeenth Century Jesuit Manuscript*），继而在 1991 年发表了《耶稣会士马若瑟：中国的语言学与索隐派》（*Joseph de Prémare, S. J. 1666–1736: Chinese Philology and Figurism*），该书附有令人信服的诸种中外文资料。

此外，法国学者考狄（Henri Cordier）、安田朴（René Etiemble）、谢和耐（Jacques Gernet），美国学者孟德卫（David E. Mungello），加拿大裔韩国学者郑安德，日本学者后藤末雄，德国学者魏丽塔（Rita von Widmaier）等人的成果也曾或多或少涉及白晋或索隐派研究。

与国外白晋及索隐派研究逐渐形成了较为清晰的学术脉络相比，

国内的相关研究尚未形成体系。不过在中西哲学交流研究、中西交通史、《易经》在西方的传播与研究、儒家思想的诠释、礼仪之争、莱布尼茨科学和哲学思想研究、清史研究等领域的论著中，白晋和索隐派等字眼的出现频率亦不算低，例如：

中西交通史方面，陈垣先生考订编印了《康熙与罗马使节关系文书影印本》，其中有两篇提到白晋；阎宗临先生身后由其子整理出版的《传教士与法国早期汉学》一书中，有《白晋与傅圣泽之学〈易〉》和《关于白晋测绘〈皇舆全览图〉之资料》两篇文章，并且阎先生考得梵蒂冈图书馆内藏有的西士研究《易经》汉文抄本14种。此外，陈受颐先生著《中欧文化交流史事论丛》、王漪著《明清之际中学之西渐》、许明龙先生主编的《中西文化交流先驱》、李文潮主编的《莱布尼茨与中国》、何兆武先生的论文集《中西文化交流史论》、张国刚先生著《从中西初识到礼仪之争》及其与吴莉苇合著的《启蒙时代欧洲的中国观》、吴莉苇著《当诺亚方舟遭遇神农伏羲》、吴伯娅著《康雍乾三帝与西学东渐》等书中对白晋都有所提及，"索隐派"一词也从无到有，逐渐进入中国学界的视野。韩琦的研究则注意到了白晋的科学史研究价值，曾写过多篇关于他的论文，如《白晋的〈易经〉研究和康熙时代的"西学中源"说》《康熙朝法国耶稣会士在华的科学活动》《康熙的洋钦差：白晋》《康熙时代的数学教育及其社会背景》《科学与宗教之间：耶稣会士白晋的〈易经〉研究》，以及《再论白晋〈易经〉研究——从梵蒂冈教廷图书馆所藏手稿分析其研究背景、目的及反响》等，于他而言，白晋首先是位见证了中西方科技交流的数学家、科学家。

在哲学思想的中西交流研究方面，先行者朱谦之先生在其《中国哲学对欧洲的影响》一书中，专门为白晋作了小传（与张诚合传）。本书主编张西平先生则是目前在中国哲学西传方面研究较为深入且对白晋保持长期关注的学者，其《中国与欧洲早期宗教和哲学交流史》《欧洲早期汉学史——中西文化交流与西方汉学的兴起》《儒学西传欧洲研究导论——16—18世纪中学西传的轨迹与影响》《中西文化的一次对话——清初传教士与〈易经〉研究》等著作和论文从原始文献出发，分析梳理了白晋的《易经》研究过程及在中国哲学西传史上的影响。这方面近年来还有新成果出现：2017年，陈欣雨出版了《白晋易学思想研究：以梵蒂冈图书馆见存中文易学资料为基础》。

　　在对儒家思想的诠释研究这一层面上，刘耘华教授的《诠释的圆环——明末清初传教士对儒家经典的解释及其本土回应》堪称代表，该书详细梳理了《古今敬天鉴》的内容，别致地将白晋的这本"禁书"定位为"基于基督教立场对中国文化与基督教加以互证、互释的著作"。

　　在中外学者的共同努力下，经历独特、思想复杂的法国耶稣会士白晋的形象逐渐丰满清晰起来。但由于其研究对象复杂、其作品因被禁而流传度过低等原因，目前学界对此人的研究还远远算不上完整，正如柯兰霓女士在其书序言中所说："（这部作品）只是深入研究白晋的第一步……我只是对白晋手稿的一小部分进行了整理和评价，或许在图书馆和档案室里还有数以千计的手稿没有被研究过……还有就是，当我对面前的手稿进行研究的时候，还不得不将其中很多与数学有关的部分以及纯汉学的部分排除在外。"[①] 中西方学者在汉学研究中各擅胜场，对白晋研究的侧重点也自然不同，这一

---

① 〔德〕柯兰霓：《耶稣会士白晋的生平与著作》，李岩译，大象出版社2009年版，"前言"第3页。

领域的研究空间还很大，亟待后来者的开发。这也是我们编撰本文集的初衷之一。

白晋的中外文作品

白晋进入中国宫廷之后，不久就开始了中国文献的研究，在其所受耶稣会精英教育而形成的知识架构的基础上，他很快就从晦涩难懂、自古就有多种解释方法的上古文献中清理出了一条"显而易见的"中国版"天主启示录"。这一发现尽管在他意料之中，但仍然使他兴奋不已，于是他持续多年笔耕不辍，写出了多篇相关论述文章，源源不断地寄往欧洲，期望引起耶稣会各位长上的承认，进而推而广之。

然而，一方面由于其理论确实太过大胆，多数人都难以接受；另一方面，这一阶段，欧洲来华教会内部产生了多种复杂的斗争：不同教会之间，同教会不同国家之间，同教会同国家但是立场不一、观点不一者之间，等等，矛盾丛生；其观点与作品既被其他教会利用来攻击耶稣会，又被耶稣会内部其他国家（以葡萄牙耶稣会士为甚）的传教士用来攻击法国耶稣会士，因此最终遭到了耶稣会长上的严令禁止。故而，白晋得以出版传世的作品不多，尤其是在其沉浸《易经》研究几十年所写的大量手稿落入历史的尘埃之中，无人问津。这不仅是其个人的遗憾，更为后来研究其思想的人带来了很大的难度。正如柯兰霓指出的那样，到今天为止，只有极少数的、散落在各个图书馆的白晋作品和手稿被比较完整地分析和评价过，更多的论文手稿可能已经遗失。至于白晋与同时代欧洲学者的通信，则要么没有登记在册，要么鲜为人知，就算是人们比较熟悉的那批信件也没有被好好地研究过：比如众所瞩目的白晋与莱布尼茨的通信，其实也并没有被完整地保存下来；甚至耶稣会上层人士的信件至今亦未被系统地分析和利用过。

为推动白晋研究，我们在海内外广泛收集了白晋的文献，并与欧洲学者展开合作，交由商务印书馆出版《白晋文集》白晋作品语言涉及法语、拉丁语、汉语和满语。据编者不完全统计，白晋发表过的著作、日记、有记录的零散未刊手稿及其大概写作时间如下①：

1685 年 3 月，六位"国王的数学家"从法国布雷斯特（Brest）出航，同年 9 月到达暹罗，在此期间白晋神父一直记着日记，他在世时没有发表。1963 年，盖蒂女士将之以 *Voiage de Siam du Père Bouvet* 为题编辑出版。本文集第一卷《白晋暹罗游记》系其首个中文译本。

白晋 1688 年 2 月到达北京至 1693 年出使法国之前，与张诚二人作为帝王师，曾教授过康熙皇帝几何学、算术、欧洲哲学史、医学、人体解剖学等。其间二人合作用满文编写了实用几何学纲要《几何原理》②和《几何原本》③，随后将两部作品都译成中文，后者本为七册，被选入《数理精蕴》④时改成了 12 卷，由康熙亲自审定作序，现藏于故宫博物院。本文集第五卷将校点整理该《几何原本》。

白晋与张诚在给康熙帝进讲哲学期间，曾合作用满语写了一篇

---

① 本序言仅择要列举，相对完整的清单可参考：Louis Pfister, *Notices biographiques et bibliographiques sur les Jésuites de l'ancienne mission de Chine (1552–1773)* ; J. C. Gatty, *Voiage de Siam du Pere Bouvet*, Leiden: Brill, 1963。

② 根据欧几里得《几何原本》和阿基米德原理编成。

③ 根据法国巴蒂斯神父（P. Ignace-Gaston Pardies）的《理论和实用几何学》（*Éléments de géométrie*）译成。

④ 《数理精蕴》（1713—1722），由梅毂成等编纂，是康熙末年所编《律历渊源》的第二部分，共 53 卷，是一部融中西数学于一体、内容丰富的"初等数学百科全书"，包括上编 5 卷，下编 40 卷，数学用表 4 种 8 卷。上编名为立纲明体，《几何原本》《演算法原本》等为其中的重要内容。整部《律历渊源》共 100 卷，雍正元年（1723）十月方刻竣，获得广泛流传。

评论杜哈梅尔①《古今哲学》思想的文章。哲学课没上多久便由于康熙帝患病而中止。

　　不久，康熙帝的热情转到医学和解剖学上。于是，白晋和张诚用满语写了与此有关的八本讲稿。之后康熙皇帝又想了解疾病的物理原因，于是他们两人又用了两到三个月的时间写了 18 篇相关的文章。《格体全录》作为白晋、张诚与巴多明（Dominique Parrenin）合作的重要解剖学译著，将与《西洋药书》一同作为本文集的第四卷出版。

　　1693 年 6 月 8 日，白晋离开京城，第二年 1 月 10 日从澳门出航，直到 1697 年 5 月方才抵达法国巴黎。这一路，他同样也留下了内容丰富的日记。其中从北京到广州段的日记在 1693 年由杜赫德收录在《中华帝国全志》中发表②；至于全文③，则由柯兰霓女士于 2005 年在台北利氏学社以《耶稣会士白晋神父：旅行日记》④为题整理出版。

　　到达法国后，白晋于 1697 年发表了两部在欧洲影响很大的作品：

　　一是《中华帝国现状——致勃艮第公爵与公爵夫人的画像》，（*L'Etat présent de la Chine, en figures, dédié à Monseigneur le duc & à Madame la duchesse de Bourgogne*），1697 年在巴黎出版。本书包含 86 张中国满汉文武官员及贵族妇女们的服装图样的草图和铜版画，白晋将画册献给法国王室勃艮第公爵及其夫人。在卷首，白晋介绍了中国的官员体制。

　　二是同年出版的《中国（康熙）皇帝历史画像》一书，把康熙

---

①　杜哈梅尔（Jean-Baptiste du Hamel，1624—1704）是法国王家科学院一位杰出的哲学家，他的理论以周密、清晰和纯洁而著称。

②　参见 Jean-Baptiste du Halde, *Description géographique, historique, chronologique, politique, et physique de l'empire de la Chine et de la Tartarie chinoise*, Paris: P. G. Le Mercier, 1735, Vol. l, pp. 95-105, Vol. 2, p. 108。

③　据柯兰霓介绍，自广州以后的日记并非全出自白晋亲手，而是由其时任勒芒市长顾问的弟弟整理而成。

④　Claudia von Collani, *Joachim Bouvet, S. J. Journal des voyages*, Taipei: Ricci Institute, 2005.

皇帝描绘成文武全才，并与路易十四进行对比，将二人并列为当时全世界最伟大的两位君王。该书产生了极为深远的影响，让欧洲人对中国与中国皇帝有了一定的感性认识。此书在 1699 年以《中国（康熙）皇帝的故事》(*Histoire de l'empereur de la Chine*) 为题再版，内容一致。值得一提的是，这部薄薄的小书还引起了莱布尼茨的兴趣，他甚至请求白晋允许将其附在自己的《中国近事》(*Novissima Sinica historiam nostri Temporis illustratura*) 一书中。[①]

1699 年 9 月之前，白晋写成《中国语言中的天与上帝》(*Observata de vocibus Sinicis* T'ien 天 *et* Chang-ti 上帝)(拉丁文)。该书被罗马教宗特使铎罗 (Charles-Thomas Maillard de Tournon) 没收并查禁。[②] 然而此文却被译成了意大利语，保留在一本名为《1699—1700 年间中国礼仪问题》的书中。此外，1700—1701 年间，正值中国礼仪之争白热化的阶段，白晋与在北京的诸位神父联名写下了三篇文章寄往教廷，期望反驳其他教会对耶稣会的中伤，让中国礼仪合法化：《礼仪问题声明》(*Declaratio rituum*)、《北京耶稣会士的反驳信》(*Protesta de' Gesuiti di Pechino*)、《关于中国皇帝康熙 1700 年对于敬天、祭孔、祭祖等事宜的声明的简述》(*Brevis relatio eorum quae spectant ad declarationem Sinarum Imperatoris Kam-hi circa Coeli, Confucii et avorum cultum datam anno 1700...*)。[③]

1702 至 1703 年间，白晋以中文写就《古今敬天鉴》，当时的礼

[①] 莱布尼茨 1697 年 12 月 2 日致信白晋，信中不仅请求收入此书，同时还建议白晋将其译成拉丁语，以发挥更大作用。Rita von Widmaier, *Leibniz Korrespondiert mit China: der Briefwechsel mit den Jesuitenmissionaren (1689–1714)*, Frankfurt am Mai: V. Klostermann, 1990, p. 58.

[②] Pfister, op. cit., p. 438.

[③] Gatty, *Les Recherches de Joachim Bouvet*, p. 144.

部尚书韩菼^①特为其作序。过了四年白晋又对此书进行扩充，辑入了《日讲》等内容，并自己作了序。^②

至1707年底，白晋继续写了一些与索隐派思想有关的书，如《论从中国古书中反映出的三位一体之秘密》(*Essai sur le mystère de la Trinité tiré des plus anciens livres chinois*)。^③此外他还和赫苍壁（Julien-Placide Hervieu）及马若瑟共同绘制了一张《易经》的编码图表，并把它寄给冯秉正。

费赖之与盖蒂都记载，白晋曾编过一本《中法小词典》(*Petit vocabulaire chinois-français*)，藏于勒芒学院图书馆，后转入巴黎国家图书馆；以及一本中文的《论中文词的含义》(*De significatione verborum sinensium*)，藏于曼恩省图书馆。然而考狄并没找到这两本书。^④

---

① 其名常被衍为韩琰、韩英，实为韩菼，清代第14位状元，自康熙三十九年（1700）起被任命为礼部尚书。

② 关于《古今敬天鉴》与《天学本义》的关系及写作时间，历来有不同的意见，最为普遍的观点是二者其实是同一本书的不同名字，如徐宗泽《明清间耶稣会士译著提要》及伯希和目录中均记其书名为《古今敬天鉴天学本义》，方豪《中国天主教史人物传》也认为二者其实是一本书，《古今敬天鉴》可能是后来改的名字；然而据香港中文大学博士肖清和考证，认为白晋在1702—1703年和1706—1707年两个阶段，写了两部《天学本义》，内容并不相同，前者是提纲性质，为张星曜辑录并引用，写成《天儒同异考》等书；后者则是更详细的专著性质，并更名为《古今敬天鉴》，有白晋1706年9月12日的亲笔签名，参见肖清和《张星曜与〈天儒同异考〉——清初中国天主教徒的群体交往及其身份辨识》；Janette Gatty, *Les Recherches de Joachim Bouvet*。《天学本义》藏于罗马国家图书馆，藏书号Orient 192；《古今敬天鉴》有多个抄本，藏于多处：法国国家图书馆，古朗（Courant）编目为7161号，共134页；同馆还藏有一本，编目第7162号；梵蒂冈图书馆（Borgia cinese 316 (14)）、北堂图书馆（如今转入北京国家图书馆）、上海徐家汇藏书楼、莫斯科鲁缅采夫（Rumyancov）博物馆（编号562）亦有收藏。另据魏若望记录，马若瑟曾将白晋的《天学本义》翻译成拉丁文（〔美〕魏若望：《耶稣会士傅圣泽神甫传：索隐派思想在中国及欧洲》，吴莉苇译，大象出版社2006年版，第141页）。

③ 白晋在1707年11月5日的信中提到此书，应为中文。

④ Pfister, op. cit., p. 438.

　　1712 年 11 月，白晋用拉丁文撰写了《易经大意》（*Idea generalis doctrinae libri Ye-king*），目前一份手稿抄件藏于耶稣会罗马档案馆（Jap. Sin. 174, pp. 290-291v）。柯兰霓女士已将其全文发表，并译成德文，做了英文摘要。[①]

　　1720 年之后，白晋将注意力集中于中国的象形文字，陆续写成《古代中国人的象形文字或曰象征神学之智慧》（*Sapientia Hieroglyphica seu Theologia Symbolica Priscorum Sinarum*）（约作于 1720 年，18 页）、《对古代中国人的象形文字或曰象征神学之智慧的证明》（*Specimen Sapientiae Hieroglyphicae seu Theologiae Symbolicae Priscorum Sinarum*）（约作于 1721 年，189 页）、《中国古迹中存留之古代族长象形文字智慧的样本》（*Specimen sapientiae hieroglyficae priscorum patriarcharum reconditae in vetustis Sinarum monumentis*）（约作于 1721 年，43 页[②]），分别藏于耶稣会罗马档案馆 Jap. Sin. IV. 5 H., Jap. Sin IV. 5 A., 以及 Jap. Sin. IV. 5 H。

　　费赖之还列举了白晋的几篇论文，有一篇关于《诗经》[③]，还有几篇由马若瑟完成，但其中的一部分材料是白晋搜集所得。费赖之的书还指出有一本《白晋神父游记》，收藏于慕尼黑，但不知具体指的是哪一阶段的游记。

　　白晋神父有三封信被收入杜赫德编《耶稣会士中国书简集》（*Lettres édifiantes et curieuses, écrites des missions étrangères: Mémoires*

---

① Claudia von Collani, "The First Encounter of the West with the Yijing. Introduction to and Edition of Letters and Latin Translations by French Jesuits from the 18th Century", in *Monumenta Serica* 55 (2007).

② 编者在 Jap. Sin. IV. 25 文件夹还见到类似题目的一封短信，注明 1720 年 12 月 6 日寄给坦布里尼（Tamburini），可能为此 43 页版本的提纲。

③ 可能指《经典〈诗经〉一解》（Expositio unius odae propheticae libri canonici xi kim），藏于耶稣会罗马档案馆 Jap. Sin. IV. 5F。

de la Chine）：1699 年 11 月 30 日从北京致拉雪兹神父的信（记载从法国航行回到中国的经过）、1706 年关于在北京创设新的至圣善会的消息，无具体时间无收件人；1710 年 7 月 10 日从北京写往法国的信之节选，记载一位皇族贵妇信奉基督的经过。

白晋有三封信被收入《远东杂志》（Revue de l'Extrême-Orient），分别于 1726、1727 和 1728 年寄出。

1698 年 6 月 5 日在返回中国的途中写于好望角的信，被发表在《文雅信使》（Mercure galant）杂志的 1699 年 3 月版上。

费赖之、盖蒂、陈伦绪等还列举了多件白晋的或疑似白晋的作品，多含在白晋的信件里，大部分藏于耶稣会罗马档案馆；而本文集编者在该档案馆中还拍摄到了以上作品中均未提及的数篇拉丁语长文手稿，这些手稿也计划在本文集中翻译出版。而以《北京宫廷日记》（Journal à la Cour de Pékin）[①]为代表的一些篇幅较短的文章，将酌情翻译收录至相关的卷册。

以上白晋作品多为外文，对白晋中文著作手稿的研究方兴未艾，本文集主编张西平教授在其《欧洲早期汉学史——中西文化交流与西方汉学的兴起》中，专辟一章论述《索隐派汉学家——白晋》，其中对藏于梵蒂冈图书馆的白晋研究《易经》的中文文献进行了详细的梳理，通过对比余东目录与伯希和目录证明，属于白晋所作的文献共有 16 份：《天学本义（敬天鉴）》《易引（易考）[②]二卷》《择集经书天学之纲（天学本义）》《总论布列类洛书等方图法》《天象不均齐考古经籍（据古经传考天象不均齐）》《太极略说》《释先天未变始终之数由天尊地卑图而生》《易学外篇原稿十三节》《易学外篇八节（易学外篇）》《易学总说》《易经总说汇（易经总说稿）》

---

① 叙述了白晋为康熙帝授课的情况，法国国家图书馆，MS. Fr. 17240 fᵒˢ 263–290vᵒ。

② 括号中为伯希和目录书目，括号外为余东目录书名。

《易稿》《易论》《易论自序（易论）》《周易原义内篇（大易原义内篇）》《周易原旨探目录》。尚未明确是否归白晋所创作的文献则有15份。[①]

综上所述，白晋在中国生活了 42 年（包括其间回欧洲的五年），对中国典籍的研究占据了其中的绝大部分时间。他一生勤于写作，成形的作品也有不少，然而由于不断被禁，无法结集发表，只得以一篇篇论文、一封封信的形式寄往欧洲，途中散失、损毁者甚多，因此后人不仅难以列出其完整书目，亦难以归纳其思想系统。基于上述原因，目前很难实现对白晋作品的完整收录，我们在商务印书馆出版的《白晋文集》致力于尽可能地搜集其已刊及未刊作品乃至论文与信件的手稿，并将这些作品尽量以中文形式呈现，以飨中国读者。

通过我们对白晋作品的整理和翻译，《白晋文集》具体安排如下（随着新材料和新研究成果的出现，本文集仍有继续扩充和调整的可能）：

第一卷：《白晋暹罗游记》，祝华译。

第二卷：《康熙皇帝传　中国见闻录》，系白晋生前已刊作品合集，含《中国（康熙）皇帝的故事》，杨保筠、刘雪红译；《中华帝国现状——致勃艮第公爵与公爵夫人的画册》，刘婷译；杜赫德《中华帝国全志》中白晋供稿的内容，张铁岭译。

第三卷：《白晋使法行记》，张放、王晓丹、彭萍译。

第四卷：《西洋药书》（满文），蔡名哲译；《格体全录》（满文），高晞配图及导读、顾松洁译。本卷由张西平，全慧编。

---

① 参见张西平《欧洲早期汉学史——中西文化交流与西方汉学的兴起》，中华书局2009 年版，第 521—529 页。

第五卷:《几何原本》,潘澍原校点整理。

第六卷:《易经总说》,系藏于梵蒂冈档案馆的白晋《易经》研究手稿汇编,张西平、谢辉点校整理。

第七卷:《中西会通之路:索隐汉学探求》,系欧洲档案馆藏白晋拉丁语论文手稿汇编,〔德〕柯兰霓、〔意〕弗洛里奥·西弗(Florio Scifo)、〔巴西〕莱奥纳多·拉莫斯(Leonardo Rosa Ramos)、〔意〕朱塞佩·夸尔塔(Giuseppe Quarta)、〔刚果(金)〕帕斯卡·姆波特(Pascal Mbote Mbote)、〔刚果(金)〕理查尔·古鲁鲁(Richard Kululu)、〔西〕胡安·昆塔纳(Juan Francisco Rodríguez Quintana)、〔意〕范狄(Dario Famularo)转写,柯兰霓校对,张天鸪、〔意〕范狄、寇蔻等译。

第八卷:《白晋书信集》,系欧洲档案馆藏白晋法语及拉丁语信件手稿汇编,〔德〕柯兰霓、〔意〕弗洛里奥·西弗、〔巴西〕莱奥纳多·拉莫斯、〔意〕朱塞佩·夸尔塔、〔刚果(金)〕帕斯卡·姆波特、〔刚果(金)〕理查尔·古鲁鲁、〔西〕胡安·昆塔纳、〔意〕范狄转写,柯兰霓校对,马莉、张天鸪、〔意〕范狄等译。

第九卷:《天学本义》与《古今敬天鉴》,张西平、李强点校整理。

需要说明的是,白晋与莱布尼茨的通信集等内容,因相关中文译本即将出版,故暂不收入本文集中。

所有文字均译自白晋所著的最初版本,这是本文集的特点之一,例如《中国(康熙)皇帝历史画像》已有数个中文版本,但杨保筠先生译本系少有的直接译自法语的版本;《格体全录》等则由巴多明和白晋的满文本译成中文;白晋的手稿信件中法语和拉丁语各占半壁江山,对于这些封存在档案馆中的手稿信件,我们采用了先请母语为法语或拉丁语造诣很深的西方学者将手稿转写为电子版、再由中国学者译成中文的办法,虽费时费力,毕竟诚意满满。

尽管我们并未收集到白晋的全部著作，但这已经是世界范围内第一次整理出版《白晋文集》，说明通过中外合作，中国学者在中西文化交流史和西方早期汉学的基础性文献的整理与研究方面已取得了一定的成果。通过这个文集可以展现出 16—18 世纪中华文明与欧洲文明之间多维度的深入交流，交错的文化史书写将取代单一的文化史书写，其学术意义重大。然而编者因能力所限，一些缺漏难以避免，恳请学界不吝批评指正。

本文集编撰过程中得到了德国学者柯兰霓女士的大力帮助，她不仅将其著作慷慨授权，同时对白晋手稿的转写、翻译进行了校对和把关，部分手稿由其亲自转写，并为本文集第三卷撰写了前言，特此致谢。藏在梵蒂冈教廷图书馆的文献复制工作由任大援先生完成，正是通过他的努力，我们方可展开点校与解读。北京外国语大学退休教授张放先生及其子张丹彤也参与了本文集多份文献的翻译工作。中央民族大学的顾松洁老师翻译了《格体全录》一书的满文，复旦大学高晞教授则提供了书中的插图并作学术导读；中央民族大学博士、台湾"中研院"近代史研究所助理研究学者蔡名哲先生基于对满文《西洋药书》的前期研究，也加入了文集的编译队伍，对译文做了数次精益求精的修改；中国科学院自然科学史研究所潘澍原先生对于《几何原本》的数个版本如数家珍，字里行间洋溢着充沛的学术能量与自信；北京外国语大学李慧老师组织转写和翻译了部分拉丁语手稿；台湾大学历史系古伟瀛教授对本文集的问世倾注了大量心力，并提供了多方位的帮助……对于以上诸位学者及对本文集予以关注并慷慨相助的其他国内外学者，我们深表感谢。文集出版耗时长久，我们在此感谢各位参与者的耐心和难以量化的学术贡献。

当然，最后我们应该感谢北京外国语大学，中国海外汉学研究中心诞生于此,《国际汉学》发展于此,张西平所率领的学术团队成长于此。《白晋文集》的出版标志着将"西学东渐"与"中学西传"汇集于一体的中西文明互鉴研究已经成为北京外国语大学"全球文化"一道靓丽的学术风景线。

白晋作为中法文化交流的奠基人,四百年来虽然有部分文献被整理出版,但一直没有对其全部著作做系统整理,这或缘于他在中文和欧洲语言等多种语言形态间写作,在人文研究和科学研究之间行走,整理起来困难较大。

《礼记》曰:"作者之谓圣,述者之谓明。"学术的进步总是从基础性学术文献的整理开始的,思想的飞翔是建立在坚实的历史基础上的。对中西文化交流史的研究,唯如此才能有真实的进步,并为未来的学术研究打下坚实的基础。经过二十余年的努力,在中外学者的共同耕耘下,《白晋文集》终于出版了,从这里可以看到四百年前,全球化初期中国与法国以及中国与欧洲文化之间的真实历史书写。

2022 年夏

译者序

    白晋的 *Journal des voyages* 直译应是《旅行日记或旅行记》，此前有人译作《白晋来华游记》可能是未读全书硬译书名的后果，容易产生歧义。因为"来华"只能指来华的路上和在华的记述，而"游记"显然是指对游览经历的记述，这样的书名翻译明显脱离了原著内容，大谬于作者记述的旨意。柯兰霓版本（即本译文的底本）在白晋的记述文前冠以《中国皇帝特使耶稣会传教士白晋神父觐见虔诚基督徒法国国王陛下旅途日记》，作为标题虽然显得长了些，却完整醒目地表达了白晋旅行记的含义，指明白晋的身份为中国皇帝康熙的特使，其使命是携带礼品专程去法国觐见法国国王路易十四，示好建立联系。原来，此前康熙曾派闵明我神父作为其特使返回法国，但是他乘的是葡萄牙船，在澳门滞留七年。此次，康熙皇帝钦定白晋神父享有与闵明我神父同样的身份，亦即特使、钦差，改换旅行路线，返回法国觐见国王。故此，本书名译作《白晋使法行记》为宜。白晋在记述中自称为旅行记提供一个"简要的行路图"，指出从澳门离开中国到印度的孟买港和苏拉特港用了四个半月时间，从苏拉特到法国海外省波旁岛用了 66 天时间，而此前，1693 年 7 月从良乡县出发，离开北京，通过陆路和水路跨越北直隶、山东、江南、安徽、湖广、江西和广东等地，用了一个多月时间。白晋水路出广东，下南太平洋，经马来西亚东海岸普罗迪梦岛、马六甲、苏门答腊、锡兰岛、科钦港、孟买，抵达苏拉特，过红海，经也门索克拉特岛、亚丁、麦加、开罗，过好望角，取道巴西，于 1697 年 3 月 1 日到达法国布雷斯特，3 月 31 日抵达巴黎，4 月 3 日受到国王路易十四接见。《白晋使法行记》记录白晋在旅途中的情况，传教士特使的作为和见闻，以及对发生事件的所思所想。白晋何以被康熙皇帝钦定为特使，《白晋使法行记》开篇讲述白晋神父和张诚神父在宫廷内的忙碌景象。他们被视为"皇家成员"（文中佟老爷语），皇帝赐予他们房宅，居住在皇帝寝宫附近，可随时受到召见，根据皇帝需要和兴趣，或回答关于欧洲科学技术、几何、数学、天文地理问题，或讲解欧洲医学、人体解剖学，或利用传教士声称的法国国王提供的欧洲流行药方进行实验。例如，利用奎宁治病，证明其神奇效应，给皇帝治好了年轻时患的头痛和间歇性发烧，甚或在宫廷内开辟实验室给皇帝做物理实验。总之，尽其全力和所能满足皇帝的要求。适逢康熙皇帝非常赏识白晋和张诚神父等耶稣会士的才干，看好欧洲的先进科学文化，有意通过他们联络法国国王，以图"要把欧洲的全部科学引进到中国……并使之比以往任何时候都更加繁荣昌盛"，希望取法巴黎在中国建立"科学院"。在耶稣会士神父眼中，中国皇帝和法国国王都是难得的"伟大君主"，都"诚心向往之"，白晋想要告知自己的国王"在中华帝国里，所有艺术与科学都已发展了数千年，且现在正由一位极受爱戴的君王领导……"白晋们念兹在兹的更是来华传播福音的天职，而他们把有幸在中国皇帝周围侍奉看作是上帝的特殊恩泽，把为中国皇帝服务看作是他们最崇高的任务和义务，因为这最符合实现他们梦想的使命，他们希望力促"在东西方最强大、最文明的两个朝廷之间建立科学关系的联系"。白晋遵皇帝之命，研究《易经》和孔子学说，"特别高兴得悉孔子学说与基督教原理毫无悖逆之处，《易经》理论与我们神圣的宗教原理完全一致"，似乎由此找到索隐派理论的主要依据。中国皇帝需要绝对忠诚、谙熟两国宫廷、洞悉两国君主思想的重臣做私人特使，如此条件，非白晋神父莫属。且看中国皇帝给法国国王精心准备的礼品：选取帝国顶级无价的人参；法国国王最想充实其皇家图书馆的中国上品的书籍，亦即满、汉文的全部孔子著作，自然史大全，医学全书；另加中国瓷器和丝织品，特别包括十匹专供皇帝使用的黄金锦缎，皇帝上朝的正式服装——饰有五爪金龙图案，以及皇帝专用的瓷器等。足见，中国皇帝对法国国王的热心和诚心。白晋之为皇帝特使，旅途中不管陆路还是水路一概尽享钦差大臣的礼仪和礼遇，有兵部备用的一切必要的文书、诏书和印章，陆路乘轿子，水路驾船，礼仪队伍可谓浩浩荡荡，就连特使的属下随从一路上也受到相应的关照。这一切，以及官员之间的迎来送往，满人与汉人习俗中的繁文缛节，在白晋笔下都有相当具体生动的描写，尤其是重大场合的官方宴会，他仔细描述其仪式程序、来宾次序、人员座次、饮酒布菜，以及其间穿插的戏剧乐曲，等等。席间鞑靼人的射箭游戏，则体现了皇帝旨意，借以提倡尚武，培养勇武好胜的精神和打仗的技巧，对儿童这方面的训练自七岁便开始了。两广总督的犒赏宴会上菜四次，像话剧的四幕依次上演，在白晋看来，如同歌剧或喜剧。白晋在皇帝特使身份的护佑下，更便于行使其传教士的使命。君不见，白晋所到之处，奔赴教堂做弥撒、宣讲福音书、听基督徒忏悔、给新教徒行洗礼、开辟教区、建设教堂，为宗教事业，无所不尽其能。在他与母亲、兄弟姐妹通信表述真情实感中，一方面，他不无矜持地讲述在中国皇宫内的各种活动，如何得到皇帝的恩惠，如何在朝廷内得到皇叔的护佑，以及佟老爷和明老爷的支持和关爱；另一方面，也真情透露出因为身负诸多不是直接与传教士天职相符的事务而感到烦闷和苦恼。白晋毕竟是法国国王派出的数学家，担负国王的嘱托，利用传教之余，注意观测日蚀和月蚀，测量经度纬度，以利改善法国不够准确的海图。并且，作为博物学家，善于利用机会，从观测和考察异国生物中，获取快乐和满足，诸如，他不惜笔墨描述蝗虫之灾和马蜂窝，海上夜行中发现的发光鱼群，难得一见的荔枝果，能做蜡烛的乌臼木，等等。白晋回到巴黎正值王公贵族、社会精英渴求关于中国的知识之时，受到众人瞩目，拜见者络绎不绝。他的关于《康熙皇帝》的报告和著述为法国的"中国热"推波助澜。从其与家人通信的字里行间透露出在家乡受到圣徒般的拥戴，甚至无暇与家人自由见面谈心，虽有遗憾，却也更感到荣耀和自豪。白晋作为中国皇帝特使，顺利地招募到多位耶稣会传教士，于 1698 年 3 月 7 日在拉罗歇尔港（La Rochelle）搭乘第一艘直航中国的"安菲特里特号"（Amphitrite）商船启航来华，是年 11 月初回到广州。

17 世纪中叶以后，法国强盛，路易十四开始了耶稣会士的"黄金时代"，在 16—18 三个世纪里，法国耶稣会士们在奠定西方汉学和中西文化交流史中扮演了举足轻重的先驱者角色。之所以如此，除了历史的必然外，应该说，中法两国朝廷（路易十四，接着路易十五和路易十六，相应于中国清代康熙、雍正和乾隆皇帝）的支持和助力，实乃根本性的原动力。因此，1693 年，白晋被康熙帝授命回法国，谒见虔诚基督徒法国国王，不啻为中西文化交流史中的政治盛事。白晋的《使法行记》虽然自称是记述简单的行路图，却也真实地讲述了一路上的坎坷和风险，甚至详尽地描绘了传教士们在宫廷里的活动，与皇帝、皇子们以及朝廷高官的关系，钦差大臣在地方上所受到的礼遇，官员间的交往，陆路和水路交通状况，不同国度和地区的工艺物产、民情民俗，且不谈天文地理，科技知识，旅途饮食起居，以及不时穿插的趣闻趣事，等等。传教士们以其特有的视角和观点描绘的事实和画面，往往是在我们的正史典籍中见不到的。这也正是耶稣会传教士著述的魅力所在，自然有其历史意义和今日借以重新认识历史的现实意义。

现针对翻译情况做如下几点说明：

1.《白晋使法行记》中旅行图路线经过的城镇、驿站等地名，绝大部分均在年表中给出，极少数没有相应中文名字，只以拼音形式出现。

2. 人名、地名和物质名的拼音，虽然说是根据威妥玛拼音系统，但是，因为方言和口音之不同，实际是混乱的，通常是清浊音混淆，鼻化音标注混乱，声母韵母写法不一或多样，例如："城隍"写作 chin-hoang、ching-hoam；"总督"写作 Tong tou、Tsong tou；"秦始皇"写作 Cin xi hoam；"大学士"写作 Te-hiose；"金沙江"写作 Hin-cha-kiang；"上川岛"写作 San-cian；"刑部"写作 Hong-pou；"贞观"写作 Tchin-koan；"鬼神"写作 Couei-chin；等等。还有难以猜出的汉字拼音，例如："肇庆"写作 Kao kin；"护城驿"写作 Fou-tching-y；"建昌县"写作 King-tchang-hien；等等。因此，原著中个别人名、地名和物质名写作拼音形式时，原则上保留原样。**年表**中诸多地名、驿站名没有相应中文，保留其拼音形式，行文及年表中问号（？）是原著样式或研究者柯兰霓所加，故此，均保留原样。

3. 为方便读者，脚注中加了译者注，以 * 号标示。

4. 白晋表述中常有跳跃式思维，且往往企图一句话中旨意面面俱到，多有插入成分，兼之口语影响，经常带有补充或说明的分句。译文中断句尽量使用晓畅的现代汉语，但也尽力注意保持和体现作者原文风格。

5. 本书注释多为英语和法语，少数为意大利语或拉丁语。正文中的英语脚注及附录年表均由北京外国语大学国际中国文化研究院王晓丹老师翻译，其他语种由主编及相关人员译出。有数处拉丁语脚注涉及植物学及医学，受专业限制，为确保准确性，暂不译出，而将原文保留供参考。

6. 柯兰霓版本《白晋使法行记》中，原文排版印刷问题较多，手稿转写过程中也有所错漏，有时难以理解和翻译。承蒙法国资深汉学家、耶稣会传教士文学专家蓝莉（Isabelle Landry-Deron）女士热心协助，适时指点迷津，否则，本译稿难以进行，更难面世。在此，特向蓝莉女士深表敬意和诚挚的谢忱。

张放

2018 年 2 月 1 日

中文版序

　　白晋虽然不像 16、17 世纪在华传教士利玛窦（Matteo Ricci，1552—1610）、汤若望（Johann Adam Schall von Bell，1592—1666）或南怀仁（Ferdinand Verbiest，1623—1688）那样声名显赫，但在中国早期传教人士中，白晋应该占有一个重要位置。作为传教士，他不仅去适应当地人，使之"皈依"，而且他也随时准备向这些人学习。此外，白晋才华出众：他是数学家和物理学家，观测天文，并作为绘图师参与康熙皇帝（1662—1722 年在位）的大型绘图工程（虽然并不情愿）。他曾是康熙皇帝的老师，也是康熙当时册立的皇太子胤礽（1674—1725）的老师。他曾两次作为皇帝特使被派往欧洲（其中一次未能成行），他是法国耶稣会传教团的发起人之一。他曾被卷入中国的礼仪之争，并为之寻求解决办法，最终他在中国创立了索隐派。索隐派这种将宗教思想与欧洲和中国的传统融合为一个跨文化和跨宗教整体的理论，长期被视为不科学的方法。不过近些年，这种流派引起了中西方不同学科学者越来越多的兴趣。

　　白晋，1656 年 7 月 18 日出生于法国布列塔尼的勒芒（或附近），1730 年 6 月 28 日在北京去世。他 17 岁时加入法国的耶稣会，并按照当时耶稣会的模式，在拉弗莱什亨利四世学院（Collège Henri IV de La Flèche）以"教育计划"*为基础接受了教育。白晋对物理和数学尤其感兴趣，这一点在两年见习期后的专业学习中展现了出来。在拉弗莱什，他继续学习了哲学，之后又在坎佩尔（Quimper）授课。结束了在布尔日（Bourges）的研究后，他被派往路易大帝学院（Collège Louis-le-Grand）进行第三年的神学学习。白晋正是在布尔日感受到了传教士的职业使命，并且做好了相应的准备，正如他后来所写，他学习了不同的东方语言，深入地了解了古老欧洲的思想流派。在他的神学学业结束之前，一个意想不到的机会出现了，他将被派往中国。

1684 年，耶稣会司库柏应理（Philippe Couplet，1623—1693）与中国人沈福宗（约 1658—1691）一同在欧洲旅行期间，受到了路易十四的接见。这件事促使这位法国国王实施他的中国传教计划，派出一个科学传教团前往中国，以避开葡萄牙的东方保教权。六位拥有科学知识的耶稣会士被遴选出来，并被任命为科学院的通讯院士。他们拿着国王提供的资金，与一个暹罗的使团一起乘坐"飞鸟号"（Oyseau）和"玛琳号"（Maligne）船前往远东。这六位最早的耶稣会士中有五位成为了"国王的数学家"。他们于 1685 年 3 月 3 日从布雷斯特出发。其中除了白晋，还包括领队洪若翰（Jean de Fontaney，1643—1710）、李明（Louis Le Comte，1655—1728）、刘应（Claude de Visdelou，1656—1737）和张诚（Jean-François Gerbillon，1654—1707），而塔夏尔（Guy Tachard，1651—1712）则留在了暹罗。

---

* 教育计划（Ratio Studiorum）：一般指耶稣会的教育体系，也译为"教学大纲""教学法令"。[* 后为译者注，下同]

白晋的家庭

白晋的家庭背景与 17 和 18 世纪他的众多教会兄弟类似，都属于法国贵族。白晋的父亲勒内·布韦（René Bouvet）是勒芒政府的顾问，母亲是德拉布里埃（De la Brière）女士。白晋有两个兄弟和两个姐妹。他的姐姐玛丽·布里埃（Marie Louise Bouvet de la Brière）是阿朗松（Alençon）圣母院的修女，另外一位则嫁给了阿朗松的一位法国财务主管马莱斯（Marays）。他的两位兄弟杜帕克（Mr. du Parc）先生和德·博泽（Mr. de Bozé）先生都是国家公职律师。一个家庭中有两个孩子从事与教会相关的工作在那个年代并不少见。白晋和家里人的关系非常好，现有大量白晋与家人的信件往来可以证实，也有报告讲述了 1697 年白晋被派回欧洲而与家人团聚的事情。白晋还经常在信中向侄子和侄女问好。1721 年，白晋曾写信给他的侄女、杜巴尔克先生的女儿，更确切地说，一如当时的惯例，信是写给其丈夫、皇家军队骑兵团将军卡拉奇奥利·德·卡拉法（Caraccioli de Caraffa）侯爵的。

白晋和他的教会兄弟

白晋与他教会兄弟的关系比较分裂。刚开始他和那些享有并奉行葡萄牙东方保教权的耶稣会士有较大的矛盾。留在北京的白晋和张诚深信法国的意义，与他们的葡萄牙会友进行抗争。起初，白晋等人与巴黎外方传教会的宗座代牧区关系很好，不过后来由于礼仪之争，他们之间的关系恶化。1698 年，白晋作为康熙皇帝的使者把 13 名法国耶稣会士带到中国，同时他与保教权传教士的矛盾愈发激

化，自此之后耶稣会会长蒂尔索·冈萨雷斯·德·桑塔利亚（Tirso
Gonzalez de Santalla）将法国传教团同葡萄牙副教区分开，只保留共
同的总视察员在中国。双方的关系有所好转，但矛盾依旧存在。之
后几年，白晋因为索隐派思想，与一些法国耶稣会士，尤其是视察
员纪里安（Kilian Stumpf，1655—1720）也发生了争论。

康熙皇帝和白晋

五位"国王的数学家"之中，白晋和张诚被选中留在皇宫。
待他们的汉语和满语足够好之后，就与徐日昇（Tomás Pereira，
1645—1708）和安多（Antoine Thomas，1644—1709）这对搭档
成为了康熙的老师，1691 年起轮流为皇帝讲授几何和代数。同时白
晋和刘应还写了一些学术短文，发给法国的科学院和耶稣会士，其
中部分文章被杜赫德（1674—1743）收录并发表在他的作品《中华
帝国全志》中。此外，白晋还遵照皇帝的意愿，在 1690 年 11 月到
1691 年 10 月底期间进行了气象观测。由于皇帝对所有的科学都感
兴趣，白晋和张诚因此给皇帝撰写了一些关于各类疾病的医学短文；
制造了一些欧洲的药品，比如解毒剂；并写了些解剖学的文章，这
些文章最后由巴多明（1665—1741）定稿完成。

1693 年，康熙皇帝派白晋返回法国，再找一些拥有科学和艺
术知识的法国耶稣会士。直到 1698 年秋天，白晋才得以与其他耶
稣会士一起返回中国。在这次旅途期间，白晋得知颜珰（Charles
Maigrots，1652—1730）在罗马提出了禁止中国宗教的特定名称和
礼仪，白晋由此进行了一些思考。在欧洲时，白晋开始与德国哲学
家莱布尼茨有了书信往来，而《易经》是他们讨论的重点，这也最
终导致了索隐派的出现。1706 年，白晋另一次出使罗马的计划由于

教宗特使铎罗（Charles-Thomas Maillard de Tournon，1668—1710）
使团来访而未成行。此后，白晋在皇宫的日子都被打上了礼仪之争
和索隐派的烙印。

白晋和索隐派

　　白晋是中国索隐派的创始人，他由此出名并受到尊敬，但也因
此遭到反对。索隐派源自欧洲的宗教流派和哲学流派，其构成包括
隐喻神学——将宗教经典进行比喻式的解释，犹太教-基督教的喀巴
拉（Cabala），以及赫尔墨斯主义（Hermetismus）。白晋在这些欧洲
文化的基础上，用天主教的方式阐释中国的书籍作品，以便让中国
人更加容易改信天主教，毕竟天主教信仰中的奥秘已经通过隐喻的
方式展现了出来。这其中起重要作用的是《易经》，此外也包括宋代
儒学著作和《道德经》等道家著作，白晋将这些作品纳入到他的索
隐派思想之中。他的一些教会兄弟追随了他的思想，主要包括马若
瑟（Joseph Henri-Marie de Prémare，1666—1736）、傅圣泽（Jean-
François Foucquet，1665—1741）和郭中传（Jean-Alexis de Gollet，
1664—1741）等人，白晋与他们一起建立了一个小的私人的索隐派
研究学会。其他教会兄弟则强烈反对白晋，认为他的学说十分有害，
如纪里安就持这种观点。但是白晋的索隐派研究并没有被任何事和
任何人动摇。真正支持白晋的是康熙皇帝，他尤其对白晋计算世界
持续的时间很感兴趣，在白晋受到教会兄弟的各种责难之后，康熙
仍然允许他一直研究他的学问。康熙对待白晋的态度在下面这些话
中流露出来："在中国之众西洋人，并无一通中国文理者，惟白晋

一人稍知中国书义，亦尚未通。"①

　　所有这些不同的事件让白晋变成了一个非常有趣、但并非没有争议的人物。不过直到最近这些年才慢慢有人研究白晋大量的论文和书信。更加令人高兴的是，由张西平教授和中欧学者共同参与的这一大型项目，将白晋的中文、拉丁文和法文作品及书信手稿进行转写，并翻译出版。如此一来，白晋索隐派的跨文化神学就变成了中欧之间的一个共同的大型项目。因此，我非常高兴并且十分荣幸能够参与到这个项目中，并受邀撰写序言。

柯兰霓

2021 年 6 月

（寇蔻　译）

---

① 参见 Antonio Sisto Rosso, *Apostolic Legations to China*, South Pasadena: P. D. & I. Perkins, 1948, p. 368；北京故宫博物院编：《康熙与罗马使节关系文书》（影印本），doc. 13。

目　录

致　　谢

　　感谢慕尼黑巴伐利亚州立图书馆许可出版该手稿，感谢台北利氏学社的魏明德（Benoit Vermander）为本书出版所做的贡献，以及他持续的关注和支持，感谢台北的高强华精心排版。还要感谢巴黎现代中国研究中心（CECMC）的研究人员蓝莉确认白晋在中国的活动线路。最后，同样重要的是，我要感谢我的女儿朵拉为我绘制了白晋旅行线路的专业地图。

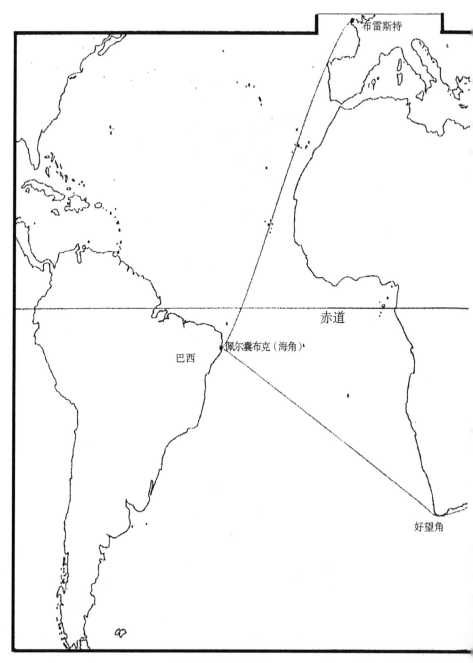

布雷斯特

赤道

佩尔襄布克（海角）

巴西

好望角

白晋使法旅行线路

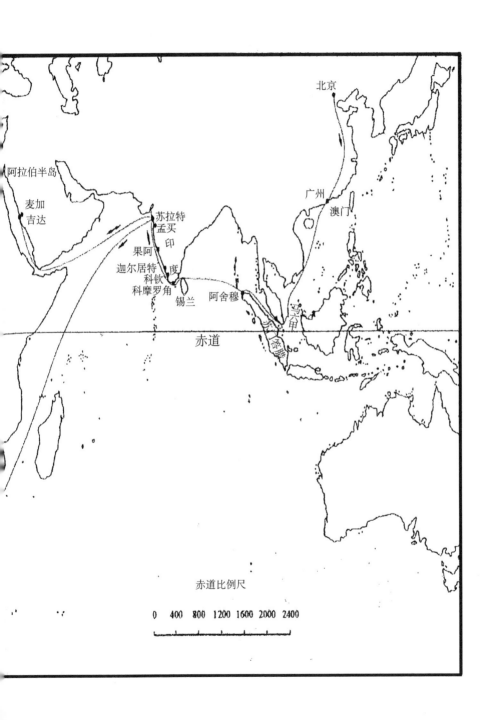

阿拉伯半岛

麦加
吉达

北京

广州

澳门

苏拉特
孟买
印
果阿
迦尔居特
科钦
科摩罗角
锡兰
阿舍穆

赤道

赤道比例尺

0　400　800　1200　1600　2000　2400

前言:"日记"的作者

  法国耶稣会士白晋和其他四位著名的耶稣会士受"太阳王"路 1
易十四派遣,以"国王的数学家"的身份来到中国。[①] 白晋既不是罗
明坚(Michele Ruggieri)或利玛窦这样的在华传教先驱,也不是汤
若望或南怀仁这样的在华传教巨擘,但他依然是一位杰出的传教士。
白晋是康熙皇帝(1672—1722 年在位)[*]的老师,1693 年至 1698 年
以及 1706 年,[②] 他两次作为皇帝使节返回欧洲;他是法国在华耶稣
会[③]的发起人之一,还成立了使徒学堂(Apostolic Academy)。最后,

[①] 关于白晋生平及其索隐神学体系,参见 Claudia von Collani (1985), *P. Joachim Bouvet S. J. Sein Leben und sein Werk*(MonumentaSerica Monograph Series XVII) (Nettetal)。

[*] 康熙在位时间应为 1662—1722 年,此处原文有误。

[②] Claudia von Collani (1987), "Ein Brief des Chinamissionars P. Joachim Bouvet S. J. zum Mandat des Apostolischen Vikars von Fu-kien, Charles Maigrot MEP", *NZM* 43, pp. 188-211; same (1995), "Une légation à Rome manquée - Joachim Bouvet et Sabino Mariani", in *Actes du Ve Colloque international de Sinologie, Chantilly 1989* (Taipei, Paris), pp. 277-301.

[③] 关于在华的法国耶稣会士,参见 Du Shiran, Han Qi (1992), "The contribution of French Jesuits to Chinese science in the seventeenth and eighteenth centuries", *Impact of Science in Society*, no.167, pp. 265-275 ; Han Qi (1995), " The role of the French Jesuits in China and the Academie Royale des Sciences in the development of the 17th and 18th-century French and Chinese sciences", and Catherine Jami (1995), "From Louis XIV's court to Kangxi's court: An institutional analysis of the French Jesuit mission to China (1662-1722)", both in: K. Hashimoto, C. Jami, L. Skar (eds.), *East Asian Science: Tradition and Beyond* (Kansai), pp. 489-492 and 493-499; Isabelle Landry-Deron (2000/2001), "Les Mathématiciens envoyés en Chine par Louis XIV en 1685", *Archive for History of Exact Sciences* 55, pp. 423-463。

2 非常重要的是，白晋为中国建立起一套基于语境的神学体系——索隐派。近年来，关于白晋及其索隐派的众多文章、书籍问世，这些书籍主要涉及白晋最后几年的在华生活，没有涉及其早年经历，如1693 至 1698 年的欧洲之行。白晋在清廷的生活俨然是一次"奥德赛"式的艰辛之旅，同时也反映出他的才干和品味，以及传教工作、科学、外交、民族主义和商业之间的密切联系在他身上得到了完美结合。

白晋的法国之行不失为法国国王和康熙皇帝建立联系的良机，正如1689 年之前法国与暹罗的关系，当时暹罗国王纳莱（Phra Naraï）几欲皈依基督教，结果突然去世，引发了暹罗的一场革命。白晋或许希望中国和康熙皇帝可以取代小小的暹罗及暹罗国王，成为法国在亚洲的伙伴和盟友，同时也希望以此促成康熙帝皈依基督教。

3
1. 从法国到中国

1.1 法国驻华传教团

"太阳王"路易十四（1643—1715 年在位）及其顾问曾耗费几年时间讨论派遣法国耶稣会士去中国传教事宜，以使法国的政治影响力及商业影响力扩大至远东地区。[1] 然而《托德西利亚斯条约》（*Treaty of Tordesillas*）（1493，1494）签订后，包括中国在内的远东地区属于葡萄牙的势力范围，即所谓的保教区（Padroado）。葡萄牙在远东地区垄断贸易及传教，而且在远东地区传教不仅是一项权利，也是一项义务。耶稣会成立于 16 世纪初，之后迅速在世界范围内开展传教活动。在远东地区，组织严密的集权化耶稣会与

---

[1] Von Collani (1985), p. 12.

葡萄牙密切合作，最初也获得了在华传教的专属权利。可是不久，来自其他修道会和国家的传教士也进入中国。1680 年后，罗马的传信部（Propaganda Fide）也派遣传教士来华传教。[1] 而且，葡萄牙和耶稣教会的关系日渐疏离，传教团的传教特权也逐渐削弱。1688 年初，"国王的数学家"抵达北京。这五位成员均属于耶稣教会，但并不受葡萄牙管理。耶稣会传教士团体的内部形势变得更加复杂。

　　法国传教团由两位弗拉芒耶稣会士南怀仁和柏应理在中国和法国发起成立。他们注意到年轻的康熙皇帝对欧洲科学和艺术怀有 4 强烈的兴趣，这对训练有素、受过良好教育的耶稣会士来说是个良机。[2] 在华传教初期，罗马的罗马学院（Collegio Romano）是现代科学中心，利玛窦、汤若望等耶稣会士曾在这所大学师从克里斯托弗·克拉维于斯（Christopher Clavius，1537—1612）和克里斯托弗·克林伯格（Christopher Grienberger，1561—1636)，受到了良好训练。然而法国路易十四统治时期，于 1666 年成立了法兰西科学院（Académie des Sciences），法国由此成为世界科学和艺术中心。[3] 因此，南怀仁计划从法国招募一批受过良好科学教育的耶稣会士，以 5 增强欧洲与基督教对康熙皇帝的影响，进而促使他成为基督教徒，

---

[1]　Claudia von Collani (2001), "Missionaries. Historical Survey", in: N. Standaert (ed.), *Handbook of Christianity in China I:* 635-1800 (Handbook of Oriental Studies. Handbuch der Orientalistik) (Leiden, Boston, Köln), pp. 295-298.

[2]　John W. Witek (1990), "Philippe Couplet: a Belgian Connection to the Beginning of the 17th Century French Jesuit Mission in China", in: J. Heyndrickx (ed.), *Philippe Couplet S. J. (1623-1693). The Man Who Brought China to Europe* (Monumenta Serica Monograph Series XXII) (Nettetal), pp. 143-161.

[3]　Conrad Grau (1988), *Berühmte Wissenschaftsakademien. Von ihrem Entstehen und ihrem weltweiten Erfolg* (Frankfurt / Main), pp. 49-57; Catherine Jami (1996), "From Clavius to Pardies: The geometry transmitted to China by Jesuits (1607-1723)", in: Federigo Masini (ed.), *Western Humanistic Culture Presented to China by Jesuit Missionaries(XVII-XVIII centuries)*(Roma), pp. 175-199. ——诸多著名的传教士与法兰

那么自上而下皈依基督教也就顺理成章了。这一策略似乎非常完美，若康熙帝改信基督教，那么整个中国乃至整个远东地区都会改信基督教。

1684年9月，柏应理被派往法国。他携年轻的中国教徒沈福宗一同到达凡尔赛。路易十四的告解神父拉雪兹神父（François d'Aix de la Chaise，1624—1709）把他们引见给"太阳王"，柏应理就驻华耶稣会事宜向国王求助。^①这恰恰与路易十四的想法不谋而合——借传播福音扩大其在远东地区的政治和商业影响力。

因此，路易十四同意支持招募一批博学的法国耶稣会士前往中国传教，不仅要带去基督教，还要带去科学技术。身为法兰西科学院通讯院士，他们和法兰西科学院共享科研资料。另外，他们还弱化了葡萄牙对中国的影响。1685年，五位年轻的耶稣会士以"国王的数学家"的身份被派往中国，持特殊通关文书可自由前往任何地方，并获得资金及科研仪器支持。白晋就是其中一位，当时他刚在法国完成学业，没有在当年统一的时间接受神职，而是提前接受了神职。五位传教士赶在传信部禁止他们此次行程之前就迅速

（接上页）西科学院的成立有关，受笛卡尔哲学影响，他们在法国驻华耶稣会中也扮演重要角色，白晋1697年的小册子《中国（康熙）皇帝历史画像》中也提及了这些人，他们是：杜哈梅尔（Jean-Baptiste Du Hamel）（白晋和张诚利用其哲学思想引导康熙皈依基督教）、意大利天文学家乔凡尼·多美尼科·卡西尼 (Giovanni Domenico Cassini)、天文学家菲利普·德·拉西尔（Philippe La Hire）和外科医生约瑟夫·吉夏尔·迪韦尔内（Joseph Guichard Duverney，1648—1730）。S. Joachim Bouvet (1699), *Histoire de l'Empereur de la Chine, présenté au Roy* (La Haye), pp. 130 and 196 (new edition of the above mentioned *Portrait historique* (La Hire and Cassini): Duhamel, p. 100; Du Verney, pp. 101f.

① Theodore N. Foss (1990), "The European Sojourn of Philippe Couplet and Michael Shen Fuzong, 1683–1692", in: J. Heyndrickx (ed.), *Philippe Couplet S. J. (1623–1693). The Man Who brought China to Europe* (Monumenta Serica Monograph Series XXII) (Nettetal), pp. 121–142.

启程了。①白晋及其同伴洪若翰、刘应、张诚、李明随第二批　6
赴暹罗的法国使团同行，队伍中有大使肖蒙侯爵（Alexandre de
Chaumont，1640—1710）、古怪的修道院长舒瓦齐（François-
Timoléon de Choisy，1644—1724）②和风趣的法国耶稣会士塔夏
尔。③1685 年 3 月 3 日，他们乘坐法国皇家战舰“飞鸟号”，由“魔
鬼号”护航，从布雷斯特港扬帆启程，同年 9 月 23 日抵达暹罗的
巴雷（Barre）。④

1.2 法国和暹罗　　　　　　　　　　　　　　　　　　　　　7

　　1685 年，暹罗的形势对天主教十分有利。1662 年，巴黎外方
传教会（Missions Étrangères de Paris）的宗座代牧首次抵达纳莱王
（1632—1688）统治下的暹罗，他们分别是贝鲁特（Beryte）主教郎
柏尔（Pierre Lambert de la Motte，1624—1679）、弗朗索瓦·戴迪
安（François Deydier，1634—1693）、奥伦主教雅克·德·戴布热
（Jacques de Bourges，1630—1714）和赫利奥波利斯（Heliopolis）

---

①　Raphaël Vongsuravatana (1992), *Un jésuite à la Cour de Siam* (Paris), p. 234.

②　舒瓦齐在前往暹罗途中著有日记《暹罗旅行记》（*Journal du Voyage de Siam*），
　　présenté et annoté par Dirk Van de Cruysse (Paris 1995)，英文翻译和编辑见 Michael
　　Smithies (1997), The Chevalier de Chaumont and the Abbé de Choisy, *Aspects of the
　　Embassy to Siam 1685* (Chiang Mai)。——舒瓦齐曾给菲利普一世殿下（德文名
　　Liselotte von der Pfalz，路易十四的弟弟，后来娶了伊丽莎白·夏洛特）伴读。为
　　避免殿下卷入政事，菲利普一世的老师们像教育女孩那样教育他，用女性物品如珠
　　宝、华裳、配饰等改变他的品味，消磨他的时间。舒瓦齐也不得不配合殿下的行为。
　　Dirk Van der Cruysse (1997³), *Madame sein ist ein ellendes Handwerk. Liselotte von der
　　Pfalz-eine deutsche Prinzessin am Hof des Sonnenkönigs*(München)(German translation
　　of *Madame Palatine*, Paris 1988)。后来，殿下爱穿黑色长袍（介于神父的长袍和女士
　　长裙之间），不过这没有妨碍他和众多年轻女性有过风流韵事。

③　Von Collani (1985), pp. 11-13; Vongsuravatana (1992).

④　John W. Witek (1982), *Controversial Ideas in China and Europe: a Biography of Jean-
　　François Foucquet, S. J. (1665-1741)* (Roma), pp. 40f; Vongsuravatana (1992), p. 234.

主教陆方济（François Pallu，1623—1684）。他们在暹罗首都大城府
（Ayut'ia）成立了神学院，培养牧师，大城府很快成了法国的澳门，
即法国传教士进入交趾支那、东京*及中国的门户。

　　1667年，即他们抵达暹罗五年后，"太阳王"路易十四和暹罗王
纳莱在郎柏尔的帮助下建立起联系。①1680年12月24日，纳莱派
遣第一批暹罗使团（1680—1681）前往法国。然而不幸的是，1681
年，这支队伍搭乘的"东日号"（Soleil d'Orient）在马达加斯加附近
沉没。②陆方济鼓励纳莱王再派遣一个使团。1684年1月25日，第
二批使团（1684—1685）从大城府出发，领队的是两名暹罗官员及
巴黎外方传教会教士贝尼涅·瓦歇（Bénigne Vachet，1641—1720）。
同年11月使团带着献给路易十四的礼物抵达欧洲，受到国王接见。③

　　暹罗使团到达后，肖蒙侯爵奉命带领一个法国使团和"国王的
数学家"一同离开布雷斯特港，前往暹罗，这件事在本书中至关重
8 要。1685年12月22日，使团回到法国，与他们同行的还有另一个
由塔夏尔带领的暹罗使团，该使团还包括三位大使、八名官员、四
位秘书官及若干随从。④1686年6月18日，他们到达布雷斯特港。⑤
暹罗使团返回大城府，同行的还有西蒙·德·拉鲁贝尔（Simon de la
Loubère）和一些东印度公司员工、巴黎外方传教会教士兼修道院长梁

---

*　东京（TonKin），常被西方人用来指代以河内为中心的越南北部地区，越南人称其为
　　"北圻"。交趾支那即南圻。
①　Henri Chappoulie (1948), *Aux origines d'une Eglise. Rome et les missions d'Indochine au XVIIe siècle II* (Paris), pp. 99–100.
②　Adrien Launay (2003), *Histoire générale des Missions-Étrangères* I (Paris 1894), pp. 274–277; Vongsuravatana (1992), p. 233.
③　Launay (2003), pp. 310–318; Chappoulie II (1948), pp. 101f; Vongsuravatana (1992), p. 233.
④　Paul Kaepplin (1967), *La Compagnie des Indes Orientales et François Martin* (Paris 1908; New York), p. 197; Chappoulie II (1948), pp. 132–136; Dirk Van der Cruysse (1991), *Louis XIV et le Siam* (Paris), p. 371.
⑤　Vongsuravatana (1992), p. 234.

弘仁（Artus de Lionne，1655—1713）（后受封为罗萨利主教）、塔夏尔及其他 14 位耶稣会士。塔夏尔一行对梁弘仁主教承诺会服从传信部。1687 年 9 月 27 日，他们到达暹罗，主要任务是让暹罗国王直接皈依基督教（拉鲁贝尔）或通过科学和天文学的影响而间接改宗（塔夏尔）。①

　　暹罗与法国的建交得到希腊冒险家康斯坦丁·华尔康（Constantin/Constance Phaulkon，1647—1688）的支持。华尔康在暹罗的权势仅次于国王，曾担任英语翻译，1683 年成为暹罗国王的宠臣和几乎有着无限权力的首相，不过他只是谨慎地行使首相的权力，并没有接受首相的头衔。②1682 年，华尔康放弃英国国教信仰，在比利时耶稣会士安多（Antoine Thomas，1644—1709）的劝说下改信天主教。③华尔康看似内心充满矛盾，但很有能力，做事果断，给了法国耶稣会士极大的帮助，不过他不喜欢巴黎外方传教会。因华尔康的影响，纳莱王对欧洲科学很感兴趣，希望与法国建立贸易关系。后来国王病危，华尔康的政敌帕碧罗阇（Petracha）发动政变，终结了他的政治生涯。1688 年华尔康被处决，④ 暹罗与法国断交，之后暹罗与荷兰建立外交关系。⑤

　　除了传教士，路易十四和科瓦西侯爵夏尔·科尔贝（Colbert de la Croissy）（肖蒙侯爵和修道院院长舒瓦齐率领的赴暹罗使团的发起

---

① Chappoulie II (1948), pp. 121-125.

② Mme Yves de Thomaz de Bossierre (1997), *Un belge Mandarin à la Cour de Chine au XVII e et XVIIIe siècles. Antoine Thomas 1644-1709. Ngan To P'ing-che* (Paris), pp. 20-22.

③ Van der Cruysse (1991), pp. 251f. 华尔康改信天主教的真正原因是，只有成为天主教徒后，他才能娶一位葡萄牙与日本混血的年轻女子，名叫玛丽·吉玛尔（Marie Guimard）。

④ Launay (2003), pp. 278f; Vongsuravatana (1991), pp. 311-314; Van der Cruysse (1991), pp. 251f and p. 484.

⑤ Van der Cruysse (1991), p. 484.

人）都希望纳莱王能够改信基督教，但没有成功，因为信奉小乘佛教的暹罗看上去并不需要基督教。曾属于胡格诺派的肖蒙想极力劝说国王改信基督教，这实际上是使团的首要任务。10 月 18 日肖蒙第一次觐见纳莱王并呈上路易十四的信函，而纳莱王本来站在楼台旁边，这时不得不将身体探出才能接到这封信，可以看出肖蒙缺乏必要的外交礼节。然后他劝说国王改信基督教，不过没有成功。可是这些没有减少纳莱王对法国耶稣会士的尊重，至少肖蒙为法国的东印度公司签署了一份贸易协定，塔夏尔被派回法国招募更多的耶稣会士进入暹罗。[①] 或许是因为暹罗形势十分有利，五位"国王的数学家"和塔夏尔甚至讨论起他们是否都要留在此处，但最终决定只留下塔夏尔。1686 年 7 月 2 日，他们启程前往中国，然而并未成功，只得返回。1687 年 6 月 17 日，他们第二次启程前往中国，绕过葡萄牙控制下的澳门，于 7 月 23 日到达宁波。[②]

1.3 白晋在清廷：科学与哲学

　　法国耶稣会士到达中国后，向浙江巡抚金铉出示通关文书，然而浙江巡抚对传教士没有好感，上书礼部，要求将他们驱逐出境，理由是他们没有得到允许擅自进入中国。住在杭州的耶稣会副省会长殷铎泽（Prospero Intorcetta，1625—1696）给北京的南怀仁写信求助。康熙皇帝听闻一批数学家和天文学家来到中国，驳回了礼部的决定。1688 年 2 月 7 日，法国耶稣会士得以抵达北京。[③] 白晋和张

---

① Vongsuravatana (1991), pp. 262-264; Witek (1982), p. 41.

② Witek (1982), p. 41; Vongsuravatana (1992), pp. 234f.

③ 关于传教团前往北京的记录，参见 Louis Le Comte (1696), *Nouveaux Mémoires de la Chine...* (Paris), new edition: Louis Lecomte (1990), *Un jésuite à Pékin. Nouveaux Mémoires sur l'état présent de la Chine 1687-1692*, établi, annoté et presenté par FrédériqueTouboul-Bouyeure (Paris) lettre première, pp. 27-61; 另见 Witek (1982), pp. 42-45。

诚被选择留在清廷服务皇帝，其他人准许进行传教活动。这并非是康熙皇帝的决定，而是当时举足轻重的葡萄牙耶稣会士徐日昇的决定，因为徐日昇觉得他们是能力最弱的一批传教士。[①]

在清廷的前几年，即 1688 年至 1693 年 7 月，白晋或多或少表 11 现出欧洲人一贯的态度，更恰当地说，是法国传教士的态度。有两个证据可以证明这种态度。其一是白晋 1690 年 2 月至 1691 年 11 月的清廷生活日记，描述了他和张诚给康熙皇帝讲解欧几里得几何学的情况及其他事件；[②] 其二是他返回欧洲途中写的日记。

白晋觉得中国人和中国都很奇怪，食物不够可口美味，宫殿不如法国的精美讲究，蒙古人体味过重，等等。唯一让他敬佩的是康熙皇帝的仁爱和对待传教士的态度，他认为康熙皇帝与路易十四唯一的明显区别就是前者不信基督教。

最初，清廷生活对白晋和张诚而言十分艰难，不过他们学会满语和汉语后情况有所改善，还能和安多、徐日昇一起给皇帝上课。白晋和张诚住在葡萄牙人名为南堂的教堂，然而从一开始，葡萄牙 12 人和法国人的关系就不太好。葡萄牙人竭力维护在清廷的权利和影响力，因此与法国的教友展开竞争，比如扣留法国传教士与法兰西科学院的信件，有时甚至扣留路易十四支持的资金。另一方面，法

[①]　Von Collani (1985), pp. 14–18.

[②]　蓝莉（Isabelle Landry-Deron, 1995）描述了白晋和张诚如何开始给皇帝上课。1690 年 1 月中旬，就在《尼布楚条约》签订后不久（徐日昇和张诚曾在《尼布楚条约》的签订过程中协助过索额图），皇帝不理解安多（数学家，但不会说汉语和满语）和徐日昇（音乐家，会一点点汉语）教授的课程，因此决定自 1 月 24 日起白晋和张诚开始学汉语。2 月 13 日，皇帝测试他们的学习成果，感到非常满意，于是决定让他们教授欧几里得的《几何原本》，白晋和张诚采用了巴蒂斯更适于教学的新方法。Isabelle Landry-Deron (1995), *Les leçons de sciences occidentales de l'Empereur de Chine Kangxi (1662–1722) par les Pères Bouvet et Gerbillon*(Paris), pp. 60–67.

国传教士坚持建立独立的法国传教团来对抗保教区，并且双方都在争夺御宠。

白晋和张诚每天都要用满语给皇帝备课。利玛窦曾译过欧几里得的书，所用翻译底本系由其老师克拉维于斯在罗马注释。[①] 法国人用的"现代"教材为巴蒂斯（1636—1673）所著，教学顺序是先几何后代数。[②]

白晋来到中国，就思索过在华耶稣会传教团的根本任务。

1. 耶稣会士的适应策略：这意味着不仅要适应中国文化，还要把欧洲的科学、艺术、哲学介绍到中国，让皇帝感觉有价值，使得皇帝、士大夫和全体中国人民都皈依基督教。

2. 法国的远东政策：和大多数法国人一样，白晋坚定拥护路易十四，认为路易十四是全世界最强大最优秀的统治者，因此他努力让法国耶稣会从葡萄牙控制下独立出来。

3. 中欧科学和神学交流：白晋计划在中国建立一个神学／科学院，用索隐派的方法研究中国经典。为此他给修道院长兼法国王家学术总监让-保罗·比尼翁（Jean-Paul Bignon，1662—1743）、德国哲学家和全才莱布尼茨、教皇、传信部、宗教裁判所及其他罗马机构分别写了一封详细的信。[③]

白晋和张诚给皇帝上课的目的也是为了完成上述计划。1691

---

① 康熙皇帝曾跟南怀仁学习过数学和几何学，南怀仁采用的是利玛窦的译本和方法，而利玛窦则把克拉维于斯的版本翻译为汉语。参见 Louis Pfister (1932-1934), *Notices biographiques et bibliographiques sur les Jésuites de l'ancienne Mission de Chine 1552-1773* (Chang-hai), p. 37。

② Jami (1996), pp. 175-199.

③ 参见 Joachim Bouvet (1989), *Eine wissenschaftliche Akademie für China. Briefe des Chinamissionars Joachim Bouvet S. J. an Gottfried Wilhelm Leibniz und Jean-Paul Bignonüber die Erforschung der chinesischenKultur, Sprache und Geschichte*, C. von Collani (ed.) (StudiaLeibnitianaSonderheft 18) (Stuttgart)。

年 10 月 20 日白晋在给李明的信中写道："这位君王（康熙帝）让人告知我们，待他回来即要开始此类学习。之所以至今未能开始，部分是因为他的健康状况不允许，医生表示如此繁重的学业会对他的身体有害；部分则是因为他在最初接触逻辑学时遇到些困难，而这门学问本身也确实不太有吸引力、能引起这样一位君王的好奇心。我们将种种晦涩难懂的术语和弯弯绕绕全都删去，尽量用最简明、最清晰的方式把哲学入门翻译成了满语，完成这个翻译之后……。"①

14

　　白晋及其同事也在为法兰西科学院做研究。1691/1692 年，李明准备离开中国，白晋送给他若干科学研究手稿带回法国。② 很久之后这些手稿才由杜赫德出版：

　　1. 一份（西伯利亚）虎的解剖报告（老虎是康熙赏赐的）。③

　　2. 一份中国自然历史的译本。

　　3. 若干份关于暹罗大象的报告。④

　　4. 关于几种暹罗湾鱼的报告。

　　5. 关于双峰骆驼的报告。⑤

　　6. 1690 年 11 月至 1691 年 10 月底的北京气象观测记录。⑥

15

　　白晋的气象观测活动非常有趣，使用双气压计和于班（Hubins）温度计，并且每天记录三次数据。事实上，从一开始，气象学对耶稣会士就至关重要。耶稣会士撰写的第一部气象学专著就是对亚

---

① ARSJ. JS 165, ff. 100v–101r.

② ARSJ. JS 165, ff. 100v, 102r；参见张诚和白晋致皇家科学院的信，1691 年 12 月 11 日，ARSJ, JS 165, ff. 173v–174r.

③ Jochim Bouvet, "Journal a la cour", B. Nat., Ms. fr. 17240, fo 288v.

④ 很有可能由刘应撰写，参见 B. Nat., Ms. fr. 17240, ff. 3v–5; published in Du Halde III, pp. 480–482，参见 Isabelle Landry-Deron (2002), *La preuve par la Chine. La "Déscription" de J.-B. Du Halde, jésuite, 1735* (Paris), p. 242。

⑤ 由刘应撰写，B. Nat., Ms. fr. 17240, ff. 2–3, printed in Du Halde III (1735), pp. 483–484。

⑥ B. Nat., Ms. fr. 17240, ff. 37r–42v，从 1690 年 11 月到 1691 年 12 月（康熙二十九年至康熙三十年）。

里士多德《气象汇论》(*Meteorologicorum libri quatuor*) 一文的
评析。① 耶稣会士何塞·德·阿科斯塔 (José de Acosta, 1539—
1600) 于 1590 年发表了他 15 年间的观测成果, 题目为《新大陆
自然文化史》(*Historia natural y moral de las Indias*), 当时他在
南美洲居住。观测工具的改进标志着现代气象学作为独立科学分支
的开始。约 1650 年, 现代意义上的首次天气观测在巴黎和斯德哥
尔摩完成。1663 年, 英国物理学家罗伯特·胡克 (Robert Hooke,
1635—1703) 建立起首套气象观测标准。② 在华耶稣会士立即着手
类似的观测, 南怀仁已于 1672 年③ 撰写出首部关于温度计和气压计
的中文论文。有趣的是, 白晋在日记 (1691 年 8 月 20 日) 中提到
其气象研究由康熙皇帝本人倡议。康熙盼咐他每天测量气温, 测量
仪器是洪若翰献给皇帝的气压计和气温计。④ 白晋在 1691 年 10 月
20 日给李明的信中写道:"我给您寄去记载了 1690 年 11 月 10 日至
1691 年 10 月末期间每日气象变化的日历, 是这一年间我在北京观
测所得。这些气象观察分为四类: 天气、风、空气热度和空气重力
(pesanteur de l'air)。观测时段则在三个时间点: 清晨约 4 点、晚上
8 点, 以及与前两者时间距离相等的正午 12 点。不过有相当时日的
正午观测是空白, 凡此种情形, 表示我当时不得不前往宫廷。空气

16

---

① 尼古拉·卡贝神父 (Nicola Cabei SJ, 1586—1650) 发表了新的评论, *In quatuor
libros meteorologicorum Artistotelis commentaria*...(Rom 1646) (cf. Hubert Verhaeren
[1969], *Catalogue de la Pét'ang* [Pékin 1949, repr. Paris]) 在北京三次印刷, no. 1170, 1171
u. 1172; s. a. no. 1170–1172; cf. also Libert Froidmont (1587-1653), *Meteorologivorvm
libri sex* (Antwerpen 1627), 参见 Verhaeren no. 1648。

② Agustín Udías (1996), "Meteorology in the Observatories of the Society of Jesus", *AHSJ*
LXV, pp. 157–159.

③ 《验气说》, Pfister (1932–1934), p. 356。

④ B. Nat., Ms. fr. 17240, fo 301.

重力的观测有赖于一件装满水银和镪水的双重气压计而进行；而对空气重力*的观测则依靠一根 18 法寸*长的温度计来进行，该温度计通过内装液体或酒精的伸缩来显示不同的热度和冷度。这两样工具都是按照于班先生的方式制作的。一段时间内，我还想办法观测过干湿度：我把一匹马的尾毛一根根首尾相接，成为一根长五六突阿斯*的细绳，系在我的房中，下坠铅块，铅块随着空气湿度的变化而上升或下降，如此每日可观察到细绳的变化。不过，由于铅块持续下坠的作用，使得通过马尾细绳观察湿度的方法在头五六天内还算准确，但在随后的一两个月内，这种观察结果和工具本身就都不再可信——除非能找到一种校准的方法，使其摆脱这种不稳定的状态。不过我这段时间以来尚无闲暇做此事。今后我将继续此类观测，并争取更为精确。"① 17

1.4 欧洲医学

学习了大约两年几何和代数之后，皇帝开始对欧洲医学产生了浓厚的兴趣，耶稣会士于是开设了外科医学课程。"我们已经开始了物理学的教学，由于我们知道皇帝对于欧洲医学很有雄心，尤其希望了解人体结构，所以我们从人体科学着手，开始讲解哲学。在这部分课程中，我们准备了一份解剖学概要，里面有相关图形及其解释，还有从古到今相关领域的作者们做出的种种伟大发现；除此之外，在这第一部分里，我们也提到在我们手头现有的和将会有的法国王家科学院先生们关于动物的文章中，所有的观察都离不开上帝

---

* 原文如此，疑有误，应为"空气热度"。
* 法寸，法国古老的长度单位"pouce"一词的音译，1 pouce 约合 25.4 毫米。
* 突阿斯，法国古老的长度单位"toise"一词的音译，1toise 约合 1.949 米。
① ARSJ, JS 165, fo 102r.

的帮助。随后的讲义中将讲到的其他方面也莫不如此。这样一来，您会发现，我们将有大好机会让这位东方有史以来最伟大的君王认识到我们科学院每一位专家的功勋，同时让他们的文章在这片繁荣的大陆上传扬开来。这份荣耀将全部重归我们伟大的国王，得益于他的智慧，在他统治下各位明智官员的举措，我们这个时代的艺术和科学方能达到如此的高度。"①

18

白晋和张诚也为皇帝准备了一些欧洲医学疗法，比如古老的欧洲全方位疗法（all-round-remedy theriaque）。②课程之外，他们用满语写了关于外科医学的论文，当时这一领域在中国并未十分流行。③皇帝自己发烧生病之时，对西药产生愈加浓厚的兴致。通过治愈康熙皇帝的发烧病症（fever），法国耶稣会士得到了皇帝更多支持，他们为康熙皇帝治病这一经历记录在一些信件和报告中，其中一篇报告收录在《耶稣会士中国通信集》（*Lettres édifiantes et curieuses*），另一篇收录在冯秉正（De Mailla）的《中国通史》（*Histoire générale de la Chine*）第十一章。④皇帝连续发烧十几日，非常危险，御医对此束手无策。当时皇帝已经了解到西药的卓著功效，因已有一位仆人服用西药后得以康复。所以他派遣白晋和张诚去寻找同样的西药。起初，两位耶稣会士惶恐不安，因为若西药出现一丁点差错，就会影响整个传教活动。太子亲自试药后，皇帝服下西药，他曾将其称为"金药"（jinyao）。与此同时，耶稣会士不断向上帝祷告，皇帝终于退烧了，身体痊愈，耶稣会士如释重负。但是，皇帝再次发烧。⑤

19

① 白晋致李明神父信，1691 年 10 月 20 日，ARSJ, JS 165, fo 101r。

② Bouvet, "Journal des voyages du Pere Bouvet", BSB, Codex Gallicus 711, fo 153.

③ Bouvet, "Journal des voyages", fo 11; Nicolas Standaert (1999), "A Chinese Translation of Ambroise Paré's Anatomy", *Sino-Western Cultural Relations Journal* XXI, pp. 9–33.

④ Joseph Anne Marie de Moyriac de Mailla (1783), *Histoire générale de la Chine* XI (Paris), p.317.

⑤ Bouvet, "Journal des voyages", ff. 12f.

幸运的是，1693 年 2 月 5 日，洪若翰和刘应被皇帝召见，他们随身携带了一些奎宁。^① 在朝中四位大臣的监督下，他们对三位发高烧的患者进行了医治，三位患者很快康复。法国耶稣会士向皇帝保证说，法国王储的病症也曾在此疗法下得以痊愈。不久，中国皇帝也得以康复，^② 想为法国耶稣会士提供帮助，而耶稣会士们一直以来请求能有一所自己的房子，这样便可以摆脱葡萄牙人的束缚，获得更多自由。^③ 1692 年 11 月初，皇帝便派索三老爷（索额图）去和法国耶稣会士商讨他们的诉求。^④ 皇帝发烧康复后，在 1693 年 7 月 4 日的觐见中，大清内侍赵老爷（赵昌）向耶稣会士宣读圣旨："奉天承运，皇帝诏曰：今将皇宫外的一处别苑赐予尔等四人（法国耶稣会士），钦此。"^⑤ 法国耶稣会士将该别苑视为己用，而葡萄牙耶稣会士则将其视为中国境内所有耶稣会士的居所。

20

---

① Witek (1982), p. 62. ——奎宁，见 Bouvet, "Journal des voyages", fo 20。

② 白晋，"白晋神父致韦尔朱思神父信，1693 年 10 月 11 日自广东（节选）"，ARSJ, JS 165, fo 419r："我们的神父到达北京的时机非常幸运。那时，重病垂死的皇帝刚被张诚神父呈上的药挽救过来，这种药之前曾在很多患者身上被证明有效。不过他的病症又转化为疟疾发烧，因此尽管他在公开场合一直表示张诚神父是他的救命恩人，但实际上他心里还是很焦虑的。这时洪若翰神父带着金鸡纳霜抵达京城，在四位亲王的见证下治愈了同样患疟疾的三个病人。而且神父们告诉皇帝，法国的王储也是这样用药后被治愈的。感谢上帝赐福于这种药，皇帝终于被治好了，而且直到现在都身体健康，对此他很感激我们的神父们。"参见 the story inWitek(1982), pp. 61–63。皇帝对欧洲各种药方表现出极大的兴趣，参见白晋致拉雪兹神父信，1699 年 11 月 30 日，B. Nat., Msfr. 17 240, fo 51v："国王陛下曾开恩请其首席御医交给我三种能为康熙帝所用的药膏，康熙帝对这药方极感兴趣。张诚神父和我将其译成满语，并告知他这是一种秘而不传之方，于是他把我们叫到跟前，让我们念给他听，他则亲手抄录下来。抄完后的几个小时，他一直在赏玩我带回的物理和机械类的新奇物件，在接下来的数日，我们则给他一一讲解这些物件的原理。"

③ S. S. 安托万·托马（S. S. Antoine Thomas），"中断而后续的年度注释，始自 1694 年 8 月 28 日。前有始自 1686 年的行事简报"（Annotationes annuæ intermissæ et postmodum continuatæ. Incipiunt a 28. a Augi 1694. præmittitur brevis Relatio rerum gestarum ab anno 1686），ARSJ, JS 149, fo 541r。

④ Bouvet, "Journal des voyages", fo 7.

⑤ Ibid., fo 28.

1.5 哲学与神学

白晋刚到中国的几年，一直采用传统的适应策略，主要在现代欧洲科学的基础上获得认同。因此，白晋及其会友徐日昇和安多以及法国同伴张诚一起教授康熙皇帝，撰写关于欧洲解剖学、医学和药理学的专著，在专门的实验室进行实验。

21   关于下一步让皇帝皈依基督教，白晋和张诚计划向皇帝介绍西方哲学，因为哲学"这门科学，不仅包含正理之规则，还教授万事万物的本质、原理及因果，引导人们认识真正的上主，从而崇敬上帝、践行其神圣法则"。他们希望皇帝能够认可并批准这一著作，使之在中国境内正式出版。而后，中国人应将西方哲学视为中国的正统思想。①

将欧洲哲学翻译成中文、继而纳入官方考试科目的计划由南怀仁首次提出，但未能成功实施。② 他认为介绍亚里士多德式的传统西

22 方哲学会为基督教做很好的铺垫。③ 与此相反，白晋和张诚打算引进法兰西科学院哲学家杜哈梅尔（Du Hamel）为代表的"现代"法国哲学，"由于这位杰出哲学家的理论稳定可靠、简洁明晰而又纯粹，

---

① Bouvet, "Journal des voyages", fo 9.

② Noël Golvers (1999), "Verbiest's Introduction of Aristoteles Latinus (Coimbra) in China: New Western Evidence"; in: Noël Golvers (ed.), *The Christian Mission in China in the Verbiest Era: Some Aspects of the Missionary Approach* (Louvain Chinese Studies VI) (Leuven), pp. 33–53.

③ 莱布尼茨 1697 年 12 月 2 日致白晋，于汉诺威，参见 Rita Widmaier (1990) (ed.), *Leibniz korrespondiert mit China. Der Briefwechsel mit den Jesuitenmissionaren (1689–1714)* (Frankfurt), p.64: "刚去世不久的南怀仁神父承认，您与各位神父也发现：在中国宣传哲学意义重大，有助于使他们的灵魂更接近真正的宗教，从而接纳它。正因如此，研究如何教授哲学也变得重要起来，要让教授的哲学更有根据、更有说服力、更适合达到这样的效果。我注意到许多有学问的人认为应该废除经院哲学，用另一种完全不同的哲学取代它，不少人主张用笛卡尔哲学。但我在做了各方面的权衡之后认为，古代的哲学根基牢靠，现代的哲学应该用来丰富它而不是摧毁它。"

所以成为我们编纂该书的主要参考资源之一"。① 白晋认为,杜哈梅
尔的哲学会为中国人相信"自然神学"奠定基础(也就是类似于自 23
然法则的神学),然后过渡到相信基督哲学,最后发展成信仰基督
教。② 白晋也提到皇帝关于翻译欧洲哲学的意愿,希望可以在中国境
内出版并流传至后世。③ 当时的情况就是这样,皇帝本人得益于西药
的卓著成效,因此下令派遣一位耶稣会士返回欧洲去征募更多的耶
稣会士,由此可以在中国建立一所科学院。④

1.6 返欧之旅

事实上,除了治愈发烧,白晋为此决定规划了很好的路径。皇
帝问及来中国的原因,白晋便详细作了解释,即为促进中国科学和
艺术的发展。白晋还介绍了"太阳王",因为"太阳王"在巴黎创建

---

① Bouvet (1699), pp. 99f; 参见白晋致李明神父信,1691 年 10 月 20 日,此处白晋写
 到:"如果梁弘仁院长(abbé de Lyonne[=Artus de Lionne])或其他修士有此类书籍,
 并愿意出让,而您那边又不需要,就请您让他们借给我们吧。梁弘仁院长已经好心
 地给了我们杜哈梅尔哲学的另一卷,我们非常高兴地接受了,我们向他诚意推荐此
 书,并表达了感激之情……"ARSJ, JS 165, fo 101v. 杜哈梅尔(1624—1706)曾做
 过一段时间的演讲协会会员,后来于 1666 年被科尔贝任命为法兰西科学院秘书,任
 期至 1697 年。杜哈梅尔研究数学、化学和哲学,并曾尝试将上帝存在的经典证明
 和笛卡尔在其最重要的著作中阐述的"现代"哲学相结合。白晋在本书中也提及,
 即 *De consensu veteris et novae philosophiae libri quatuor seu promotae per experime-*
 nta Philosophiae pars prior. J. B. Du Hamel, P. S.L. & Regiae scientiarum Academiae à
 Secretis (Paris 1678, here edition of Norimbergae 1681):"或许在许多著名笛卡尔派人
 士看来,在我们的意识中,理性植根于 Deus 概念,而这是柏拉图派人士们以更为确
 实、适当的方式引入常识的。人们称,我们意识中有深入的、先天的关于至善、无
 尽、广阔、永恒、全能的存在的理念,该理念无法偏离至善永恒的存在,故此,应
 承认 Deus 称为'真'的该无限至善存在。"(Du Hamel[1681], p.564)
② Bouvet, "Journal des voyages", fo 9.
③ 白晋致李明神父信,1691 年 10 月 20 日,ARSJ, JS 165, fo 100v。
④ Bouvet, "Journal des voyages", ff. 28f。

了各种学院，这些学院已成为顶级科学机构。[①] 这使得康熙希望在自己的王朝也建立与之相媲美的机构。白晋也梦想着，位于世界两端的路易十四和康熙大帝这两位伟大的统治者彼此可以建立友好关系。白晋很有可能认为这一关系很容易建立，但当时唯一的问题就是基督教信仰问题："我们所希冀的唯有一事：他能像给我们向他进讲科学的自由那样，也给我们向他进讲福音和基督教神圣秘密的自由。"[②]白晋很有可能想仿照暹罗法国传教士的先例，他们在中法之间曾发起过一些代表团活动。白晋希望，若两国君主能够有机会认识彼此，一定会成为亲密的朋友。他们会组织中法两国之间的科学和文学交流活动，只要耶稣会士成功地让中国皇帝皈依基督教，所有这些活动最终都会有益于基督教的发展。[③] 其路径就是从代数到几何再到医学、物理学、化学，最后再到哲学。哲学最接近神学，会为基督教传播奠定基础。[④]

　　五年的辛勤付出后，1693 年似乎是决定成败的最后一年。1693年 1 月 5 日，康熙皇帝庆祝自己在位 32 周年，[⑤] 这时他宣布实施"完善艺术和科学"项目，这与法国国王的目标一致。2 月，皇帝大病初愈，这似乎是一个祥瑞之兆，同一天耶稣会士获赠府邸，也就是日后的北京北堂。康熙皇帝宣布，计划派遣一位法国耶稣会士作为使节前往法国和欧洲，禀明中国皇帝的伟大及其对待耶稣会士之友好。康熙选中白晋前往法国。[⑥] 康熙没有下达特别的指令，只是告诉白晋

---

① Grau (1988), pp. 49–52.

② 白晋、张诚致曼恩公爵信，1691 年 11 月 30 日，ARSJ, JS 165, fo 139v; cf. Thomaz de Bossierre (1997), p.95.

③ 白晋致李明神父信，1691 年 10 月 20 日，ARSJ, JS 165, fo 101r。

④ Bouvet, "Journal des voyages", ff.9f.

⑤ Ibid., fo 7f.

⑥ Ibid., fo 28f.

自己想在朝廷内完善科学和艺术，并且在东西方最强大和最高雅的 25
两大国度之间进行科学交流。①

白晋一行前往广州时，陪同人是前去广州欢迎已前往欧洲的
钦差大臣——意大利耶稣会士闵明我（Claudio Filippo Grimaldi,
1638—1712）归来的代表团。闵明我于 1686 年被派往欧洲，去寻求
以外交方式解决中俄在阿穆尔河（Amur River）上的冲突，并且寻
找一条横穿欧洲大陆和中国的旅行线路。皇帝正焦急地盼望着他的
归来。② 每年秋天，船只从欧洲或东印度群岛回来时，皇帝都要派一
支代表团前往广州迎接闵明我。与白晋同行的是一位清朝官吏佟老
爷和一位葡萄牙耶稣会士李国震（Manuel Osório，1663—1710）。③
这两支队伍应该是 7 月 8 日启程，由兵部提供必需的文书"勘合"
（cang ho），以便在路上更换马匹。白晋得到钦差的头衔，也就是皇 26
帝的钦差大臣，与闵明我一样。④

皇帝询问白晋建议送给路易十四什么礼物，考虑到英法两国正
在打仗，白晋建议不要赠送太过贵重的礼物。法国国王年岁日益增
长，到 1693 年已经 55 岁，因此赠送一些人参会对其身体有益，此
外，一些中国书籍对于法国王家图书馆来说会是极佳的礼物。于是，

---

① Bouvet, "Journal des voyages", fo 32.

② 作为教友的代表，闵明我曾被皇帝派往欧洲。他意识到要借道莫斯科，以此来避免
海路的危险，但这一任务却失败了，因为莫斯科拒绝让其通过。闵明我去了一些欧
洲城市，1691 年他从马赛出发，经由士麦那、波斯（1692），1693 年从果阿返回，
1694 年到达北京。Joseph Dehergne (1973), Répertoire des Jésuites de Chine de 1552 à
1800 (Rome, Paris), p.120. 闵明我将康熙的亲笔信交里斯本送往莫斯科，1690 年才送
达。S. Michael Hundt (ed.) (1999), Beschreibung der dreijährigen Chinesischen Rise. Die
russische Gesandtschaft von Moskau nach Peking 1692 bis 1695 in den Darstellungen
von Eberhard Isbrand Ides und Adam Brand (Stuttgart),p.296.

③ 关于佟老爷，详见 "Journal des voyages", no. 245. S. Arthur W. Hummel (1943), *Eminent
Chinese of the Ch'ing Period (1644-1912)* (Washington), pp.795f; s. a. David E. Mungello
(1994), *The Forgotten Christians of Hangzhou* (Honolulu), pp.28f。

④ Bouvet, "Journal des voyages", ff. 29f.

赠送的礼物包括一些御用人参以及由皇家出版社（Imperial Press）出版的一些汉语和满文书籍，包括一整套的自然史和中药发展史，还有十匹绣有龙纹的锦缎和中国瓷器。[①]白晋向皇帝、太子、索额图和纳兰明珠辞行，询问他们想让他从法国带回什么纪念品，还赠送给他们一些告别礼物。

白晋于 7 月 8 日匆忙启程，因此来不及完成准备工作，便将一些瓷器和书籍的准备工作交给会友来完成，由他们找人送至广州，白晋只带了人参和锦缎上路。此处省略了关于白晋一路到广州途经各驿站的详细介绍，因为这些详情可参见本书正文，还可参见馆藏号为 B. Nat., Ms. Fr. 17 240 的副本，完整版详见杜赫德的著作。[②]白晋未出版的一部分日志包含对一些现象的描述，比如气象观察、草乌柏树（arbre de suif）、荔枝、一些动物以及中国人的劳作方式。这些内容并没有在欧洲出版，因为对热衷于阅读有趣故事的欧洲读者来说，这些内容着实没有趣味。他们更喜欢阅读对中国礼仪的描述，诸如宴会、仪式等。[③]白晋沿途经过的主要驿站有山东德州（7 月 13 日），山东兖州（7 月 17 日）、江苏宿州（7 月 20 日）、江西九江（7 月 31 日）、江西南昌（8 月 3 日）、江西吉安（8 月 9 日）和江西赣州（8 月 14 日）。[④]白晋借此机会拜访各处的传教士、耶稣会士、方济各会士、奥古斯丁会士以及巴黎外方传教会士。经过 45 天的骑马、乘船和坐轿，一行人终于在 8 月 22 日到达广州，这段愉快的旅行共计里程达 7065 里（约等于 4000 公里）。正常情况下，传教士大约要

27

---

① Bouvet, "Journal des voyages", fo 34.

② Du Halde II (1735), pp. 113–125.

③ Ibid., pp. 134–138.

④ Monique Cohen (1990), "A point of history: the Chinese books presented to the National Library in Paris by Joachim Bouvet in 1697", *Chinese Culture. A Quarterly Review* 31 no. 4, pp. 39–48.

两个月的时间才能到达，专差八天内便可以到达，一个普通满人则通常需要 21 天。①

　　白晋希望可以继续加快前往欧洲的步伐，广州是一个繁忙的港口，尤其是英国船只居多，而葡萄牙的船只则要继续前往澳门。前往欧洲的最佳时间是年初。尽管白晋即刻开始寻找机会离开广州，但未能成功。因此，他尝试与亲王和总督建立联系，通过这些关系帮助其他传教士购置宅院等事宜。最终，9 月 5 日，亲王派人送来消息说，澳门有一艘英国船开往马德拉斯（Madras）。10 月 11 日，白晋开始和船长进行协商，希望可以得到船上去往印度群岛的三个位 28 置，但是他们必须要再等两个月，船才能出发。

　　在广州，一些宗教团体和会众利用自己的房子开设了七座礼拜堂，奥古斯丁会士、葡萄牙耶稣会和法国耶稣会各有一座礼拜堂，方济各会和巴黎外方传教会各有两座。② 白晋和张诚与来自巴黎外方传教会的同胞们关系甚好，而这些人也是法国耶稣会士对抗葡萄牙耶稣会士的天然同盟。白晋在暹罗时就已经了解到第一批巴黎外方传教会士如何穿过大陆到达暹罗，比如宗座代牧陆方济（François Pallu）。他也注意到法国王室和暹罗王室之间的友好关系，并以此为范本来建立中法友好关系。白晋和张诚与中国和暹罗巴黎外方传教会的不少宗座代牧保持着广泛的联系，比如白日昇、梁弘仁、西塞（Louis Champion de Cicé, 1648—1727）、颜珰、朗莫（Louis Laneau, 1637—1696）、巴复礼（Jean Bénard, 1668—1711）和卡

---

① P. Visschers (1857), *Onuitgegteven brieven van eenige Paters der Societeit van Jesus, Missionarissen in China,...* (Arnhem), p. 109; Antonio Sisto Rosso (1948), *Apostolic Legations to China of the Eighteenth Century* (South Pasadena), doc. 2; Pasquale d'Elia (1943), *Fonti Ricciani* II (Roma), p. 23 no. 19.

② *Sinica Franciscana* VIII (Romae 1975), p. 1048.

朋（Ivo Carpon，1640—1691）。① 然而，在白晋从欧洲返回之前，这些友好的关系全都戏剧性地破裂了。

　　白晋前往澳门去找那艘英国船，但这艘船来自苏拉特（Surat），而不是科罗曼德尔（Coromandel）海岸，因此没有任何信件要带给耶稣会士。于是白晋开始和名叫斯蒂瓦特（Stewat）（也有可能叫斯29 图尔特〈Stewart〉）的船长进行沟通，双方抛开了英法两国当时敌对的状态，在谈话中都表现得很有礼貌。为了获得通行证，白晋帮助英国船长解决中国海关关税问题，并帮其在澳门购置了住宅，以便其在中国更好地从事贸易。② 白晋明确地告知英国船长自己的钦差身份，为自己以及两位法国同胞西塞和孟尼阁 * 在船上预定了位置，这两人都是巴黎外方传教会士，白晋在广州遇到他们，他们也想返回法国。③ 船长愿意免费带白晋和孟尼阁去印度群岛，为其提供饮食。④ 白晋想要去埃穆伊（Emouy），那里会有一些英国船只靠岸。⑤ 送给

---

① Mme Yves de Thomaz de Bossierre (1994), *Jean-François Gerbillon, S. J. (1654-1707). Un des cinq mathématiciens envoyés en Chine par Louis XIV* (Louvain Chinese Studies II)(Leuven), pp. 137-149; ARSJ, JS 165, ff. 105r-v; ff. 166r-167v; ff. 186r-187v; ff. 201r-204v; ff. 205r-206v.

② 出于以下几种原因，耶稣会士在大多数船上都很受欢迎。他们在天文学和航海方面经验丰富，有助于找到正确的航道；他们掌握一些医学知识，可以帮助医治病人；他们会讲多种语言，可以做口译员；他们在各处都有熟人和教友，受过教育，可以与船长和军官交谈。重要的是，他们在漫长而乏味的旅途中能够作为神职人员和传教士进行传教；他们让水手们做弥撒和忏悔，使有些人甚至改信天主教。因此耶稣会士在船上营造出良好的风气。沙守信在一封信中写到，英国船只都会让传教士上船，而不考虑他们的国籍和目的地。见基洛拉莫·弗兰基神父（Girolamo Franchi SJ，1667—1718）在 1702 年 9 月写的信，详见：Joseph Stöcklein (1762) (ed.), *Der Neue Welt-Bott*, (Augspurg, Grätz), Brief no. 67。

* 孟尼阁（Nicolas Charmot，1655—1714），也曾被译为夏尔莫、谢莫。

③ Bouvet, "Journal des voyages", ff. 91-93.

④ Ibid., fo 96.

⑤ Ibid., ff. 93f.

国王的礼物书籍和瓷器已由一名中国传教士带至广州。[①]白晋与佟老爷和奥索里奥神父告别，事实证明他们二人这趟广州之行完全是徒劳，因为闵明我第二年 8 月才回来。[②]最终，在季风来临时，船只于 1649 年 1 月 10 日起航。[③]

30

　　他们乘船途经普罗迪梦岛（Isle Pulo Timon）、南角（Cap du Sud）、"白石"（Pierre Blanche）、马来西亚（Malaysia）、唐·伊尔莫斯（Don Irmaos）、波卢·埃雷拉（Polu Errera）、阿舍穆（Achem）、锡兰（Ceylon）、科摩罗角（Cap de Comoris）、迦尔居特（Calecut）、塔利切（Talitcher）、卡那诺尔（Cananor），最后于 1694 年 5 月 24 日到达苏拉特。[④]苏拉特也叫古佐拉特（Guzuratte）、苏拉特（Surate）、索拉特（Sauratte），是东印度对外贸易的重要港口之一，它位于古佐拉特王国，该王国由大莫卧儿统治。苏拉特的商品包括珍珠、琥珀、中国麝香、灵猫香、丝绸、棉花、靛蓝染料、医药品和香料。这里曾经有一家英国商行（1611 年开设）、一家荷兰商行（1616 年开设）以及几家亚美尼亚和法国商行（1666 年开设）。[⑤]

　　在苏拉特，白晋遇到一位计划前往波斯的船长。幸好白晋当时没有坐上他的船，因为那位船长在八个月后不得不返回苏拉特。白晋在苏拉特待了大约 50 天，然后和孟尼阁、迪于斯（Diusse）一起前往苏瓦里（Suali，6 月 13 日）避暑，[⑥]在那儿待了 10 个月后，于 1695 年 3 月回到苏拉特等待法国来的船只。[⑦]白晋最终决定乘坐土耳其的船去麦加的港口吉奥达（Giodda）。法国耶稣会士让·勒韦尔神

---

① Bouvet, "Journal des voyages", fo 101.

② Ibid., fo 96.

③ Ibid., fo 111.

④ Ibid., fo 131.

⑤ Johann Heinrich Zedler (1774), *Universal-Lexicon aller Wissenshaften und Künste* 41 (Halle, Jena), cols. 395–397; Kaepplin (1967), p. 52.

⑥ Bouvet, "Journal des voyages", ff. 132f.

⑦ Ibid., ff. 133.

父（Jean le Vert，1648—1725）会讲土耳其语，为白晋提供了帮助。在这种情况下，法国国王的通行证十分有效。与白晋同行的孟尼阁决定经波斯返回欧洲。

31   他们早就预料到大莫卧儿奥朗则布（Auraengzeb）的儿子苏阿吉（Suagi）的部队会发起进攻，因此于 1695 年 3 月 17 日匆忙出发。[1] 白晋改变了装扮，将满族帽子换成了长头巾。因为船上有 200 多名乘客，其中有土耳其人、印度人和阿拉伯人，全部都是穆斯林。白晋在船上住一个单间，因此可以自由地做礼拜。这种船上没有医生，除了白晋之外，没有人懂得医学，于是白晋将药品分发给有需要的人。一个信天主教的亚美尼亚人给他当随从翻译。[2]

1695 年 4 月 2 日，他们到达索科特拉岛（Sokotra），这里使白晋想起了前往印度群岛时途经此地的沙勿略（Francisco de Xavier）。岛上居民三万人，其中有一半的人曾经都信奉基督教，而现在都是穆斯林，另一半的居民仍旧信仰基督教，但是对圣礼却并不熟悉。船驶入红海后，白晋不用向吉达（Gidda）的巴夏（Pacha，土耳其高级官员）支付关税，因为他携带的物品只有书籍和瓷器，是"艺术与科学的完美结合"。此外，他携带的法国国王的通关文书在各地都可以作为一种通行证。[3] 巴夏居然主动提出帮助白晋通过船运或陆路交通到达开罗，而无视禁止帮助基督徒的禁令。白晋对此非常感激，但是考虑到陆路太危险，因此更倾向等待从苏伊士回来的船只，而这些船只只有在 6 月或 7 月季风到来时才会回来。

在此期间，苏丹艾哈迈德二世（Sultan Ahmed II，1691—1695 年在位）去世，穆罕默德四世（Mechmed IV，1648—1687 年在位）的

---

① Bouvet, "Journal des voyages", fo 135.
② Ibid., fo 136.
③ Ibid., ff. 143-145.

儿子穆斯塔法二世（Mostapha II，1695—1703 年在位）继位。巴夏
的任职得到批准，但是他对白晋的友好态度却发生了变化。那位看
起来并不怎么可靠的口译员，建议白晋取道麦加，因为麦加的市长　32
不是巴夏的朋友。白晋此刻也不确定，于是在这种情况下，他按照
圣伊格纳斯（St. Ignace）的建议行事：将一切交给上帝，等待上帝
的指引。白晋已经自学了土耳其语，因此可以在没有翻译的情况下
与船长进行交流，但显然双方会存在一些误解。白晋想将口译员打
发回去；船长则理解为白晋要返回去。船长似乎对这个方案颇为高
兴，便告诉白晋土耳其政府已经向法国宣战，因此他无法去开罗和
黎凡特（Levant）。于是，白晋决定回到苏拉特。

　　在吉达，白晋有机会运用其医学知识，他医治了麦加行政长
官的叔叔，此人是先知穆罕默德的后代。这位贵族的病在胸部。白
晋给他做了检查，告诉他怎样恢复健康，然后给了他一瓶铁线蕨糖
浆。关于航行，白晋建议传教士还可以担任医生，因为自己在医药
学和配药方面知识渊博、经验丰富，比如复方软糖剂或者"穷人药"
（remede des pauvres）。他还建议在游历属于高门＊的国家时，要学
习土耳其语或阿拉伯语，这样就不用依赖糟糕的口译员。然后他讲
述了穿越红海的船只，包括一些小帆船和另外 25 艘船的情况。这些
船都在 6 月出发，从苏伊士到吉达单程需要 20 天。它们在 8 月末或
9 月初开始返航，需要 80 天。陆路的商队到苏伊士需要 40 天，到大
马士革需要 35 天。白晋将吉达周边描述成一个非常炎热且让人无法
接受的地方。①

　　7 月 17 日，他们启程返回苏拉特，于 1695 年 9 月 13 日到达。　33
东印度公司的地方主管皮亚乌尔讷（Pillavoine）先生告诉白晋，关

＊　高门（Sublime Porte），1923 年前奥斯曼帝国政府的正式名称。

① 　Bouvet, "Journal des voyages", ff. 146–157.

于法国和土耳其之间的战争是谣言。①白晋就留在苏拉特等待时机再去欧洲……因此，他有许多时间钻研中文书籍，进行天文观测。②在苏拉特，白晋遇见来自法国的老朋友居伊·塔夏尔（离法日期：1695 年 3 月 27 日）。塔夏尔是和马林·塞尔基尼（Marin Serquigny）任指挥的舰队一起来的，该舰队包括六艘船，由法国海军大臣蓬查特兰伯爵路易·菲利波（Louis Phélypeaux de Pontchartrain，1643—1727）派往印度群岛。其中三艘属于国王，三艘属于东印度公司。③这些船于 1696 年 1 月 16 日到达苏拉特。④王家船只的名字是："梅登布利克号"（Médemblick）、"猎鹰号"（Faucon）、"泽兰德号"（Zélande）；东印度公司船只的名字是："蓬查特兰号"（Pontchartrain）、"隆雷号"（Lonray）和"昌盛号"（Florissant）。⑤塞尔基尼出使印度群岛并不成功，因为莫卧儿皇帝奥朗则布（1658—1707 年在位）禁止任何贸易，打击海盗。⑥法方成立了战事委员会，并决定在此情况下最好回到法国，不要再等待来自孟加拉的商品。塞尔基尼驾驶两艘船到果阿（Goa）和孟买，但和荷兰人进行了战斗，然后于 3 月 26 日回到苏拉特。⑦法国东印度公司的前负责人皮亚乌尔讷先生想返回法国，因为他的继任让·巴普蒂斯特·马丁（Jean Baptiste Martin）终于到达"猎鹰

---

① Bouvet, "Journal des voyages", ff. 157f; 参见 Bouvet, letter à un Jésuite, Surat, 21 décembre 1695, ARSJ, JS 166, ff. 102r–103v.

② Bouvet, "Journal des voyages", ff. 162f.

③ 由于领航员操作失误，他们的这段旅程很不顺利；其中一条船在马达斯加岛附近消失，在返回欧洲的途中，他们失去了"月桂号"。在印度群岛，奥朗则布因海盗阻挠其与英格兰、荷兰和法国的贸易而大怒。Vongsuravatana (1992), p. 321.

④ Vongsuravatana (1992), p. 239.

⑤ Kaepplin (1967), p. 657.

⑥ Ibid., p.327.

⑦ Ibid., p.328.

号"。① "月桂号"(Le Laurier)、"朗雷号"("隆雷号")应该去"巴
拉索"(Balassor)。② 白晋决定加入塞尔基尼的船队。当八艘荷兰船
接近苏拉特时,塞尔基尼下令于 1696 年 4 月 27 日突然离开。③ 舰
队于 7 月 2 日至 9 月 4 日期间停靠在波旁岛(Bourbon),10 月 7 日
绕过好望角,前往巴西(11 月 17 日到 12 月 2 日)。他们遇到了三
艘西班牙船只(1 月 21 日),"猎鹰号"成功俘获其中的一艘,名为
"星之圣母号"(La Senhora della Estrela)。这些船分别于 1697 年 2
月末和 3 月 5 日到达布雷斯特(Brest)和路易斯港(Port-Louis)。
整个行程中的唯一收益是价值 10 万埃居(ècus)的一艘西班牙船。④
白晋等不及了,便于 3 月 1 日就离开了停在布雷斯特的船。⑤

2. 白晋在欧洲

35

2.1 "太阳王"

3 月末,白晋抵达巴黎。⑥ 没顾上其他事情,他立即造访王室大
臣,向他们禀报中国皇帝未向路易十四发送公函的原因。事实上,
为避免使"太阳王"处于中华帝国的臣属地位,他们有意将公函略
去。⑦ 而且,在殖民地档案(Archives des Colonies)中,似有信件表
明白晋当时是以御史身份出使法国的,⑧ 回到中国后,皇帝也确实以

---

① Bouvet, "Journal des voyages", ff. 161f.
② Bouvet, "Journal des voyages", fo 163; Kaepplin (1967), p. 330.
③ Kaepplin (1967), p. 329.
④ Kaepplin (1967), p. 330; Bouvet, "Journal des voyages", ff. 163−170.
⑤ Bouvet, "Journal des voyages", fo 170.
⑥ 参见白晋 1697 年 3 月 31 日于巴黎写给冈萨雷斯的信,ARSJ, JS 166, ff. 187r−
188v。
⑦ Witek(1982), p.84.
⑧ J. Gatty(1962)(ed.), *Voiage de Siam du Pere Bouvet* (Leiden), p. LXXII, no. 4.

钦差大臣的身份相待。[①]

不久，白晋试图在"太阳王"与中国皇帝之间建立友好关系。
36 1697 年 4 月 3 日，白晋觐见路易十四长达一小时。[②] 其间，他献上从中国带来的礼物，并明确此次出使的目的，而这恰恰与路易十四向中国派遣传教士的目的如出一辙。路易十四对中国的福音传道以及两国科学艺术领域的交流活动饶有兴致。[③] 我们无法确切知道，中国皇帝的礼物是否悉数到达法国，但可以肯定的是，白晋将汉语书籍交给了王室图书馆。[④] 作为酬谢，路易十四授权白晋花一万法郎为中国准备礼物，还批准派遣更多的耶稣会士前往中国传教。[⑤] 白晋将回法后的日记定名为《白晋神父的旅行日记……》(*Journal des voyages du Pere Bouvet...*) 并献给国王。国王读罢，续写两页并留下签名。[⑥]

白晋本来计划 6 月 8 日前往罗马，向耶稣会总会长报告法国和
37 葡萄牙两国耶稣会士之间的矛盾，同时争取使法国耶稣会士完全独立

[①] François Froger (1926), *Relation du premier voyage des François à la Chine fait en 1698, 1699 et 1700 sur le vaisseau "l'Amphitrite"*, E. A. Voretzsch (ed.) (Leipzi), p. 71.

[②] 参见 1697 年 4 月 6 日白晋于巴黎写给约瑟夫·吉贝尔 (Joseph Guibert) 神父的信，BNC VE, FG A. 8.63a："三天前我蒙国王召见近一小时，其间陛下阅示了我从中国带回的所有物件。在剩下的半个多钟头里，我得以从容地向这位伟大的君王陈述了我此行的目的、我有幸受中国皇帝指派回来所携的任务——正如当年我们有幸受国王委派而前往印度和中国一样。国王陛下饶有兴趣地听着这一切，对于我们有望达成使整个伟大的中华帝国皈依基督教这一前景表现出尤其强烈的欣喜之情，并表现出愿意用其所有能量促成这一幸事的强烈愿望。"参见德拉布里耶尔夫人 (Mme de la Brière) 致博泽先生 (M. Bozé) 信，1697 年 5 月 12 日，in: "Journal des voyages", fo 190。

[③] 白晋致让·吉贝尔 (Jean Guibert) 神父的信，1697 年 4 月 6 日，BNC VE, FG A 8[63a]。

[④] Cohen (1990), pp. 39–48. 丛书包含中国经典、儒学典籍 (《孔子家语》《性理大全》)、史书《资治通鉴纲目》，以及军事著作 (《武经》)。科恩女士认为，白晋很可能是后来才从民间购得了这些书籍，它们并非出自皇家出版社。

[⑤] Witek (1982), p. 86.

[⑥] BSB, Codex Gallicus 711, t. VII, no. 1326; cf. Gatty (1962), p. LXXII, no. 3. 第三页页面文字明显与《日记》无关。

于中国的葡占副省区，并反驳教士孟尼阁在罗马的指控（见下文）。
然而，白晋担心错过前往印度的秋季航船。此外，拉雪兹神父和其他
上级并不主张他去罗马，因为他们认为这样做于事无补。[①]

2.2　白晋的著作

白晋在法国出版了《中国（康熙）皇帝历史画像》（*Portrait
historique de l'empe-reur de la Chine*，巴黎，1697）。[②] 该书对康熙皇
帝的文治武功进行褒扬，并将他与"太阳王"路易十四对比。书中
对康熙皇帝的描述语调朴实，涵盖传教士为康熙传授知识、他们在
清廷的生活以及与朝廷的联系等方面。其内容主要来源于白晋和张
诚写给"曼恩公爵"（Duc du Maine）的信，信件对开 20 页，日期
为 1691 年 11 月 30 日。[③] 曼恩公爵是路易十四的私生子，极力主张
并资助传教士前往中国布道。[④] 白晋本想将这本书译为意大利语，呈 38
送给罗马教皇和万民福音部（Sacra Congregatio de Propaganda Fide，
原名传信部）。无疑这将展现中华帝国对法国耶稣会士的热忱与仁
慈，同时，这也是神在中国成就传道伟业意志的体现。[⑤] 可事实上，

---

① 白晋致让·吉贝尔神父的信，1697 年 4 月 6 日，BNC VE, FG A 8[63a]；白晋，1697 年
6 月 10 日的信，BNC VE, FG A 8[63b]。

② 1698 年即已再版；第三版于 1699 年出版，新拟标题为 *Histoire de l'Empereur de la
Chine*，拉丁语版标题：*Icon Regia Monarchae Sinarvm Nvnc Regnantis*；1699 年英语
版标题：*The Present Condition of the Muscovite Empire....*（伦敦，1699）；*'T Leven en
Bedrijf Van den tegenwoordigen Keiser van China...*（与郭弼恩合作编辑 1699 年在乌
特勒支出版荷兰语版）；德语版标题：*Das heutige Sina*, 3. Teil（1700）；意大利语版
标题：*Istoria dell'Editto Dell'Imperatore della Cina...*（1699, 1710）。S. Robert Streit,
(1929) (ed.), *Bibliotheca Missionum* V (Freiburg), no. 2728.

③ 白晋、张诚致曼恩公爵的信，1691 年 11 月 30 日, ARSJ, JS 165, ff. 137r–147v。

④ *Encyclopedia Britannica*.

⑤ 白晋致让·吉贝尔神父的信，1697 年 6 月 23 日, ARSJ, JS 166, ff. 200r–202v。

意大利语译本 1699 年才得以问世，1710 年修订发行第二版。[①]

此后，白晋就 1692 年所谓的《宽容敕令》(*Edict of Toleration*) 撰写了一则报告，旨在呈献给罗马教宗和宗教法庭 (the Holy Office)。该报告强调了法国耶稣会士的重要作用，在这一问题上的观点与葡萄牙耶稣会士苏霖 (José Suarez, 1656—1736) 的报告截然相反。[②] 苏霖的报告于 1697 年由德国政治家、哲学家莱布尼茨收录在他的《中国近事》中，这部著作辑录了当时在中国传教的耶稣会士的大量书信和报告。[③] 1698 年，法国耶稣会士关于《宽容敕令》的报告发表，题目是《中国皇帝宽容基督教诏令史》(*Histoire de l'Edit de l'Empereur de la Chine, enfaveur de la Religion Chrestienne*) (巴黎，1698)，作者署名为郭弼恩 (Charles Le Gobien, 1653—1708)。郭弼恩是《耶稣会士书简集》的编者，常住巴黎，自 1702 年到他去世，从未去过中国，所以他显然不是该书的真正作者。在有关本敕令的出版过程中，他是编辑和修订者。

与此同时，白晋开始"召集"有学识的法国耶稣会士前往中国传教，以壮大法国传教队伍，进而增强对中国皇帝的影响。我们至少知道白晋名单中的一些名字。他曾举荐在罗马的法国助理候选人让·约瑟夫·吉贝尔和其他两位法国耶稣会士马若瑟、安托万·德皮努 (Antoine d'Espineuil, 1655—1707) 作为在中国传教队伍的补充力量。[④] 主教同意后，白晋征询总会长的许可。马若瑟被应允前往中国，但安托万对枢机团来说过于重要。[⑤] 这些人不仅热衷传教，而

---

① *Bibliotheca Missionum* V, no. 2728 ；参见白晋致蒂尔索·冈萨雷斯·德桑塔利亚神父（ P. Tyrso Gonzatez de Santalla ）的信，1697 年 12 月 2 日于巴黎，ARSJ, JS 166, ff. 261r–262v。

② *Bibliotheca Missionum* V, no. 2715, published in the *NovissimaSinica*, pp. 1–146.

③ *Bibliotheca Missionum* V, no. 2734; s. a.Clauda von Collani (1996), "Zum 350. Geburtstag von Gottfried Wilhelm Leibniz (1646-1746), *China beute* XV, pp. 121–126.

④ 白晋致让·吉贝尔神父的信，1697 年 6 月 23 日于巴黎，ARSJ, JS 166, ff. 200r–202v。

⑤ 白晋致冈萨雷斯神父的信，1697 年 6 月 24 日于巴黎，ARSJ, JS 166, ff. 204r。

且在研究古代历史以及古代语言方面颇有造诣，因此这几人应该是白晋特意挑选出的，这也表明，早在 1697 年，白晋就已谋划好如何研究中国古代历史，以此充实其神学理论。[①]

2.3 法葡之争

　　白晋还有一个宏愿，那就是解决法国与葡萄牙两国耶稣会士之间的矛盾。葡萄牙步步紧逼，嫉妒法国，坚持实现在中国传教事务上的专有权。五名法国耶稣会士抵达中国时，葡萄牙耶稣会士满是猜疑，并没有友好相待。当时徐日昇负责从中挑人去朝廷供职，面善心诚的白晋和张诚被选中，而数学更好的洪若翰神父落选后获准前往地方传播福音。尽管如此，一场激烈的争辩很快爆发，大大削弱了在朝廷供职以及其他所有来华耶稣会士的影响。因此，白晋打算在罗马大力宣扬中国传教活动的好处，同时主张法国传教士与葡占副省区一刀两断。多亏给会长多次去信争取，同时有法国王室的斡旋作为支撑，努力没有白费，法国耶稣会士终于在 1700 年 11 月 30 日获得独立。[②]

2.4 在中国的基督教及其与中国礼仪之争的新开端

　　1689 年，徐日昇和张诚两位神父担任翻译，大大促进了中俄两国《尼布楚条约》（Treaty of Nerchinsk）的签订，该条约昭示着中国的胜利。清朝使团由重量级大臣索额图（1703 年去世）率领，他是已故皇后的叔父，太子的舅祖父。[③] 在尼布楚长时间的谈判过程中，

---

① 　Von Collani (ed.) (1989), p. 28 no. 99.

② 　Dehergne (1973), p. 336.

③ 　Joseph sebes (1961), *The Jesuits and the Sino-Russian Treaty of Nerchinsk (1689). The Diary of Thomas Pereira S. J.* (Rome); Silas Hsiu-liang Wu (1979), *Passage to Power: K'anghsi and his Heir Apparent 1661–1722* (Cambridge, Mass.), pp. 24f.

索额图认识到张诚的杰出才能和无限忠诚，对他肃然起敬。与此同时，法国耶稣会士与索额图的政敌——满族重臣明珠（1635—1708）也保持着良好的交情。和皇帝一样，这二位重臣时常能收到耶稣会士送来的礼物，都是欧洲的奇巧珍品。作为回报，特别是索额图多次出手相助。①

41 直到 1692 年，基督教在中国才被正式承认为宗教。杨光先发起"康熙历狱"，汤若望被判处死刑，所有传教士被驱逐至广州；此后，在中国的传教活动似乎销声匿迹。然而，南怀仁成功为汤若望平反昭雪，从而恢复了欧洲天文学的声誉。1675 年，康熙皇帝还御赐南怀仁和基督教堂一块"敬天"牌匾，以示保护。②不过基督教并没有得到真正意义上的许可，也不是特别安全。1688 年，浙江发生了几起地方性的迫害，鉴于教友在钦天监（the Astronomical Ministry）颇有影响力，殷铎泽前往北京寻求帮助。耶稣会士们试图利用自身的影响力，在第一时间试图求助皇帝，但这何等艰难。朝中耶稣会士一次次地向皇帝请求开恩。尽管康熙十分感念他的老师，但对一位中国帝王，或对任何一位中国官员来说，与外国人及其宗教联系过密，这都是不可取的。③最终，请愿书被传至礼部。礼部大臣立即查阅古代诏令，结果发现里面均明令禁止基督教，仅允许欧洲人信奉基督教！事已至此，无所畏惧的索额图挺身而出，强迫礼部顺应皇帝的心意。1692 年 3 月 22 日，《宽容敕令》颁布。基督教获得了和道教、佛教同等的权利，原因并不在于它作为宗

---

① Bouvet (1699), pp. 152f.

② S. Claudia von Collani (1994a), "Jing tian — the Kangxi Emperor's Gift to Ferdinand Verbiest", in: J. W. Witek (ed.), *Ferdinand Verbiest S. J. (1623–1688). Jesuit Missionary, Scientist, Engineer and Diplomat* (Monumenta Serica Monograph Series XXX) (Nettetal), pp. 453–470.

③ Charles Le Gobien (1698), *Histoire de l'Edit de l'Empereur de la Chine, en faveur de la Religion Chrestienne...* (Paris).

教有多么先进优良，而在于对中国人学习西方天文学、铸造炮舰等科学技术大有助益。这时的中国，似乎所有的大门都向基督教敞开了。①然而，一年后，局势恶化。福建地区的宗座代牧颜珰于1693年3月19日发表了一道"牧函"（Mandatum seu Edictum），禁止中国基督教徒参与祭祖祭孔的仪典，并禁止使用"天主"以外的词称呼上帝。② 42

　　白晋在离开中国前听说了颜珰在福建下达的禁令，他很有可能和同事们想的一样，禁令只在当地生效，而且不过一时之兴。正如之前提及，白晋在广州遇到了此前在暹罗认识的"巴黎外方传教会"的三位同胞，分别是西塞、白日昇和孟尼阁。白晋曾帮助孟尼阁，让他一同搭乘英国"财富号"轮船前往印度，随后在苏拉特共同度过了几个月的时光。孟尼阁离开后，白晋还十分想念他。共处的那几个月，孟尼阁一直隐瞒自己回欧洲的真正原因，那就是把颜珰的禁令连同两封附信带去罗马，上交宗教法庭，希望教会官方支持颜珰的禁令，以便在全中国施行。③孟尼阁途经波斯一路前行，于1697年初到达罗马。④ 43

　　白、肖二人到达苏拉特时，白晋发觉孟尼阁不对劲，似乎他无法理解白晋出任清廷钦差的事实。⑤到了1697年6月末，白晋才试

① Louis Le Comte (1990), *Un Jésuite à Pékin. Nouveaux mémoires sur l'état présent de la Chine*, ed. Frédérique Touboul-Bouyeure (Paris), lettre XIII, pp. 469-504.
② Claudia von Collani (1994b), "Charles Maigrot's Role in the Chinese Rites Controversy", in: David E. Mungello (ed.), *The Chinese Rites Controversy. Its History and Meaning* (Monumenta Serica Monograph Series XXXIII) (Nettetal), pp. 149-183.
③ Claudia von Collani (1987), "Ein Brief des Chinamissionars P. Joachim Bouvet SJ. zum Mandat des Apostolischen Vikars von Fu-kien, Charles Maigrot MEP", *NZM* 43, pp. 193f.
④ Von Collani (1987), p. 194.
⑤ Gatty (1962), p. CIII, LXII No 1.

图询问孟尼阁，想解开对肖本人和中国礼仪的一些疑惑。[①] 8 月，白晋最终意识到禁令旨在抗议耶稣会士在中国的适应式传教方式，这对整个来华传教团造成了直接的危害。白晋的会友聂仲迁（Adrien Greslon）写了一封反对禁令的辩解书，由白晋带回欧洲。[②] 听闻禁令早已上交宗教法庭，白晋也写了一封辩解书。他承认在中国，大多学者都是"无神论者"，但在中国古代传统中，存在着一个至高无上的神，叫作"天"或者"上帝"，皇帝及其臣民都尊奉这样的神，而且他还将这样的信仰传给了后代。当白晋听说颜珰的附信中有如下叙述："关于福建代理教区若干中国习俗的声明"（原文为拉丁语），他当即火冒三丈。1693 年 11 月 10 日，颜珰还在信中谴责康熙皇帝是中国最大的无神论者，说他把年度祭典中的贡品都进献给了现实的上天，而不是天堂中的上帝。这些说法激怒了白晋。了解康熙的人和朝中供职的耶稣会士们都能证实，康熙绝对不是无神论者。因此白晋决定向宗教法庭、万民福音部以及罗马教皇呈上证词，证明康熙皇帝并不是无神论者。[③] 白晋为中国皇帝辩护的证词上标注日期为 1697 年 12 月 1 日。证词中，他起誓抗议颜珰的说法，表示皇帝及太子都不是无神论者，同时他也承认，士大夫多是无神论者。[④] 该证词由传教士会长冈萨雷斯呈送上述三个机构。

在法国的那段日子里，白晋开始了与莱布尼茨长达十年的书信往来，其间他们探讨了《易经》等中国经典。这段往来也传为佳话，

---

① 白晋致让·吉贝尔神父的信，1697 年 6 月 23 日于巴黎，ARSJ, JS 166, ff. 200r–202v。

② 白晋 1697 年 8 月 4 日写于巴黎的信，ARSJ, FG 704, fasc. 2。

③ 白晋 1697 年 8 月 30 日至 10 月 15 日写于巴黎枫丹白露宫的信，ASJP, Fond Vivier, pièce 52, printed in: von Collani (1987)；参见致吉贝尔神父的信，1697 年 10 月 24 日于枫丹白露。

④ 白晋 1697 年 12 月 1 日写于巴黎的信，ARSJ, JS 166, ff. 259r–260r。

一直为人们津津乐道。①

3. 再回中国 　　45

3.1 归途

　　尽管白晋受到法国王室的热情招待，但在建立法中外交关系问题上，并未成功，两国关系不像法国与暹罗之间的关系那样密切。白晋和同伴试图搭乘王家航船回到中国，但没有成功。不仅如此，抗议颜珰禁令所作出的努力也化为泡影。他回法的唯一成功在于组建了一支法国耶稣会士来华传教队伍。为了从葡萄牙副会省获得独立，白晋作出巨大努力，同时，他还召集了许多具有专门科学知识和医学知识的法国耶稣会士前往中国传教。因此可以说，白晋是法国在华传教活动的真正开创者。在他之前，约有10名耶稣会士在印度进行过传教活动。笔者认为，白晋并未加入他们的行列，因为他想搭乘法国航船到中国。他到中国传教也更具官方性质，这样就能为法国耶稣会士在清廷争取相对优越的地位。1698年，德奥吉埃（M. des Augiers）率领"邦号"（Bon）、"印度人号"（Indien）、"泽兰德号""卡斯特里克姆号"（Castricum）四艘战船组成的舰队，驶向孟加拉、暹罗和印度的本地治里（Pondichéry），他们应当护送法国东印度公司的两艘轮船返回法国。②早在1664年，法国东印度公

---

① David E. Mungello (1977), *Lezibniz and Confucianism. The Search for Accord* (Honolulu), pp. 40, 156f；给莱布尼茨和修道院院长比比尼翁的一封长信，载于：von Collani (1989), pp. 14-27. 信件全文由魏丽塔编辑发表（1990）。同见 Wenchao Li/Hans Poser (Hrsg.), *Das Neuesteüber China. G. W. LeibnizensNovissimaSinica von 1697* (Studia Leibnitiana Supplementa 33) (Stuttgart 2000).

② Witek (1982), ff. 8f; Kaepplin (1967), pp. 361-363; 657f.

司就享有与中国贸易往来的特权。① 白晋最终与富商儒尔丹（Jean Jourdan de Groussey）达成协议，同意派一艘船去中国。这艘船就是"安菲特里特号"（Amphitrite）（也译"女神号"），它充满官方威仪，船上到处是闪亮的水晶玻璃，镶金带银的布幔、丝绸，各色钟表、琥珀、珊瑚、美酒，还有精致的机械仪器、黄铜制品以及手枪等，任何一件在中国都是夺人眼球的昂贵物件。② 当时的中国，玻璃制品尤其受到追捧，白晋甚至建议儒尔丹在广州建一座玻璃房。因此，本次同行的还有八名玻璃工匠，他们要去制作镜子。白晋连同其他五位耶稣会士以及意大利画师聂云龙（Giovanni Gherardini）乘坐这艘船到达中国。作为回报，白晋教授工匠们一些中国话和中国习俗，并开放钦差办公室。不过，最终搭乘"安菲特里特号"抵达的耶稣会士不止五名，而是九名。③ 关于这次航行，"安菲特里特号"上的一名船长弗朗索瓦·弗罗杰（François Froger）曾写过一篇日记，《1698—1700年间法国人乘"安菲特里特号"首航中国记》（*Relation du Premier Voyage des François à la Chine fait en 1698, 1699 et 1700 sur le Vaisseau L'Amphitrite*）。④ 关于此次航行还有另一篇文章，见于马若瑟写给路易十四的告解神父拉雪兹的信，该信件收录于《耶稣会士书简集》。⑤ 意大利画师聂云龙也写过一则日记，见聂云龙（1700，巴黎），《1698年乘"安菲特里特号"航行中国记：意大利

---

① Paul Pelliot (1930), *L'origine des relations de la Chine. Le premier voyage de «l'Amphitrite» en Chine* (Paris), pp. 23−25.

② Froger (1926), p. 1.

③ Pelliot (1930), pp. 32−46f. 两名玻璃工匠前往北京，但似乎谋生过于艰难，因此只有传教士留了下来，因为他们要为更崇高的事业效力。

④ Ed. by E. A. Voretzsch (1926). 该版书为伯希和批评文章的起源，s. a. no. 139。

⑤ 此处所使用的是 1843 年由法国巴黎万神殿文学社出版的"万神殿版"，第9—17页。同见德语版部分叙述：Joseph de Prémare, "Weeg-Weiser/ nach dessen Anläitung man dutch die Meet-Enge von Malacca und Gobernadur durchfahren soll", Stöcklein, *Der Neue Welt-Bott* I, no. 40。

画师聂云龙呈送内维尔公爵》(*Relation du Voyage fait à la Chine sur le vaisseau l'Amphitrite, en l'année 1698. Par le Sieur Gio: Ghirardini, Peintre Italien. A Monsieur le Duc de Nevers*)。

白晋于 1698 年 3 月 6 日从拉罗谢尔出发，同行的八位传教士分 47 别是翟敬臣（Charles Dolzé，1663—1701）、南光国（Louis Pernon，1664—1702）、利圣学（Jean-Charles-Étienne de Broissia，1660—1704）、马若瑟、雷孝思（Jean-Baptiste Regis，1663—1738）、巴多明（Dominique Parrenin，1665—1741）、颜理伯（Philibert Geneix，1667—1699）和擅长雕塑艺术的卫嘉禄（Charles de Belleville，1657—1730），还有意大利画师聂云龙。[1] 出发几天后，白晋开始给新加入的同伴教授中文和满语。[2] 航行途中，"安菲特里特号"两次与德奥吉埃的舰队相遇。作为法国来华传教队伍的主要领导者，白晋希望加入的耶稣会士越多越好，于是在到达好望角时让孟正气（Domenge）和卜嘉（Baborier）二人同行。[3] 一段快乐的旅程后，他们于 1698 年 11 月 2 日抵达广州。[4] 另外五名耶稣会士抵达金德讷格尔（Chandernagore），又前往马德拉斯，登上英国轮船"乔安娜号"（Joanna），后又在巴达维亚转乘"萨拉加利号"（Saragalley）。[5] 1699 年 7 月 24 日，一行人抵达厦门，他们是傅圣泽、殷弘绪（François-Xavier Dentrecolles，1664—1741）、宋若翰（Jean-François Pélisson，

---

[1]　Von Collani (1985), p. 24.

[2]　Froger (1926), p. 3.

[3]　Witek (1982), p. 87.

[4]　"安菲特利特号"于 1700 年 1 月 26 日从广州起锚返回法国，同年 8 月 3 日到达路易港。"安菲特利特号"的第二次航程开始于 1701 年 3 月 7 日，当时在路易港起锚，同年 8 月 5 日到达澳门，随后又于 12 月 5 日从澳门启程，1703 年 8 月 17 日回到布雷斯特。关于第一艘来华的法国轮船"安菲特利特号"，参见 Pelliot（1930）以及 François Froger（1926）为路易十四撰写的报告。

[5]　Witek (1982), pp. 87f.

1657—1713），以及两名庶务修士兼药剂师樊继训（Pierre Fraperie，1664—1703）（同时也是一名内科医师）和罗德先（Bernard de Rhodes，1646—1715）。[1]

48　　康熙皇帝热切期盼着白晋，于是派满族大臣赫世亨（Hesihen）[2]率领欢迎团，连同葡萄牙耶稣会士苏霖和法国耶稣会士刘应前去迎接。和白晋一同前去朝廷的五位耶稣会士是精通数学仪器的翟敬臣、通晓欧洲音律的颜理伯和南光国，以及卫嘉禄和聂云龙。他们供职于朝廷的如意馆（Académie des Arts），从事艺术领域的工作，而其他人则获准前往各省传播福音。康熙皇帝对中法关系感到十分满意，于是赐给洪若翰许多礼物，让他于1699年搭乘"安菲特里特号"带回法国。[3]

　　与此同时，"安菲特里特号"的模糊地位也给白晋惹了不少麻烦。海关征税员认为"安菲特里特号"就是一般普通的商船，然而白晋想让其作为法王路易十四派出的官方船舰，由此可让法国商人免于缴纳关税。然而，商人们纳税过于迅速，使得白晋花了十五个月才要回关税。或许，商人们早早离开而不是白白等待，就能盈利更多。尽管如此，这些商人依然获利颇丰。[4]可问题在于，对中国官员来说只有两种可能：要么是商船，要么是附庸国国王派出的官船，

49　　而后者在白晋看来着实有损"太阳王"的颜面。他想免税，然而这又只对附庸国的船只生效，如果是这样，他们会被迫前往北京。当

---

① Dehergne (1973), p. 73.

② 赫世亨为皇帝内务大臣（养心殿），姓氏为王。后来他与耶稣会士交好，并于1707年接受洗礼，卒于1708年。S. Claudia von collani (1999), "The Report of Kilian Stumpf about the Case of Father Joachim Bouvet", *Zeitschrift für Missionswissenschaft und Religionswissenschaft* 83, pp. 241f, 246.

③ 白晋致冈萨雷斯神父的信，1699年9月6日，ARSJ, JS 166, ff. 359r–360v。

④ S. a.Pelliot (1930), pp.55f.

听说有第三种船，既非纳贡也非商用时，清朝当局都甚为惊讶，白晋也花费了一年多的时间才摆脱两难境地。[①] 白晋曾试图在朝廷寻求帮助，可皇帝在满洲，张诚又疾病在身。在白晋看来，问题迟迟得不到解决，原因在于那些法国商人，他们不听劝告，自己没带多少钱，却带来很多昂贵的商品，用于购买中国产品。这样一来，他们售卖那些昂贵的商品就需要花费很长时间，因为只有家财万贯的人才买得起。

同样造成麻烦的还有路易十四的礼仪问题。当时，亲王邀请德·拉罗克船长（Chevalier de la Roque）参加 1699 年 2 月 5 日的晚宴，船长本应向皇帝行礼，可身份问题是个难题，因为自己是西方最伟大的路易十四王的使臣。这位船长以一种巧妙的方式避免了尴尬，兼顾了皇帝和法王的颜面。后来白晋乘船北上，觐见已离开北京的康熙皇帝。出发前，赫世亨在这艘船上升起了附属国的旗帜，而不是钦差大臣旗帜，这一举动与白晋的想法背道而驰，于是他与赫世亨发生了争执。

1699 年 4 月 10 日，康熙皇帝在"金岛"（Golden Island）的一座寺庙接见了白晋和新来的伙伴。[②] 皇帝十分平易近人，甚至垂顾白晋的健康状况。从法国带来进献给皇帝的礼物摆了满满一大桌子，康熙尤其喜欢"太阳王"和曼恩公爵的画像。于是，画师聂云龙也立即给皇帝画了一幅画像，皇帝甚是喜欢。还有一件礼物深得皇帝欢心，那就是路易十四赠予的三种药膏处方。康熙皇帝十分满意，50 当即就要派白晋回法，并带回新的礼物。好在最终选中的不是他，而是洪若翰。[③] 洪若翰为"太阳王"带去的中国皇帝的礼物被视为对

① Pelliot (1930), pp. 53–83.

② Ibid., p. 59.

③ 白晋致拉雪兹神父的信，1699 年 11 月 30 日于北京，B. Nat., Ms. fr. 17240, ff. 43r–52V，部分刊载于 *Lettres édifiantes et curieuses* III (Paris 1843), pp. 17–22；参见 Pelliot (1930), p. 83。

法国朝贡的一次回赠。①

　　然而，事情的发展又使白晋十分受挫。正如在《中国（康熙）皇帝历史画像》中提及，康熙皇帝的生活起居笃从基督教义，而且方方面面都有天帝之风，极有皈依基督的希望。可尽管如此，他还是更信仰佛教："皇帝对传教士们——不管是在其身边提供服务的、还是留在京外传教的——广泛而公开地表露出欣赏和关爱，即使在欧洲也能判断出，他比我离京赴法之时更靠近上帝之国了。然而事实却并非如此。当我从法国回来后，我惊讶地发现，在我离京的这段时间里，迷信和偶像崇拜在他的心中取得了令人痛心的发展。我们一方面要向上帝深切感恩，因为他赐予了康熙帝健康的体魄，助他完全战胜了唯一可怕的敌人，帝国诸事太平，万民安宁；另一方面我们又生怕这是对其美德、对其这些年来给予我们神圣宗教和传教士们所提供的持续庇护的唯一报偿。还望欧洲那些拥有神圣灵魂、并将君主之心牢牢掌握者不强迫他改变本心、去拥抱那些他其实已经有所了解的真理，以免粗暴干涉其理性头脑。"②

3.2 北京的学院

　　白晋作为特使返回法国的目的之一就是想以巴黎各大学院为范本，在中国创立一所科学、艺术及文学学院。白晋和张诚在授课过程中向康熙皇帝明确讲述了法国宫廷的富丽豪华，并介绍了法国两大学院。法兰西科学院 1666 年由让-巴蒂斯特·科尔贝（Jean-

---

① Pelliot (1930), p. 56.
② 白晋致拉雪兹神父的信，1699 年 11 月 30 日，B. Nat., Ms. fr.17 240, fo 51r。该信函稍作改变和简化，收集在《耶稣会士书简集》（巴黎，1843），第 17—22 页，但这部分被省略了。

Baptiste Colbert，1619—1683）创建，服务于科学以及法国重商主义政策。1669 年，意大利杰出的天文学家乔凡尼·多美尼科·卡西尼（1625—1712）成为该学院的成员，在该学院和巴黎天文台负责天文研究工作达 40 年之久。1672 年，丹麦科学家奥勒·罗默（Ole Römer）成为他的同事。后来，菲利普·德·拉·伊尔（Philippe de la Hire，1640—1718）和儿子一起进入天文台工作。18 世纪初，法兰西科学院在欧洲首屈一指。[①] 因此，白晋和张诚认为在中国创立一个类似的学院对中国有益，对法国耶稣会士们同样有益，这样的想法并不令人吃惊。他们计划在北京创立一座可与法兰西科学院相媲美的学院，两个学院之间相互交流所有的研究成果。[②] 康熙 52 下令让白晋带更多艺术家和科学家来中国，正如他之前带来闵明我神父那样，随后带来宋若翰和薄贤士（Antoine de Beauvollier，1657—1708）。[③]

　　这个计划似乎实现了："根据这种模式，中国皇帝从约 5 年前开始，在皇宫里建立了一所学院，集画师、镂版师、雕刻师及制作钟表和其他数学工具的金工于一炉。为了激起他们的好胜心，皇帝经常把在欧洲，尤其是巴黎做出的物品给他们作榜样。由于这位帝王具有脱俗的品味，且非常了解各种新奇物件的精细和优美，因此只要他在北京，就会每天定点让人呈上出自学院的新作，他会亲自验看……。"[④] 白晋和张诚两位耶稣会士请求法兰西科学院的成员们

---

① Grau (1988), pp. 49–52.

② Pelliot (1930), p.23. Ms. Archives des Colonies, C1 8, ff. 64–72, "尊敬的……神父记载，他受中国皇帝委派前往法国。他解释了中国皇帝赋予自己的钦差身份，阐述了其目的，获得了国王赞成性的答复。"

③ Pelliot (1930), p. 55.

④ Vouvet (1699), pp. 131f.

支持在北京创立一座学院，该学院将接受法兰西科学院的领导，像法兰西科学院在西方观测研究一样，北京的学院将在远东地区做同样的研究。法兰西科学院的成员应该对新学院的成员进行特殊培训，这样中国人可以去中国西藏和中国附近的国家和地区（鞑靼、朝鲜、日本等）做调查研究，传播福音。① 该学院实际是在白晋乘坐"安菲特里特号"从法国返回后创立："皇帝在娱乐休闲之所（la maison de plaisance）居住期间，会让他传召过去的法国传教士都待在他叔父的居所，还不时将自己桌上的御膳赐给他们。皇帝雅爱绘画，聂云龙有生花妙笔，于是首先被要求给皇帝画一幅肖像，结果成品远超皇帝的期待，比他之前让一位得力的中国画家所作的还要好，皇帝对此极为欣悦。这初次的成功让聂云龙获得了陛下的垂青，我们简直比他本人还要高兴，因为他是我们中的一员，我们都欣赏他、爱他。这之后，皇帝想要听听欧洲音乐，让人现场给他演奏了几种乐器。他非常希望能将中国音乐和他所欣赏的我们的音乐融合起来，翟敬臣神父正在尝试，想来这会给皇帝带来很多乐趣。"② 画家聂云龙是紫禁城绘画学堂的创建者，后来马国贤神父（Matteo Ripa）也在这里工作。康熙尤其喜爱欧洲绘画的透视法（perspective），喜爱他们的油画。③ 皇家学堂坐落于皇宫中的养心殿。④ 康熙在养心殿收集了许多欧洲珍品，如花瓶、书籍、时钟、乐器和绘画作品。传教士们，尤其是耶稣会士，以艺术家和工匠的身份在养心殿工作。

---

① 张诚和白晋致王家科学院的信，1691 年 12 月 11 日于北京，ARSJ, JS 165, fo 176。

② Bouvet,lettre au P. de la Chaise, B. Nat., Ms. fr. 17240, fo 51v.

③ Pelliot (1930), pp.60–63.

④ Bouvet, "Journal à la Cour", B. Nat., Ms. fr. 17240, fo 270r.

除了朝廷中的学院，康熙还在畅春园成立了一座科学院。[①] 以自 54
己的传教士老师用满语所教的知识为基础，康熙还给他的三儿子胤
祉（1677—1732）当老师，胤祉在科学和几何方面的天分极高，[②] 后
来成为学院负责人，成为皇十二子胤裪（1683—1763）、皇十五子
胤禑（1692—1743）和皇十六子胤禄（1695—1767）等几个弟弟们
的科学老师。[③] 令人遗憾的是，科学院运行了多久我们不得而知。

此时，因为颜珰禁令的影响，传教士们在中国的境遇每况愈
下，白晋开始作出最后的努力挽救这种局面。受朝廷所建学院以及
中国传统学堂（中国知识分子们讨论解决问题的地方）的启发，白
晋成立了自己的学堂，是一所使徒学堂。这所学堂不是以传授科学
或美术知识为目标，而是讲解哲学和语文知识，为其传播神学知识
这一真正目的做准备。在白晋看来，欧洲和中国的知识分子应该合
作翻译中国古书，因为这些古书中保存着中国老祖宗们的智慧。也
许，白晋早在出使欧洲时就已受到康熙开设学堂计划的启发，在法
国他就试图招纳耶稣会士，以便能在学堂与他合作教学，如马若瑟
神父和安托万·德皮努神父。[④] 这些计划曾在他写给莱布尼茨和巴 55
黎科学院院长让·保罗·比尼翁神父的长信中详细介绍过，也在给
皇家告解神父贝特朗-克劳德·塔斯罗·德兰耶尔（Bertrand-Claude
Tachereau de Linyéres，1658—1746）的信中介绍过，信上标注的日

---

① 傅圣泽，"北京所发生之事的确切记载……1711 年 6 月至 1716 年 11 月初，关于欧洲
　天文学"，ARSJ, JSII, 154, ff. 1–83, Appendix in: John W. Witek (1974), *An Eighteenth
　Century Frenchman at the Court of the K'ang-Hsi Emperor: A Study of the Early Life of
　Jean-François Foucquet* (Georgetown Diss.), pp. 466f。
② Bouvet, "Journal des voyages", fo 8.
③ Foucquet, "Relation exacte...", pp.466f.
④ Von Collani(1989), pp.27f.

期是 1704 年 9 月 15 日，但 1709 年才寄到欧洲。白晋请求他们支持自己的计划，但耶稣会总会长并没有准予他的请求，因为礼仪之争升级了。因此，白晋成立了自己的小小私人学堂，开始研究中国古书。①

56   本书的素材

本书的主要素材即《中国皇帝特使耶稣会传教士白晋神父觐见虔诚基督徒法国国王陛下旅途日记》（*Journal des voyages du Pere Bouvet Jesuite, missionnaire, envoyé par l'Empereur de la Chine vers Sa Majesté tres Chretienne*），是第一次出版。其他素材选自白晋或其会友及旅行同伴留下的其他手稿，均已出版。首先，有白晋的旅行日记，白晋是 1685 年从法国到暹罗的"国王的数学家"之一，该日记于 1962 年首次出版，见《白晋暹罗游记》，由盖蒂于 1962 年在莱顿编辑出版。同样是这次旅行（即法国代表团暹罗之行）的另一版本出自弗朗索瓦·蒂莫莱翁·德·舒瓦齐神父，以《暹罗游记》（*Journal du Voyage de Siam* Paris，1995）之名出版，英文出版名为 *Journal of a Voyage to Siam 1685-1686. Abbé de Choisy*（《1685-1686 年暹罗行游记：德·舒瓦齐神父》），由迈克尔·史密斯（Michael Smithies）翻译（吉隆，1993）。白晋的会友塔夏尔也出版了一本书，名为《1685 年法国国王派遣六名耶稣会士出使暹罗、印度群岛和中国》（*A relation of the voyage to Siam performed by six Jesuits sent*

---

① Claudia von Collani (2000), "Gottfried Wilhelm Leibniz and the China Mission of the Jesuits", in: Wenchao Li/Hans Poser (Hrsg.), *Das Neueste iiber China. G. W. Leibnizens Novissima Sinica von 1697* (Studia Leibnitiana Supplementa 33) (Stuttgart), pp. 89-103.

by the French King, to the Indies and China in the year 1685（1688,
1981）。①1687 年在中国的国王的数学家们从宁波到北京之行的记
载参见"白晋、洪若翰、张诚、李明及刘应神父自宁波港至北京
的路途"（*Route que tinrent les PP. Bouvet, Fontaney, Gerbillon, Le
Comte et Visdelou depuis le port de Ning-Po jusqu'à Pékin*），由杜赫
德出版。②

　　除慕尼黑的手稿外，本文最重要的手稿素材出自 B. Nat., Ms. fr.
17240：

　　1）B. Nat., Ms. fr. 17240, ff. 263r-291v; 301a-d："北京宫廷日记"　57

　　2）B. Nat., Ms. fr. 17240, ff. 291r-300v; 302r-317v："广州行记"

　　3）B. Nat., Ms. fr. 17240, ff. 326r-333v："手稿未署名部分"，③
1697 年以《中国（康熙）皇帝历史画像》为题印刷出版。白晋、张
诚写给曼恩公爵的信件中部分内容的复印件，写信日期 1691 年 11
月 30 日，见 ARSJ, JS 165, ff. 137r-147v。

　　白晋抵达法国后，立刻出版了《中国（康熙）皇帝历史画像》，

_____

① 原法语版书名：*Voyage de Siam des Pères Jèsuites envoyés par le Roi aux Indes et à la Chine*（Paris1686，Amsterdam 1687）。

② Jean-Baptiste du Halde (1735)，*Description de la Chine* I (Paris), pp.61–81.

③ B. Nat., Ms. Fr. 17 240 中由白晋写的其他信函与手稿如下：
致比尼翁院长的信，1704 年 9 月 15 日，ff. 17r-36v，载于：von Collani (ed.), *Eine wissenschaftliche Akademie*, pp. 32-85; 白晋致拉雪兹神父的信，1699 年 11 月 30 日于北京，ff. 43r-52v，部分载于：*Lettres édifiantes et curieuses* III (Paris 1843), pp. 17-22; Joseph Stöcklein (1726) (ed.) *Der Neue Welt-Bott* I, 2 (Augsburg) no. 41, pp. 21-25。
白晋致莱布尼茨的信，1701 年 11 月 4 日于北京，ff. 75r-88v，原件藏于 LBr 105, Bl. 21r-27r，载于：Widmaier (ed.) (1990), pp. 148-163。
致一位耶稣会士（即兰耶尔神父）的信，1704 年 10 月 27 日，ff. 260r-261v，载于：von Collani (1989), pp. 118-125。
一封未能鉴别收信人的信件的补充函 ff. 318r-325v，载于：von Collani (1989), pp. 86-117。

出于以下目的：

1）献给法国国王，使其支持在中国传教的承诺。

2）向罗马耶稣会总部提供论据以对抗葡萄牙耶稣会士，为在中国的法国传教团辩护。

58 　3）向教皇和传信部展现法国传教团的传道成果，确保得到他们的支持。

我们可以推测白晋也想出版两本日记，但出版太花费时间，而他没有时间。

1）白晋刚到中国不久后，只会说一点满语，就开始写日记，即"北京宫廷日记"，日记里记录了法国耶稣会士在朝廷使用的科学仪器、康熙皇帝所学的课程、动植物以及其他事情。不幸的是，手稿并不完整，保留下来的只有 1690 年元旦至 1691 年 11 月 9 日的内容。[①]

2）本书主要素材，即白晋的《中国皇帝特使耶稣会传教士白晋神父觐见虔诚基督徒法国国王陛下旅途日记》，不是白晋原写手稿，而是白晋的弟弟、勒芒市长顾问（conseiller a President du Mans）A. M. 德·博泽的手抄件。[②] 白晋广州之行的原记录手稿，一部分由杜赫德在其《中华帝国全志》一书中以"广州行记"[③]为题发表，涵盖了 1693 年 7 月 17 日（也就是 7 月 8 日开始写日记之后不久）到

59

---

① B. Nat., Ms. fr. 17240, ff. 263r-291v; 301a-d. Landry-Deron (1995)，同书不同版本 (2000/2001)；部分 "日记" 载于：Joseph Dehergne (1953), "La Mission de Pékin à la veille de la condamnation des Rites", *NZM* 9, pp. 91-108。

② Bayerische Staatsbibliothek München, Codex Gallicus 711, t. V Il n. 1326. 此笔迹还有另一手稿，作者署名 Bouvet，即 "Voiage de Siam", published by J. Gatty (1962), s. pp. CXIX-CXXI。

③ B. Nat, Ms. ff. 17 240, ff 291r-300v, 302r-317v; Jean-Baptiste du Halde (1735), 在 Landry Deron (2002) 一书第 30—32 页中记录了巴黎的法国耶稣会士修道院如何与中国的法国耶稣会士们联系和发信，以及这些信件又如何到了国家图书馆的复杂方式。

11 月 19 日这段时间，这意味着此手稿只包含了白晋广州之行的大部分事情，而藏于慕尼黑的"日记"则记录了白晋 1693 年 7 月 8 日到 1697 年 5 月 12 日这段时间内从北京到法国的全部行程，还有写给法国亲人的最后一封信以及一些介绍性文字。我们只能猜想手抄件出现的缘由。白晋回到法国后，获准觐见"太阳王"，那时他想展示旅行记录手稿，他的弟弟就帮他整理了精美的手抄本敬献给国王。路易十四又亲手增加了两页内容。

　　第三份关于清廷生活的重要素材是白晋的《中国（康熙）皇帝历史画像》（巴黎，1697），后来以《中国皇帝传》（*Histoire de l'Empereur de la Chine*）1699 为名出版。《中国（康熙）皇帝历史画像》第一稿早在 1691 年就已写好，[1] 曾与其他手稿一起寄往巴黎的王家科学院，但葡萄牙耶稣会士徐日昇将白晋的手稿扣留在北京。再后来这些手稿与"内容丰富的信件"一起送到欧洲，到了曼恩公爵手中，曼恩公爵是路易十四的私生子，也是在中国传道的法国传教士的赞助人和路易十四可能的继任者之一。[2] 白晋给他写了一封信，"信中，我们为这位君王作了一幅画像，并附一份他的小传"。[3] 这封写在对开纸上寄给曼恩公爵的信共有 20 页，以白晋和张诚二人的名义所写，由张诚执笔，信上标注的日期是 1691 年 11 月 30 日。[4] 收录在编号为 B. Nat., Ms. fr. 17240, ff. 326r-333v 的信的部分内容有些微调。回到欧洲后，白晋编辑整理材料，成为《中国（康熙）皇帝历史画像》一书，该书是对中国宫廷各主要人物生活的总结性描述，

60

---

[1]　见白晋写给同事让·博斯米尔（Jean Bosmier, 1621—1705）的信件，Witek (1983), p. 845。

[2]　Michaud, *Biographie universelle ancienne et moderne* 26 (Paris).

[3]　白晋致让·博斯米尔神父的信，1695 年 12 月 21 日，ARSJ, JS 166, fo 94r。

[4]　ARSJ, JS 165, ff. 137-147v.

场景没有变动，也没有记述任何事情或行动。书的主旨在于表明法
国耶稣会士有能力让康熙信仰基督教。为了证明这种说法，白晋详
细地介绍了《宽容敕令》，该敕令是全体法国耶稣会士共同努力的
结果。除了本书，白晋还准备了其他材料用来出版，即法国耶稣会
士在康熙 1692 年颁布的《宽容敕令》背后所发挥的作用。在 1697
年 6 月 23 日写给约瑟夫·吉贝尔伯爵的信中，白晋写到："我将给
您写信，忠实而完整地记录中国皇帝颁布《宽容敕令》前后所发
生的事，您将看到上天是如何让我们这些法国耶稣会士……参与到
这一幸事之中的。我还会附上《中国（康熙）皇帝历史画像》的文
稿，您从这位君王对法国耶稣会士们不同寻常的关怀中，将会看到
上帝是如何想要借我们之名、用我们的方式，在中国大显其荣光。
这些文稿同时会抄送给教皇和传信部，以为我们的传教事业带来一
些好的影响。"①

柯兰霓

（彭萍　译）

---

① 　白晋致让·吉贝尔神父的信，1697 年 6 月 23 日，ARSJ, JS 166, fo 200v；参见白晋
于 1697 年 12 月 2 日致耶稣会总会长的信，ARSJ, JS 166, fo 262r，信中白晋写到他
《中国（康熙）皇帝历史画像》一书的拉丁文翻译。《宽容敕令》的相关收信人是巴
菲尔神父（Fr. Buffier）。

中国皇帝特使耶稣会传教士
白晋神父觐见虔诚基督徒
法国国王陛下旅途日记

原版无标题，而且回忆录未曾公开出版。

在我们刚刚得到皇帝的特别恩准之后，在这份有利的诏书中，皇帝陛下及其朝廷各部主管都批准并授予我们神圣的宗教及其神职

62 人员在整个帝国活动的权利，① 我们大家都发现自己心怀不可或缺的感激之情，要加倍努力，照顾好这样一位伟大而仁善的皇帝。皇帝陛下让张诚神父和我就人体的主要疾病，用鞑靼语＊给他简要地讲解身体的症状。我们的任务是通过对人体每个部分的解剖描述，以及根据现代物理学家，尤其是王家科学院的先生们的原理，尽我们所能做最清楚和最简短的解释使他明白这一切。② 而且，我们比以往更

---

① 指的是 1692 年由礼部发布的《宽容敕令》。这份诏书可视为传教士努力的高潮，他们通过自身在天文和大炮铸造方面的广博学识，成为清朝帝国有用之人。至此，在中国传播基督教只是受到宽容对待，并没有获得官方允许，地方抵制基督教事件一直存在。这些事件中最为危险的一次是康熙辅臣摄政时期发生的"迫害"，当时汤若望被判处死刑，大部分传教士被流放到广州。1675 年，年轻的康熙皇帝赐给亦师亦友的南怀仁一块题有"敬天"的牌匾，悬挂此牌匾的庙宇会得到一定程度上的皇家保护。1692 年的《宽容敕令》将基督教和佛教及道教置于同一地位。礼部原本只是想允许欧洲人信奉基督教，并不允许中国人也信教。由于索额图的直接干预才使得《宽容敕令》的颁布成为可能；1692 年 3 月 22 日，皇帝颁布了这一法令。参见 S. Claudia von Collani (1992), "A Note on the 300th Anniversary of the Kangxi Emperor's Edikt of Toleration (1692)", *SWCRJ*, XIV, pp. 62f。

＊ 鞑靼语，即满语。

② 这两位耶稣会士使用了其早前读过的书籍，因为这些小册子包含了摘录的第一句。白晋和张诚所使用的最重要的一本文献资料是王家科学院顶级的解剖学家约瑟夫·吉夏尔·迪韦尔内的著作（Conrad Grau [1988], *Berühmte Wissenschaftsakademien. Von ihrem Entstehen und ihrem weltweiten Erfolg* [Frankfurt], p. 52），这一信息在白晋（1699）的著作《中国（康熙）皇帝历史画像》（*Histoire de l'Empereur de la Chine*，海牙）第

63 101 页脚注中提过："虽然中国人长期以来以拥有非常精明的医生著称，但是，他们至今对于解剖学只有模糊的认知；首先，必须撰写一份很宽泛的论文概括地介绍身体的各个部分，而后，具体介绍每个部分；并且，使之明白各部分之间的联系和相互衔接，进而懂得全部的结构布局。我们这部著作中写进了本世纪最新奇、最

加用心去做，我们有幸在上帝的帮助下，获得特别的成功，致使这位伟大的君主除了多次褒奖我们的研究工作，他不知道如何让我们 64 看到他是多么的满意，时而当面称赞，时而用他的毛笔亲手写下赞语，他还亲手把这些作品送给我们。有一天，他特意好心地召见我们两人，以便亲自告诉我们他有多满意。其中，他尤其褒扬一种医治头痛的简要处方，他自己饱受各种头痛症状的折磨已达 20 年，这下从该处方中找到了世界对此病最为清楚的解释。

　　大约三个月后，当我们讲解完了 18 或 20 种主要疾病理论以

（接上页）有益的发现和发明，其中包括迪韦尔内先生以及王家学院其他学者的发明，他们以在这方面乃至其他方面超越其他各国而著称。"白晋和张诚的手稿分为两部分，其中第一部分关于解剖学，第二部分内容则更宽泛些。耶稣会士一心想要尽其全力做好这项无愧于"我们伟大君主"的工作。手稿中提及的 15 种状况，伴有 15 种处理建议。（Joachim Bouvet [1699], *Histoire de l'Empereur de la Chine...*, [Paris], pp. 100-104）。皇帝看到 18 或 20 种有关头痛的疾病、尤其是关于头痛的文章尤为高兴，因为他自小就受到头痛的困扰。手稿重抄了一遍，皇帝总是随身携带（Bouvet to Jean Bosmier, 21 dec. 1695, ARSJ, JS 166, fo 95v）。这份满语抄写的有关欧洲解剖学的手稿从未刊行过，因为康熙皇帝对此一直秘而不宣（参见上文提及的 Bouvet [1699], p. 103; Lous Pfister [1932-1934], *Notices biographiques et bibliographiques sur les Jésuites de l'ancienne Mission de Chine 1552-1773* [Chang-hai], p. 437）。后来，同样以渊博的满语知识而享誉盛名的巴多明完成了这本满语解剖学书籍，参见他于 1723 年 5 月 1 日写给"科学院先生们"的信（*Lettres édifiantes et curieuses* III [Paris 1843], pp. 330-340）。信中他描述了他是如何与中国文人和医生一起工作的。他将皮埃尔·狄奥尼（Pierre Dionis）的著作《人的解剖学》（*L'Anatomie de l'Homme, Suivant la Circulation du Sang et les Dernières Decouvertes, Démontrée au Jardin Royal* [Paris 1690]）和加斯帕尔·巴托里尼（Gaspar Bartholini）的著作视为典范。满语解剖学的一个副本藏在哥本哈根皇家图书馆东方部，编号 Ms. No II，另一个副本藏在巴黎自然史博物馆（Musée d'Histoire naturelle）。另可见 Kue-Hing Young & Regina Sask (1974), "French Jesuits and the 'Manchu Anatomy' - how China Missed the Vesalian Revolution", *Canadian Medical Association Journal* CXI, pp. 565-568。　关于这一满语解剖学的复制本可参见 Victor Madsen (ed.) (1928), *Anatomie Mandcheou. Facsimilé du Manuscrit no. II de la Bibliothèque Royale de Copenhagen* (Copenhagen), 另可见 Ursula Holler (2001), "Medicine", in Nicolas Standaert, *Handbook of Christianity in China. Volume One: 635-1800* (Leiden), pp. 786-802。

及在欧洲的治疗方法后，这已经构成了一本像样的书了，[①] 皇帝立马让人誊写清楚，装订整齐，随身携带，为他自己，也为家中其他官员随时查阅。当他得悉有人生病和发现不同药方，是我们根据他的指令在每个处方末尾增添上去的，是欧洲医学到处使用的，糖浆剂（syropes），蜜饯（conserves），药茶（ptizannes），以及其他类似的东西，他判断，使用这些制剂的药方除了治病功能，或至少具有减轻患者痛苦的作用外，服用起来也应该会使人感到舒服，因此，应该让患者乐意使用，之后，问我们是否知道怎样配制药剂，问我们会不会做实验给他看。于是，我们想要尽一切努力满足君主的需要，况且，这位君主为了满足我们，或确切地说是满足**宗教**，已经为我们做了许多许多，我们立马跑去查阅查拉斯先生的药典，查拉斯先生是我们偶尔结识的王家实验室主任，[②] 从中查询最能合乎皇帝需要，也是最容易执行的化学操作，我们要求将宫廷中的一个套间改成实验室，在那里放置四个不同形状和种类的便携式炉灶，它们都是根据制作者给的规则和尺寸制造的，根据我们需要

---

① 参见上引书 Bouvet (1699), pp. 103f: "……为了满足他对主要疾病的好奇心，其中包括他曾经或现在仍受困扰的疾病。他命令我们给他解释根据我们欧洲医生的方法，关于这些疾病的物理原因。……我们用了两三个月时间，根据皇帝给我们规定的顺序，撰写了 18 或 20 篇关于其他疾病的小论文。"参见上引书 Pfister (1932-1934), p. 437。

② 穆瓦斯·查拉斯（Moyse Charas, 1619—1698）是一位博学的医生和药剂师，他曾研究过化学。当 1598 年"南特敕令"（Edict of Nantes）被延期至 1685 年颁布后，他离开法国，去了英国、荷兰及西班牙。他在西班牙"皈依"后，于 1692 年回到法国，并成为科学院的成员之一。这期间查拉斯与他人合著了一本有关通用性药物的著作（Paris, 1682）（Verhaeren [1699], no. 174），白晋此处指的便是此书。参见上引书 Bouvet (1699), pp. 105f: "于是，我们开始跑时任王家实验室主任的查拉斯先生的药剂房，并且，在皇帝给我们指定的一个宫内套间里，我们建起了一种实验室。有各种形状的锅炉，各种专用于化学实验的工具和器皿。皇帝不担心花钱，要我们都做成银制品。在三个月时间里，我们制作了蜜饯、糖浆剂，以及多种精油。我们预告了此种工作，皇帝有时参加。当我们完成了这些药品的实验，皇帝非常高兴，乃至于把这些药品全留作自用。"

的样式和大小，制作了不知多少个蒸馏釜、蒸馏锅，以及其他银质器皿。因为这个朝廷是世界无所不能之地，为了满足君主需要，人们不在乎造物的开销，并且提供更多的东西，以便进行各种准备和实验。①

三四个月后，我们在皇帝面前做实验，他经常来看我们工作，制作柠檬、木瓜、紫罗兰、桃花和玫瑰花糖浆，以及各种花卉的蜜饯，尤其是玫瑰花蜜饯，因为我们发现皇帝对于玫瑰花有特别的癖好，通过蒸馏器蒸馏 1200 或 1300 磅玫瑰花，我们主要从中汲取花露、花油、浓酒精，等等。我们还制作了健身酒②和龙涎香制剂③，这是人们在北京开始认识的东西，虽然在皇帝的仓库里存有够多的这类东西，正如我们从标签上发现的，在暹罗国王进贡的礼物中，有 67 作为稀有东西、装在银盒子里送来的。

在这种不太符合我们职业的工作中，我们去做，只是确信，在 68 我们所处的位置上，我们不能拒绝君主的任何要求。对他，所有的传教士都有非常大的义务和责任，感谢上天给了我们这么多的成功机会，我们做出的每种制剂都得到他的称赞和特别的认可。陛下在试验了每种制剂之后，均钦点供其御用，命人将它们装入精致的瓷罐中，摆放在其寝殿之一的桌子上，以便随时满足他的需要。此后，这位君主或因身体好，或因感到身体不适，总之没有哪一天不使用我们做的那种药品。甚至，当他去鞑靼地区的旅途中，命人事先专门准备精致的银罐，让其随从带上，他本人总是感到一种神奇的满足，且特别高兴地分享给他的孩子、诸位亲王和朝廷大臣。他还经常地分享给病人，这位君主心慈乐施，但凡得知身边的人患有疾病，他必会将自己

---

① 参见 Bouvet (1699), pp. 105f。

② 健身酒与"青蒿"（Essentia cardiac Grimmii）成分相似，参见 Johann Heinrich Zedler (1744), *Universal-Lexicon aller Wissenschaften und Künste* VIII (Halle, Jena), col. 1937。

③ 可能出自 Ambrae Essentiae, Zedler III, col. 1698。

御用的珍贵药物相赠，我们自己也有过这种经历。

　　但是，提供这些微小的服务仅仅代表我们对这位伟大皇帝的感激，我们对他真是无比感恩。自从我们到达这个朝廷，尤其是近三年来，这位君主让我们有幸每天同徐日昇神父一起给他讲解我们的各种科学。[①] 在他身上，我们发现他有与我主国王同样的热情，他要在他的帝国完善科学，并使之比以往任何时候都更加繁荣昌盛，他不止一次地对我们说过，要把欧洲的全部科学引进到中国。张诚神父和我认为，唯有向他传达法国如今已臻完美的艺术与科学，且告诉他，由于国王的支持和有着三十余年历史的著名的法兰西科学院的努力，[②] 这些艺术与科学是如何日趋精进的，才能让皇帝更高兴，才能为其提供与其兴趣相匹配的资源，令其及大员们保持对基督宗教的有利立场。同时也能让这位君主了解到，人们告诉法兰西国王，在中华帝国里，所有艺术与科学都已发展了数千年，且现在正由一位极受爱戴的君王领导，这位君王充满智慧、治理有方、对各种知识兴趣浓厚，因此，要完善各种艺术与科学，都可以从该帝国得到最强有力的支持——当国王得知这一切，便同意了从法兰西科学院派出数位学者来到中国，以从此地获取他所渴望的一切知识。但是，正如有人向陛下汇报过的那样，这个帝国的门户对一切外国人都是关闭的，只有对福音书的布道者例外，北京朝廷里有耶稣会士荣幸

---

① 白晋、张诚、韩霖、徐日昇每天都会给康熙皇帝授课，有时四人一起授课，有时两两一组。参见 Isabelle Landry-Deron (1995), *Les Leçons de sciences occidentales de l'Empereur de Chine Kangxi (1662–1722) par les Pères Bouvet et Gerbillon* (Paris) 及同书不同版本 (2000/2001), "Les Mathématiciens envoyés en Chine par Louis XIV en 1685", *Archive for History of Exact Sciences* 55, pp. 423–463。

② 巴黎的"科学院"建立于 1666 年，由法国神学家马兰·梅森（Marin Mersenne, 1588—1648）和他人共同创建。17 世纪时，科学院的大部分成员都是笛卡尔哲学的追随者，因此将实验作为科学研究的主要方法的观点，他们多少是持批评态度的。参见 Grau (1988), pp. 49–51。北堂图书馆藏有王家科学院的年鉴，从第一排开始（1666—1686）。Verhaeren (1969), no. 10–21。

地获得皇帝恩宠，例如南怀仁神父，他因为在上百次的接见中获得特别恩宠而著名。因此，如果法国国王想向中国派人，则派送耶稣会士是再合适不过了。[①]

于是，国王陛下叫来了我们的一位教友拉雪兹神父（P. de La Chaize），他创有罕见的业绩，陛下对他很是信任，[②] 命他在耶稣会士中选拔其臣子五、六人，他们除了具有去中国传播福音的热情外，还必须具有可能汲取各种知识的才干，是我们和我们的教友有幸被选中完成这项光荣的使命。为此，我主国王给我们每人颁发带有掌玺大臣公署大印和陛下亲手签字的诏书，由此，宣称我们是他的数学家，并嘱托各国亲王和君主，尤其是可能通过的国家的亲王和君主为我们提供一切方便，以实现这项计划。除了国王陛下给我们的许多艺术珍品，要通过南怀仁之手送给中国皇帝，他还命拉雪兹神父以他的名义写信给南怀仁神父尽其可能为我们提供方便，由他确保这一切，而陛下只等获悉他的数学家在中国受到良好接待的好消息，以便做些更重要的事情，归化这个大帝国，以及归化它的伟大皇帝，他祝愿中国全面繁荣昌盛。因此，在我们之间对此经过长久议论，而且此前连续许多天祈愿上帝，要打破长期沉默，某些人无缘由地对我们到达这个帝国产

71

① 关于两位比利时耶稣会士柏应理和南怀仁之间的联系以及法国耶稣会士在华传教使命的开端可参见 John W. Witek (1990), "Philippe Couplet: A Belgian Connection to the Beginning of the 17th Century French Jesuit Mission in China"，载于 J. Heyndrickx (ed.), *Philippe Couplet S. J. (1623-1693). The Man Who Brought China to Europe* (Monumenta Serica Monograph Series XXII) (Nettetal), pp. 143-161。

② 路易十四国王的告解神父拉雪兹神父（1624—1709），另有雷孝思、塞伊格莱·科尔伯特侯爵（Marquis de Seignelay Colbert, 1619-1683）、多美尼科·卡西尼、菲利普·德拉·西尔（Philippe de La Hire）以及倡议派六位"国王的数学家"执行法国传教任务的发起人之一的洪若翰；这六位"国王的数学家"分别是洪若翰、白晋、张诚、刘应、李明、塔夏尔。参见 Claudia von Collani (1985), *P. Joachim Bouvet S. J. Sein Leben und sen Werk* (Monumenta Serica Monograph Series XVII) (Nettetal), pp. 11-15。

生嫉妒，这使我们在近五年内虔诚地保持沉默，由我们自己报告我们这次旅行的理由和原因，我们两人一起来到宫殿，一天上午，皇帝从他的畅春园① 颐和宫回到皇宫里，根据习惯参加道德讲解仪式，这是在每年这个季节都要隆重举行的，仪式在一间专为此习俗准备的壮丽辉煌的大厅里举行，为此人们将其称之为"讲演厅"。② 当此仪式一结束，我们就请求得到皇帝陛下的特别召见。我们肯定知道，这是相当容易请他做到的建议，首先他本人有意愿接见洪若翰、刘应、李明和我们两个，当他要我们一起来到他早就魂牵梦绕的宫廷，③ 尤其是当他命人把靠近畅春园的一所宅院作为教堂提供给朝廷的所有神父之时，畅春园相当于凡尔赛宫，通常，君主在这里度过全年的大半时间。

虽然我们觉得皇帝赞成这两项建议，但是，他表示希望洪若翰神父在去鞑靼地区旅行之前先来朝廷，看看这所宅院，因为这更多地曾是他的想法，而不是我们的。自从在第一次召见中皇帝听到我们对他讲述我们来华的目的和工作方式，同时提出最好有一所由我们单独使用的房子。他决定亲自给我们安排这样的房子，而且，以一种更为真实、更为荣耀的方式，不仅是为了我们国家，也是为了

---

① Tchang-tchung-yuen，畅春园，位于北京郊外海淀的一个皇家夏宫。

② 暗指康熙帝在某个时期颁布的"神圣法令"（Holy Edict）。这则法令的欧语版本第一次出现在 *Mémoires concernant ... les Chinois* t. IX (Paris 1783), pp. 65–281，题名为 "Instructions sublimes et familieres de Cheng-tzu-quo-gen-hoang-ti"。之后卫礼贤（Richard Wilhelm, 1904）的德语版本出版，"Das heilige Edikt des Kaisers Kang Hi"，*Zeitschrift für Missionskunde und Religionswissenschaft* XIX, pp. 1–14, 33–50, 65–75。

③ 参见洪若翰 1703 年 2 月 15 日的信件内容："1692 年底，刘应神父和我，我们回到广州。我们必须在广州建立一所牢固的房屋，以便接待我们期待的传教士们。房子买下来了，但是，当我们刚开始配备家具时，我们收到皇帝的命令，要我们两人来皇宫。该命令包含李明神父从欧洲回来后，也要来皇宫，要我们负责通知他。宗座代牧主教和传教士们为此消息而兴高采烈，他们把此消息看作是，不仅对我们，也是对整个传教团的上天护佑。" *Lettres édifiantes et curieuses* III (Paris 1843), p. 106.

我们的耶稣会，甚至是为了我们的宗教来做这件事。[①]

　　1692 年 11 月的第二天，陛下给我们的宅院派来了朝廷的一位高官，他知道此人是我们的朋友，是我们的最公开申明的保护人，来给我们表示其令人瞩目的保护，像他做的那样，亲自为我们获得一种完整的自由，在整个帝国出版福音书，我要说，这就是无可比拟的"索三老爷"[②]同他朝廷的宫内侍从，一般情况下，陛下通过他向我们传达意愿，向我们宣布，皇帝要给我们和我们的教友一所单独的房子。本来，皇帝通过这份特别的恩赐，是希望给我们以荣耀和利益，这份恩典不仅是给我们整个耶稣会的，也是给我们国家的。但是，在传达皇帝旨意的时候，葡萄牙人却从中作梗，使得皇帝中止了施予这份仁慈。

　　陛下不是轻易采取这个决定，也没有理解人们提出的反对理由，几个月后，他毫不犹豫地执行了这项决议。1693 年第 5 天，和他在位第 32 年元旦，皇帝像是为了增加这个庄严日子的欢乐气氛，命人不停地召唤洪若翰和刘应神父上朝。在他们之后，召唤了李明神父。当他回归之时，因为先前人们告知陛下，李明从中国去印度，也许回到了法国。[③]洪若翰神父和刘应神父因为我们的公务遇到的状况必

① 　洪若翰是此时派往中国的法国耶稣会士传教团的负责人，到过南京、上海、苏州等地。Joseph Dehergne (1973), *Répertoire des Jésuites de Chine de 1552 à 1800* (Rome, Paris), p. 97。1693 年 2 月 5 日，洪若翰受到皇帝的觐见。John W. Witek (1982), Controversial Ideas in China and Europe: a Biography of Jean-Francois Foucquel, S. J. (1665-1741) (Roma), P. 62.

② 　关于索三（Sozan），参见"前言"。

③ 　李明是一个有才干的数学家，原本他非常适合留在朝廷为皇帝效力。自 1688 年 4 月以来，他以传教士的身份去过绛州、西安及陕西，然后和洪若翰一起去过广州，并于 1691 年底以教会官员的身份返回法国。在法国，他出版了其著名的《中国近事报道》(*Nouveaux mémoires sur l'état present de la Chine*, Paris, 1696)。在这本著作中，他以长信的形式探讨了有关中国的不同主题。尤其是他那封写给德布永红衣主教（Cardinal de Bouillon, 1643—1715）的关于中国宗教的长信招致非议，因为他极为大胆地断言，中国人在世界上最古老的寺庙里向唯一的真神献祭。那些对中国礼仪和适应策略抱有敌视态度的人，连同一些保守的神学家，对这些文章及其他由耶稣会士

须去广州,在那里要购买一所房屋,他们此刻正在远离北京550法里的这个海上港口。^① 在他们等待接受朝廷命令,以及还有旅途行程期间,皇帝重读了我们给他翻译的鞑靼文的《欧几里得原理》和他让人做的汉译《欧几里得原理》,^② 开始由他本人给他的第三子讲授。这是一位17岁的年轻亲王,非常聪明,超出其年龄的成熟,似乎很有数学才华。我们每天给他讲一定数量的命题。^③ 皇帝同时命令安多神父和张诚神父一起重审汉语翻译,甚至加入一些新命题,如果他们认为合适的话,完成这些后,他命令对我们《几何学》的翻译也做同样的事情,他也表示满意,声称要发表这两种著作,他亲自写

75
76

(接上页)撰写的书籍进行了责难,并断章取义地解读这些文章和书籍中的内容。参见 von Collani (1989); Dehergne (1973), pp. 146f; Claudia von Collani (1989), "Das Problem des Heils deer Heiden–die Apologie des P. Vincentius Mascarell S. J. aus dem Jahre 1701", *NZM* 45, pp. 17–35, 93–109。

① 1法里约等于4.444公里。因此北京到广东的距离约为2445公里。

② 在华耶稣会士采用不同的版本来教授《欧几里得几何原理》,以利玛窦为先。他与其中国朋友徐光启于1605年翻译了《欧几里得几何原理》前六部书,起名为《几何原本》。他们没有采用原本,而是其数学老师克里斯多弗·克拉维于斯在罗马对此书的评析本(Pfister [1932–1934])。南怀仁将这本中译本翻译成了满文,因为他需要用满文本给年轻的康熙帝上课。(Pfister [1932–1934], p. 357)白晋和张诚便有了更多文献可供使用,比如 Ignace-Gaston Pardies S. J., *Eléméns de géometrie* (Paris 1671)。参见 Catherine Jami (1996), "From Clavius to Pardies: The geometry transmitted to China by Jesuits (1607–1723)", 参见 Federigo Masini (ed.), *Western Humanistic Culture Presented to China by Jesuit Missionaries (XVII-XVIII centuries)* (Roma), pp. 175–199。在北堂图书馆的目录册中记录了一个1678年和1683年版本(Verhaeren, 1969),no. 548, 549;同上引书 Jean-Baptiste du Halde (1735), *Description de la Chine...IV* (Paris), p. 245。

③ 康熙第三子,即胤祉(1677—1732)。安多曾是这位有天赋的年轻人的老师,他还把自己所学教授给自己的弟弟们;后来皇帝任命他担任科学院负责人。据白晋的学生索隐派学者傅圣泽描述,胤祉是一个自傲、难相处之人,不受人待见且不喜欢欧洲人。因此,他想用欧洲人的武器来打击欧洲人,比如科学。Jean François Foucquet, "Relation exacte de ce qui s'est passé à Pékin... par rapport à l'astronomie européenne depuis les mois de juin 1711 jusqu'au commencement de novembre 1716", ARSJ, JS II, 154, ff. 1–83, 附录:John W. Witek (1974), *An Eighteenth Century French-man at the Court of the K'ang-His Emperor: A Study of the Early Life of Jean-François Foucquet* (Georgetown Diss. 1974), pp. 466f。

了一篇序言，放在前头，在他的宫廷里印制。

至于我，继续我的日常工作，去宫里上班，独自研究哲学，如同两年以来，皇帝吩咐我们的，特意用鞑靼文给他编写，就以我们已经做过的《欧几里得原理》和《几何学》方式去做。因为对宗教而言，我们认为这个工作有不同的影响，不同于各种数学问题加起来，充其量对中国没有什么好处，只能使中国人和鞑靼人重视福音书布道者，他们知道这一切，让人羡慕他们在这个广阔帝国的居留，而不像哲学，它是一门科学，除了正确的理性规则外，还教给人们了解各种事物的性质、它们的形成原因、它们的原则和终极目标，自动地引导人们认识真正的上帝（Dieu），因而崇拜上帝，执行上帝的神圣法则。我们知道，皇帝有意将此著作公布于众，以期批准授权于整个帝国；也就是说，让中国人接受欧洲哲学，把它看作中国的正统科学。[①]

于是，我们想为宗教创造好条件，利用我们有幸得到的皇帝给予的自由，按我们的意愿完成这项工作。我们认为不能只谈论物理学，如果我们只是为了取悦于人（我们肯定会这样做），根据这部分哲学的近代原理，解释万事万物的物理原因和理由。我们认为必须 77 囊括全部作品，并加入自然神学，这样，接受了这一哲学原理熏陶的中国人只需再迈出一步，就能成为基督教哲学家。为此，也就是务使整个作品发挥作用，我们为之作序言，自然而然地阐明此种哲学的好处，令人看清此种科学亦即人之科学，它完善了人的两大主要功能，即理解力和意志力，前者启示一切自然知识，后者指引和引向真福和至善。

我们把这门科学分为两部分，一部分解释一切有形和无形的，精神和肉体事物的性质、特性和原理，这理应是纯物理学，我们打算

[①]　同上引书 Du Halde IV (1735), p. 248; Bouvet (1699), p. 99。

在其中广泛论述一切无形事物，即上帝、善恶天使以及人的灵魂，我们企望论述完整的自然神学；另一部分，理该讲清楚达到真正和至高无上之善的合适的方式方法，这纯系伦理学，在这部作品中，为了不排除逻辑学和玄学，我们以导言的形式将这两部分结合在一起，它们应该是浑然一体的，关于物理学和伦理学，我们甚至由此开始只努力讲必要内容，适可而止。我们企望以完全不同于学校的方式论述，使之更符合中国人的天性，他们不适应诸多毫无意义的争论。我们从中删除了所有这些野蛮的用词，以及所有不利于理解、使人陷入困境的问题。我们只满足于解释所有思想理念的性质及其流畅表述，理解的三重程序，特别是解释指导思想、辨别思想及推理真伪的方式问题。

78　　但是，当我们开始创作这部著作时，正逢皇帝大病初愈，还在恢复之中，身体状况不允许他专心于这种并不引人入胜的哲学研究。我们每个人都特别尽力地使皇帝脱离习惯的学习研究。我们最终完成了这个导言，皇帝仅看到了很小的一部分。继而，当讲述物理学本身之时，我们尽力从最可能取悦皇帝的地方开始。先前我们从这位君主给我们的许多场合中发现，他特别希望知道的问题是，在我们的躯体中所发生一切的原因和理由。我们选择了哲学的这个地方，我们首先给他介绍了人体科学，中国医生在欧洲以其渊博知识著称，却没有解剖学的基本知识，他们的古代和现代医学建立在纯幻想的体系之上。①

---

① 中医药只是在欧洲逐渐流行起来，比如《中国医学手册》(*Specimen Medicinae Sinicae sive opuscula medica ad mentem Sinensium...*（Frankfurt 1682）第一次向欧洲读者描述了中国诊脉和针灸的原理。这本书的作者是安德里亚斯·克莱耶（Andreas Cleyer, 1634—1698？），他在荷兰服务，但事实上书中很多资料都是柏应理在华期间从不同耶稣会士如卜弥格（Michael Boym, 1612—1659）手里收集而来。卜弥格是《中医脉搏理论要义》(*Clavis medica ad Chinarum doctrinam de pulsibus...*

对中国人而言，这无异于一个崭新世界，为使他们能理解我们，79
我们不得不把这部著作划分成两部分，第一部分在我离开时已基本完
成，在此我们完整地论述了解剖学，附以大量的轻笔图画及其解释；
第二部分已经有了开头，将对所有好奇和有用的问题进行解释，包括
对整个人体以及各个部位的解释。我们尽量借用同时代的王家科学院
的先生们以及现代学者中的佼佼者的观点，他们完美地研究了这种科
学，以使这部著作无愧于我们的伟大皇帝。

他还没看完十多个命题和同样多的图标，便表示出快乐和非凡
的满足。为了让人看到他对此事的尊重，他就命特别善于毛笔妙用
的首席御用画家立马放下手上的活计，转而致力于描绘这些图标。
然而，因为这门科学虽然其本身令人愉悦并引起好奇，但是，它要
求专注精神，可这位君主身体稍弱，当时不具备这种像他对我们说
的能力。他同时鼓励我们还是要照常工作，待他闲暇之时，我们随
时准备给他讲解此事。

我正要按部就班地做自己的事情，皇帝突感被一种怪病袭扰，
同时伴有连续发烧和让大家及他本人担心的症状。在七八天时间里，80
他的医生让他服用了多种药物，均无济于事。这位君主特别相信来
自我们方面的任何事情，尤其是涉及药方。（法国）国王在我们离

（接上页）（Norimbeergae 1686）的作者，Walrav-ens(1987), no. 204/205。另外，著
名的内科医生邓玉函（Johann Schreck, 1576—1630）也把有关中国医药的知识
传播到了欧洲，参见 Hartmut Walravens (1987), *China illustrate. Das europäische
Chinaverständnis im Spiegel des 16. Bis 18. Jahrhunderts* (Weinheim) (1987), pp. 22-
35。后来，杜赫德的《中华帝国全志》第三卷（*Description de la Chine* III）（Paris
1735）很大一部分内容是关于中草药和诊脉原理。另外他还翻译了很多中国医药书
籍。杜赫德著作的资料来自诸多法国耶稣会士：白晋、刘应、殷弘绪、巴多明、赫
苍壁（Julien-Placide Hervieu）等，参见 Pfister (1932-1934), p. 582; Isabelle Landry-
Deron (2002), *La prevue par la China. La "Description" de J.-B. Du Halde, jésuite,1735*
(Civilisations et Sociétés 110) (Paris), pp. 235-247。

开法国之前，好心地给了我们一些药方，此前，我们曾多次将其介绍给皇帝。在皇帝特别乐于学习欧洲医学时期，根据他给所有在宫里的耶稣会士的指令，我们每个人尽其所能给他介绍各种各样的药
81　方。[①] 我说，这位君主在看到他家族的许多人，其中有他的一位女婿，被这种奇效药治好多种非常危险的，甚至无望的病，皇帝自己也想使用这种药。有一天，他派人到我们住处找张诚神父和我，不是为了问我们他能不能吃这种药。当陛下命令我们从事医药工作时，为了满足他，我们便向他重申我们在不同场合向他报告的，我们没有任何经验，我们听到的只是这种科学的实践结果，他不想难为我们，他只是想了解可以服用此药的时间，因为皇帝此刻已经感到十分沮丧，担心再拖延半天，他可能就不能服用此药了。

因为向皇帝介绍这种药时，我们同时介绍了针对不同疾病、不同体质和不同年龄的病人，被翻译成鞑靼文的各种药效以及不同的使用方法。我们回答陛下，收回这些清楚表明使用时间和使用方法的药方。对使用此药的方法，陛下比我们更有经验，他经过多次考验，比我们更了解当病情紧迫之时，无需考虑用药的时间。皇帝得悉这个

---

① 这里所说的"特定的药方"第一次治好了皇帝的病，但未见对该药方的描述（皇帝曾被告知此药称为金药）（Witek,1982），然而第二次最终治愈皇帝疾病的是一种叫金鸡纳霜的药，此药经常被提及。第一种药方很有可能属于"济贫良方"，是三种"膏药"之一（German: Lattweerge），是一位叫卡鲁埃的先生所开（参见白晋的信，"Aux Supérieurs des Provinces jésuites en France"，Surat, 21 decembre, 1695, ARSJ, JS 166, fo 103r）。另参见洪若翰于1703年2月15日致拉雪兹神父的信："两年以来，皇帝加大力度检验了我们的欧洲药方，尤其是法国国王在其王国里发放给穷人的药膏。我们向他指出，这些药膏在法国治愈的各种疾病，通过多次实验，他发现这些药膏确实产生了奇妙而神速的良好治疗效果，一个只能等待死亡的极危重病人往往在用药后第二天脱离危险。这样如此令人吃惊的效果，使他称这些药膏是'神药'，或'神仙药'。"（Lettres édifiantes et curieuses III [Paris, 1843], p. 106）。如果皇帝得知是被一种如此廉价的药治愈了疾病，那么此事兴许就不会被内科医生以及皇帝本人视为一件光荣之事。其他药方中常常含有昂贵的成分，比如亚宝石，而"济贫良方"或许是廉价且普通的药方。

回答，不顾他以前咨询过的所有医生的普遍意见，他们的结论是一致反对欧洲药方，尽管他们中不少人亲眼见过良好疗效。皇帝命人拿来准备好的药，当着皇子和朝廷高官的面，当场服下。皇太子，他的儿子，皇位的指定继承人，事先试用过此药，这是他亲手准备的。[①]　82

　　当我们获悉皇帝在这样情况下，服用了我们的药，只有上帝知道我们当时受到震撼后会产生什么样的动作。因为一方面，我们确信皇帝和朝廷某些主要官员的眷顾，另一方面，我们也确信多数朝臣和中国官员是特别嫉妒的，尤其在医学专业方面。他们讨厌见到像我们这样可怜的外国人受到皇帝的恩宠，这是一种不断的时而担心，时而希望的磨难，我们心中充满了巨大的不安，我们陷于无助，不知上帝此刻是否以其肯定的信任支持我们，让我们判断，神圣的天命长期以来一直特别注意保护，在这个朝廷、在这个帝国里的福音书布道者，也许想要皇帝以非常庄严的方式，在其属下的全部领域里认可崇拜真正的上帝之后，[②] 会感激他的朝臣恢复其健康，使其今后更好地保护他们。真的，感谢上天赐福，皇帝服用的药产生了神效，不到一小时，陛下感觉发生了大变化，像他自己立马宣称的，就像重获新生一样，命人传唤在候见室等待消息的诸王子和其他朝臣以及医生都到他的房间里来，告知他们药物的神奇效果。医生号　83
脉后，不得不承认，他们发现了这巨大而幸运的变化。

　　陛下通常都赞扬神父们的工作，并示意他一直仰赖其在不同场合对他们表示的信任。为了消除我们的担心，因为他料定我们的不安，他派人向我们公开宣布是我们的药救了他的命。受命向我们传达这种充满慰藉话语的人点名对张诚神父说，主要是他向皇帝介绍了这种药，还向他说了几句充满善意和温馨的批评话语，因为当我

[①]　皇位的继承者，即中文的"皇太子"。关于皇太子的生母亲戚，参见第73页注释[②]。
[②]　这里指的是1692年的"宽容敕令"。

们荣幸地被皇帝问及用此药的时期和时刻之时，这位神父表现出太多的担心和慎重。但是，上帝可能想缓冲这个好消息给我们带来的过度快乐，正当药物呈现出我们所希冀的最好效果之时，皇帝如此有利和如此公开地佐证既引起一些人的嫉妒，也给了我们安慰，因为有人想把药物的良好功效说成是不祥的征兆，多次试图威吓我们，高声指责我们推荐了这种药之后，险些造成宫殿里的恐慌。

　　此后不久，正如我们预见的，皇帝也感到了自由和平静。因为不断有人代表他向我们提出各种问题，所以他命令张诚神父和我，以及徐日昇神父要日夜守在宫里，回答他白天给我们提出的各种问题，直到他完全满意为止。陛下已毫无发烧感觉，休息得很好，夜里也睡得香，享受温馨而漫长的睡眠。他好心地派人告述我们这令人愉快的消息，由此也解除了我们整夜为他感到的不安。此后，派人问我们第一次用药是不是造成他痛苦的全部原因，根据我们掌握的长期而肯定的经验，判断他是否继续服药。我们回答说，尽管第一次用药给他带来许多痛苦，但用药量没有超过药房规定，只是病还没有好利索，之后，还会感到一些病痛；但是，第二次服药时，药量比第一次少些。我们希望，在上天的护佑下，会给他去掉病根。陛下在当日余下的时间和次夜都感觉很好，第三天有感到轻微的寒颤，接着有些发热，第二次服用了我们的药；但是，没有注意药方，用量很少，药力不足以迅速克服病痛，用药期间，身感乏力，这立即引起了反对我们的不满议论，但是，这些不满声音不会让我们丧失对法国国王所珍视药方的信任。确信比我们更了解此药方良好功效的皇帝，因为他亲身感受到了良好效果，不把他的遭遇归因于其他原因，因此这位可爱而公正的君主自始至终总是公开地特别通过新佐证来证明我们的荣誉和有利地位。致使，就我所知，无人敢让皇帝听到这些杂音，医生们不得不承认他们曾以为处于险境的皇帝此后完全脱离了危险，他的病痛已经退化为轻度发烧，他们自信几天就可以治好。于是，皇帝为了让医生们看见他还像以前一样信任他们，立即表示完全听从他们的安排。

　　然而，皇位法定继承人皇太子，在他的父王生病期间，由他全权管理政务，他向全北京公布：任何有治愈低烧秘方的人迅即来皇家药房，以便面对帝国大员做实验，大员们同时被任命为专员。　　85

　　此命令公布后第二天，我们收到洪若翰神父和刘应神父的信，他们在路上已经一个半月，告诉我们，他们已经接近北京。我们立即告知皇帝，他表示很高兴，并告诉我们，他想派一位朝廷官员去迎接他们，但是，在他生病时，所有官员都必须待在宫里，不能出行。不过，因为现在他的身体已经见好，此后，只要张诚神父和徐日昇神父在身旁就可以了，至于我，最好去迎接我们的教友。这次得以离开皇宫让我更加高兴，特别是在当时情况下，人们在做各种专门实验，以解决低烧问题，张诚神父和我，我们高兴我们的两位教友给我们带来了上帝也许想利用之人，以期完成其作品，最终以我们的办法恢复皇帝的健康，带着这个想法，我准备第二天一大早动身。苏霖和罗历山也想一起去迎接我们的两位神父，于是，我们三人作伴到离城四古法里的地点赴约。① 我们相互拥抱，稍事休憩之后，向北京进发。在进入郊区路口时遇　86

---

① 洪若翰在其 1703 年 2 月 15 日的信中写道："这位伟大的君主经常想着我们，派人在其宫内伺臣陪同下，到离城数法里远的地方迎接我们这些传教士，宫内伺臣向我们表示，如果他知道我们的路线，他会派人到更远地方迎接我们。"（*Lettres édifiantes et curieuses* III [Paris, 1843], p. 106）——耶稣会士苏霖于 1656 年 2 月 15 日在圣孔巴当出生，卒于 1736 年 9 月 14 日，科英布拉教区（Diocese Coimbra）。他于 1680 年乘坐"圣安东尼奥号"（S. Antoinio）从里斯本出发，同年到达澳门。他以传教士的身份在上海和扬州工作，自 1688 年开始在北京工作，并于 1692 年成为葡萄牙学院的牧师，直至 1697 年。他在北京度过了余生。Dehergne (1973), no. 796. ——西塞罗，1639 年 5 月 28 日出生于意大利科摩，1703 年 12 月 22 日卒于南京。他从 1674 年 4 月 2 日出发，于 1675 年抵达印度。他在广东传教两个月，1682 年至 1685 年访问果

到了一位宫内侍从，他是受皇帝指令来迎接我们的。这是赵老爷
（Tchao-lao-ye），① 太子利用他向我们转达其意图。在听取了对陛
下病体的良好祝愿后，他引领大家到宫里，立马向皇帝禀告，以
87　及他发现的洪若翰和刘应两位神父对皇帝健康的担心。我们进到宫
里，大家一起到八院西门等候，八院尽头就是皇帝的寝室。我们刚
一到达，他的长子，② 也是一位聪明热心的王子，他很喜欢我们，似
88　乎是故意经过这个地方，使新来的两位神父有机会认识他，按习惯

（接上页）阿省（Goa）和马拉巴尔（Malabar）省。在他完成广东的传教任务后，以
教会官员的身份被派往果阿和罗马。1689 年 2 月 5 日，他成为日本和中国的视察员，
并于 1690 年 4 月 8 日离开里斯本；1691 年 7 月 15 日抵达澳门，紧接着前往北京。
1694 年 1 月 1 日，他成为南京保教区的大主教。参见 Dehergne（1973），no. 177。

① 赵老爷（"老爷"是对年长者的尊称，此处仅表示一个礼节性的尊称）的真实姓名
为赵昌，是养心殿的满族内侍，因此他要负责与欧洲（比如传教士）有关的任何事
宜。赵昌的满族名为 "Joocang"，也被称为 "Chuliama"。他可能生于 1654 或 1655
年。自 1680 年开始，他便为朝廷效命，从 1702 年开始，他在皇帝内殿伺候。很多
年来，他一直作为康熙帝和耶稣会士之间的中间人（ARSJ, JS 171, fo 208v; Antonio
Sisto Rosso [1948], *Apostolic Legations to China of the Eighteenth Century* [South
Pasadena], pp. 234f）。在对他的描述中，他是一个尽心尽力为皇帝效劳的君子。他
是耶稣会士徐日昇、巴多明、穆敬远（João Mourão,1681—1726）的朋友，因此他
不喜欢大多数法国耶稣会士。雍正统治初期，赵昌因与新帝敌对者及穆敬远之间
的关系而蒙受耻辱。他被雍正帝囚禁，1729 年被杀。在他死前不久，他受了洗礼。
（A. Thomas [1923], *Histoire de la Mission de Pékin depuis les origines jusqu'à l'arrivée
des Lazaristes* [Paris], pp. 309f）; Kilian Stumpf, "Acta Pekinensia seu Ephemerides
Historiales eorum quæ Pekini accidunt a 4. Decembris 1705. 1. adventus Illmi Rmi et
Excmi Dmi D. Caroli Thomæ Maillard de Tournon Patriarchæ Antiocheni Vis. Apostolici
cum potestate Legati de latere etc., APF: Inform. Liber 162. Pro Miss. Sin. Vol. 7 (collectus
anno 1711), fo 274; and Stumpf, "Acta Pekinensia...", APF: Inform. Liber 166. Pro
Miss. Sin. Vol. 11 (collectus anno 1716), fo 383, Giovanni Stary (1985), *Opere Mancese
in Italia e in Vaticano* (Wiesbaden), p. 69, ARSJ, JS 167, fo 18. Pasquale D'Elia (1963),
*Il lontano confine e la tragica morte del P. João Mourão S. J., Missionario in Cina (1681–
1726)* (Lisboa), pp. 30f, 489; *SF* V, p. 629 n. 14.

② 皇子胤禔（1672—1734）是康熙帝的长子，由妃子所生（他排行第五，但他的四
个皇兄皆幼殇），受封为直郡王。康熙帝命他负责欧洲人事宜，尤其是审查欧洲人
在中国的传教资格。他不是欧洲人的敌对者，但是他担心传教士在华传播基督教或
许会导致外国势力干预中国内政，或者传教士兴许会成为葡萄牙人入侵中国的先锋
队。Claudia von Collani (1995b), "Kilian Stumpf SJ zur Lage der Chinamission im Jahre
1708", *NZM* 51, p. 124; *SF* VIII, p. 620 no. 40.

询问他的身体情况，他也有机会询问他们的身体情况。皇太子，即被指定的皇权继承人，立刻走向皇帝寝室，他的兄弟也来到我们所在的地点。根据我们的看法，这是听从皇帝的命令，因为他生病不能召见神父们见面，至少让他们有幸见到太子本人。在详细了解神父们，尤其是洪若翰神父在数学领域的才干和能力之后，太子亲切和蔼地同我们讲话，这是此前对我们任何人从未做过的事情。（太子）得悉刘应神父在阅读中国文学和各种书籍中取得了很大进展，因为这位王子读书很多，而且现在依然继续学习研究，成绩突出，他就经典书籍，特别是中国古代学问，提问这位神父。当他看到一提到某本好书的名字，这位神父就回答已经读过，或都有特别的了解，能够中肯贴切的讲述。为了考验神父的实际能力，他让人拿来孔夫子的"五经"①中的一种，"五经"被看作是难懂的书，在中国，凡是想达到文人或博士水平的人，只要学习"五经"之一，并且掌握它，就可以了。他让刘应神父解释多处难以理解的文字，他赞赏神父流畅而清晰地讲出作者真正而合情理的含义，致使太子赞不绝口，发出这样的慨叹：他是至今来到中国的最精明的欧洲人。 89

　　而后，太子问刘应神父，孔子学说是不是很不同于基督教原理，神父的回答使他觉得神父对于两者都娴熟于心，达于极致，他特别高兴地得悉不仅孔子的学说与基督教原理毫无悖逆之处，而且，神父说《易经》本是纯迷信之书，但其理论与我们神圣的宗教原理完全一致。②皇太子很满意这个回答，只是神父根据所有研究过中国

① "五经"即《易经》《诗经》《书经》《礼记》《春秋》。
② 洪若翰在其1703年2月15日的信中写道："因为皇子精于汉语典籍，对于以汉语典籍学究著名的刘应神父表示特别好感。经过几次交谈之后，皇子让人拿来一些古老汉语典籍，给神父看。神父打开书后，非常流利清晰地解释古书，皇子为之惊叹，并且对陪同神父的官员连声说了两三次：Ta-toug，他理解完全正确。然后，皇子问他对汉语典籍的看法，问汉语典籍与我们的宗教是否一致。神父谦恭地请

科学的精明的传教士之感觉，对《易经》发表的言论除外。因为太子知道各个时期的中国学者对这部著作一直都有高度评价，把它看作是他们书籍中最古老的书，认为它远比我们学者至今的认识更有
90 依据，人们希望能亮出其道理所在，虽然皇太子天真地承认中国人长期以来已经失去了对它的理解。我说，这位太子没有体味到刘应神父以其评论判断此书，他说，刘应的判断都没能表达出真正的含义。[1]

　　这次谈话之后，他回去向其父皇汇报，而赵老爷去向皇帝禀告神父到达之事，回来后告知他们，皇帝很高兴他们的到达，待其身体见好，要见他们，他们则回房间休息。

　　因为洪若翰神父和刘应神父大部分旅程是在水路上，他们收到我们写的紧急信件时，离北京还有几天的路程，他们登陆后，把大部分衣物和几名仆人留在了船上，幸亏他们带有少量的金鸡纳霜[2]，和我们一样确信在紧迫形势下，上帝就是这样安排了事物，最终给予福音书的牧师们如此的荣誉，完全治好了皇帝的病，同时也更证实了他们有幸享受皇家的恩顾。我们向赵老爷谈到了这种药物，对
91 他，我们先前在其他场合已经介绍过了，向他重复说，很久以前，我们向他讲过的卓越功效，并告诉他，在整个欧洲，尤其是在法国，

　　（接上页）求原谅后，回答说，我们的宗教能够同人们在古书中发现的相一致，但是，不同于阐释者的著作。皇子接着说，也必须承认，新的阐释者不总是很好地理解我们古文作者的意思。自从这次会面后，皇太子对刘应神父保持特别的尊重。他甚至明显地表示这种尊重。我们希望我们的宗教从中得到大大的好处。*Lettres édifiantes et curieuses* III (Paris, 1843), p. 106.

[1]　同上引书 Bouvet (1699), pp. 146f. 白晋此处省略了有关《易经》的故事。

[2]　Kinkina，也指 Kina-kina，即 Cortex Sinensis，今天称为奎宁，是来自基多王朝的一种树皮，以德尔辛宏伯爵（the Count del Cinchon），即波尔特的西班牙副国王命名。1649 年，这种树皮由秘鲁的一位西班牙副国王带到西班牙。同年，红衣主教卢戈（Cardinal Lugo）和某些耶稣会士将它带到了欧洲，并闻名于世；而他们从中获得了丰厚的利润。奎宁对治疗流行热有奇效。Zedler XV, cols. 636–639.

这种药已经很流行，专治间歇性发烧，自从王储阁下用此药恢复了健康，[1] 国王重金买下了制药秘方，并且公之于众；赵老爷对我们说，让我们将此药带到皇家药房，像对待其他药物一样，要在诸位专员先生面前做实验。第二天早晨，我把两位神父带到宫里，张诚神父已在宫里过夜，像其他几次一样。我们带来金鸡纳霜以及我们所有的处方，当我们了解了皇帝健康状况后，我们去了御药房，在那里，我们看见了专员先生们，他们负责对所有推荐来的处方进行检验，在众多人员中有礼部或礼仪部高院的三位鞑靼族尚书。对福音书的布道者而言，这个令人可畏的礼部长期以来总是反对在中国建立福音宣讲机构，正如我们在前一年所经历的那样，其方式让我们都伤心欲绝。如果皇帝不是以其绝对权威撤销和取缔这个高院反对"圣法和牧师"的禁令，并且逼使他们做出一个完全相反的判决，我们没有胆量推荐我们的药来做实验，如果上帝以适合其目的的方式来安排所有事情，就不会允许除了这些人之外，还有其他更高级别的 92 人，无论是他们的素质，还是他们在尚书院中所处的对我们的有利位置，因为他们是帝国的头三位总督，也是耶稣会最直言不讳的保护人，即 kieou-kieou，或皇帝的舅舅，[2] 索三老爷，这位好心而有名的大人，所有在华的传教士对他都感激不尽，去年，他在皇帝面前，以使徒般的坚定热诚支持传教士的事业和宗教事业，反对礼部鞑靼

---

① 路易（1663—1711）是路易十四和玛丽·特里莎皇后的儿子。他先于其父死亡。

② 满族将军佟图赖（卒于1658年）二子之一，即佟国维（卒于1719年）的兄长佟国纲（卒于1690年）。二兄弟皆为康熙皇帝的舅舅，即佟图赖之女、康熙帝生母孝康章太后之兄弟，而孝康章太后曾是顺治帝的庶妃。康熙帝及耶稣会士称佟国纲为"国舅"，即康熙帝生母的哥哥。在此书中，显然指的是弟弟佟国维，因为哥哥佟国纲已于1690年在征讨噶尔丹的战役中阵亡。Arthur W. Hummel (1970), *Eminent Chinese of the Ch'ing Period (1644-1912)* (Taipei), pp. 794-796; Joseph Sebes, *The Jesuits and Sino-Russian Treaty of Nerchinsk (1689)*. *The Diary of Thomas Pereira, S. J.* (Bibliotheca Instituti Historici S. J. vol. XVIII) (Rome, 1961), pp. 174f. 同上引书 no. 245。

人尚书和汉人尚书，逼使他们废弃原来的禁令，明（Min）老爷是一位朝廷大人，由于其地位，或他对基督教的尊重以及对牧师们，对洪若翰和刘应神父的深厚感情都是毫不退让的，洪若翰和刘应神父有幸在这种场合第一次见到他们，得到各种荣幸和亲切关怀，对此，他们深信不疑。

同这种性格和这种地位的人物打交道后，打消了我们的各种担心，在现场给他们用鞑靼语和汉语翻译了金鸡纳霜的各种处方之后，我们给礼部尚书院的写手们做了听写，他们向专员大人们作了宣读之后，大家开始进行实验。因为参与实验的病人数量相当多，在重病号中，我们选择了三人。为了让人们更好地看到我们药物的神效，使用更为顺利，我们选择三人，其中一位处于即将发作、第二位刚刚发作过去、第三位正处于发作之中。人们让我根据处方，以三种不同方式配制的金鸡纳霜同时给三位病人服用。感谢我们对之充满信任的上天，面对礼部尚书先生们赐福这三次试验。只因国事令另三位尚书去了别的地方，这三位病人自认已经完全恢复了，大家承认，尤其是受命观察所有药物效果的医生们承认病人痊愈了。但是，因为除了这三种试验方式外，人们还建议进行第四种试验，礼部尚书们希望再做一个试验，对一名设定为如同其他人一样患有间日疟的，但尚未被此病击倒的病人进行试验，致使当晚，我回到宫里了解病人状况，在路上遇到了吏部的一位尚书，他从宫里回来，他对我说，快去，病人情况很不好。我非常吃惊地发现一个似乎精神错乱的男人，周围许多人把这个事故看作是他上午服药后的结果。我料定这里有伪装和骗人的把戏，我开始提了许多问题，既问了病人，也问了关心此事的人，通过他们各不相同的回答，我确信这里有恶意造假问题。第二天，我请求礼部尚书，就是前天遇到的那位，请他检查此事，向他保证说这个人的病不像人们先前假设的那样。虽然大家似乎都同意我说的事实，但是，通过对药物的试验证明，这不妨碍病人被列入按指令进行试验者之列，因为他特别说明自己属于服过药的病人，服过药物者，有的已经病愈，有的没有。因此，在了解了事情的来龙去脉之后，为了防止魔鬼破坏，在我们看来，上帝要彰显他的荣耀，我们不得不求助于我们的真正保护人，无可比拟的索三老爷，他得悉我们事情的状况后，好心地给了我们一小时时间，让我们四人一起到御药房，补充说，他也将与两位同僚到达那里，他们将很快把事情办得像我们希望的那样。确实，我们按时到达指定地点，果然，我们荣幸地见到了三位大人和礼部尚书们，三位大人看过按尚书们的指令让我们做过的试验证明，他们说，为了向皇帝报告见证人的实证，他们命令凡是做过试验的人都到他们面前来，尽管病人都被打发走了，据说，有些人住的离城相当远。不到一小时，病愈的三个人出庭，而第四个人没有到达。

于是，索三大人公开地对每个人单独提问，也问过所有看过试验的人，他们异口同声地核实了三位病人服用了我给他们的唯一一次金鸡纳霜之后，立马痊愈，之后，没有发烧，也没有发生任何不适。人们做了符合证词的新证明，我们同他（索三大人）和他的两位同僚进行了一个多小时的亲切谈话，其中，他们都对我们讲了许许多多对我们的神圣宗教和我们尽力启迪礼部尚书们转变的对人们非常利好的话语。之后，他们直接去了皇帝寓所，向他汇报了在陛下药房进行试验的真实情况。他们对皇帝讲了，在大量试验过的药方中，他们觉得有三四种非常好，但是其中没有一种可与我们推荐的进行比较，我们的药方能使服药人立马完全恢复健康，并且告知陛下，因为这种药方治好了王储大人的病，（法国）国王被此药方之神效所吸引，向外国医生购买了药方的秘密，并且公布于众，不仅在法国，而且在整个欧洲，人们利用此方每每获得奇效。为使皇

帝下定决心用药，同时为了让他看看这药方是多么无可指责，他们
三人尽管都没有什么病痛，都自告奋勇地表示，愿意当着陛下的面
在他们身上做试验，这个建议使皇帝特别高兴，这位君主命人拿来
金鸡纳霜，让他的皇太子调好配方，命每人服用一次，让他们离去，
同时命他们第二天早晨回来向他汇报过夜情况。他们执行皇帝的命
令，因为都没有感到任何不适而特别高兴。在三人服药后，根据他
们向皇帝提供的一致佐证，这位君主命人拿来金鸡纳霜，备好配方，
在他等待发烧发作前的一段时间吃了药。① 这段时间过去了，陛下
没有感到任何不适，他好意地向我们告知了情况，同时问我们发烧
会不会复发。我们回答说，上天护佑，陛下不再会有发作，只要他
96　还连续几天服用根据我们给他推荐的药方配制的药就会好了。于是，
在把痊愈消息公布于众以后，他免除了朝廷大官们以及其他官员，
像此前做的那样，日夜守候在宫里。②

---

① 摘自耶稣会士白晋于 1693 年 10 月 11 日写给在广州的维尔瑞神父的信："皇帝听我
们说皇太子阁下由此也治好了病后，很容易接受使用此药。上帝赐福此药方，同样
这位君主也完全病愈。致使他现在享有完美的健康，他承认要感谢我们的神父。"

② 1703 年 2 月 15 日，洪若翰神父写给拉雪兹神父的信："当刘应神父和我到达朝廷
时，人们已经在那，我们带去了一斤金鸡纳霜，这是以慈悲为怀的岛鲁神父从本地
治里寄给我们的。这种药在北京还不被人知。我们把它作为欧洲治疗断续发烧最可
靠的药介绍给大家。我们前面讲过的四位大人很高兴接待了我们；我们向他们讲了
按国王指令准备的说明书，必须如何准备和用药。他们不满足这些，他们想知道金
鸡纳霜是哪来的，药效如何，能治什么病，国王怎样将它公布于众，以减轻其臣民
痛苦，给予知晓此秘密者一种无愧于伟大君王的奖赏。——第二天，人们对三个病
人进行试验：先让已发病的患者服药，再让当天发病的患者服药，第三，让休息一
天后的患者服药。我不知道是否是上帝想利用这个机会显示其威力，抑或是此药的
天然效果。在宫里被看护的这三个病人吃了第一次的药后，全都病愈了。人们立刻
向在同一天也服了金鸡纳霜的皇帝通报。本来，皇太子为其热爱的父亲的疾病，十
分焦虑，很担心人们用尚不了解的药会不会产生不好效果。他喊来诸位大人，指责
他们过早地向皇帝禀报此药的消息。大人们谦恭地表示致歉，但是，证明没有任
何可担心的（因为我们向他们报告之后，他们早已断定：金鸡纳霜无害），他们四
人自动提出愿做服药试验。太子他同意。他立刻拿来装红酒和装金鸡纳霜的杯子；

对我们而言，这是一种巨大的安慰，特别是因为几天前，一位 97 喇嘛——鞑靼地区偶像般的牧师，自我夸耀说，使用他推荐的不知是什么迷信秘方，治好了皇帝的发热病。朝廷里一些不喜欢基督教及其牧师的人到处讲，甚至当我们的面讲，是为了侮辱我们，亵渎 98 神灵，说喇嘛胜利了，① 称喇嘛的上帝——"佛"，比欧洲人的上帝更有威力。② 后来的几天，陛下继续服用金鸡纳霜，完全按药方规定去做。但是，药物剩得不多，不舍得这次全部用掉，服用一周后，就是说，他感到身体完全恢复了，便放弃了服用。

在此期间，我们提出了抗议，在医学方面，至少在医疗实践中，

（接上页）亲自混合，晚上 6 点钟左右，四位大人当太子的面，喝下混合物。而后，他们退出，安静地睡觉，没有感到丝毫不舒服。皇帝前夜睡得非常差，凌晨三点钟，唤来索三亲王；皇帝得悉亲王和其他大人身体都好，不容分说，服下了金鸡纳霜。那一天，他等待发烧，直到下午三点钟，都没有发烧，剩下的时间以及第二天夜里，他都安静地休息。宫廷里人人喜气洋洋。第二天，四位大人向我们讲述了对我们药方的神奇效果的愉悦享受。我们报告了给皇帝赐福的上帝之伟大荣光。后来的日子，皇帝继续服用金鸡纳霜，身体一天比一天更好。——他完全复元以后，他奖赏了在他生病期间为其服务的所有人员，或给他送来某种药方的人，虽然他没有服用这些药。但是，他严厉惩罚了他的三位医生，因为在他最痛苦的时候，他们没有提供任何药方。皇帝对他们说：'你们在危险中放弃我，你们害怕人们把我的死亡归罪于你们，可是，你们却不怕我死于无助。'他命令刑事法庭检查他们的行为，依法判决他们。这个法庭判决他们死刑，但皇帝赦免了他们死罪，处以流放。" *Lettres édifiantes et curieuses* III (1843), pp. 107f.——耶稣会士让-弗朗索瓦·多律（Jean-François Dolu, 1651—1740）于 1688 年从法国前往印度，1699 年时在本地治里担任馆长（Curator）。他于 1710 年返回欧洲，逝于拉弗莱什。Carlos Sommervogel (1892), *Bibliothèque de la Compagnie de Jésus* III (Bruxelles, Paris), col. 123.

① 洪若翰在 1703 年 2 月 15 日信件中所描述的事件兴许指的是："一个特别著名的和尚让人从一口井里打上来一桶清水，带到朝廷最重要的四位大人面前，他们代表皇帝接收人们可能送来的所有药方，负责观察对药方的实验，而后，提出他们的报告。这四位大人是索三亲王、明大人、皇帝的一位叔叔和亲王的一位叔叔，四位都是朝廷大臣和饱学之士。和尚盛一杯清水，走出厅堂，把杯子呈向太阳，举起双手，眼望天空，然后，转身向着四方，摆出各种姿态，外人看来很神秘的样子。他做完这一切之后，让一位发烧病人喝下这杯清水，患者跪着期待病愈，热切地期望病愈；但是，此药方毫无效果，和尚因此被看成骗子。" *Lettres édifiantes et curieuses* III, (1843), p. 107.

② 佛即佛陀释迦牟尼佛（Buddha Sakyamuni）的简称。——治疗康熙帝一事被认为是一种考验：信仰真神的人拥有神药，他们还擅长天文学及其他科学。

我们毫无所闻；他愿意全面遵循我们给他规定的生活制度，在他去
被称作畅春园或畅春宫的娱乐宫的前几天，我们有幸接待他派来的
人随时咨询他应该吃什么，应该喝什么。因为同样的理由，他要求
张诚神父陪他去那里。

在此之前，就是说，一旦皇帝退烧，洪若翰和刘应神父就准备
到达时向皇帝介绍的东西，来到宫里向陛下呈送他们的小礼品，皇
帝为了表示他是多么重视礼品和送礼的人，施恩接见大家。小礼品
由装在形状古怪的金盒子里的一块大表和缀以巴特菲尔德式 ① "四分
之一圈" 创新标识组成，这是我们送给陛下的第二件礼品，陛下了
解其优点和准确性，人们知晓向中国表示应有的尊重，礼品计有两
座秒摆钟，用于蒂雷式（façon du Sr. Thuret）观察，一个带有新镜反
射的水平仪，另一个小水平仪，一个大比例圆规，一个根据不同大
小炮弹口径分离的炮兵圆规，还有多个其他种类的精密小圆规；一
个同样精准而特别的小制图仪器盒，半打分支吊灯，其木制边缘虽
普通却新颖而招人喜欢，一个装蜡果的盆被看作美不胜收，两个装
干磷和液态磷的小瓶子，最后还有几盎司的金鸡纳霜，以及几种其
他欧洲药物，这是现时最受欢迎的物品。神父们也同时送给皇太子
一块琥珀色表壳的小手表，一个大数学匣，一个普通大小的巴特菲
尔德式天文环，套在驴皮套中，几只水晶瓶，几帧小画和微型画；
给皇帝大公子一块小表，装在罗什水晶（cristal de Roche）盒中，以

---

① 巴特菲尔德（Butterfield），英国数学家，在路易十四统治时期来到法国，并在法国
获制造数学仪器的国王工程师称号。由于当时英国的仪器不十分精良，而那些由巴
特菲尔德制造的仪器非常出名，尤其是他的 "象限仪"。他制造了很多 "带指南针的
日晷"，这种以其名字命名的仪器变得非常有名。1717 年，彼得大帝想要去巴特菲尔
德的工作室拜访他。巴特菲尔德于 1724 年 5 月 28 日辞世，享年 89 岁。他的著作有：
Niveau d'une nouvelle construction (Paris, 1677) 和 *Odometre nouveau* (Paris, 1681) (not
in Verhaeren)。

及几块水晶石和几帧画。这两位公子收到这些小珍玩，就像希望的那样全部接纳，把它们看作是献给他们的更有价值的东西，因为某一天，可以把这两位新来的神父奉送的奇物拿给皇帝看，让皇帝开心。他的太子看见了观察摆钟，并了解了它的优点，便问他们是否还有这样的摆钟，并表示希望也有个类似的东西。有人告知了我们，我立马把我家里的一个摆钟送给了太子，他接受了，就像几个月前他收到带有三只等分支架的小几何工具那样高兴，便于测量，无需计算的各种高度、深度、距离，等等。我以前斗胆地给皇帝看过，在看了我的表演之后，他好心地还给了我。

此后几天，皇帝想消磨时间，假装看到我们有的一切都能使他特别开心，派人让我们给他带去几件珍玩，供他在恢复期消遣。于是，我们回到家里，在洪若翰神父和我们的诸多小玩意中，找到一台纯安装好的小溶液显微镜，一些仿羊羔皮纸的剪纸和微型画，一些布尔热（Bourges）小饰物，寺庙钻石，几只水晶小瓶和其他小珐琅工艺品，一个小香水盒子以及其他类似东西，我们带到宫里，皇帝快乐地接受了，为了让我们高兴，他全部收下了。

1693 年 7 月 4 日，这一天是教堂庆祝葡萄牙圣·伊丽莎白王后 ① 的节日，我们四人去到宫里照例询问皇帝的身体状况，赵老爷向皇帝汇报后，回来看我们，让我们四人都跪下，亦即洪若翰、张诚、刘应诸神父和我。"你们听着"，他说，"我把皇帝的话带给你们 tchi-yuan loui-chang-ni men ssee-cogin-y-tso-tang-tse-hoang-tchin-li"，这些中国话的意思是："皇帝在他的宫殿里给你们四人一所宅 101

---

① 　7 月 8 日：葡萄牙王后伊丽莎白很有可能生于 1270 年 7 月 8 日，1336 年 7 月 4 日辞世。她是阿拉贡佩德罗三世之女，图林根州圣伊丽莎白的侄孙女。她热衷于修道院、教堂以及医院事务。在她的丈夫葡萄牙国王狄奥尼修斯去世后，她成为一名培根主义者。1625 年 5 月 25 日，她被封为圣徒。*LThK* 32, col. 818。

102 院。"① 我们立马到面对皇帝寝宫的 ② 养心殿 ③ 的院子中央举行仪式表
示谢主隆恩。而后，我们去看这所房子，我没觉得它很漂亮，却很
舒适。④ 陛下表示，要我们马上接收，希望我们第二天就住进去，然
而，因为必须做一些适应性加工，是在几天后才得以执行。是日当
晚，皇帝表示希望我们当中有人回一趟法国。尤其是自去年给了我
们特别利好的那次接见以来，为了向人们表明他将在他的帝国里尽
力做好准备，并尽可能创造有利条件以执行完善艺术和科学的计划，

103 而且，在发表福音书后，他明白，法国国王派我们来华的主要原因，
皇帝告知我们，他同法国国王一样重视此事，宣称他希望我们四人
中有人做这次旅行，可能因为他认为我对他的服务最没有用，而且，
他非常高兴，被派遣的人百分之百地了解国王恩泽，可以作为一个
证人，在全欧洲，尤其是在法国，发表他不断地满足在他的宫廷里

---

① 获得这幢独立的房子似乎更像是法国耶稣会士的主意，而不是皇帝自己的想
法。安多神父在报告中指出，他们请求皇帝赐予这幢房子。参见 Antoine Thomas,
"Annotationes annuæ intermissæ et postmodum continuatæ. Incipiuent a 28.a Augi 1694.
Præmittitur brevis Relatio rerum gestarum ab anno 1668", ARSJ, JS 149, fo 541r。

② 即乾清宫，意为"天净之宫"。

③ 养心殿，参见 *Katalog Europa und die Kaiser von China* (Frankfurt, 1985), no. 27。康
熙帝在此有一个皇家工坊，各种为数学、几何、天文、音乐、物理、医药以及植物
学打造的器具应有尽有。同时，皇帝的珍玩也保存在此，比如绘画作品、从欧洲进
口的玻璃制品和珐琅等。养心殿的总管是满族官员王老爷和赵昌。这个工坊是欧洲
人——大部分是耶稣会士和宫廷传教士——工作的地方；有时这里会同时聚集 40 来
人一起工作。参见 Foucquet, "Relation exacte...", pp. 492f. 大约在 1688 年，有人发
现这个工坊内部设有小陈列室，用来收藏珍奇古玩。参见白晋著作（1699）里的描
述，pp. 131f.

④ 法国耶稣会士的住处就建在这个地方，即北堂。这幢房子也是法国耶稣会士处理公
共关系之所在，有关它的故事，可参见洪若翰于 1703 年 2 月 15 日所写的信件。康
熙帝想以这幢房子来犒赏法国耶稣会士对其的服务以及治愈其疾病之功："这种时
候，他没有忘记我们。他公开地说，张诚神父和白晋神父的药膏救了他的命，而刘
应神父和我，我们送去的金鸡纳霜让他解脱了间日疟，他想奖赏我们。为此，他让
人拿来他宫殿里的第一围房子的分布图：他选定了最大，最合适的房子（这是一位
官员的大房子，他是太子的管家，但是犯了错误，他的全部家产被没收，其本人被
流放到鞑靼地区。）" *Lettres édifiantes et curieuses* III, (Paris, 1843), p. 108.

的福音书布道者，而且还包括在其整个帝国的所有人的荣誉和善事。我荣幸地被这位伟大的君主指名进行这次旅行，由其寝宫里最贴身的一位太监向我宣布这一命令，他知道这位太监也是我们最信任的人。对此命令，我自感非常幸运，庆幸看到陛下选定我做此旅行，还因为我比我的任何伙伴都缺少执行让陛下满意的任务的能力，不过，我将以勤勉努力和迅即行动表现出为君主服务的热情和忠诚，我们认为为君主服务比我们的生命更重，在这一点上，我不会输给任何人。

不久前，皇帝像前两年一样，任命一位名叫佟老爷的三品官员和一名从澳门到北京一年时间的葡萄牙神父[①]去澳门迎接陛下派遣去欧洲七年多时间的闵明我神父。[②]动身日子定为本月 8 日，陛下希望 104 我陪他们直到广州，并通知我说，他责成官员通过兵部（Pingpou，Tribunal souveraine de la milice）发送为我的旅行所必须的信件，我只要告知他我所需要的马匹数量和其他东西就可以了，他会为我准备想要的一切东西。况且，陛下授以我**钦差**身份，也就是"皇帝的特使"，和闵明我神父身份一样。[③]

---

① 可能是李国震。他于 1685 年从葡萄牙来到中国，1691 年去了澳门。从 1692 年到 1693 年夏，他在北京活动，之后于 1700 年来到江西。Dehergne (1973), no. 600.

② 闵明我神父（Claudio Filippo Grimaldi，1636—1712）自 1671 年开始，以传教士和建造师的身份居于北京。1686 年，闵明我以耶稣会士使命代理人的身份被派往欧洲，他的任务是试图打开一条途经莫斯科的横穿欧洲大陆和中国的线路，但是他没能完成这项使命，因为彼得大帝拒绝借道。他经由士麦那、波斯，于 1693 年从果阿返回中国，1694 年 2 月 28 日重新回到北京（在白晋启程后一年）。在他不在北京的这段时间里，1688 年被任命为钦天监监正，1700 年成为北京在华耶稣会会长，1700 年，成为中国教务视察员。参见 Claudia von Collani (1994c), "Claudio Filippo Grimaldi S. J. zur Ankunft des päpstlichen Legaten Charles-Thomas Maillard de Tournon in China", *MS* 42, pp. 329-359; 同书（1995b），p. 201.

③ Qinchai 钦差。

6 日，我们四人一起到宫里打听陛下的健康情况，那一天，陛下的情况比前几日更见好，命人带来几件洪若翰和刘应神父到达时呈送的数学仪器，他发现反射小水平仪很好看好玩，他向这两位神父询问使用方法，同时还详细地问了他们俩所知道的数学知识。晚上，105 我们回来的时候，赵老爷告知我们四人第二天一大早要回来，补充说，皇帝想要一起见我们。

7 日，我们按说好的时间到了宫里，皇帝立即在他所在的 Tien tsin cong① 召见我们，就是说在整个宫殿的主要行宫里，在第八院的尽头，就是六年多以前我们同李明神父② 一起荣幸地受到陛下召见的地方。当进入皇帝寝宫时，皇帝正坐在他的炕③ 上，我们四人排成一列，面对陛下，并尽可能保持最大的距离，以示尊敬，而后，我们下跪，按规矩向他致敬，根据地方习俗，拜倒在地。陛下特别定眼地看106 着洪若翰和刘应神父，对其身旁的伺从和太监说，他还记得他们的面孔，对他第一次见到我们大家的情形尚记忆犹新。接着，这位伟大的君主以其习惯对待我们的和蔼可亲的样子，让我们尽量靠近他身边，对刘应神父说，他知道刘应神父谙熟汉语语言、文字和书籍，要他发

---

① 很有可能是指"乾清宫"。

② 作为"国王的数学家"之一的李明于 1691 年末以在华耶稣会会长的身份，重新回到欧洲。在法国，他出版了两卷本著作《中国近事报道》(*Nouveau Mémoires sur l'Etat présent de la Chine*. Par le P. Louis Le Comte de la Compagnie de Jesus, Mathematicien du Roy [Paris 1696-1697，我们此处使用的是 1697 年版本]，新版本：Louis Le Comte (1990), *Un jésuite à Pékin. Nouveaux Mémoires sur l'état présent de la Chine 1687-1692*, établi, annoté et présenté par Frédérique Touboul-Bouyeure (Paris)。有时候会增加第三卷，即白晋的《中国（康熙）皇帝历史画像》(*Portrait historique de l'Empereur de la Chine*, 1697)。1700 年，在"礼仪之争"过程中，此书中的一些话语受到索邦神职人员的谴责。李明在法国是勃艮第公爵夫人的告解神父，打算返回中国，未果。Jacques Davy (1950), "La condemnation en Sorbonne des Nouveaux Mémoires sur la Chine du P. Le Comte", *Revue des Sciences Religieuses* XXXVII, pp. 366-397; Dehergne (1973), pp. 146f。

③ 炕，中国北方使用的暖床。

言。这位神父尽管毫无准备，但立即用标准汉语表示准确而又风趣的问候，皇帝听后特别高兴。然后，他转向洪若翰神父，好像要他发言，这位神父先有准备，发表了适合现在场合并无愧于这位伟大君主的漂亮而简短的演讲，皇帝特别愉快地听他的发言。

至于我，我把这次接见看作是告辞性的接见，轮到我讲话后，我斗胆向陛下用鞑靼语讲述，自从我荣幸地被留在宫里为他服务以来，我已经很多很多次地荣幸地分享皇室的恩泽，在为皇帝服务中，我有的只是炙烈的热情和无限的尊敬，我的心尚未满足，如同我今天知道的，我荣幸地被点名去法国，陛下让别人，也就是通过选定的许多臣子，我希望带走，这是我自己特别想做到的，在进入他管辖下的领土之时，我似乎就已一辈子放弃了对于土地的概念，尤其是法兰西概念，今天我感到处于一种完全不同的状态，即便是为他服务需要我绕地球转十圈，我也将会以最大的快乐去执行，哪怕是为了愉快地宣扬我们大家都为之赞赏的其高尚人格和伟大品德，怀着举凡真正关心我们宗教的进展，对他永远不胜感激的心情，我们这些人对之津津乐道，最后，请求陛下尽可能详尽地告知我，他希望我在这次旅行中要做的一切。君主更信服于我对他讲话的方式，胜于我对他讲的为其服务的真正热情，我觉得他很满意我的简短致词。然而，他对我贸然提出的建议没给任何回答。但是，召见一结束，他便极其客气地告知我，根据其所了解的情况，没必要对我有什么特殊规定，我足够了解陛下派我去法国的原因，同时暗示这次派遣是陛下这次听证会的决定，去年，张诚神父和我有幸受到召见，他清楚地告知我们，他全身心地接受完善艺术和科学的计划，我们有幸向他陈述，竭力使他立马在东西方最强大、最文明的两个朝廷之间建立科学关系的联系。

在我们向陛下告辞之前，已经完全恢复健康的陛下开始提出了

多种天文方面的问题，特别是关于南半球星辰、木星卫星①、彗星，
以及预见它们运行的方式，陛下最常问的是洪若翰和刘应神父，他
108 们对提出的一切问题，必须给予清晰而明确的回答，他感叹他们的
专业学问，同时，赞赏能轻易地理解他们的思想，感叹他们的思想
对他而言是多么亲切熟悉，只有一件事情使他感觉新颖，并且特别
享受，就是人们在此场合给他解释的观察摆钟的用途和令人赞叹的
准确性，以及惠根思先生②的这种发明。洪若翰神父在几天前曾向他
介绍了他与刘应神父所呈献的仪器中的两种，陛下非常满意，人们
当场安装演示，并呈送给他。

在这次荣幸的接见后，我们告辞出来，洪若翰和刘应神父两
人为这次利好的接待而感动不已，能为这样一位可爱的君主服务心
中充满了激情，他们回家去了。我同张诚神父停留在宫里，等待对
我旅行的指示。于是，有些顾虑的皇帝，想弄清楚问题，派人问我
们，法国国王会不会在我到达之时召见我，消除顾虑后，他想要我
们告诉他，让我带去中国的奇珍异宝，以他的名义送给法国国王是
否合适，等等。但是，考虑到法国同整个欧洲在打仗的情况，特别
109 是在同英国人打仗，我们预见我可能必经的路线，至少为了经过印
度。③因为皇帝很讨厌闵明我神父被大大延迟的路途，神父上的是

---

① 1609年，伽利略借助其最新发明的天文望远镜发现了木星。克拉维奥（Christopher Clavius）是利玛窦数学和天文学学院的教授，从1610年11月至1611年4月，他与其继任者克里斯多弗·克林伯格及他们在罗马学院的学生一起对木星进行了观测。参见 S. Pasquale D'Elia (1960), *Galileo in China. Relations Through the Roman College between Galileo and the Jesuit Scientist-Missionaries (1610-1640)* (Cambridge, Mass.), pp. 7f.

② 克里斯蒂安·惠根思（Christiaan Huygens, 1629—1695）是巴黎科学院的成员。参见他存于北京大学的书，此书或许是这门课程"摆钟；或有关钟摆运动应用于钟表中的几何演示"（*Horologium oscillatorium sive de motv pendvlorum ad horologia aptato demonstrationes geometricae* [Paris, 1673], [Verhaeren 1969], no 1846）的基础。

③ 指的是西班牙战争（1688—1714），当时法国正与欧洲其他国家发生战争。

葡萄牙船，经过七年才到澳门，希望我走另外路线，搭乘更大些的驿车。为了不冒风险，身上带有太多珍品会引起御车人的贪婪，中途会被逮为俘虏，我们回答说，因为国王开始上年纪，^①保持国王身体健康对其子民是极为重要之事，他派我们来中国是为了在中国寻找最好的书籍充实王家图书馆，我们判断，陛下不能送我王什么东西，也没有什么比上等人参^②更好的了，这种可贵的在全中国特别受推崇的人参根，对老人和体弱者再好不过了，在法国，人们已经开始认知它的神效，有汉文书籍充实其图书馆，加上人参根，这足够做礼品的了，就这个回答，皇帝让人问我们，加几件瓷器和丝织

110

---

① 1693 年，路易十四 55 岁。

② 人参，第一次出现在曾德昭（Alvaro de Semedo, 1667）的《大中国志》（*Histoire universelle de la Chine* [Lyon], p. 33）里："在更靠近北方的第六个省份，也是最后一个省份，以可卖到天价的一种植物根著名。因为这是一种神奇的药，它能为健康人养精蓄锐，增加力量，也能为病人温补和强健身体，它的名字叫人参。"参见卫匡国（1981），*Novus Atlas Sinensis* (Amsterdam, 1655; Trento), p. 35，他在该书中描述了 "Ivngping" 城里的人参："整个中国都有丰富的鱼类资源（原文如此），尤其是著名的人参，日本人称之为 Nisi。人参的中文名源于它的形状，因为它的根部分叉，如同人形（Gin 意即人）。它让我想起我们的曼德拉草（Mandragoram），不过它要小得多。毫无疑问，它们属于同一种类。它们不仅形状相似，功效也相同。我至今未曾见过它的叶子，它干燥的根是黄色的，几乎没有，或者说根本没有吸收养分的纤维或茎须。它浑身覆盖着黑色的细小纹路，就像用细墨水画出来的。咀嚼起来带有令人不快的甜味，掺杂着轻微的苦味：即使剂量只有一盎司的十二分之一，它却能极大地提升生命力。服用略超过这个剂量的人参，可使体力虚弱者恢复力量，达到舒适的体温：用双层保温锅（Balneo Mariae）做熟后服用，会散发出类似香料的芳香。对于体质较热较强的人来说，服用人参则可能会危及生命，因为它会令情绪过分激动；但对于因体弱、疲备、长期患病或其他原因而体力不济的人来说，它则具有奇迹般的功效：有时它甚至能令濒死者恢复生命力，从而使他们还有时间服用其他药物、恢复健康。中国人对这种根茎还有其他奇妙的说法。一磅人参的价格达到其三倍重量的银子。"也可参见杜德美（Pierre Jartoux）于 1711 年 4 月 12 日信件中的长篇幅描述，*Lettres édifiantes et curieuses* III (1843), pp. 183–187。

品是否受欢迎，我们回答说，凡是来自陛下之手的一切总是很受欢迎的，但是，在现在处于战争情况下，我不敢带太多的东西。皇帝立刻让人将这上好的人参交到我手上，他亲口说，这个价值连城，在整个帝国都找不到类似样品，与之一起的还有帝国印制[①]的汉文和鞑靼文书籍，就是说全部的汉文和鞑靼文的孔子著作、自然史大全、或包括他们的医学全书，这些书籍都是帝国最受推崇的书；[②] 十
111 匹专为皇帝使用的黄金锦缎，其中一件是确定的皇帝服装，就像皇帝只有在仪式日子里穿的一样，有五爪金龙装饰可辨识，装饰有专为皇帝使用的不同形式和大小的新颖精美的瓷片，也以帝国的龙图案装饰。

皇帝刚责成我负责一个特别而光荣的委员会，命令我以他的名义带给法国国王这些礼品以聊表其敬意，委员会要求洪若翰和刘应神父在宫里用过晚饭后，回到张诚神父和我这里，以便公开而正式地向皇上表示感谢，如同我们做过的那样，亦即根据习俗，面对皇帝寝宫养心殿，[③] 行三拜九叩之礼，感谢陛下为此事给我们的荣誉，在场的人都为此新鲜做法而吃惊不已。

这次仪式之后，遇见了在皇储公子身边有很多接触的太监，我对他说，为皇帝事宜，我荣幸地被皇帝派去法国，我认为有必要心怀敬意地问一问帝国亲王是否有要我办的事，太监立马找到公子，

---

① 即武（五）英殿。

② 白晋返回欧洲时，为皇家图书馆携带了 300 多册书籍，参见他 1697 年 10 月 18 日的信，LBr 105, Bl. 1–2; in Rita Widmaier (ed.) (1990), *Leibniz koryespondiert mit China. Der Briefwechsel mit den Jesuitenmissionaren (1689–1714)* (Frankfurt), pp. 48f: "我将尽力为我给国王图书馆带回的 300 多册汉文书籍所论述的话题加入一个简短说明……" 同上引文章 Monique Cohen (1900), pp. 39–48, 在这篇文章里，她只确认了国家图书馆所藏的 22 种白晋带回的中文书，其他书籍的下落至今无人知晓。在费赖之的书（1932—1934）中的第 434 页，我们读到有 49 种。

③ Yangxindian, 养心殿。

他的主人，立马回来后，给我带来公子写下的要我办的事。① 晚上，112
正当我们想回家的时候，他召见赵老爷，亲手交给他一件他自己的
衣服，命我替他说，没有什么比他的衣服更接近他的了，他给送来
这衣服是表示他的情感，他预祝我旅途顺利，早日归来。

　　我刚受到公子少有的关照，人们让我回到原地表达对帝国亲王
恩泽的卑微感激，面对同一个养心殿寝宫，也是行了三拜九叩之礼，
就像我们四人对皇帝刚做过的那样。这个帝国的习俗要求，对皇太
子或对指定的皇权继承人要像对皇帝一样执行同样的礼数。我相信，
这是皇帝建议他的儿子亲王表示对我的关照，因为陛下曾两次派人
问我，他的儿子亲王是不是什么都没有给我。

　　处理完我在宫里的事情，我回去准备与旅行相关的事宜，我的
旅行是皇帝于第二天亲自定下来的，虽然我只剩下一点儿闲暇时间，
要向人们辞别。至少，我们要向著名的索三大人表示特别的感谢，
他是我们的公开宣称的，朝廷里对我们宗教的主要支持者，还有他
的重要同僚明老爷，在整个过程中，我们相约指望他的保护，那天
晚上，我和张诚神父不能不去他们府上，向他们告辞，请示他们是 113
否要我办什么事情。② 他们先后接见了我，他们的关照和热诚很不同
于朝廷其他大人，同时，没有等我们请求，他们主动地写信给总督 ③
和布政司 ④，广州的三位首席官员，或高级官员，让他们把我当作外
交人员看待，给予我最高的礼遇和情感。

---

① 白晋为这位皇位继承人准备了以下法国纪念品："一面大镜子，一个挂钟，一个写字台，一只表，一支步枪，一只手杖，两箱利口酒。" François Froger (1926), *Relation du premier voyage des François à la Chine fait en 1698, 1699 et 1700 sur le vaisseau "L' Amphitrite"*, E. A. Voretzsch (ed.) (Leipzig), p. 52.
② Sozan, 即索额图, Mim lao yé, 即明珠。此处耶稣会士证明了他们有能力与朝廷打交道——他们可以与朝廷的两大阵营保持良好的关系。
③ Zongdu, 总督。
④ Buzhengsi 布政司。

我见到了明老爷，我还没有给他送过礼物，借此机会，我送给他几件手头上有的欧洲珍玩，我很荣幸他都接受了，亦即一副漂亮而上好的六脚英国眼镜，另一幅更好的三脚眼镜；一台溶液显微镜，装有镀银驴皮套匣；一只手工镶金钱袋；几件布尔热饰物；一些剪切物品和微型画；一个液态磷玻璃瓶，上有美丽的国王画像。这位大人只知道送我东西让我带走，第二天送我几包上好人参和 80 皮斯托尔银币。我收下了人参，退回了钱。我离开这两位大人的府邸，去到要同我一起旅行的官员的家。这是皇家礼仪大师院的一位官员，名叫佟老爷，我在上面讲过了，是三品官，受到皇帝赏识，因为其

115 个人能力，① 也因为他有一位姐姐在宫里，很受陛下看重，因此被提

---

① 文中此处内容有些令人困惑，因为此处所说的"佟老爷"不知是指佟国维（卒于
114   1719 年）本人还是他的第三个儿子隆科多（卒于 1728 年）。佟家与内务府关系
紧密。佟图赖（1606—1658）是一位满族将军，在满族入关的过程中扮演着重要
角色。他的两个儿子分别是佟国维和佟国纲（卒于 1690 年），其女是顺治皇帝嫔
妃，即后来的孝康太后（1640—1663），康熙的生母。佟国维膝下不仅有儿子科隆
多，而且其长女佟佳氏于 1677 年成为康熙帝的嫔妃（白晋称其为次级皇后［reine
du second ordre］，即嫔）。这位年轻的妃子，即康熙的表妹，1689 年突患疾病，并
被晋升为皇后，然而次日（8 月 4 日）即薨，谥号孝懿仁皇后。他的妹妹（1668—
1743）也是康熙帝的妃子，这就提醒我们一个事实，当时的满族热衷于表亲婚姻和
娶姨习俗。我们或可猜测与白晋同行的不是父亲佟国维，而是其子隆科多，因为他
的仕途从 1688 年开始，并于 1693 年成为銮仪卫銮仪使。后来，他成为京师步军统
领，协助后来的雍正皇帝获得统治权，因为警卫驻扎在皇宫四周，雍正能够当上皇
帝很大一部分应归功于隆科多的军事力量。甚至隆科多似乎违背了康熙帝的遗愿，
即传位给十四子胤禵（1688—1755），而不是长子胤禔。另有流言认为雍正弑父
并谋害兄弟。雍正登基后，对隆科多以"舅舅"相称，并恩宠有加。但是之后雍
正帝想清除他的这些同伙，隆科多被指控犯下多项罪状，并卒于 1728 年。Hummel
(1970), pp. 552-554; Silas Hsiu-liang Wu (1979), *Passage to Power: K'ang hsi and
his Heir Apparent 1661-1722 (Cambridge, Mass.)*, p. 72; V. S. Miasnikov (1980), *The
Ch'ing Empire and the Russian State in the 17th Century* (Moscow), p. 264; Johathan
Spence (1974), *Emperor of China. Self-portrait des of K'ang-hsi* (New York). *Ich,
Kaiser von China. Ein Selbstportrait des Kangxi-Kaisers* (Frankfurt, 1985), pp. 179-
183; Eveleyn S. Rawski (1998), *The Last Emperors. A Social History of Qing Imperial
Institutions* (Berkeley), p. 130. 同上引书 no. 215。

升为嫔（Pin），就是说是二等（级）后妃，一品一等（级）后妃，在所有嫔妃之上是皇后。① 如今，中国宫廷里并无皇后。自前皇后、即当今太子之母、著名的索三大人的侄女去世，② 后位空悬，仅在大约 6 年前，皇帝舅舅的姊妹去世前几小时，为了赐予该家族荣誉，方才给其封了后。此后，皇帝未再授予其他嫔妃此封号。③　116

　　佟老爷向我表示友好后，对我说，根据皇帝命令，他已经通过兵部④ 发走了我的信件，兵部决定将为我和我要带走的仆人提供八匹　117
马，我可以在第二天按我喜好的时间动身，晚上，我们聚会在良乡县，这是离北京七法里的一个小城，以便结伴继续我们的旅行。我很满意上述安排，认为有这么多的马匹，可以随我轻易地带走皇帝

---

① 白晋此处提及康熙皇帝的正妻和妃子，即皇后和嫔妃，他这么做并无道德评判之意。这些头衔按自上而下的等级分别是：皇贵妃（皇帝妃子中的第二等）、贵妃（第三等）、妃（第四等）、嫔（第五等）、贵人（第六等）、常在（第七等）以及答应（第八等）。总之，康熙皇帝至少有 54 位配偶，其中包括皇后和妃子，并有 55 个子女。其中活下来的子女中，儿子 24 个，女儿 8 个。Spence (1985), pp. 129—132; Rawski (1998), pp. 132, 142. 参见 Bouvet, *Histoire de l' Empereur de la Chine*, pp. 137f: "1694 年初，当我离开中国之时，他有 14 个儿子和多个女儿都活着，她们是多位妻子所生，她们中大部分都有皇后称号，因为人们都知道，一夫多妻在中国比在世界任何地方都更为普遍，而且，中国人以身后留下诸多儿女为幸福。"

② 这里指的是孝诚。1665 年 10 月 16 日，孝庄皇太后（1613—1688），即先帝顺治帝（1644—1661）的生母，令当时年仅 11 岁的皇孙康熙帝娶满族辅政大臣噶布喇喇之女（1654—1674）。葛布拉是满族辅政大臣索尼（卒于 1667）之子，赫舍里一族索额图的哥哥（Hummel [1970], pp. 300f; Wu [1979], p. 24）。这位年轻的女性最终成为孝诚皇后（1654—1674）。1674 年 6 月 6 日，她诞下与康熙的第二子（她的第一个儿子三岁时便夭折了）胤礽（1674—1725），不久之后便去世了。(Wu [1979], pp. 21)。大约在 1676 年 1 月 27 日，胤礽成为太子（Wu [1979], pp. 32f）。康熙另有一个更年长的儿子，但不是皇后所生，即胤禔（1672—1734）。关于康熙帝妻妾的宗谱及儿子的叙述，参见 Spence (1985), pp. 179—183。在《中国（康熙）皇帝历史画像》第 143 页中，白晋述及太子及其生母："但，这主要是为了对其儿子中的第二子的教育问题，他宣布第二子为皇太子，亦即皇嗣子。（注：拥有皇后称号的公主之子优于他人继承王位），因为这是皇帝与第一任皇后妻子有的孩子……，皇帝主要更专心关注这位年幼皇子的教育。"

③ 这里可能指的是国舅佟国纲和佟国维，也就是耶稣会士所称的 "Kieou kieou"（舅舅），但白晋此处将康熙帝姨妈和外甥女孝懿仁皇后搞混淆了。（参见上页注释①）

④ 兵部，即有关战争的最高机构。

给的书籍、瓷器和其他东西，我们的神父们夜里为我打包装箱。第二天早晨。兵部派人给我送来"勘合"，或诏书，是兵部为我的旅行颁发的公函①。佟老爷，他收到了一份非常类似的公函，被派去迎接闵明我神父的葡萄牙籍李国正神父（le P. Ozorio）也收到一份公函，他负责领回我们在澳门的一位神父和一位外科大夫，他们是皇帝去年为其朝廷邀请的人员。②兵部的公函或信件，是用鞑靼文和汉文印就的一张大纸，盖有兵部大印。其他鞑靼行政部门的函件亦是如此。尽管这些部门官员中既有鞑靼人，也有汉族人，但说到底，所有决策均由鞑靼官员所做。

118

---

① 诏书？

② 白晋旅行的同伴就是上文提及的李国正神父和卢依道神父，他们先于白晋一年到中国。这里又是胜利的一小时，在与葡萄牙同行的较量中，法国耶稣会再次赢得了中国皇帝的青睐。白晋于 1695 年 12 月 21 日从苏拉特写信给让·博斯米尔，即法国耶稣会总长的秘书，说："皇帝对我们关于医学素材的报告感到满意，要我们办理从澳门（葡萄牙）派来耶稣会士事宜，据说，闵明我神父派来一位尚属新手的耶稣会士，但他特别精于为国王服务的医学专业。他还指令从澳门派来一位外科医生。他们两人抵达伊始，便以不适合他们身份的语言，自夸各自技巧如何了得。皇帝让他们给皇帝家族的大人们，乃至他的孩子诸位亲王看病，葡萄牙人更想利用此机会抬高自己，他们想证明我们在皇帝身旁毫无用处，他还预见他们和宗教面临的各种危险，云云。但是，这两人，尤其是可怜的卢依道神父在医道上的能力像在罗马时表现的那样，多次让我们感到汗颜，他们的自负和粗鲁表现早就惹起众人的不快，皇帝把他们打发回澳门，给了我们极大的恩宠，他们没给我们造成什么坏影响。"ARSJ, JS 166, 95r-v.——Le "pauvre P. Lucci" 便是卢依道神父，1661 年 4 月 4 日生于诺尔恰，于 1719 年 11 月 11 日在越南北部的东京去世。他从 1690 年 4 月 8 日启程去中国，于 1691 年 7 月 15 日到达澳门。1692 年 3 月 12 日，他奉命以医师的身份上朝觐见，并于 7 月 12 日到达北京。一年后的 7 月 8 日，他被遣返，并于 9 月 13 日回到澳门。经过这次在中国的惨败经历，他自 1694 年起，便一直留在越南的东京地区，他在那里成为高级传教士。参见 Dehergne (1973), No. 498。1692 年，他陪伴康熙皇帝的第九子前往鞑靼地区。Pfister (1932-1934), p. 463. 同时参见 1694 年 1 月 14 日乔万尼·弗朗西斯科·尼科莱（Giovanni Francisco Nicolai）写给小兄弟会士（OFM）余天明（Leonissa, 1656—1737）的信："……同时下令，让该修会一年前从澳门前往宫廷向皇帝提供医学服务——更准确地说，是教授欧洲医学艺术——的卢依道神父，与跟他同时去宫廷从事外科手术的一位澳门外科医生一起返回澳门。"*SF* IV, p. 538.

　　我的公函的内容主要是兵部根据皇帝告知的命令，派遣我作为为其服务的朝廷的代表，命我走广州路线，在先前发放的诏书中，命令我可能通过的各城市地区的负责人，见到公函后便立即向我提供指定数量的马匹和我本人以及仆人们路上生活所需要的一切，安排我居住在公馆①，或根据朝廷派遣习惯将我安排在皇家官员居住的地方，在我可能走的水路线路，按此条件，给我提供船只，以及我旅行所需要的人手，包括轿子、车子和我路上可能需要的其他工具，每个头领通过后，或向其展示上述公函的地方官员满足规定的一切后，为了证实在此种场合能迅速、准时地执行朝廷的命令，要以盖章的文书证明，而后，与公函一起发给朝廷，并受到兵部检查，必须由兵部判断和惩罚可能阻碍迅速执行皇帝命令者，或在此事中疏忽执行任何规定事务者。②印章大约有三寸见方，各半无图或文字，在兵部名字的一侧刻有鞑靼文，另一侧刻有汉文，这是中国各部门印章的图形。中国印章之卓越超越我们，它们浸透油性，或浸润一种朱红色，或红色油墨，印在要封印的文书笔迹之上，牢固地留下其文字，不造成字迹的混淆，得以保存下来，只要纸张存在，就不会被抹掉，也不会被损坏。

119

120

　　诏书的下方，签署着兵部鞑靼人尚书和汉人尚书的名字，连同收到诏书的日期："康熙统治第三十二年五月六日"。这些诏书只发给一品、二品和三品官员，根据朝廷命令，他们可以成为省总管（officiers gènèraux dans les provinces），普通总督（les simples gouverneurs）和其他无此殊荣的城镇官员。不同诏书之间的区别在于指明的马匹数量多少。在我们的诏书中指明是八匹马；给省总督和军队提督（gouverneurs d'Armee）只有十匹马。

---

① Gongguan，公馆。
② 同上引书 Du Halde I (1735), p. 114。

　　7月8日到了该动身的日子，我应带走的东西有一半没有备好，也没有包装好，我不得不把皇帝让我带走的书籍和瓷器留在北京，存在我们的神父手里，只带走了人参和镶金的锦缎，如果我把一切都放在驿站马背上，担心有可能损坏了书籍，砸碎了瓷器。不过，我们的神父答应我寻找可靠而合适的办法从广州给我寄发它们，之后，我便告辞了他们以及北京两个住所的神父们。我仅在晚上六点钟出发。我把公函交到一个仆人手中，派他先去前面的驿馆，通知理应陪同我们旅行的官员，白天或黑夜，我会在约会地点与他相会，正如我很不容易地做到的那样，因为是突发在夜里距离北京有3法里地方。走过九、十个小时之后，穿过河流和树林，路上到处都是，我们随时都可能迷路，第二天凌晨，我到了良乡县的南门，相关官员和其他神父前夜到达，等待我。我刚下了马，就要再上马，以便这一天能走 140 里①或中国的斯塔德*；但是，在其他马匹上，走我们法国的 14 法里②，每法里 10 个斯塔德：就是说，这一天，我们走两个 7 法里的驿站，每个驿站 41 里。第一站，到了涿县③，距离良乡县④有 7 法里，而第二站一直到了新城县⑤。读过卫匡国神父写的讲述中国，或其他讲述者，读到此处会想到，除了省会和首府之外，有三类城市。一级城市称作"府"，二级城市称作"州"，三级城市称作"县"，这就是用以区别我们将谈到的城市的不同级别。⑥

---

① 1 里约为 576 米。
* 1 斯塔德＝古希腊 180 米。
② 大约 60 公里。
③ Zhou xian，涿县。
④ Liangxiang xian，良乡县。
⑤ Xincheng xian，新城县。
⑥ Fu，府；zhou，州；xian，县。

在帝国的沿大路的所有城市里，一般都有"驿马"，就是说，有替换马匹的马厩或驿站，人们经常饲养100或150匹马，当城市相距太远，两个城市之间设有驿站。当人们持公函旅行之时，相距十多法里地方就有这样的驿站。每到一个地方，必须晚餐或过夜，到达之时总有新鲜的马匹换乘和选择，由地方官员指定住宿地点。这些住处根据中国的旧有做法必须是被称作"公馆"的府邸或公共殿堂，能够恰如其分地，享有舒适条件地接待重要大人及其团队，正如我们在居住过的城市看到过的那样。但是，因为大部分城市不再具备公函条件，特别是在最近战争中受到劫掠过的城市里，地方官员注意准备最干净的旅馆，建作公馆，门上方拴一块红色丝绸，状如床幔，配备一张桌子和一台轿子，都装饰以丝织物以及特别为此配备的刺绣，上述就是目前的家具布置和大部分这些著名旅馆的华丽装饰。这里是安置中国旅途中的高官的住所。从来没有安置床铺，习惯是在这个帝国里旅行，不管是步行或骑马，他们总是随身带着他们的床铺，除非是他们想睡在又凉又硬的普通席子上。

　　10日，我们度过了与昨日雷同的一天，就是说走了两个驿站，共14法里，直到我们抵达雄县客栈用晚餐，我们到了雄县①。当我们到达某个城镇，一般都有官员们着仪式官服在城墙外迎候我们，而且派他们的主要仆人带着帖子②，或名片邀请卡，提前表示欢迎。当我们通过时，他们站在路旁。如果是知县③级的官员，就是说小城市的执行官或总管，或低级别的官员，他们出于尊敬，跪在地上，因为这是这些官员在高官或一品官员面前习惯表现的姿态。我们刚一到达，他们就来旅馆看望我们，一般说来，除了总是给我们摆满东

---

① Xiong xian，雄县。
② Tiezi，帖子，邀请函。
③ Zhixian，知县，地方长官。

西的桌子之外，主要官员还不忘给我们每个人摆满备好的肉食和汤

123 菜，犒劳陪伴我们的所有人。因为除了我们每个人随身带的仆人之
外，我们每个人还有五六个背包（即驿站人员），或马牌子（即驿站
人员），他们是驿站和皇帝雇佣的人员，他们一些人做我们的向导，
另一些人帮我们背行装。每个人都骑驿站的马，且不算 10 或 12 名
士兵也骑在马上，手执弓箭做我们的护卫，每到一站，我们都换人，
这也是由兵部通过另外的公函邮件处理的，是兵部交到佟老爷手里
的邮件，致使如此算来，我们每个人都有这么多的马匹，为了避免
混淆和不方便，时而是扬尘，时而是泥泞，我们不得不分别行走，
每个人动身或更早或更晚，走得或更快或更慢，自由决定，我们之
间不做任何其他限制，如果不是确定在同一地方用晚餐和过夜的话。
也就是说，通常是在有驿马的地方。①

　　11 日，我们只走了 7 法里，1 个驿站，一直到了河间府②。

　　12 日，我们走了 3 个驿站，第一个驿站 6 法里，直到献县③。第
二站也是走了 6 法里，直到富庄驿④。

　　13 日，我们走了 2 个驿站，第一站 6 法里，直到景州⑤，第二站
124 走了 7 法里，直到德州⑥，广东省*的城市，位于这漫长而著名的运河
岸边，运河开通便于将南方各省稻米年贡运到北京，正如每年利用
被称之为"皇帝的粮船"⑦，它们都是大而美的船只，所运送的那样。

---

① 同上引书 Du Halde I (1735), p. 115。
② Hejian fu，河间府。
③ Xian xian，献县。
④ Fuzhuang yi，富庄驿。同上引书 Du Halde I (1735), p. 115。他还提到 3 里内的另一
　个站点，即阜城县。
⑤ Jingzhou，景州。
⑥ De zhou，德州。
* 原文为 la province de Canton，疑为 la province de Chanton（山东省）。
⑦ Liangchuan，粮船，即运送谷物的船。

这条运河在此处分离开北京省*和山东省。到达时，我们看到了德州城的官员们，他们过了运河来迎接我们，当我们过了河，到达我们的旅馆，他们按礼仪来拜访我们，送来了多桌肉食，并且第二天，从城墙外还要送我们两三个斯塔德距离，这是我们在陆路上通过的大部分城市给予我们的礼遇。差不多在六年前，当皇帝召唤我们从宁波直到北京来时，我同洪若翰神父和我的三位伙伴曾走过从德州到北京的这段路。因此，我将不重复我们当时所写过的一切。① 我觉得，曾提到过称作墩台（Thuntai）的护卫队问题，在我们的整个路途上，每隔半法里就有墩台，直到北京城。护卫队的每个人都有一个小塔楼或状如骑手的高台，在其上面，可以向远处瞭望，有三四个士兵举着旗子，向邻近的护卫队发信号，时而是敲击铁钟的声音，时而是夜间点火，或白天点烟，特别是乡下有盗贼或发生骚乱，都可以被发现。

125

14 日，我们从德州出发，这一天，我们走了 2 个驿站，每个驿站走 7 法里，第一个驿站直到了恩县②，第二个驿站，直到了高唐州③。从第一天起，我们神父中没有一人生病，生了病就必须离开马匹，坐上轿子，由四个人肩抬，这是官员们精心为不能骑马的人准备的好办法。否则，我们白天可能走更长时间，每天，我们至少会

---

* la province de Peking，疑为"北直隶省"之误。

① 杜赫德的文字报告中关于白晋日记的这部分被省略了。但是他囊括了上文提及的内容"在白晋、洪若瀚、张诚、李明和刘应诸位神父走过的路上，从宁波港直到北京，对他们经过的，浙江、江南、山东和北直隶诸省的各个地方都有准确详细的描述"。参见 Du Halde I (1735), pp. 73-97（同上引书 Pfister [1932-1934], p. 432）。在杜赫德的书中，有一段内容如下："在距离这座城市（平原县）8 法里的地方，我们看到了德州，位于朝廷大运河上的大城市，围有漂亮的砖墙。我们路过它的一片郊区，从其规模和居住人口看，像似一座城市。"

② En xian，恩县。

③ Gaotang zhou，高唐州。

少走两三个驿站。因为我们有了公函这个优越性，我们可以想走几个驿站，就走几个驿站。[1]

15 日，我们走了 2 个驿站，每个驿站走 6 法里。第一个驿站直到了清平县[2]，第二个驿站直到 Tong-kieou-ell[3]。

16 日，我们走了 3 个驿站，第一个驿站走了 4 法里，第二个驿站走了 8 法里，直到东平州[4]，第三个驿站走了 6 法里，直到汶上县[5]，或我们夜里很晚到达，不仅因为路程太远，换了两次马匹，还因为我们这一天必须过四条河流，其中两条河没有桥，也没有船，无法让我们的马匹过河。不得不浪费了许多时间，给马匹卸了马鞍，让其游过河，之后再给它们架上马鞍。[6] 地方官员热情可嘉，派传令兵手执黄色军旗，总是在我们之前半天出发，确保我们到达之时找到必见的人员和必有的物品。自北京起，直到东河县[7]，除了这漫长的西山（Si-chan）山脉，就是说西方的群山，向北京延伸，自我们行程的第二天便被我们落在右侧方向，[8] 除此之外，我们这 8 天所经过的所有地方全是一马平川，这真是一片广袤无边的农村。自东河县以来，我们开始发现群山，我们连续数小时走路，头顶炙热的阳光，很不舒服，因为我们匆忙赶路，没有闲暇辨识我们通过的每个地方有什么值得一看的东西，我在这里的简要描写应该被看作是一种简单的行路图，而不是一种讲述。[9]

17 日，我们走了 2 个驿站，第一个驿站走了 4.5 法里，直到

---

① Du Halde I (1735), p. 116.

② Tçin ping hien, 清平县。

③ Tong Kieou ell?

④ Dongping zhou, 东平州。

⑤ Wenshang xian[Veon tchang hien], 汶上县。

⑥ Du Halde I (1735), p. 116。

⑦ Dong'a xian, 东河县（原文如此，从拼音看疑为"丰阿县"——译者）。

⑧ Xishan, 西山，距离北京不远，也有其他山的名称。

⑨ 参见 Du Halde I (1735), p. 116。

新嘉驿①；第二个驿站走了 4 法里，直到兖州府②。在到达这个城市之 127
前，我们在大约四分之三法里的空间里，遇到了可怕数量的黄色大
蚱蜢，因此被称作"蝗虫"，就是说是黄色的昆虫，它们劫掠农村。③
天空里满是蝗虫，大路上都覆盖蝗虫，致使我们的马匹每走一步都
轰起成团的飞虫。这些昆虫已经在不同地区毁灭了收获的希望，可
怜的耕夫们在太阳的暴晒下，整天地流汗，在收获物的上空，挥动
巨大的旗子只能暂时赶走它们。这种致命的昆虫把他们看作是它的
确定的猎物。因为今年全省多雨，潮湿腐烂了蚱蜢去年留在土里的
虫卵。这种倒霉的灾难在大旱之年于全省是常见的，几乎是普遍的，
今年却肆虐不广，因为距离我们所通过的受灾地方一法里之地，收
成达到可能预想的满意。

　　18 日，我们走了 3 个驿站。第一个驿站走了 5 法里，直到邹
县④；第二个驿站走了 2.5 法里，直到界河驿⑤；第三个驿站走了 3.5 法
里，直到滕县⑥，那里的官员找不到合适的旅馆安置我们，便让人把
我们带到了孔夫子庙。孔庙干净舒适，在中国的所有城市里都有孔
庙。每个城市的官员每个月都要向他们民族的哲学大师致敬，感谢 128
他在其书中留下的理论和文献。⑦

　　19 日，我们走了 2 个驿站，每个驿站 8 法里。第一个驿站是夜
里行路，因为这个季节天气炎热，而且到了临城驿⑧，天气也是如此；

---

① Xinjia yi，新嘉驿。
② Yanzhou fu，兖州府。此处报告从 B. Nat., Ms. Fr. 17240, fo 291r 开始至 fo 317v。
③ 很有可能指的是蝗虫。
④ Tçeou-hien, Tcheou hien Zhou xian，邹县。Du Halde I (1735), p. 116。
⑤ Jiehe yi，界河驿。
⑥ Teng xian，滕县。
⑦ 尊孔是"礼仪之争"中重要的问题之一。
⑧ Lincheng yi，临城驿。

第二个驿站直到利国驿^①，这已是江南省或南京的土地。

20日，我们只走了7法里的一个驿站，直到宿州^②，这是位于黄河南岸的城市，水里混有黄土，河水浑浊，黄河因此得名。由于水流湍急，这条河不断脱离原有河床，尽管它又宽又深，穿越了中国最广大的土地，却不利于航行；若非有强劲的顺风，几乎不可能逆流而上。这条河在它所经过的地方造成了巨大的破坏，它经常改道，有时会毁坏河岸，曾经突然淹没一些乡村，吞没整个村庄和城镇。在我们经过的苏州，河水足有五六百尺宽。

我们登陆时，遇到了知州^③，和名叫黄老爷的城市知府（gouverneur de la ville），此人很绅士，是孔子的后裔之一，其家庭自2000
129 多年以来，保持着直系联系，至今还在他的一位侄子身上存在这种联系，因此，他的侄子被称作"圣人的侄儿"^④，也就是说"杰出的圣人和贤人之侄子"^⑤，因为中国人就是这样称呼他们的道德哲学修复者，而所有的中国皇帝都重视这种著名的根源，习惯尊称孔夫子的侄子为"公"^⑥，相当于我们的公爵或昔日的伯爵身份。当今，能看到这样的人走在北京的街上，……他每年出行祭孔，山东是其著名先祖的出生地，他和他的先辈们享有特权庄园。

这位官员出身显要，也因其文明素养著称。因为除了为迎接我们，来到城外，直到河边，犒赏我们茶水和水果，而后还到我们旅馆看望，给我们派送整桌的肉食。当他得悉我的马匹行路困难，他

---

① Liguo yi，利国驿。

② Suzhou，宿州，同上引书 Joseph Dehergne (1959)，"La Chine centrale vers 1700. I. L'évêché de Nanking. Étude de géographie missionnaire"，*AHSJ* 28, no. 38.

③ Zhizhou，知州，行政部门。

④ Ching gin tit chi ell，圣人的侄儿。

⑤ 此处的"侄子"指的是孙子或后代，并非侄子之意。

⑥ Gong，公，王爵。

好心地将自己的马让给我，夜里派他的人去到他管辖的五法里远的地方，是我们第二天早上要停留地方，为我们准备晚餐。

　　这位官员重视守诚且出身好，这为他增加了保护优势，苏州的基督徒拥有两个小教堂，一个献给救世主，另一个献给圣母，这两个教堂都是已故柏应里神父建立的。基督徒们可能需要他的帮助，让我决定以个人名义去他的衙门拜访这位官员。有人带领我骑着马走过三个大院子，无需下马，他在候见厅入口接我，带我到了他的府邸内室。按中国方式向他问好之后，我将教堂和基督徒托付给他，而后向他告辞，他带我一直到了我下马的地方，在他面前，我上了马。我直接去我们的两个教堂，事先，我匆忙让基督徒男人和女士到那里集合，至少，我可以利用路过机会，向他们办神工，但没有时间给他们上修行课。这些可怜的基督徒因为没有传教士常驻或因距离太远难以培育，数量每天在减少，他们见到我高兴之极，不知如何对我表示欢迎。他们大家都虔诚地准备告解圣事，因为那里已有两年没有这种慰藉。还有一些人这次得不到告解：因为我这次没有时间听他们所有人忏悔，我只好满足于将其托付给他们的守护天使。①

　　21 日，我们走了 3 个驿站。第一个驿站走了 5 法里，直到桃山驿②；第二个驿站，走了 4 法里，直到夹沟驿③；第三个驿站，走了 6 法里，直到徐州④，跟我们早晨离开的城市名发音一样。自从 16 日以来，我们通过了东河县，总是在路径左右遇到漫长的荒凉而未耕的　131

①　Du Halde I (1735), p. 117；杜赫德在书中提及曾匆匆忙忙拜访过孔子的后代。关于那里的教堂，同上引书 Joseph Dehergne (1959)，"La Chine centrale vers 1700. I. L'évêché de Nanking. Étude de géographie missionnaire", *AHSJ* 28, p. 313。

②　Taoshan yi, 桃山驿。

③　Jiagou yi, 夹沟驿。

④　同上引书 Dehergne (1959), no. 38: Su tcheou, Sieou tcheou, Sioeu tcheou, 即现今的徐州（xuzhou）。

山脉，在山脉之间，我们发现广阔平整的土地，耕作良好。①

22 日，我们走了 2 个驿站。第一个驿站走了 5 法里，直到大店驿②；另一个驿站走了 7 法里，直到固镇驿③。

23 日，走了 2 个驿站，每个驿站走了 6 法里。第一个驿站到了王庄驿④，第二个驿站到了 Hao-leang-y⑤。在王庄驿村口，我们在地平线很远地方发现位于西南方向的印玉山⑥，也就是玛瑙印山，因为称作"印石"的石头是宝石，如同玛瑙石，在中国用来做官印和图章，因为是从此山获"印石"，做皇帝玉玺，为此，这座山称作"印玉山"。中国人讲许多这座山的故事，他们说，从前，"凤凰"是中国的 phenix，是吉祥鸟，预兆黄金世纪的到来，这种鸟只存在于中国人的书籍中和他们的虚幻的绘画中，从前曾在此山上出现过，在一块原始的石头上休憩过，这块石头被一位精明灵巧的著名石匠裁下，⑦ 人们发现了这块著名的石头，把它做成帝国的玉玺，也就是说，此后，这玉玺确定谁有幸获得它，谁就能当皇帝。

132　24 日，走了 2 个驿站，第一个驿站走了 4 法里，直到红心驿⑧；第二个驿站走了 6 法里，直到定远县⑨。

25 日，走了 3 个驿站，第一个驿站走了 4.5 法里，直到张桥驿⑩；第二个驿站走了 6 法里，直到护城驿⑪；第三个驿站，走了 4.5

---

① 同上引书 Du Halde I (1735), p. 117。
② Dadian yi，大店驿。
③ Guzhen yi，固镇驿；同上引书 Du Halde I (1735), p. 117。
④ Wangzhuang yi，王庄驿。
⑤ Hao-leang-y?
⑥ Yinyu shan，印玉山，即玛瑙印山。
⑦ Feng Huang，凤凰，凤为雌性，凰为雄性。
⑧ Hongxin yi，红心驿。
⑨ Dingyuan xian，定远县。
⑩ Zhangqiao yi，张桥驿。
⑪ Hucheng yi，护城驿。

法里，直到店埠驿①。这一天，大约在太阳升起前一刻钟，我看见天空中一种从未见过的现象，也是在法国从未听人说过的现象，尽管在东方，尤其是在暹罗和在中国这是很普通的事情，我曾在这两个王国，或早上，或晚上，在海上和在陆地上，甚至在北京，清楚地观察到二十多次。这种现象就是某种半圆形的光与影像是在天空中两个对立点处终止并结合在一起。就是说，一端在太阳中心，另一端在完全与之相反之点上。因为这些半圆形在东方和在西方一样都是以尖端形终止，就是说在它们结合的对立点，随着它们远离地平线，它们变得越来越宽地，一律地伸向天空中央。它们很像天穹形象，就像在地球上看到的那样，差不多如此，仅只是这些阴影区和光亮区通常是宽度很不相同，在它们之间经常发生中断，特别是当此现象不是完满形成之时，差不多就是这样的形象，我在原作中就此作了一篇长文。②

---

① Dianbu yi，店埠驿。

② 同上引书 Du Halde I (1735), p. 117f，杜赫德在讲述这个故事时，比白晋的慕尼黑版本"日记"里的记述，在篇幅上更长。然而白晋的原文相较杜赫德的叙述，甚至 133 在篇幅上更长。参见 B. Nat., Ms. Fr. 17 240, ff 292v-293v："每次我观察（在这次旅途中，我至少在半个月之内，从6月25日直到8月10日，观察到四次），我总是发现天气特别热，是在北京夏天从未见过的炎热，当天空布满雾气，伴随雷电，又总有阳光穿透厚重乌云之时。尽管这种现象，人们可以随兴致所至给它命名之为什么形状，如果觉得它新鲜，不管是在欧洲或别的地方，人们在早晨或晚上经常看到天空中呈现的这些非常特别的形状不同于漫长的光与影痕迹，称其为万道霞光，还能看清楚天空、太阳和云彩的布局。当这种现象出现，当这些光与影的线条在天空形成，此现象完全相同，况且，在阴暗和光亮这两种现象之间没有发现任何差异，实质上，就形状而言，二者甚至毫无差异，尽管对不注意物理现象者，它们似乎首先呈现很不相同，这种新的大气现象形态正如我们进行说明的，应该说，这种现象与普通的光与影线条毫无二致之处。这种新现象至少在我所发现的情况只是出现在当太阳落入地平线，或离地平线不远之时，就是说当太阳处于距离地平线上或下只有二三度之差，普通的光与影线条经常当太阳还在地平线上相当高的时候才呈现出来，它们均匀地洒满天空，一方面，它们能够反射日出或落日的直射光线，没有裂开的云彩，天空，一方面，它们能够反射日出或落日的直射光线，没有裂开的云彩，便消失了，能够呈现光的角锥体痕迹，它们的各个点位起于太阳中心，它们的基部

135　　26日，我们走了2个驿站。第一个驿站走了3.5法里，直到庐州府①；第二个驿站走了6法里，直到Y-ho-y②。我觉得，庐州府的人口更多，建筑更好，胜过自北京以来我们所经过的所有城市。在这些城市没有发现有什么特殊的值得报道的，除了一些凯旋门和大理石桥，我已经在《讲述中国》中做过多次描写，此处无必要再说些什么。确实，因为是夜里通过的这些城市，白天仅是通过郊区，我没能形成足够准确的想法，不能确切地谈它们。但总的来说，中国大部分城市都很相似，如果通过头脑中保留的对我们路上通过的城市的看法来判断我没能观察清楚的城市，它们都是由拉墨线砌成在直角处汇合的四面长墙构成的，主要街道是直的，但是都很窄，这是与北京皇城的街道不同之处，北京的大街都是长而宽，最适用于

（接上页）远离四分之一圆圈，另一方面，就是说在天空的对立部分，这些同样的雾气也能够接收光的角锥体形象或种类，根据光反射规律，向我们反射，并且，呈现第二种相像的叫锥体形象，直接对立于第一种角锥体形象；致使两个基部相互接触，并且混合在一起，而它们的点位在两个完全对立的点之间，一部分结束于东方，而另一部分结束于西方。肉眼不能识别在它们基部的这两种由单色的直射光线和反射光线形成的角锥体形状物，必然地被看作自东到西延展的光的半圆区域，并且把它看成是完全不同于条形状气体现象，尽管没有太大区别，它们之间区别只是在于两个彩虹，在地面上观察，一个呈现为多彩的半圆圈，而另一个在湖或池塘水中观察到其平面平坦如镜，反射其种类，在深水处呈现第二个反向而合并的彩虹，肉眼在其末端看到两个对立的彩虹，或确切地说，一个单独的圆形。如果说在第一种现象中，没有一种光角锥体形，则有两种或多种，其表象得以同样方式反射，明显事实是，在它们的基部，在两种单色直射和反射的角锥体形之间呈现出类似的角锥体阴影，或确切地说，类似的半圆阴暗区，因此人们可能看到一种现象完全相像于我们刚才描述的新现象，而事实上几乎无异于所见最为普通的现象之一。如果我所报告的理由是自然成立的，恭请鉴定专家们告诉我比我的推测更多的说明。GLOSSA：
134　如果人们寻找为什么这种现象多出现于亚洲，而非欧洲，而且，多是在夏季，而非其他季节，我觉得，人们可以归结于理由在于亚洲天气性质，大部分情况下，包含比欧洲更多的硝石，特别是在夏季，它们充满了大气层，当太阳更强有力的升起硝石的散发物，使之也布满空气之中，使更宜于反射光线，因此形成大气现象。

① Luzhou fu，庐州府。
② Y ho y？

骑兵和马车，这是世界上任何城市不能相比的。

除了远高于普通住房的高塔和多层建筑外，所有的建筑都非常低矮，被城墙遮挡得严严实实，如果没有许多方形城楼中断这种景观，从外部看它们，可以说这只是一个宽大公园的围墙而已。再观察远处的乡下城市，可以说大部分其他城市大体也是如此模样。在这条路上，我看到有一半，有时候占四分之三的土地是荒凉的，空无房屋。当鞑靼人征服了中国，在中国统治至今，这些城市自从遭到战争毁坏和劫掠后，还没有得到恢复。少数残存的房屋看上去就像是散落在野草中的乡镇或村庄。总得说来，在我们自北京到江西省首府南昌，途经的大部分城市和所有农村，在这大约三百法里的空间里，像在浙江省或南京省一样，人头攒动，但是，我并不觉得整个国家比法国的普通城市人口更多。因此在这次陆路旅行中，我有了一个想法，即整个帝国可能有的人口数量比我六年前得出的数量大大地减少了。在我们到达中国的第一次旅行中，我们被召唤到北京宫廷时，经过南京省和浙江省，我就认为，毫无疑问这些地方是世界人口最为稠密之处，认为大多数对这个帝国人口的讲述中给出的数据相当准确，非常真实，他们将中国人口推升到两个亿，而且保证说这是整个欧洲人口的两倍。在我刚刚结束旅行之后，我认为至少要将这个数字减少一半，而说，如果陕西省和其他几个省我没有去过，但不被认为比我至今经过的地方人口更多。我觉得，可以说中国和欧洲人口一般多，而我不相信这个数字可以提升到一亿，[①] 并且，如果根据原来的计算认为人口有两亿多，并不比从前认为单独北京城就有人口

① 相较而言，据曾德昭在 1667 年法文版《大中国志》(Semedo [1667], pp. 3f) 中记载，1641 年中国男人有 58 550 420 人，妇女不在计数之内。卫匡国在其著作 (Martini [1981], p. 5) 中记录的数字与此几乎相同：58 914 284，但是卫匡国的统计数字里已经将妇女、儿童、宦官、士大夫以及士兵全部囊括进去，这是明朝在遭遇反叛及被满族攻克前的人口总数。

七八百万更准确，或像某些人至今还声称的那样，我不知道他们是
根据什么原则，声称至少有四百万人口。虽然在我居住的五年半时
间里，我有机会多次跑遍这个大城市的街区，或是为了看望生病的
基督徒，给他们做最后的圣事，或是为了看望我们在宫廷里的朋友
和保护人。我对各种条件的人家以及他们所占据的土地，他们的房
所因为低矮没有高层，对他们各家人口的认知都足够接近真实。我
从不相信全北京的人口数量会比巴黎及其郊区人口多出一倍，人们
应该将其人口数量提升到二百多万人，尽管北京面积至少是巴黎的
两倍。我认为人们不应该过于相信计算中国人口数量的旧方法，将
其固定为两亿左右人口。

138 　　27 日，我们走了 2 个驿站。第一个驿站走了 6.5 法里，直到三沟
驿①；第二个驿站走了 2 法里，直到舒城县②，又走了 4 法里直到 Mei-
sin-y③。这几天，我们开始在乡下看到许多这种带油脂的树。因为这
些树很是特别，它们能提供脂肪和油脂做蜡烛，在大半个中国都有，
也许这不算无益看一看我到达中国，从宁波去北京途中的描写。④

　　这种树称之为 **乌臼木**⑤，在浙江省和江西省很普遍，我曾见过大

---

① Sangou yi，三沟驿。

② Shucheng xian，舒城县。

③ Meisiny?

④ 白晋似乎还是撰写从宁波至北京 "游记" 的作者。杜赫德（Du Halde I, 1735）在记
述这段去北京的旅行中并未提及 "草乌桕树"（arbre de suif）。

⑤ Wujiumu，乌臼木，stillingia sebifera。乌臼木首次被提及是在利玛窦／孟尼阁的著
作中："另有一种用某树的果实做出的蜡，并不比前一种白色中产出的低级，反而
更 亮 泽。" Pasquale d'Elia (1942)(ed.), *Fonti Ricciani, vol. I. Storia dell'introduzione del
Cristianesimo in Cina* (Roma), No. 29. 另参见 Samuel Couling (1991), *The Encyclopedia
Sinica* (Shanghai 1917, Oxford), p. 542, 书中他提到，这种蜡出口到欧洲用以制作
肥皂。——Martini (1981), p. 116："有一种特殊的油脂，来自树木，可以制成优质
的白色蜡烛。这种蜡烛不会弄脏手，即使触摸，也不会在熄灭时散发难闻的气
味，中国人通常称之为 Kieuyeu。这种树很高大，其形状和叶子类似于我们的梨
树，开白色的花，也像樱桃树。开花后结出的果实是圆形的，大小与樱桃相当，

量的这种树。卫匡国神父作为地理学家曾做过相当准确的描述，当他谈到浙江省的金华市时。这位神父把这种树比作我们的梨树，也很像欧洲山杨，至少在叶子和长柄方面像桦树，我所见过的大多数在 139 树枝和树干方面大小和形式上像我们的樱桃树，我也见过一些像梨树一样高大。树皮有点儿白灰色，手接触感到有点儿软。小树枝长，纤细，柔韧，只是从中间到端部长有叶子，叶子呈簇状，但是更小，经常是卷曲而空心的，状如小船。叶子呈暗绿色，叶子上面光滑，下面浅白色，很薄，干燥，呈菱形，其边角为圆形，延长端部为尖形。叶子以长而柔韧的叶柄连接在枝上，粗叶脉和纤维为圆形，这些叶子像葡萄叶和樱桃叶一样，在掉落之前变为红色。果实长在枝端呈束状，由很短的木质柄连系着，很像似枝条的延伸。这种果实包含在一种硬而木质的被膜里，被膜为褐色，有些凸凹不平，140 呈圆形三角形状，样子差不多像女贞树或 guerays 树结出的这些红色小果实或颗粒，通俗地被称作"牧师帽子"。这些被膜或果荚一般情况下每个被膜含有三个小果核，大小如豌豆粒，外圆，周边衔接处稍扁平，每个果核覆盖一薄层油脂，呈洁白色，相当硬实。叶柄像是分成三个更小的叶柄，后者只是细线状物，在三个果核之间，穿过果实中央。当由六个小叶丛组成的被膜开放之时，果实出现在外壳之外，这非常好看，尤其是在冬季里，这些树全部覆盖着白色的

（接上页）外面覆盖着黑色的薄皮，里面是白色的果肉。当果实成熟时，皮会裂开，露出内部的果肉。人们会收集这些果实，用热水来煮熟，这样果肉就会融化。冷却后会凝固成脂肪状。剩下的果核含有丰富的油脂，像橄榄一样，浸泡后可挤压出油，这种油不是用来食用的，而是用来点灯。冬天时，树叶会变成红铜色，整棵树红通通的，看起来非常美丽，就像一片红色的森林。最后，叶子会落下，因为含有一定的油脂，就成了牛羊们非常喜欢的食物，它们食用后会长得肥肥胖胖。"同上引书 B. Nat., Ms. Fr. 17 240, ff. 7v–8（刘应所译），另见 Du Halde III (1735), pp. 504ff.（参见 Landry-Deron, 2002, p. 247)。

小树丛。油脂挤碎在手中，融化，散发一种很接近普通油脂的脂肪味道。

果实成熟前，呈现圆形，看来这就是让卫匡国神父说它是圆形的原因；除非是这位神父只检查了一些没有完全达到成熟的果实，或是他可能只看到了一个果核，认为这就是它们的自然形状；因为，确实是人们看到了许多有缺陷的果实，或是只有一或二个果核，它们不具备该有的普通形象。果核壳体相当坚硬，包含一种小果仁，油性很大；它包有一层小鳞茎皮。中国人用它榨油点灯，同样地，他们用覆盖全树的这种果实的果核油脂做成蜡烛。

他们用这种油脂做成的蜡烛就像一截锥体，他们开始从底部点燃，其轴用作烛芯，是一个空芦苇管，两头使用，其上缠绕一根棉线，或同样粗细的灯心草芯。中国人还用灯芯草点灯，不用火绳，一端用来点燃蜡烛，另一端用来将蜡烛固定在蜡烛台上。

141 这种蜡烛密度大而沉重，能在手中融化；它产生一种明亮的火焰，有点儿浅黄色，因为灯芯硬，不便挑拨，燃烧中变成炭。为了从此果实中取出油脂，摘下全果，也就是说果壳连同果仁，水煮，而后捡起漂在水上的脂肪，十磅油脂加入三磅麻油，些许封蜡，使其凝固成形。如此做成蜡烛非常洁白。掺入朱砂，也可做成红蜡烛。[1]

28 日，我们走了 2 个驿站。第一个驿站走了 6 法里直到卢亭驿[2]；第二个驿站走了 2 法里，直到桐城县[3]，又走了 4.5 法里，直到

---

[1] "我们将在别处提供对此种树的描述，按着中国自然史的方式，刘应神父费神翻译此部分，以及本书的其他几处，借此满足好奇者的需要。" 同上引书 B. Nat., Ms. Fr. 17 240, fo 295 v, glossa。

[2] Lüting yi，卢亭驿。

[3] Tongcheng xian，桐城县。

陶冲驿①。因为这一天和接下来的四天，我们连续走了艰辛的道路，也就是说在有虎狼出没的山脉之间，在天亮前两三小时动身，以躲避部分炎热。我们不得不找了向导，他们手执火把，照明道路，引导我们前进，同时也是阻止虎狼靠近，因为这些野兽天生怕火。借助干松枝做成的火把，风雨只能使火把烧得更旺。我们夜里行走穿过这些高山，如同在白天和在一马平川的乡村行走一样的安全和方便。我们每个人带有四五个拿火把的人，引导他和他的人走路，一起走过一法里又一法里的路。在中国山区，大部分山里都藏有老虎，一般情况下，都采取走大路，以及这些相应办法，以确保来来往往执行皇帝命令的人员的安全。人们发现在中国有许多类似的规定，提供公益的方便条件，在其他任何国家都没有过这样周到细则。②

29 日，我们走了 2 个驿站。第一个驿站走了 6 法里，直到 Tsin-cheou-y③；第二个驿站走了 6 法里，直到小池驿④。

30 日，我们走了 3 个驿站。第一个驿站走了 6 法里，直到湖广省枫香驿⑤；同样，下一个驿站走了 4 法里，直到黄梅尖⑥。虽然这地方因为漫长的山脉荒无人烟，毫无开发不招人喜欢，我们却沿着它们走了七八天。山谷和分离山谷的乡村不失为肥沃的良田，都被精耕细作，致使没有一寸土地不覆盖着稻田。中国的技艺在机械艺术，尤其是在农艺方面都超过欧洲人，而欧洲人却在似乎更有灵感的自由艺术方面超过这个民族。他们平整了所有山里的不同高度的可耕种土地，将所有同一水平的土地分离成花坛一般，分离成不同层次

---

① Taochong yi，陶冲驿。
② 同上引书 Du Halde I (1735), pp. 118f. 他省略了有关老虎的故事。
③ Tsin cheou y？
④ Xiaochi yi，小池驿。
⑤ Fengxiang yi，枫香驿。
⑥ Du Halde I (1735), p. 119. Hoang mei hien, Huangmei jian，黄梅尖。

的梯田，同时建有不同距离的蓄水池，以便接收雨水和从山上流下来的水，根据需要，将水分配给他们的花坛似的稻田里，甚至通过某种相当简单的一连串水利工程，用以提升水流，从最低层一直提143 高到最高层，浇灌他们的土地。中国人拥有其他相当适用的农业工具，有朝一日我将对之详尽描写，当我考察过中国人在每种工艺中的所有特别之处后，选择值得公布于众的内容。①

---

① 白晋此处描述了一种水车，即中国的龙骨水车，此种水车在中国古代就已经使用，古书中称其为翻车机，可能早在东汉末年就已发明。起初，它是由人力驱使，后来靠半牲畜或水力或风力驱使。参见 *Wissenschaft und Technik im alten China*, ed. by the Institut für Geschichte der Naturwissenschaften der Chinesischen Akademie der Wissenschaften (Basel, 1989), pp. 392f。——白晋或许是精确描述这种水车的第一个欧洲人："另外，这些器械或一连串的工具，我刚说过的，中国农民用来浇灌他们的土地，或更正确地说，是灌溉整个山区和田野的器械，它们的结构和启动方式都很简单，几乎在整个中国，都很流行，甚至在干旱时，用来浇灌麦田。我在此给以描述，可能是人们需要的。此器械由一个系列构造组成，包括一个循环的木头链条和许多六七寸见方的小木板，这些小木板按等距离，直角穿过木链中央。这一系统器144 械沿着一个木管道铺开，木管道由三块木板连在一起形成的戽斗构成，致使系统的下半部分置于这个戽斗的底部，而与其平行的上部分接触到置于关口处的木板。系统的一端，我想说的是下端绕在一个活动圆柱体周围，圆柱轴接于管道下端两侧。系统的另一端，就是说，上端安装在带有小木板的鼓轮上，小木板位置可准确地带动系统上的小木板，这个鼓轮靠轴上给的动力运转，它转动系统，因为鼓轮带动的管道端位于上部，靠人们想提升水的高度，系统下部进入想提升的水中，正如我们说过的，系统下部必须占据木质管道的容积，沿着这个管道提水，所有的小木板提起全部遇到的水，就是说，管道能容得下的水形成水的溪流，不断地上升到需要的高度。只要机器在运动中，系统上部不变地根据它带动的这两个连在一起的动作下降完成机器的全部活动，机器以三种方式启动（我只谈我看见过的方式）。第一种方式，通过两个直接连在鼓轮轴上的手柄启动。第二种方式用双脚启动，通过某种粗大的木栓，插在鼓轮轴周围，突出的栓头有半尺多长，故意拉长，木栓带有狭长外圆的栓头，就是说其形状宜于赤脚板蹬之，致使一个或几个人（根据木栓排列数目，因为这些机器较其他更大更强），人可站立也可坐姿，以合适为定，能够享受只要摆动双腿，毫不紧张，一只手举着伞，另一只手拿着扇，我见过多次，他们可以提升长流溪水，送到他们的干旱地里。最后，第三种方式，利用一头水牛或其他牲畜启动水车，牲畜拴在大约有两庹长半径的巨大木车轮上，车轮周围有许多横向的木栓或齿轮像牙齿一样准确地咬住鼓轮轴周围的齿轮，使水车转动，水车较之其他还要大，却能轻松转动。" B. Nat., Ms. Fr. 17 240, ff. 296v-297r。

31 日,我们走了 3 个驿站。第一个驿站走了 4 法里,直到江西 145
省城市 Cong-long-y[①];第二个驿站走了 5 法里,直到位于这条美丽的,
通常被称作长江岸边的九江府[②]。江水流得很快,在我们通过地方大
约有半法里宽。水中有优良鱼类,其中有黄鱼[③],味极美,个头奇大;
人们告知我,曾逮过重八百余磅的黄鱼。

在这个城市里,人们把我们安置在一所真正的公馆[④],或官员旅
馆里,公馆殿堂的大小形似庙宇或浮屠,更准确地说是用来安置偶
像,而非接待个人。当我们到达这座城市时,时间已经相当晚了,
得悉路途上艰辛,本地直到省首府南昌府尚有两整天的路程,而所
有马匹状况不佳,恐怕太劳累像我们这样的人,已经骑马走了差不
多三百法里路程,我们接受了人们让我们乘轿子的建议,这一天,
我们用这种舒适的方式走了 6 法里,第三个驿站,直到通远驿[⑤],也
走了大半夜的路程。这些轿子干净而舒适。每台轿子由四人抬着,
人们称之为**官轿**,或官员的轿子。轿子主体就形状而言近似巴黎街 146
上让人抬的车箱形状,差别是它更宽敞,更轻便;它由交叉的竹子
构成网格状,用藤条拴得紧紧的,藤条是另一种非常柔韧的竹子,
它沿地上爬行生长,直到千步长度;网格架构从下到上覆盖帆布或
丝绸,根据季节情况,下雨情况下,在帆布或丝绸之上加一层过油
的塔夫绸。[⑥] 这些轿子是用肩抬的。

因为我们还要走 2 天的漫长路程,人们给我们每人分配了 8 位
轿夫,而不是 4 位,以便他们相互替换抬轿子,此外,给我们的每

---

① Cong long y?
② Jiujiang fu,九江府。
③ dorade,黄鱼。(词典释为鲷鱼。——译者)
④ Gongguan,公馆。
⑤ Tongyuan yi,通远驿。
⑥ Du Halde I (1735), p. 119(缩略本)。

个仆人配了 3 位轿夫，由两个人抬着就地做成的担架，担架是用两根粗竹竿，通过另两根横向竹竿拴在一起做成。除此之外，人们配备给我们足够的人力舒适地携带我们的行装，以及我们的马鞍。因为虽然我们总是骑皇帝驿站的马匹，但是所有的马鞍是属于我们的，且不算二十多人举着点燃的火把，夜里为我们照明道路，同时驱赶此地司空见惯的老虎，有了这些舒适条件，我们顺利而轻松地走完了我们旅行中最为困难的两天路程。

　　第二天是 8 月的首日，我们以同样的方式走了 6 法里的驿站，只是换了轿夫，迎来新手，我们到达德安县①，这里没有干净的，适
147 合大家的旅店，人们将我们带到城隍②庙。在我到达的时候，很细心的和尚亲自在庙中央立了一张桌子和一个小军用床，好像是要让他的客人在偶像鼻子底下吃饭和睡觉。因为，虽然中国人像古埃及人一样在这些庙里只祭祀鬼神或每个地方的保护神，他们仍然将它们表现为人类形象，当作偶像崇拜，我记得，对城隍庙的尊重曾长期成为在华传教士之间的争论话题，而且，同时成为某些恶毒的抨击者进行残酷污蔑中伤的机会，他们至今仍竭力玷污可称得上新教传播骨干的声誉，他们虚伪地声称允许他们的基督徒进行狂热的偶象
148 崇拜。③就此问题寻找某些澄清，我向这位和尚提了多个关于他偶像

---

① De'an xian，德安县。

② Chin-hoang, Ching-hiang，城隍，中国城池的守护神。

③ 黎玉范（Juan Bautista Morales，1597—1664）曾向传信部递交了一份附有 17 条定律的文件。在这份文件中，他声称耶稣会士允许基督徒公开尊崇城隍庙。因此，传信部在 1645 年 9 月 12 日的法令第七条中作了如下禁令："在中国所有城市和乡镇，你会发现人们跪拜一种称为城隍的特定偶像。中国人坚信它是所在城市的保护神、统治者及守护神。中国现有法律规定，城市和乡镇的所有执行官（他们自称官员）一旦上任，每年每月必须去这些寺庙跪拜两次；进入寺庙时，他们必须在神坛前跪下、磕头，向守护神表达敬意。他们还会献上香烛、花、肉和酒来祭祀。当他们上任后，他们须在守护神前立下誓言，执法公正。若是他们违背誓言，便会遭到神的惩罚。同时，他们还会祈求神向其示意如何管理好城镇以及其他类似之事。现在的

的问题；我发现，他非常无知，甚至不知道他崇拜的偶像代表什么神或仅仅是古代的什么大人物，也不知道人们赋予他什么功德或什么能力，也不知道将偶像置于庙堂祭坛上是什么意思，他天真地承认这一切，但是，他担心我继续我的问题，我教给他所不知的错误；我换了说法，以教育的方式，向他讲述关于上帝的存在和它的主要象征，关于上天、土地和人的创造，等等。① 我结束差不多两小时的讲话，这位和尚总是很专心，很乐意地听，甚至似乎受到感动，只 149 是打断我一次。我说，我讲完了，提醒他必须寻找真理，根据真理行事。我补充说，如果他理解了刚才听到的一切，他会判知如此重要的真理存在于**宗教**之中，我刚才给他解释了宗教的初步知识。作为真正的朋友，也为了感谢他对我们的友好接待，我建议他认真考虑，去离此地仅有一天路程的南昌府学习知识，并告诉他，我们在南昌府有一所献给真正上帝的庙，有我们的一位神父主持。和尚接

（接上页）问题是，基督教官员要将中国人的无知藏在心里，他们在面对神坛时，是否需要携带一个十字架，将其藏于城隍周围的献花中或握于手心（他们这么做的目的是想向十字架表达敬畏，而非寺庙里的神）。他们在城隍庙跪拜、表达敬意只是做表面文章，内心的敬意则指向十字架。倘若这些官员不被允许这么做，那么他们会为了保住官位，放弃我们的信仰。他们做出了一个决定，认为基督徒可以公开佯装崇敬和礼拜城隍，而其真正意图是向握于手中或藏于神坛献花的十字架表达敬意。" *100 Roman Documents Concerning the Chinese Rites Controversy (1645–1941)*，由唐纳德·F. 圣苏尔（Donald F. St. Sure）翻译，由雷·R. 诺尔（Ray R. Noll）编辑（San Francisco，1992）doc. #1；*BM* V, pp. 787f; *LThK* 72, col. 597.

① "关于我们必须认知，崇拜，热爱这个上帝，并将为之服务作为我们的第一和最终原则；认知它的法律，并遵守之：向他说明这个圣法是唯一的基督教，我们来自世界的四面八方，向中国宣讲。我让他明白这个宗教是唯一教人很好地认识自己，给他指明他是由一个会堕落和死亡的躯体和一个不朽的精神灵魂构成，这个灵魂通过死亡与躯体分离后可以快乐和忧愁，甚至愉悦和痛苦，所有人死后的灵魂由造物主的无可改变的判决而定，造物主成为他们死后的审判官，决定他们接受对他们的功绩和优秀行为的奖赏，如果他们遵守他的法律，指明在天上他们可以永远地生活，并享受上帝之福；如果相反，他们蔑视和违反了这个圣法，他们要受到惩罚，根据他们的罪恶程度下地狱，否则他们将永远遭受他们冒犯的上帝的愤怒之气所点燃的烈焰之苦，等等。" B. Nat., Ms. Fr. 17 240, fo 298v.

受这个建议，表现出就像他接受教育时那样高兴。毕竟，因为皈依一位异教徒是一种神奇恩赐的效果，非如此，传教者的声音只会顺风而过；我完全有理由担心，我的罪孽使之远离了这种神的恩赐，150 我与之打交道的人，我不敢自以为使此人接近了命运之路，特别是和尚的信仰给他提供了什么使之慢慢地度过他的一生，贫困可能会使他们悲惨地苟延生命。

8月2日，我们乘轿子走了2个驿站，每个驿站走了6法里。第一个驿站直到建昌县①，第二个驿站直到一个村庄，我忘记了它的名字，距离南昌府有4法里。前一天，路过我所在的旅馆一个院子时，我瞥见马厩屋檐下一种蜜色光线，一种被横切开的大无花果图像，由一种叶柄垂直拴在一块木头上，我走近观察这种光线，我发现有四十或五十个六角形蜂巢，它们的开口都面向下方。蜂巢四壁柔韧如纸。蜂巢底部有一种虫子，或蠕虫，粗细相当，浅黑色，在空中，在这光线周围有一些胡蜂，其形状，我在几个月前曾观察过其转变，我判断这可能是同一类的胡蜂，此处，请读我在原著中的描述。②

---

① Du Halde I (1735), p. 121。Jianchang xian，建昌县。

② 未出现在 Du Halde I (1735)——B. Nat., Ms. Fr. 17 240, fo 299v: "1692 年 10 月的一天，照常在养心殿皇宫的一间工作室工作，差不多三年以来，中国皇帝让我们在那里用他的语言给他讲解和翻译欧洲科学，我连续多次看见一种黄蜂或 fraislon，中国人称作马蜂进进出出，每次进来时，肚子底下都带着我不知是什么的虫子，圆柱形，绿色，差不多与马蜂躯体一样粗长，当时，我判断是虫子或蠕虫的样子，飞向挂在墙上的窝，窝里有我们鞑靼文的草稿，写在长页纸上，卷起来装在这些卷轴里，马蜂在那里卸下携带的东西。大约半个月之后，出于好奇想知道这种昆虫如此精心放置纸卷里的东西，向前靠近，发现三个这样的纸卷两端像是用浅红色的胶泥堵得严严实实。后来，展开这些纸张，在卷轴的长度里，发现六七个小圆桶状的蜂巢房，每个巢房长有一寸，相互分离，每个巢房有一个不厚但很有韧性的隔板隔开，是用同样浅红色土做成。在每个巢房里，有一种粗大的虫子或不动的软体虫，呈黄白色，两端呈尖形，中间特别凸出，背呈凸形，肚子下稍平，由 14 个大小不一的环状组成，它们从头尾两端向中央发展，越变越大，每端两侧各有一个黑点。因为在展开这张纸时，我破坏了这些虫子的巢房，我把它甩到地上，它们表现生命迹象，扭动和活动躯体。对于其他纸卷轴，两端也是堵得严严实的，我没有动它们，留在原地，

151

　8月3日早晨，我们到达南昌府①城，江西省②首府同名城市，153
在那里，我们不再骑马，改为乘船。因为总督和其他高官都住在这
座城里，根据习俗，在类似场合，他们应该亲自来我们面前询问皇
帝的健康情况，我们的引路人佟老爷想在我们到达之前解决我们按
什么样秩序走路问题，他以世界上最文明方式向我们宣布，根据中
国习俗，让外国人走在前面，应该让同他一起派来葡萄牙神父迎接
闵明我神父和陛下专有命令的我，让我们两人走在他前面。我向他

（接上页）直到1693年4月，我想看一看在五六个月时间里，他们会有什么变化。
我又找到一个与第一个卷轴相像的卷轴，里面只有四个完整的蜂巢，在每个蜂巢里
有一只蠕虫或与第一批相像的虫子，差别只在于它们大约缩小了一半，一部分体液
或生存物质在冬天里消耗，使它们变得体态更硬，不那么柔韧，状如弯弓。我把四
个蜂巢带回家里，装进玻璃管里，以便观察它们可能发生的变化。我发现它们没有
一个发生分离和缩小；直到5月21日早晨，我发现在最小的蜂巢里有一个状如蜜蜂
大小样子的黄色柔软小虫，其全部肢体都已经长成，除了眼睛和翅膀，因为只是在　152
四五天后，才能看出眼睛形成，两个棕红色的点逐渐变黑，而翅膀也同时长出；角
和腿的关节从一开始就显露出来，它们从上而下地蜷曲，交会在腹下，针刺已经形
成，在外边弯曲着。在这个小蠕虫旁边，小蠕虫虽然几乎完全形成，却像似一动不
动，旁边是它钻出的躯壳或薄膜，这个薄膜完整地伸展着，除了虫子钻出时其头部
撞出的开口。6月4日，第三只蛹开了，第三只黄蜂脱壳，与前一只黄蜂同样形状
和大小，与前两只黄蜂相同，除了下肢外，没有任何动作。不过，前两只黄蜂是逐
渐变色，变成黄黑杂色，与此同时，第二层宽敞的膜被包裹着所有成员，如同襁褓
一样保护着这些虫子，但因为不活动，它们变得皱褶，逐渐变干，预示着第二次脱
壳后，要发生第二次变形。诚然，6月18日，我观察装虫子的玻璃管，我发现一种
完全形成的黄蜂，比我们欧洲的大两倍，黄黑杂色，大翅膀至少六法分长，相应地
也宽大，翅膀，还重叠一起，尽管其他部分相当活跃的在活动着，旁边的躯壳是非
常薄而透明的薄片，躯壳与腿和翅膀以及黄蜂的全身协调一致，背部开口断裂，造
成此奇迹发生，当它发育完成，从第二个膜被钻出，从中一个一个地抽出他的肢体，
像从与其躯体同形的盒子里抽出一样。包含翅膀的薄片各部分至少比翅膀本身小12
倍，致使当它蜕变之时，必须以一种令人称奇的方式蜷曲起来。这种黄蜂从第二个
蛹里出来，就是说，第一次变形的蛹是5月30日完成的，因为第一个蛹变得如此之
小，如此之干，以至于人们不相信它能够进行第二次变化，最后达到完美程度。" B.
Nat., Ms. Fr. 17 240, ff. 299v–300v。
① Nanchang fu，南昌府，江西的省会城市，不要和南昌县混淆。1663年，这里有一座
　教堂，1674年被毁。
② Jiangxi，江西。

154 解释是白费力气，除了同他一样的钦差身份外，他是中国顶层的高官，而我们是皇帝的三品官，我们这些人是普通的修道士在帝国里既无职务，也无头衔，他的礼貌不能炫耀我们的外国人身份。如果他想顺从皇帝的意志，四年多以来，陛下让我们受宠作为他身边的派员，好心地亲口对我们说，他现在不把我们看作外国人，而是看作皇家成员，因此我们应不再被看作中国的外国人，尤其是像他这样的人，君主的做法理应就是法律的效应。好说歹说，这些理由都未能起到任何效果，如此这般，我们只能服从我们领路人的意愿，之后，我被不可逆转地判定为走在前头的第一人，这是我整个余下旅途中和在广州的整个逗留期间必须接受的荣誉。在距离南昌府城两法里地方，我们保持这种秩序，此前，一直没有任何规定秩序。因为该城市位于河对岸，当我们到达之时，我们每人有一只大如船舶的公派小船，都是镀金的画船，是事先为摆渡我们准备的船只，在登船之前，总督的副秘书和被派来迎接我们的其他高官根据中国习俗，代表他们的主人，来向我们递上他们的帖子，或致敬信。毫无疑问，中国人是世界上最文明的民族，在他们那里。一切事物都按细则处理，只是在拜访中执行的仪式，根据人物身份，其数量之多，种类之不同，仅此一点，足可构成一种学问。因为我没做过专门研究，我就不在此处描述它们了。①

155　　我们坐同一条船过河，以便登陆时我们都在一起，当我们的船到达对岸，看到了抚院②和全省的总兵③，在布政司④，按察使⑤，盐法道⑥，

---

① Du Halde I (1735), p. 121，缩略版。
② Fou-yuin (Fuyuan)，抚院。
③ Tsong-ping (zongbing)，总兵。
④ Pou-tching-ssëe (Buzhengsi)，布政司。
⑤ Ngan-tcha- ssëe (Anchasi)，按察使。
⑥ Yin-fa-tao (Yenfadao)，盐法道。

驿传道^①，粮道^②陪同下，唯一省高官学道^③此次不在场，他们一直来到这里迎接我们，上船后，邀请我们上岸，走在他们前头。他们带我们住进位于岸边的，非常干净的大旅馆里。

　　当我们到达第二个院子中央，抚院和陪同他的六位高官面向大殿，跪在阶梯下，转向我们，按仪式询问陛下的健康状况。只有这个级别的官员有权了解皇帝身体情况，就此问题，佟老爷给了一一作答，并向他们宣布陛下已经痊愈。抚院同其他官员起身，让我们进入大殿，大殿里事先排好了两排相互对面的扶手椅，大家按着来时的顺序入座。立即，按鞑靼人方式和汉人方式给我们献茶，大家 156 按仪式饮茶，就是说，在座的每人右手执鞑靼茶杯，向宴请我们的抚院，在喝前和饮后，深深鞠一躬。至于饮用中国茶，习俗要求：双手举杯，向地面深鞠一躬，而后，左手执杯，多次慢饮。在这第一次宴请后，抚院和总兵以及所有陪同人员起身，向我们三人介绍冷饮礼品单，他们要把礼品放到我们的船上，而后，他们邀请我们坐到桌旁，因为晚餐已经在大殿里头备好，有两排桌子，相互对面摆放；每个桌旁有两把扶手椅，只是第一个桌子除外，只备了一把扶手椅，他们坚持让我坐在那里，尽管我表示不同意。另两位神父面对面坐在第二张桌子旁佟老爷和抚院坐在第三张桌子旁。宴会一部分按鞑靼人方式，一部分按汉人方式。如此这般，时间不算长，除了一部分令人腻烦的伴随汉人宴请的礼仪。在饭桌上，抚院转身向着我提起在六年多以前，我们曾在浙江省首府的杭州府见过面，当我同洪若翰神父以及其他伙伴，进入中国后不久赶往朝廷之时。诚然，这位官员名字叫马老爷，时任杭州府的布政司，像其他多位官员一样，曾让我们荣幸地拜访过。

---

① Y-tchouen-tao（Yichuandao），驿传道。
② Léang-tao (Liangdao)，粮道。
③ Hio-tao，学道，省级教育官员（文学官员）。

宴会结束后，我们向抚院和其他官员告辞，他们都亲自来带我们到达上岸地方，而后，我们重新上船，登上人们事先特别准备好的大而美丽的国船。在等待为我们继续赶路的船只之时，没有比这国船更合适的住房了。我们很快上了这些船，随之，我谈过的每位高官，抚院除外，都给我们发来访问便函。我们荣幸地接受他们轮流的个人访问。城市的总督在两位下级头目陪同下也做了同样的事情，效法高官。所有这些访问都伴有礼品单，这些先生们每人都亲手交给我们，逼我们接受他们奉送的冷饮食品。因为在水路上，不能像路过的各地官员备好成桌的饭菜顺路款待钦差。习俗要求他们将生活必需品送到船上。下面是抚院送给我们的礼品名单：两斗精白大米，两升面粉，一头猪，两只鹅，四只母鸡，四只鸭子，两捆海菜，两包在中国被看作精美菜肴的鹿筋，两包某种海鱼的内脏，两包乌贼或墨鱼，就是说带墨的鱼，^① 两坛葡萄酒。其他官员的礼品差不多是一样的，不同的是不能超过八种，在国船上不需要其他食品。

在接待官员访问时，我们请求他们原谅，如果我们不能去他们的衙门^②拜访，因为我们从第一次会面就忙于这些事情，为避免礼仪的麻烦，这就是抚院和总兵不像其他人那样单独来访问我们的原因。但是，抚院给我们每个人发来了宴请的邀请信，根据习俗，我们用其他感谢信表示抱歉。

当时，人们给我们准备了轻型船只，像我们要求的那样，以便专心行路。一只船为佟老爷，一只船为另两位神父，还有一只船为我所用。这些船除了舒适之外，它们都粉刷镀金，装饰以龙形，内外涂釉。每只船里，有一个客厅，一个休息的房间，不算船老板和仆人用的套房。每艘船配有两只船跟随，其中一只船装载食品、厨

---

① Moyu，墨鱼。

② Yâ-men，衙门。

房和厨师，另一只船是护卫船，有六七名士兵乘坐。每艘船后除了
这三只船以外，还有第四只船，小而轻便，可以称之为打前站船，
因为它们用来快速通知，以便准备路上需要的东西，每天随时准备
好，避免不必要的等待。所有这些船只都有自己的摇橹手，他们是
常设人员，此外，这些船由专门雇佣的人沿河拉线牵引，每天换人，
就是说三个人用作马匹使用，等等。

　　4 日，当我们准备好要出发时，抚院和总兵一起到我们的船上，
预祝我们一路平安。借此机会，我们将在这所城里的教堂托付给抚
院和其他官员，驻地神父是卫方济神父 ①，他是比利时弗拉芒人，他
是跟安多神父（le P. Antoinne Thomas）来中国的。抚院先是向我们　159
好心地抱怨这位神父没有拜访他，但他答应尽其可能照顾神父，殷
勤地补充说，既然皇帝对我们表示诸多关切，在非常重大事情方面
利用我们，如果可能有赖于他的助力之时不帮助我们的伙伴，这可
能有失于他的义务。我们向他表示了我们的感谢之后，我们送抚院
同其他官员直到岸边，而后，我们每人登上了我们的旅行船，每只
护卫船鸣响三声汽笛后，我们离开了南昌府，抱憾未能去看望卫方
济神父，也未能去看他的教堂，因为我们不能自由离开我们的船只，

---

① 　卫方济神父（François Noël），1651 年 8 月 18 日生于埃斯特昌城，于 1729 年 9 月
　　17 日在里尔逝世。他于 1685 年 8 月 9 日到达澳门。卫方济更愿意以传教士的身份
　　前往日本，但因为无法成行，他只好去了中国。从 1692 年到至少 1700 年，他一直
　　身居南昌。1702 年，他受四个主教和日本教区省长（位于澳门）及中国教区副省长
　　（位于澳门）的委派，与庞嘉宾（Gaspar Castner）一起前往罗马。之后他重回中国，
　　1706 年离开里斯本，并于 1707 年 7 月到达中国。他作为康熙皇帝的使节，与艾若瑟
　　（António Provana）及中国耶稣会士樊守义就中国礼仪问题再次前往罗马。至此，他
　　再没回到中国。Dehergne(1973)，no. 584.——卫方济还写了几本著名的有关中国哲学
　　的著作。安多于 1644 年 1 月 25 日生于比利时的那慕尔（Namur），于 1709 年 7 月
　　28 日在北京逝世。他以官员、天文学家、数学家及地图学家的身份为朝廷效力。在
　　暹罗，他使康斯坦丁·华尔康皈依了天主教，在闵明我缺席期间，他是天文部的副
　　部长（1688—1694）。他与雷孝思、白晋及巴多明克安一起在北京周边以制图学家
　　的身份工作。Dehergne(1973)，no.843（据他记载，安多在 1682 年就已经到达北京）；
　　von Collani (1995b)，pp. 201f。

况且，卫方济神父还未能拜访任何官员，不敢亲自来看望我们，担心遇到什么人和我们在一起，无意中得罪于他。①

160 　　因为我们出发晚，而且是朔河流而上，这一天，我们只走了 4 法里路。我们路经一个名字叫 Po-tcha 的村庄，我们的船只在靠近村庄地方停了下来，因为护卫队拉响三声汽笛，表示致敬。自从正式上路以来，我们每次抛锚，或我们每次起锚，一直遵守这种规矩。当夜晚关闭之时，我们的每只船尾部挂上信号灯似的两只大灯笼，上书"钦差内务府"②这样的大字，意思是说"朝廷派出的皇帝家族人员"，还有 13 只更小的灯笼沿着桅杆像念珠似地悬挂着，就是说，10 支垂直悬挂在下面，3 只横向悬挂在上面，每只灯笼相互挨着悬挂。当所有灯笼点燃之时，一位十人队长或十个人的头头带着他的队伍相继地，面对我们的每艘船只高声报告，他所率领的 10 个人整夜值班放哨。同时，我们的每艘船的老板高声宣布一长段套话，要这些人提高警惕，这些人按规矩一一作答。而后，护卫队鸣笛三声，放哨的 10 名哨兵减为一人守护每只船，其他人立刻消失，放哨的士兵进入警戒，以整夜连续敲响两块响亮的竹板表示他的工作。从我们航行的第一天开始，直到我们到达目的地为止，这是每天必须遵守的纪律。为此，在后续的日子里，我就不重复这些事情了。③

161 　　5 日，我们走了 80 里路，直到丰城县④，人们给我们送来了清凉饮料。我们换了一些新人拉船。在水路上，每一法里都安排护卫队，

---

① 南昌府，江西的省会城市，不要和南昌县混淆。1663 年，这里有一座教堂，1674 年被毁。卫方济自 1692 年至 1700 年一直身居南昌府。参见 Joeph Dehergne (1967), "La Chine centrale vers 1700. III. Les Vicariats Apostoliques de l'intérieur (fin) : le Kiangsi", *AHSJ* 36, Dehergne (1967), pp. 240f.

② Qinchai nei wufu, 钦差内务府。

③ Du Halde I (1735) 中没有此内容。

④ Fengcheng xian, 丰城县。

距离以能够在必要时相互传递信号为准，就像他们白天做的那样，通过在三个状似金字塔，上方开有孔洞的小炉子里燃烧松树枝冒出的浓烟为信号，而夜里以短炮响声为信号。每次我们通过，面对护卫队成员时，人们敲打一块圆而平的金属片，远远地向他发出信号，这种做法在中国很流行，尤其是在船上，用以相互发信号，而护卫队使用类似的工具作答，向每只船致意；当船只通过 13 次鸣响，士兵们通常出于尊敬，沿河岸排成篱笆状队列，其中一人摇摆着旗号，而其他人保持着每人所携带武器要求的姿态。

　　8 日，先到了距离龙城县 ①3 法里的 Hiang tse-cheou② 对面，我们去距离此地 60 里的地方喝冷饮，就是说在漳树 ③，著名的商阜之地，零售各种毒品和中草药根。这一天和以后的日子，我们以同样方式航行，走路不多，到处都能看到浅水滩。我们到达距离此地 40 里的吉安府前，经过了 Sou-tan-y，Tai-yang-tcheou，Sin-king-hien，Hou-keou，Ta-tcheou-leou 和 Ki-cho-yn-hien。在这三天时间里，我 162 没有发现任何值得一提的东西，在后来的几天里也没有什么可记录的东西，因为在河水两岸，尽是荒芜人烟的山岭，形成并行的两条山脉。④

　　9 日早晨，我们抵达吉安府，⑤ 尊敬的圣·弗朗索瓦神父们不久前在这座城市里拥有一所教堂和一批新生的基督徒，有一位修士在此管

---

① Long-tching-hien?

② Hiang tsecheou?

③ Tchang-tcheou, Tchang chou, Zhangshu 樟树。

④ Du Halde I（1735）中有缩减。

⑤ Ji'an，吉安府，位于南昌南部，也就是现在的庐陵县。1658 年，刘迪我（Fr. Jacques Le Faure, 1613—1675）在此建造了住所；1662 年时，这里有一座教堂；1664 年，聂仲迁逃到此处。后来，教堂和住所全部毁坏。1691 年，石铎禄在此建立了受洗场所，1693 年，他为约一百人受洗，并建造了一座新教堂。吉安府有五个教区。Dehergne（1967），p. 231。

理；我说"新生的"，因为在杨光先^①遭迫害之前，已经有了基督徒，
163 我们的耶稣会在那里有寓所和一所教堂，当时被毁坏。尊敬的神父道
德高尚，他的名字叫格雷瓜尔·伊巴内^②，他是西班牙籍。他来中国
已经两年了。他以其宗教神父的通常爱德接待了我，那一天，我有幸
在他的小教堂里做了星期日圣弥撒，我发现他的小教堂很干净。因为
这位神父向我表示，希望我见一见该城市总督，以便把他和他的教堂
推荐给总督。我去拜访这位官员，有人告知我不要去，因为这位官员
在我们抵达时，没有像我们路过地方的其他官员那样来看望我们。这
位官员很惊讶，一位他没有表示礼遇的钦差会亲自拜访他，他不敢接
待我，推脱说他身体不适，请求我原谅他，我告知他，我来拜访他的
原因是向他推荐在他的城市里献给真正上帝的教堂和经理该教堂的神
父，请他将教堂和神父置于他的保护之下，神父定会将他可能给予的
保护告知在朝廷的其他神父。之后，我发现，我们继续我们的路程，
这一天，我们走了八法里路，直到 Hoa-che-tan。

　　10 日，我们走了 8 法里，直到 Sou-cheou-tcheou，此前路过泰
和县^③。

---

① 杨光先（1597—1669），士大夫，他状告汤若望在历法计算中出现了差错，以致 1661
年顺治帝驾崩。由于杨光先的缘故，大多数传教士被流放至广东，汤若望差点被处死。
参见 Alfons Väth (1991), *Johann Adam Schall von Bell SJ. Missionar in China, kaiserlicher
Astromom und Ratgeber am Hofe von Peking 1592-1666. Ein Lebens-und Zeitbild* (Köln, 1933)
(Monumenta Serica Monograph Series XXV) (Nettetal), pp. 295-320; John D. Young (1975),
"An Early Confucian Attack on Christianty : Yang Kuang-hsien and his Pu-te-i" , *Jounal of
the Chinese University of Hong Kong* III, I, pp. 155-186; Matthias Klaue (1997), "Wider das
Budeyi. Gelingen oder Scheitern einer christlich-konfuzianischen Synthese in der apologetischen
Schrift Budeyi bian (1665) des Jesuiten Ludovico Buglio" , *MS* 45, pp. 101-259。

② 格雷瓜尔·伊巴内（Gregorio Ibañez, OFM），1663 年出生于西班牙阿里坎特省
（Alicante）埃尔切（Elche），1691 年经菲律宾到达中国。他以传教士的身份在江西
省和广东省工作了 12 年。1703 年，他回到菲律宾圣格里高利教区，并于 1707 年 10
月 26 日死于塔亚巴斯（Tayabas）。*SF* IV, p. 143, no. 7; *Necrologium Fratrum Minorum
in Sinis* (Hong Kong 1978), p. 161.

③ Taihe xian，泰和县。

11 日，我们走了 10 法里，直到万安县①。这个城市的知县是基督徒，但仅是名义上的基督徒。虽然他的夫人道德高尚，却没有顺路来拜访我们，毫无礼仪文明表示。

164

12 日，我们走了 11 法里，直到良口②，这仅是一座村庄。

13 日上午，我们走了 3 法里，直到攸镇驿③，我们换了新人拉船，晚上走了大约 7 法里。

14 日上午，到了赣州府④，这是一个相当大的城市，人口众多，这个地区的总兵可能两天以前就派人迎接我们，表示欢迎，并以冷饮犒劳我们，他与该城市的一位高官一起来我们的船上接待我们，邀请我们参加一场宴会。海关的两位官员都是鞑靼人，其中一位是我在朝廷认识的，他们也来拜访我们，并且以鞑靼茶水招待我们。之后，我们去了我们在此城市里拥有的教堂。我欣慰地见到了法国籍聂仲迁神父，他是我们耶稣会现在在东方最老资格，最受尊重的传教士之一，他之所以著名，与其向公众美妙地讲述中国有关，更由于他的特别虔诚，差不多四十年来，他胜于天主致力于传教事业，尽其热情，归化中国人，自前刘迪我神父以来，他也是法国籍神父，役于中国被看作圣人，给他留下这座教堂，他长期经管教堂，并努力到其他地方建立教堂。因为我知道聂仲迁神父⑤在同平极受尊重，他是我们的引路人佟老爷的朋

165

① Wan'an xian，万安县。
② Liangkou，良口。
③ Youzhen yi，攸镇驿。
④ Ganzhou fu，赣州府。
⑤ 聂仲迁，1618 年 4 月 29 日生于夏朗德河的欧布泰尔，1696 年 3 月 3 日死于江西。起初他以传教士的身份与休伦人一起在加拿大工作（1647—1650），之后自 1656 年开始，在澳门的不同教区传教。他建立了赣州（江西省）学院，并因此于 1665 年被流放，直到 1671 年重回江西；1694 年 9 月，他在北京等地逗留。他写了《鞑靼统治时代之中国历史》(*Histoire de la Chine sous la domination des Tartares de 1651 à 1669* (Paris, 1671)，这显然便是白晋所提及的“关系”。参见 Dehergne (1973), no. 390, Pfister (1923-1934), no. 104。——刘迪我，1613 年 3 月 20 日生于巴黎，1675 年 1 月 1 日在上海逝世；他旅经波斯、果阿及暹罗，并于 1656 年 11 月到达中国；1657 年，他在江州、江西、上海和福建等地工作。

友，对我而言，这是接受他为我们准备的宴会邀请的双重理由。聂仲迁神父本人也在被邀请之列，绝不能缺席的，尽管这一天是圣母升天节的前夜。但是，这位官员客气地答应我们在这次礼仪宴会上自由选择，严格遵守斋食，为此，只给我们上合适的菜肴。

在这次宴会上，必须按在南昌府时的顺序入座。这次宴会的特殊之点是有一种名字叫"荔枝"的水果，这是只在广东和福建六七166 月份才有的水果，很难运输到别处，也很难在其他时间保存，在中国，新鲜荔枝被普遍认为是上佳水果。① 因此，不在产地，也不在季节吃到这上等水果被看作是极大的犒赏；中国宴会一般伴以戏剧表167 演，而这一次却被鞑靼人通常的娱乐取代，也就是射靶心游戏，当有人射中靶心时，他可以强迫其他人为他的健康喝一小杯酒。这种游戏两年以来最为流行，因为皇帝发现鞑靼人习武活动，尤其是射箭练习萎靡不振，而鞑靼人是靠骑射征服中国的，非如此，他们不可能保持长久；为了激励鞑靼臣子勇武好胜精神，皇帝要求每个鞑靼人毫无例外地学会打仗技巧，他本人准备现身说法带头习练，要

---

① 这种水果在利玛窦 / 孟尼阁的作品中首次提及："主要的水果、杏仁类以及橄榄类，已几无遗漏；中国还有很多咱们这些国家没有的品种，例如在广东省和其他南方省份，有荔枝（Licie）和龙眼（Longane），都是味道很好的水果……"参见 D'Elia I (1942), no. 10. S.a. Martini (1981), p. 123："在这个省的南部地区，尤其是在福州这个城市周围，有一种被称为荔枝的水果，产量丰富。澳门的葡萄牙人称其为 Lichias。荔枝生长在高大的树上，其叶子类似月桂树叶。从树枝的顶端长出像葡萄串一样的果穗，每个果穗上的果实都像心形。它的大小与核桃相当，形状类似小松果，外皮呈鳞片状，但并不厚，很容易用手剥开：内部是白色的、多汁的果肉，味道和香气极其甜美，类似玫瑰。果实成熟时是紫红色的，整棵树看起来就像装饰着紫红色的心形一样，非常美丽，令人赏心悦目。果肉中包裹着一颗核，核越小，果实就被认为越软、越优质。我经常想，这种果实可以被称为水果之王，它似乎天生就是为了食用和赏心悦目而生的，它的美味让人永远不会腻。它的核就像某种凝固的玫瑰味糖果，常常融化在嘴里。"同上书 E. Bretchneider (1935), *History of European Botanical Discoveeries in China* (London, 1898; repr. Leipzig)，pp. 11, 13。

求所有官员和朝廷大员，不分鞑靼人和汉人，都要这样做。为此目的，这位伟大的君主很难找到跟他比试射箭准确有力的朝臣，长期坚持每天数小时连续习练此种技艺。致使从未学习过射箭的臣子当真找人教他们的孩子学习这种功夫，甚至教刚达到七岁的儿童开始习练，皇帝以此作为其不可缺少的快乐。

我们一早辞别了伙伴们，因为翌日是节日，我们要回到我们的教堂，有基督徒的大会考，他们来此地举行忏悔，聂仲迁神父和我可有事可做了，因为跟我一起的其他神父汉语还没有学好，听不懂忏悔，而我没有时间了解这些基督徒的受教育情况。^①因为早晨很早做完弥撒后，佟老爷为了不让我等待，他好心地前一天居住在我们这里，我们必须很早回到我们的船上，该城的所有官员已经到了那里，预祝我们旅途平安，并送来了冷饮，继续我们的旅程。

我们自南昌府动身的第三天，也就是自 7 日以来，我们走的都是水路，都是不断地沿江两岸的高山之间行进。这些高山非常陡峭，致使人们在山上许多地方为拉纤人凿石筑路。因为沿岸大部分为沙土，尽管长满了野草，我们在这个空间里只看到几块耕种的土地，足见周边人的贫穷和苦难。这一天，我们只走了八九法里路，我们发现，只是在前几天，在到达赣州前二三法里的空间里，乡下耕作情况更好些。 168

16 日早晨，我们经过南康县城^②，距离赣州 12 法里。这一天，我们发现江水大大变窄，仅有 30 尺宽。但是，江水比我们以前所见更为湍急。好像此前，整个地区都是山地，好像我们看到的都是如此，直到

---

① 8 月 15 日是圣母升天节。
② Nankang xian，南康县。

南安府，距离赣州 34 法里。晚上，我们还走了 10 法里，直到新城①。

17 日，我们走了 12 法里，直到南安府②。因为江水湍急，我们不得不采用更多的人为我们的船只拉纤，我们在此地找到一所献给真正上帝的教堂和一个属于圣·弗兰索瓦修士的驻所，尊敬的西班牙人石铎禄神父③，是一位很受尊敬的神父，他来华已有八年，在这里建立了教堂，拥有一千多人。

18 日天亮前，我忙去了这位尊敬的神父的教堂，顺便向他致意，同时，欣慰地去做圣弥撒。我发现他有意同我们一起旅行。我让人告知他，我非常高兴与他相遇。这一天，我们乘坐四人抬的轿子穿越山区，自南安府，我们在南雄府④离开了我们的船只，我们上了其他的船，把我们一直送到广州省省会广州府⑤。距离南安府大约二法里远地方，我们必须经过陡峭的山顶，道路是一个弯曲而陡峭的斜坡，人们必须凿出阶梯行进。人们甚至把深达 40 尺厚的岩石山顶劈开，以便从另一侧开辟一个通道，尽管这一天我们通过的所有高山都是天然的荒芜之地，而两山之间的空隙却不失为良好的耕田。在进入南雄城之前，我欣慰地遇到多位本地的主要基督徒，他们是来迎接我的。我请他们带我去他们的教堂，我抓紧时间，担心

---

① Xincheng，新城。

② 1686 年，方济各会士在一位中国基督徒的资助下，在南安府买了一个房子，同年 11 月 29 日，方济各会士奥古斯丁·德·S. 帕斯卡尔（Augustin de S. Pascual）到达那里，然而这座教堂直到 1687 年 11 月 2 日才由石铎禄开放。石铎禄曾为 160 位成人受洗，那里有一座专门供女性受洗的小教堂。1690 年，他在两年时间里为 300 人洗礼，1693 年，他洗礼了 135 人。Dehergne (1967), p. 239.

③ 方济各会士石铎禄（P. de La Piñuela）1650 年生于墨西哥，1704 年 7 月 29 日或 30 日卒于杭州。1671 年，他前往马尼拉求学。1676 年，他到达福建，然后以传教士的身份在江西、杭州、广东以及福建工作三年，他是几座教堂的建立者，在教区的三年，他撰写了几本中文著作。参见 Von Collani (1995b), no. 34。

④ Nanxiong fu，南雄府。

⑤ Guangzhou fu，广州府。

让人等我。我很遗憾没有见到经理教堂的另人尊敬的神父，就是奥古斯丁教派的西班牙人李若望神父 ①，对他的传教事业，耶稣基督给予了神奇的赐福。我来到我们应该登船的河岸边，发现船只已经备好，我一上船，除了本地主要官员名帖和礼品单以外，人们向我介绍了另两个人，他们代表广东省的四位首席官员，不辞劳苦派人直到这里，不顾一百多法里的遥远距离，就是说，直到他们省份的边缘，来迎接我们，给我们送来了清凉饮料。他们同时为我们派送来了指令，要求人们给我们提供公船以及我们旅途所需要的其他东西。这个指令还包括提供四盏信号灯，要挂于船头和船尾，上书大写的文字"钦差大人"，就是说"朝廷特派大员"之意。这是根据中国的习俗，重要人物出行所到之处都要亮明他们的身份。尊敬的拉皮努埃拉神父向我表示友好，接受了在我的船上给他留的位置。傍晚时分，我们出发了，因为我们是顺江而下，这一夜和第二日白天，我们走了大约30法里，直到韶州府，这是一座大城市，法国传教士先生们在此地建立了他们的主要教堂之一，皈依基督教的人数天天有增长。虔诚而热情的白日昇先生 ② 通常在此居住，我却没有机会遇

---

① 奥古斯丁会士李若望（Juan Nicolàs de Ribera, OSA）1642 年生于西班牙庞费拉达，1710 年 11 月 10 日卒于马尼拉。自 1669 年开始，他作为传教士在菲律宾工作了十年。1680 年，他和白万乐（Alvaro de Benavente）一起来到广东，并在广东教区传教了 28 年。1708 年 10 月 31 日，他被驱逐到澳门。Von Collani (1995b), no. 30.

② 白日昇（Jean Basset, MEP），巴黎外方传教会士，江西省教区牧师（1692—1693）、四川省宗座代牧（1701）。约 1662 年生于法国里昂，1707 年卒于广东。自 1689 年开始，他便在广东、福建、湖广、浙江以及江西等地传教。1693 年 6 月 30 日，他发布了颜珰（Charles Maigrot, 1652—1730）关于中国礼仪的禁令。多罗不允许他参与投票，他在被驱逐前去世。Von Collani (1995b), no. 8. 白晋和张诚至少给白日昇写过一封信，信件日期为 1692 年 12 月 15 日（ARSJ, JS 165, ff. 186r-187v），白日昇给他寄去了向国王做报告所需的书籍。参见白晋于 1692 年 12 月 2 日寄到暹罗拉布雷耶的信件，ARSJ, JS 165, fo 165v。

171 到他。一位年轻的传教士方舟① 还不是神父，当时在场，有幸他来看我，但是，因为天色已经很晚，我们立刻动身，我很遗憾没能去他们的教堂。

　　我到了韶州府②，得悉佟老爷和另两位神父他们的船比之我的船更轻捷，早在我之前到达，它们在海关官员衙门等我，我去看望我们的引路人，他恳切地邀请我，他们为我们准备了宴会，我没能参加表示抱歉，因为我们刚用过饭。我们立即向这些先生们告辞，回去登上了比前次更合适的新船，当天夜里和第二天白天，我们走了20法里，直到英德县③，我们正午抵达。从此地起，我们日夜兼程，
172 走了大约20法里，直到清远县，我们20日早晨抵达，总是在没有人烟的高山之间行船。但是，自清远县直到广州府，其间隔差不多40法里，我们自21日早晨直到22日傍晚走完这段路程，整个地区相当平坦，且耕作良好。整个地区覆盖两种特别的树木，仅在中国存在，他处不可见。在已经做过的各种讲述中可以看到对它们的描写以及它们的果实。距离广州大约四法里处，我们路经中国最大的村庄佛山④，都说这里有一二百万人。与我有联系，我们在那里有

---

① 方舟（Gaspar François Guéty, MEP），巴黎外方传教会士，法国里昂人，1725 年 6 月 13 日在本地治里去世，钟表匠。1695 年，北京教区主教伊大任（Bernardino della Chiesa）任命方舟为牧师。方舟完成神学学习之后（1695？）之后，在韶州、广东、福建以及江西开展传教工作。1706 年，他被驱逐出中国。Von Collani (1995b), no. 4.

② Shaozhou fu, 韶州府。

③ Yingde xian, 英德县。

④ Fatshan, 现今的佛山，位于广东省西南部。1660 年，耶稣会士陆安德（Andrea Lubelli, 1611—1685）在佛山建造了一处居所。1678 年，方济各会士卜芳世（Fr. Francisco，卒于 1701 年 11 月 8 日）在佛山获得一处住房，后来弃用。1683 年，陆安德建造了"圣约瑟"住所，一年后此住所改为教堂。由于受到当地的迫害，1685 年，佛山仅有 500 名基督徒，不过后来基督群体再次壮大。1692 年，佛山地区共计受洗 406 人。在都加禄的指导下，基督教在当地获得了很大的发展。Joseph Dehergne (1976), "La Chine du Sud-Est : Guangxi (Kwangsi) et Guangdong (Kwuangtung). Étude de géographie missionnaire", *AHSJ* 45, pp. 27f; *SF* VIII, p. 381 no. 2.

一所教堂，拥有八千或一万基督徒，是意大利米兰人耶稣会士都加禄神父[①]，这是一位优秀的传教士，在此精心虔诚培育多年。

从南雄到广州，我们面对经过的大部分护卫队，发现装饰着旗 173 号和横幅的战船，满载站立的弓箭手，他们手执长矛，他们的弓箭和火枪，排成一列，向我们致敬，护卫队以笛声齐鸣向我们的船只致意。在距离广州两法里地方，我们遇到"盐官"（Hien-quon），或省盐总管，他乘坐漂亮的大船来迎接我们。在他的船上，向我们每人致意后，邀请我们在他的船上享受他们事先准备好了的中国式的大餐，对此，我们向他表示感谢，并表示歉意，因为那一天是个星期六，是斋日。

然而，我们的旅程进行缓慢，近傍晚七点钟，我们到达广州。我们下船之时，遇到所有高官亲自莅临岸边迎接我们，按着仪式，大家一起下跪，询问皇帝的健康状况。然后，他们邀请我们进入位于附近大殿，那里有事先准备好了的扶手椅让大家休息。我们进入大殿，人们给我们献上两种茶。有两张摆满菜肴的桌子，但是，我们请求原谅不吃，就像中午因为斋日做的那样，而且时间已晚。我们向诸位官员告辞，去我们的居所；我们乘四人抬的轿子代步，没有像在欧洲那样点燃火把，但有灯笼照路，不失为壮观。根据中国做法，当官员们夜里行路，他们处于各式各样的乐器之中，用以表明他们的官位，前有同样多的人员列队举着多个相当干净的大灯笼，灯笼上用大写字母书写他们的头衔和他们官职的身份以及级别，174 向每人传递敬意，促大家遵守义务，如同行人就地停留下来，坐着

[①]　耶稣会士都加禄（Carbo Turcotti SJ. Mgr.），安德伟列（Andréville）主教（1696 年 10 月 20 日），贵州宗座代牧，1698 年 10 月 15 日至 1701 年 12 月底担任视察员。都加禄，1643 年 10 月 9 日，出生于米兰附近，1706 年 10 月 15 日卒于佛山。1680 年来到中国，在广东和佛山从事传教工作，且在佛山建造了两座教堂。1701 年，他在贵州建立了布道所。Von Collani (1995b), no. 55.

的人要起身表示尊敬。

公馆，即人们提供给我的居所大小一般，相当舒适，有两个院落和两栋主要建筑。其中一栋位于前院末端，偌大的前厅完全开敞，用于接待访客。另一栋建筑位于后一院落的尾部，分为三部分，中间部分用作客厅，或候见室，带有两个很大的房间，在其两侧，每个房间后面都有其工作室，这是在中国大部分有身份的人员的通常布局。[①] 殿堂和客厅都装饰以两个丝织大灯笼，明亮带画，作为分支吊灯悬挂着。街门和两个院落的门都由两个大纸灯笼照得通明，灯笼上书写大字，很像我们船上悬挂的信号灯。我刚到住所，抚院就来拜访。布政司也来了，抚院在的时候，他不敢进来。

第二天，8 月 23 日是一个星期天，可以确保这一天能够做弥撒，我预见主动来访和被动来访的人群要占用整个上午，可能不一定完成，天亮前，我到了属于尊敬的圣·弗朗索瓦神父的教堂。在那里，我见到了西班牙人林养默神父 [②]，这是一位功劳卓著的传教士，他是在华的本教派所有西班牙神父的总管。尊敬的神父以善良和非常的爱德接待了我。我立即长话短说，因为担心得罪抚院，如果他知道我在去他的衙门之前，离开住所去了别的地方，我准备做圣弥撒，应该说，我还没有结束我的感谢主恩行为，就向神父告辞，乘驿车赶回住所。我立刻忙于应对所有官员的拜访，他们先后除了呈上访问名片外，每人都给我带来了清凉饮料。

为了礼尚往来，回应他们的礼仪，我立马乘轿子，亲赴他们各自的住处。为了在我们的引路人那里有话可说，前夜我必须做的是

---

① Du Halde I (1735), p. 125. 白晋的报告收录在杜赫德著作（Du Halde I, 1735）的结尾。

② 林养默（P. Jaime Tarín），1644 年生于西班牙，卒于 1719 年 12 月 12 日。自 1671 年开始，他便在澳门和广东传教，并在澳门建造了几座教堂和祈祷室。担任过政务司长。Von Collani (1995b), no. 123.

在我之前派出三十多人的队伍，排成两列，一些人提着锣，像鼓一样的东西，不时地敲打；另一些人举着旗子，这是些涂漆的木板，上面书写着金色大字：钦差大人。其中，有的人手执鞭子，为了驱赶人让路。有多人肩上扛着一些乐器，其上画有镀金的各种形象，一些乐器像粗大的权杖，顶端以龙头状结束；而另一些则状如歌者的指挥棒；还有一些看起来只像似长形毡帽，圆筒状，红色，在其上端垂吊着两只粗大的鹅羽毛；这些人只是雇来在大街上不时地喊叫，警示我的队伍行进状况。在距离我的轿子不远地方，走着两个男人，其中一人手执三层黄色塔夫绸大阳伞，另一人则手举一个大屏障为我遮蔽强烈的阳光。队伍前头，走着一个秘书样子的人，收纳文件包，其中有我事先让人准备的给所有要看望官员的名帖。在我身旁，走着两个仆人样的年轻人。最后，这支队伍的后卫由我携带的四名骑马的仆人组成，因为其他人都是专门雇来为此服务的人。

在整个我必须在这个城市逗留期间，有 12 或 15 人不离开住所，其中一半人手执双簧管、瓶罐和鼓，他们是被雇来随时以其乐器响声干扰周边，如同每次有重要人物或进或出之时，他们所做的那样，而其余的人都忙于住所的事物。

如果说此类荣誉不大符合传教士理应向异教徒宣扬的清贫和卑微精神，以他们的言行就更不该追求这些荣誉。然而，长期的经验证明，中国皇帝对于我们的多位神父在许多场合给予的这些荣誉反过来利好我们的宗教以及使他的牧师们在整个帝国由此具有更多的授权和更多的威信，可以实事求是地说，所有的人都是根据他从君主那里看到的榜样和获得的印象行事和约束自己。甚至，不绝对的摒弃这些正是基督徒和宗教的谨慎，特别是当"神谕"需要利用这些手段增加其荣耀，强化"宗教"意识之时，正如我所确信的：在这种场合，这正是它想要做的事情。

到了总督衙门，官员满足于接受我们的拜访帖子，根据中国风格，接受帖子如同接见本人，他让人通知我说，为了不打扰我，他请求我切勿屈驾到其舍下。此后，大部分其他官员学他的榜样，只是收了我的帖子。只有抚院想有别于他人，接待了我，向我表示敬意。一当我进到第二个院子里，就瞥见在大殿前有两个人手执抚院的阳伞和屏障，相互弯腰，致使我既看不到前来接待我的官员，而当我走出轿子进入大殿之时，而为我手执阳伞和屏障的人在我面前弯下他们的阳伞和屏障，致使我也不能被抚院看见，如此这般，一直保持到阳伞和屏障相互接触，此时，手执阳伞和屏障者撤离阳伞和屏障，我则一下子突然出现在抚院身旁，保持准确的距离，以便向抚院按鞑靼人方式鞠躬，就是说按朝廷模式行礼，在当下皇帝治下，大部分汉人礼仪被看作繁缛而取消了。正当我想通过温馨的愉快谈话，如同与我所敬重的人，以及我同这些先生们的谈话一样，消除所有这些礼仪活动带来的劳累之时，抚院上午没有接见我，我还以为是我致歉之故，派人来告知我，他相继连续三次邀请我，此种情况迫使我赶回去作答。

事后，我赶去驻所和我们在此城市里拥有的教堂，这是我们耶稣会在这个帝国里开放的第一所，也是最古老的教堂。[①] 因为上午，

---

① 在广州，大多数隶属葡萄牙耶稣会的基督教徒都居住在城外，他们在新市区有一座教堂，新市区另有一座方济各会教堂。坐落于城内的耶稣会教堂在 "Chouen tcheng men"。1692 年，巴黎外方会士路易斯·德·西塞（Louis de Cicé）为法国耶稣会士在 "Ching xui hao" 东门附近购买了一处住房。艾未大神父的布道所和住处所在地有六座供男性礼拜的教堂和两座供女性信徒礼拜的教堂；在这一地区还有两座教堂和两所附有小教堂的医院。这一地区总计约有 3000 名基督教徒。1581 年，罗明坚在广州建造了第一座天主教堂。（Dehergne[1973], p. 326）。相较而言，广州的大多数基督教堂建造时间较晚。隶属葡萄牙耶稣会的大多数基督教徒都居住在城外，他们的一座教堂和方济各会的一座教堂坐落在新市区。自 1680 年后，坐落于城内的耶稣会教堂都在 "Ching xui hao" 东门附近。有两座小教堂坐落于新市区。1692 年，西塞神父在东门附近为法

我遇到了葡萄牙人艾未大神父[①]，他在此有其住所，甚至通知了我（？），我推延到晚上去了他家，为了不错过他。

　　回到住处，发现邀请参加第二天宴会的帖子，由于无法推辞，我不得不去了将军的官邸[②]，庆祝活动在那里举行。总督官邸离此地有两天路程，[③] 为参加宴会，取此道而来。总兵官邸被看作是全中国最美丽的官邸之一，因此，它是由这位强大而富有的君主平南王之子建筑的，平南王意思是"南方的和平使者"[④]，当今的皇上封他为"广东王"，因为他对国家做出的贡献，完成了征服南方几省，臣服于鞑靼人的统治。但是，不久他就忘记了臣子的义务，几年后便失宠，在 17 或 18 年前，皇帝让其内宫的一位侍从从北京邮局给他寄

179

（接上页）国耶稣会士购买了一处住房，不过艾未大神父的葡萄牙布道所和住处所在地有六座供男性礼拜的教堂和两座供女性信徒礼拜的教堂；在这一地区还有两座教堂和两所附有小教堂的医院。这一地区总计约有 3000 名基督教徒。Dehergne(1976), pp. 15f.（内容有重复，但出处不同，原文如此——译者）。

① 艾未大神父于 1660 年 4 月 23 日生于里斯本教区，1704 年 5 月 23 日卒于几内亚沿海地区。自 1688 年开始，他便在澳门、福建以及广东传教；1692 年，他被澳门主教任命为广东和广西两省牧师；1693 年 1 月在广西桂林传教；1694 年在东京省区传教。1701 年入狱，1702 年被驱逐出境，并以中国和日本教区官员的身份被遣送到罗马，1704 年前往日本。Dehergne(1973), no. 884.（原文如此——译者）。

② 武威将军。

③ 在肇庆。

④ 平南王意指"南部的平定者"（实际上是西部），即吴三桂（1612—1678）。在明朝抵抗满族军队入侵的最后几年，他是指挥官。1643 年，他得知北京已经被李自成（1605—1645）的反叛军占领，且李自成杀害了他的父亲，并抓走了他的妾。于是他加入满族，帮助他们攻克中国。他军功至伟，受到极高的尊崇，顺治皇帝亲自赐婚，将自己的妹妹许配给他。1659 年，他获封亲王，统治云南和四川地区。多年以来，他一直独立于皇帝的清廷，在占领了西部的部分地区后，他企图彻底脱离清廷，1674 年，他联合广东和福建的亲王，发动叛乱。他被打败了，部分原因是清廷军队有大炮相助。1678 年，吴三桂被迫自杀。Giles (1975), pp. 886f; Hummel (1943), pp. 877-882；Robert B. Oxnam (1975), *Ruling from Horseback. Manchu Politics in the Oboi Regency, 1661-1669* (Chicago), pp. 141-145. 也可参见 Martino Martini, *De bello Tartarico Historia, in quo pacto Tartari hac nostra aetate Sinicum Imperium invaserint, ac ferè totum occuparint, naratur; eorumque mores breviter describuntur*（装订为：*Novus Atlas Sinensis*), pp. 19f.

去一条红色丝巾，准他自缢。况且，在中国人眼里，宫殿的美丽辉煌在于非常不同于我们赞赏的东西，尽管进入其中，由眼睛判断院子和建筑的大小该是某位大人物的住所。不过，欧洲人的审美很少为这类建筑的大小所动，它们的大小只在于院落的数量、面积、宽度、殿堂的容量，殿堂柱子的粗细，以及其他木料和粗加工的大理石而已，只可简单地欣赏。因为中国人的宴会与我们的宴会很不相同，不管是在恪守的仪式上，还是在菜肴的质量方面。兴许，不妨在这里通过一种描写，看其究竟。

总督犒赏我们的地方是一所宏大的建筑，由三个大殿构成，大殿建在三条平行线上，前殿和后殿由中间殿通过两个宽大的长廊连接，每个长廊都有各自的院落相互沟通。举行宴会的中间大殿以其梁柱长而粗大引人注目。宾客首先在前殿受到接见，后来者进来时先向已经到达的人们行鞑靼式和汉人式鞠躬礼，这些礼仪对于习惯欧洲自由方式的人们显得惹人厌烦。

问候之后，每人在排成两行、面对面的扶手椅上就位，与此同时，有人送上鞑靼茶和汉人茶。所有的总管和高官都被邀请参加专为我们举行的这次聚会。二级城市的官员椅子排于稍后，桌上也遵守这样的区别。宾客到齐后，人们进入中央大殿，殿内根据宾客人数排成两行桌子，相对而坐。在就座前，要重新行鞠躬礼，总督要求我接受大家的致敬，并就坐于首位，他两手举起一只盛满酒的小银杯，连带杯碟，先向我致意，将杯子置于我要就坐的桌子上，连同中国人用以取代勺子和叉子的小棍子①。我迎向前去阻止他，而他继续向其他桌子做同样的事情，之后，每个人就位（就桌）在标明的位置。所有桌子都很相像，方形，涂漆，18 或 20 个桌子，就是说

———————————

① 筷子。

与客人数量相同，在中央大殿里排成两行，桌子向下变宽延长。上边的桌子前面饰以紫缎，衬托黄金刺绣的四爪龙，扶手椅的扶手和椅背形成弓形或半圆形，上面覆盖着类似的装饰物。下边的桌子的差别只在于刺绣的是一种鹳鸟。这次会餐划分为早晨和晚上两部分。上午的会餐相当简单，而晚上会餐，所有汉人的礼仪都要遵守，每位客人有两张桌子，一张桌子上摆满炫耀宴会的菜肴，包括16个金字塔式的肉和水果，每个金字塔有一尺半高，完全地呈现绘画，装饰着花卉。我说"炫耀宴会"，因为这类饭桌只是为了饱客人的眼福，满足视觉。因为一当人们落座，便立即撤掉这些桌子，分配给他们的仆人享用。人们甚至说，想以节俭表示豪华的人会以极低微的价格就可以仅仅租用几小时这类宴请，所用肉食和菜肴都是城里准备的冷餐，事后还可以以更低位的价格连续使用。另一张桌子上面什么也没有，因为中国人用餐既不用桌布，也不像我们使用餐巾；首先使欧洲人感到为难的是在桌子的前沿有一个小台座，承载一个香料盒，一个香水瓶，玛瑙状的管状物，摆放着把香料装入香料盒摇动的一套小工具。两张桌子的前沿有两个涂釉的小木板，一面装 182 饰画面，另一面，饰有短诗。桌子的另两个角落每边有三个小瓷碟，比古币埃居钱币大两倍，每个碟子里装有咸酸的泡菜，用以开胃，二者之间，有一个带杯碟的小银杯。

这类的宴会一般伴有戏剧表演，演员们都已经准备着表演各自的角色。因为我占据第一位置，剧团头目来向我介绍他们会表演的节目单，让我指出我希望他们表演的节目。于是，我转向我们的引路人，对他说，因为我们是宗教人士，演戏是不适宜我们职业的消遣，尽管中国戏剧不如我们的戏剧自由，应该说这是欧洲的耻辱。然而，官员们看见我们对戏剧的反感，很通融地撤销了这种消遣，况且，他们之间想法相当单纯，满足于听多种乐器的交响，他们有规律的演奏，按间隔，大家一起演奏，在整个宴会期间，配合每次上菜时间表演，此时，宾客和服务人员的所有话语和动作是如此协调，真可以说，这是一场歌剧或喜剧，而不是宴会，我差一点儿不禁笑起来。这场和谐的宴会以四幕四场或四次上菜著称：每次给桌

183 上上菜之时，必须喝酒。① 所有的菜肴无非是肉馅杂烩和各种菜汤，装在几乎是同样宽而深的精制瓷器里。每张桌子上，人们上 16 道菜，装在同样大小和形状的盘子里，宴会以一杯中国茶结束，虽然我在朝廷服务五年多时间，我从未参加过类似的宴会。宴会结束时，像人们说的那样，每人付其宾客钱给仆人，后者手拿四五个大的红纸袋，和二三十个苏的钱，作为给仪式主人的仆人的小费，而后，每人各自回家。

　　第二天，我向总督发了谢帖，感谢他前一夜的款待。那天，抚院大人② 认为前一天的宴会（我并未参加）不作数，他邀请了参加过总督宴会的所有人，且邀请了三次，实在令人无法推辞；对于其他

184 十位大员③ 的邀请也是如此，以免得罪任何人。但是，在所有这些宴请中，在吃喝方面，他们好心地让我们完全自由选择，在斋日时候，以及这些先生们表现受到感化之时，并且由于这种考虑，他们在这些日子里简化了个中仪式。因此，在这段时间里，我有足够的闲暇

---

① "这次宴会的序幕是连续喝两小杯酒，总督邀请大家照他的样子干杯，之前，他让仪式的两位司仪长向在座诸位发出邀请。每次上酒之时，司仪长两次到大厅中央和宾客面前，行跪礼，第一次，一人高声说 Ta lao ye tsing tsi du，就是说，请大家喝酒，第二次，即大家喝了一口酒 Tsing tchao cau 之后，另一人高声说请干杯。在整个宴会期间，这种仪式受到遵守和重复，不只是每次喝酒如此，而且，每次上菜，每次品尝新菜肴，两位司仪长都要行跪礼，邀请大家拿起筷子或小棍子品尝，所有宾客和总督同时遵守邀请，总督还以手势助力。" B. Nat., Ms. Fr. 17 240, fo 306v.

② Fou yuin，抚院。

③ "L'Yin yuin, Tsang kiun 和两位都统、总兵、按察使、布政使、海关的两位官员，以及其他主要官员；提督，另一位省军司令，府邸在惠州，离此地有两天路程。" B. Nat., Ms. Fr. 17 240, fo 307v.

时间去看头几天我未能去的另两个教堂。因为，现在在广州有五所教堂和五个传教士住所，不算去年法国耶稣会士院长洪若翰神父购买的住所。^① 因为这座大城市作为繁荣传教的大门，每种传教士，在此工作的不管是世俗的和修会的传教士^② 都在建立机构，便于引进他们的同僚到这个帝国里来，同时，在此接受人们的资助。

　　在这所有的机构中，有两所旧机构和四所新机构：旧机构之一属于圣·弗朗索瓦修士，另一旧机构属于我们的耶稣会，就是在这所房子里，在杨光先^③ 受迫害期间，当时在华的 24 位传教士被流放到广州，他们在此一起居住了六年多时间，只有南怀仁、利类思（Buglio）和杨若瑟（Magalhaens）诸神父除外，他们从未离开过朝廷。^④ 在新建立的机构中，有一所属于方济各会，另

185

---

① 1699 年，广州有七个兼用作传教站的教堂，它们分别建于：
A. 西郊：
1. 第六埠堂，隶属于东京教区的葡萄牙耶稣会士。1697—1700 年间，都加禄在此建造了一座新教堂，是"全广州最漂亮的一座建筑"。1701 年，都加禄和成际里在此工作。
2. 杨仁里东约堂，自 1678 年开始，修建这座教堂的初衷是献给西班牙方济各修会的圣弗朗西斯，有两三位神父在此服务。
3. 杨仁里南约堂，建于 1696 年，隶属于巴黎外方传教会，修道院院长凯梅纳曾与三位牧师一起在此工作。
B. 市区：
4. 花姓街堂：方济各修会教堂，宝尊地教堂（1677 年 3 月 12 日）。
5. 油纸巷堂：隶属于巴黎外方传教会，献给圣彼得的教堂（1688 年）。
新城镇：
6. 天马巷堂，隶属于奥古斯丁修会，建于 1693 年；1701 年，卢比奥曾在此工作。
7. 清水濠堂，隶属于法国耶稣会。约 1692 年 7 月，在路易斯·西塞的帮助下，洪若翰和刘应购买了这一住所。Dehergne（1976），pp. 16, 22.
② 比如世俗牧师和等级牧师。
③ Hiam quam sein，杨光先，参见第 120 页注释①。
④ 指的是满清第四代皇帝统治时期的"康熙历狱"（地方迫害）。不同等级的传教士被集体关押在位于"Lupaixiang"的耶稣会住所整整五年。耶稣会士利用被关押的时间，讨论"礼仪之争"问题，但是都没能找到解决争议的途径。两个耶稣会士和一个新来者被处死后，仍有 23 个传教士受到关押，其中包括 19 位耶稣会士、

187 一所属于法国传教士先生们 ①，第三所属于奥古斯丁神父，第四
所是我们的。在圣·弗兰索瓦机构，我遇到了西班牙籍利安定

（接上页）两位道明会士闵明我（1619—1686）和刘纳铎（P. Felipe Leonardo，
1628—1677）以及方济各会士利安当（1602—1669）。这 19 位耶稣会士分别是：
成际里（1622—1687）、聂伯多（1596—1675）、潘国光（1607—1671，广州）、
刘迪（1613—1675）、陆安德（1611—1697）、张玛诺（1621—1677）、洪度真
（1618—1673）、穆格我（1618—1671）、穆迪我（1619—1692）、鲁日满（1624—
1676）、聂仲迁（1618—1696）、毕嘉（1623—1694）、恩理格（1625—1684）及
殷铎泽（1625—1696）。参与者特别讨论了 42 个问题。(Josef Metzler [1980], *Die
Synoden in China, Japan und Korea 1570-1931* [Paderborn], pp. 22-30.)——北京朝
廷中还有三个传教士：一位是南怀仁，他于 1623 年 10 月 9 日生于比利时的彼滕
（Pitthem），1688 年 1 月 1 日在北京逝世，1658 年，南怀仁来到中国。他原本想要
去智利传教，但是 1657 年被派往中国，并于 1658 年 6 月到达澳门。他曾在陕西省
西安工作过，次年被汤若望召回北京，作为汤若望在清廷钦天监的助手。在"教难"
期间，南怀仁因为汤若望辩护而受到了囚禁，1669 年才得以释放。1666 年，汤若
望去世，同年，南怀仁被任命为钦天监正正，并深受年轻的康熙帝的推崇。从 1676
年至 1680 年，他担任耶稣会副省会长，同时官至工部侍郎，正二品，并负责铸造大
炮。他是法国使团派往中国的第一批使者之一。另一位在清廷任职的传教士是利类
思，1606 年 1 月 26 日生于西西里港口城市卡塔尼亚的米内奥（Mineo），1682 年到
达北京。1635 年，利类思启程前往中国，次年到达澳门。他在江南地区以传教士的
身份工作过，1640 年在四川成都建造了一座教堂。在满族入关期间，他和安文思被
叛乱者俘虏，以天文学家的身份在叛军中供职，制定日历，以此合法化叛军的统治。
1648 年，他们以囚犯的身份，被满族军队押回北京，1651 年便获释。1655 年，利
类思与安文思在北京建造了东堂（东堂教堂也是耶稣会士的住所）。"教难"期间，
利类思和汤若望一同被捕，1669 年，康熙帝下令释放二人。利类思翻译了阿奎那
《神学大全》的部分内容。参见 Giuliano Bertuccioli(1985)，"Ludovico Buglio"，载
于 leide Luini (ed.), *Scienziati siciliani gesuiti in Cina nel secolo XVII. Atti del Convegno.
Palermo, Piazza Armerina, Caltagirone, Mineo 26-29 ottobre 1983* (Roma, Milano), pp.
121-146。第三位在清廷效命的传教士是安文思，1610 年出生于葡萄牙科英布拉的
佩德高格兰德（Pedrogão）附近，1677 年 5 月 6 日在北京逝世。1634 年，他启程前
往东方，同年到达果阿。1640 年，他到达杭州，1642 年至 1647 年在成都传教，与
利类思一同被暴君张献忠（1605—1647）俘虏，之后又被清军押到北京。安文思是
机械制造方面的工程师和设计师。1668 年，他撰写了《中国新史》，1688 年此书被
译成法语（*Nouvelle Relation de la Chine*），并在欧洲享有盛名。Pfister (1932-1934),
pp. 254f; Iréne Pih (1979), *Le Père Gabriel de Magalhães, un jésuite portugais en Chine
au XVIIe siècle* (Paris); Dehergne (1973).

① 即巴黎外方传教会。

神父 ①，他是一位正人君子，德高望重的传教士，和石铎禄神父，他是跟我一起来的，以及来到这里的另两位同门神父，② 一位来自澳门，另一位比邻传教团的，他是为了参加他们的一位修士的葬礼 ③，葬礼　188在我们到达后两三天举行。

对修士和外国人而言，葬礼可谓壮观。葬礼仪式白天举行，队伍穿过这座大城市，除了十名传教士外，八百多基督徒，身着白衣，这是中国的丧服颜色，队分两列行进，秩序井然。头戴神圣十字旗，按规定距离装饰以圣象，同样启示虔诚和尊敬。因为必须给方济各会修士点赞，他们在崇拜真正的上帝方面做得好，而且他们的清苦精神最能在中国人中树立信仰，中国人把对死者的尊敬看作是他们的首要义务之一。

在奥古斯丁神父们的住所，他们在此居住刚一年半时间，④ 我遇见一位年轻的西班牙神父，他德行高，充满了热情，不久前接替了本教在华的副会长鲁比欧 ⑤ 的职位。在探访了其他传教士的教堂之　189

---

① 方济各会士利安定（S. Paschal），1637 年出生于西班牙马拉加教区（diocese Malaga）的马贝拉（Marbella），1697 年 12 月 18 日在菲律宾和墨西哥之间的太平洋沿岸去世。1671 年 7 月，他到达澳门，之后在福建工作五年，1677 年后在山东工作过六年，之后在广州受命传教五年，紧接着在广东和安徽继续传教。1697 年 3 月，他开始前往罗马。*Necrologium* (1978), p. 187.

② 石铎禄，1650 年出生于墨西哥，1704 年 7 月 29 日或 30 日在漳州去世。起初他在马尼拉传教。自 1676 年开始，他分别在江西、杭州、广东以及福建传教，并在三年时间里，建造了几座教堂，并建立了几个教区。*Necrologium* (1978), p. 117。*SF* IV, pp. 253-256; VII, pp. 1105-1115; von Collani (1995b), no. 34.（内容有重复，原文如此。——译者）

③ 这位传教士是胡安（S. Fructo），方济各会的修士，1656 年 5 月 17 日生于托莱多教区，1693 年 6 月 20 日卒于广州，并于 8 月 25 日安葬。*Necrologium* (1978), p. 95; *SF* VIII, pp. 3-7.

④ 自 1691 年或 1692 年开始，奥古斯丁修会在广州天马巷有属于他们的住处。参见 von Collani (1994c), p. 345, no. 47。

⑤ 鲁比欧是此处居所的长者，这里的鲁比欧有可能指的是米盖尔·鲁比欧（Miguel Rubio）。鲁比欧，1641 年出生于西班牙的巴格那（Baguena），1710 年 8 月 7 日在菲律宾逝世，自 1683 年或 1684 年开始，在中国生活。1686 年，他担任中国奥古斯丁修会教区的牧师，1706 年，回到菲律宾。von Collani (1995b), no. 27. 此处所说的年轻的奥古斯丁会士兴许便是胡安·戈麦斯（卒于 1698 年）。

后，我去看了洪若翰神父在西塞先生帮助下创立的居所，虽然它还不能住人，但是，它的位置和所处情况都让我感到满意。[①] 致使在我还不知在科罗曼德尔海岸发生事情，荷兰人在攻下本地治里[②]港时刚刚夺取了我们在那里的住所，我猜想，塔夏尔神父[③]已经获悉良好的安排，利用我在北京留下的宗教事务，不失时机地派去了他的许多伙伴，是我为他请求皇帝答应的，以使他们到达之时便有一所教堂和一所可居住的房子。西塞先生让我看到，花钱不多，就能有了让我们舒服居住的新房子。他好心地让我为他请求，对新房子进行必要的修葺，得以迅急执行，致使在我动身前，能够欣慰地居住了半个多月时间。

中国的八月初一，各主要官员给我发来帖子请安。

9 月 4 日，总督、抚院和布政司共同给我发来首项礼品，大

---

① 参见 Dehergne (1976), p. 16。此住所是在西塞神父的帮助下，1692 年购得，靠近东直门。西塞神父是暹罗的宗座代牧，1648 年 9 月 24 日出生于布鲁克西塞城堡，1727 年 4 月 1 日在暹罗大城府逝世。1672 年，他进入圣苏比克神学院（Seminary of Saint-Sulpice），学习神学。1674 年，他被派往蒙特利尔，但是于 1679 年或 1680 年回国。1682 年 4 月，他启程前往中国，并于 1684 年年底到达福建。1686 年，他居住在广东，1688 年，住在广西，自 1689 年至 1692 年住在广州，之后来到福建，而后又返回广州。1700 年 1 月 19 日，他被选为萨比拉（Sabula）的领衔主教、暹罗的宗座代牧，1701 年 1 月 2 日，成为主教。1702 年 9 月，他到达暹罗大城府，之后一直在暹罗工作，直至去世。Adrien Launay (2003), *Histoire générale des Missions Étrangères* I (Paris), pp. 137f.

② 本地治里是法国东印度公司建立的一个定居点，让-巴蒂斯特·科尔贝于 1668 年在建立苏拉特城市后，1674 年，开始着手发展本地治里。东印度公司主管弗郎索瓦·马丁（François Martin）将法属本地治里作为法国在印度居住地的首都。

③ 塔夏尔神父（le P. Tachard, 1651—1712）是路易十六于 1685 年外派的"国王的数学家"中的一位。他留在了暹罗大城府的纳莱王宫，并想在此建立起法国与暹罗之间的贸易关系。希腊人康斯坦丁·华尔康是路易十六治下一位有才干的大臣，此时他再次皈依天主教，协助国王的治国大业。参见 Vongsuravatana (1992)。另可参见 Cornelius Buckly, "A recently discovered letter of Guy Tachard, S. J.", *Indian Church History Review* 22 (1988) pp. 23–49。

约 120 皮斯托尔钱币和多匹丝绸，他们说，这是为了我随时需要的小花销，他们多次给我发来，总是借口新的场合，迫使我接收，但是，我无需这类资助，除了某些不接受礼品的特别理由，每次，我都十分感谢地退回礼品。两天后，佟老爷也给我发来了 40 皮斯托尔礼品和多匹丝绸，但我同样给退回了。几位理应不久攻读博士的侍读（bacheliers）考试落榜，恳求我为他们请求恩准考试合格，我给学道①或主考官员发了一份帖子，果真，鉴于我的意见，他们被接受了。一位居住在惠州府②的圣·弗兰索瓦神父也要求我给该城市的官员写推荐信，这给我提供了机会让他明白，我更希望为他服务做比此事更难的事情。 191

本月 5 日这一天，抚院理应和主要官员关闭在考试院里半个月时间，得悉同一天有一艘属于澳门群岛的英国船到达，特意通知我此事；我立马想到这艘船来自马德拉斯（Madras），船上可能有法国耶稣会士；想到这艘船可能把我带到科罗曼德尔海岸，我决定去船上看看，以便采取我的旅行措施，就便向朝廷汇报。因此，当抚院和其他官员忙于考试之时，我给广州总督写信，他临时掌管大部分事物，要求他派船送我去英国船上，英国船离此城有 40 法里远。

---

① 学道，是省级教育官员。

② Hoei Tcheou fou，即今广州东部的惠州，香港地区主教区的一部分。1679 年，惠州地区就已有基督徒，自 1681 年至 1689 年，林养默就在此地工作。1681 年至 1682 年，巴黎人士弗朗西斯科·德·拉·康塞普西翁（Francisco de la Conceptcion）在此地建造了一座方济各会教堂，以此献给圣安东尼奥·达·帕多瓦（St. Antonio da Padua）。1685 年，林养默为几百人洗礼，1686 年到 1688 年，惠州发生了"教难"。1689 年，林养默为 500 人洗礼。Dehergne (1976), no. 50。白晋伸以援手的方济各会士很有可能是麦宁学（Bernardino Mercado de las Llagas）。麦宁学，1655 年 7 月生于麦拉，1713 年 8 月 5 日于马尼拉逝世。自 1684 年 4 月开始，他就居住在中国，以传教士的身份在广东和安徽工作了三年。自 1693 年 4 月开始，因王路嘉（Lucas Estevan）去世，林养默便在惠州传教。von Collani (1995b), no. 42, *SF* VIII, 427.

192　　　这位官员是洪若翰和刘应神父的好友，根本不考虑任何困难，就这样的要求本会有人制造困难的，他尽最快的速度满足我需要的一切，致使第二天，他亲自来告诉我说，不是一条船，他已下令给我准备了三只船，而且，抚院要求，为了我的安全，还要给我准备了另两只船，满载士兵，因为在这些岛屿之间，通常是藏匿盗贼的地方。于是，我准备第二天动身。然而，总督想与我同一天动身，他要回他的官邸肇庆府，屈尊来看我，并尽量说服我路过澳门，等待佟老爷，他一两天后，同跟我一起到北京的其他神父要去那里。但是，当他听说，皇帝不派我去澳门，像其他人那样，而且，我在澳门无事可做，他立即放弃这一想法，主动给我提供第四条护卫船，我对此表示感谢。一当这位官员回府之后，我立即出门，去拜访他，向他告辞；这位官员不顾夜幕降临，仍热心接待了我的拜访，极尽礼仪之举。之前，我去看了抚院和该城市的其他重要官员，一一告别。而后，我直接去港口登船。但是，我发现还缺少东西，我便去了法国传教士先生们的住所过夜，以便在那里接想同我一起旅行的西塞先生和白日昇先生①。他们希望在英国人船上能找到他们的伙伴，或至少会有他们的信件。于是，西塞先生交到我手上洪若翰、张诚和刘应诸神父的信件，他们的信件从北京用了 32 天才到达的。因为

193 这些信件包含皇帝对福音书使者表示新的关照，在这里看一些相关摘要，会是人们想知道的。

　　　"我将不向你们通报消息"，这是洪若翰神父在说话。"张诚和刘应神父将告述你们一切，只要你们知悉：我们的开始工作再顺利不过了。八十多名工人，根据皇帝的命令，正在继续建筑我们的住所。到处只见屋架结构。建筑部的两位官员一直在现场。我们见了两次

————————

① 白日昇，参见前文相关内容。

皇帝，每次他都安排我们在靠近他的寝宫的套间里用餐。他退还我的一个挂钟，表面玻璃碎了，我给的另一个挂钟在他的寝宫里，昨天，我们在那里看到了。如果你们不能说服塔夏尔神父此后放弃在暹罗和孟加拉等地建立机构的一切打算，而改为来华带来他的所有美好计划，仅保留本地治里港的职位。"你犯错，他也在整个天上犯错。"（Erras，et ille etiam errat toto caelo）这里有成百上千万的灵魂要拯救，相对于在印度其他地方将会是几百人，而昨天，皇帝问我们今年能否来一些伙伴，假设今年一个也不来，如果后年会来一些，我们现在在本地治里港有多少人呢。"

"因为既不是您，也不是我"，这是张诚神父的信上说的，"批准了您的旅行，这纯属皇帝的决定，当我们最不期待之时，应该认为是上帝做了这样的安排，为了他的最大荣耀和归化数千中国人，您应该把自己看作是宗教本身的特使，而不是皇帝的特使。

自我到达畅春园第二天，您知道，在您离开朝廷的第二天，皇帝想要我跟他去那里。帝国的王储给我发来他的一套套服和帽子，像您知道的，这是一种非常明显的标示，直到短靴和内衣，附带100两银子，同时以最为文明礼貌的方式告知我，他知道我们是宗教人士，在这里工作不是为了利益，也不是期待任何回报，然而，194 我曾为他的父皇治病做了大贡献，皇帝吃了我们提供的药，恢复了健康，他无比地高兴。"Our gont che me ou ad gira cou"，这是鞑靼语词汇，他不禁顺口向我表达。陛下又服用了两次金鸡纳霜，之后，他自感非常好，认为无需服用剩下的少量金鸡纳霜。而后，他好心地给我放假回北京。我向皇帝的长子表达了您的敬意，他向我表示了他很自责，在您动身时，他不在现场，向您表示其关怀。他交给我一个他需要的欧洲物品名单，我会发给您的。我给皇帝的长

兄亲王 ① 做了同样的事情。他只要一副半圆眼镜和一座连响挂钟，余下的随您选。您知道他们的爱好和我们在这朝廷里对我们的伟大保护人应有的义务。"

195 　　下面是刘应神父信中写的："我们有幸在他的"凡尔赛宫"（即"畅春园"）里两次见到陛下，第一次时，他让我们看了凡尔赛的壮美，之后，为了让我们开心，他给出了规则物体的线条，曲面和立体命题，要我们将它们变换为绝对数与对数的表。在我的一生中从未玩过这样算来算去的数字游戏。我们两次向他呈送了我们的数表。他一一检查，将这些数表与安多神父（le p. Antoine Thomas）做的数表进行比较，因为他没有做过内切和外接的立体数表，后者比之其他要难得多了。之后，他问了关于日蚀和月蚀方面的问题；他让人拿来纸模型和一个球体，让我走近，直到我手能触及，他要我解释，为什么日月食在交点里形成，为什么当日月中心同样处于交点里时，它们发生在中央，如果在交点之外，能否形成。他高兴地倾听了这一切。他让人将拉伊尔和卡西尼（La Hire et Cassini）两位先生关于日食的学术论文做成图形。② 无与伦比的索三老爷屈尊先来看我们，其仁慈难以言表。如果您不给他带回最好的礼品，如果您不给他骗

---

① 康熙帝的长兄福全（1653—1703），顺治皇帝膝下三位有望继承皇位的皇子之一（Wu, 1979, p. 18）。福全生母是满族董鄂氏的将军之女，顺治帝的嫔妃。1690年，福全奉命讨伐噶尔丹。顺治的国舅佟国纲战死，福全却向北京报告战役大获全胜。因此，他受到了皇帝的惩罚。张诚是这一事件的亲历者。Hummel (1970), pp. 251f; Wolfgang Romanovsky (1998), *Die Kriege des Qing-Kaisers Kangxi gegen den Oiratenfürsten Galdan. Eine Darstellung der Ereignisse und ihrer Ursachen anhand der Dokumentensammlung "Qing Shilu"* (Beiträge zur Kultur-und Geistesgeschichte Asiens Nr. 27) (Wien); Borjigidai Oyunbilig (1999), *Zur Überlieferungsgeschichte des Berichts über den persönlichen Feldzug des Kangxi Kaisers gegen Galdan (1686-1697)* (Tunguso Sibirica Band 6) (Wiesbaden).

② 此处或许指的是王家科学院年报里的文章，年报第一册（1666）保存在北京的耶稣会士图书馆。参见 Verhaeren, pp. 3. - Philippe de La Hire (1640-1718) and Jean-Dominique Cassini (1625-1712)。

来塔夏尔神父,我将不再把您看作朋友。"①

第二天早晨,做过圣弥撒后,我们上了船。主要官员们来向我 196
祝愿一帆风顺,并且给我赠送礼品:旅途上用的大米、酒、猪、羊、
甘蔗、鹅、鸭和母鸡,等等;而后,鸣响九声炮响致意,在喇叭和
双簧声中,我们起锚、扬帆。我们的船只挂着黄色的皇家旗帜,带
着两米高的**钦差**大字。这些船形似双桅战船,每侧四位摇浆手;每
只船上有40名士兵和他们的队长。这一天加上下一夜,部分靠划桨,
部分靠风帆,我们走了大约20法里路,才到达位于运河上的霞山县
(Hia chan choui),广东河流由此入海。在此期间,我们所见到的乡
村都种有水稻,到处都是橙树和其他果树。附近的部队首领除了致
意外,还发来清凉饮料礼品。

这个月的8日午后,我们从霞山县出发,整夜扬帆航行,第二
天早晨,我们进入了岛屿之间,大约八点钟,我们经过距离澳门要
塞一法里远的地方,在要塞脚下,停泊着三艘舰船。一过要塞,我
们瞥见英国舰船停泊,隐蔽在山下。当我们距离此舰船大约半法里
时,我们看见挂英国旗的快艇离开舰船,全速向我们划过来。这是
上城里的舰长。当他们距离我们相当近,可以对话时,我们用葡萄
牙语邀请他们登上我们的船,互相致礼后,他们上了船,我们送上
中国茶水,我们高兴地得悉,这支舰船来自苏拉特,不是像我们猜 197
想的来自科罗曼德尔,告知,他没有我们的任何信息。我们仍保持
应有的礼貌,挽留这些先生们吃晚饭,我们看来,他们各个是绅士

---

① "我们去看了大王——他是皇帝的长兄。他让我们坐到扶手椅里,称我们为先
生(这是中国人对博士的尊称),而后给我们上来一大平盘冰镇甜瓜;我们最近
在'凡尔赛宫'见过皇太子;他向我们表示善意,他问张诚神父,皇帝是否问过
我关于汉文书籍之事,等等。"这里的"Ta vang yi"很有可能指的是大王一。同上
引书 Charles O. Hucker (1985, 1989), *A Dictionary of Official Titles in Imperial* China
(Stanford), n. 6103。

模样的，特别是舰长斯蒂瓦特先生。[①] 酒肉不缺，但是，准备得不好，就是说，按鞑靼人方式烹调。这些先生们想为法国国王健康干杯，这也让我们为英国国王，就是说雅克国王健康干杯。[②] 大家也在鼓声和炮声中为中国皇帝健康干杯。在这次小小的庆祝之后，英国船长邀请我们第二天去他的船上；因为他晚上必须去澳门，一位海关官员在那里等他处理账目。

第二天（10 日），不知道舰长是否回到他的船上，西塞先生希望过去了解几件事情；他在那里找到了舰长，获悉了要知道的事情，我按中国方式送去了大米、酒和猪等礼品。英国人向皇家船还礼，我过到他的船上。相互致意后，他以美餐犒劳我们，只缺欧洲酒，致使我们以中国酒代之。当我们有了相当了解之后，问及在当下战争状况下能否在他的舰船上请求座位，如果今年没有从科罗曼德尔海岸来船，我想搭他的船去苏拉特。我们向舰长提出建议，他好心地答应提供，我预定了两个位置给西塞先生和我，第三个位置留给想回法国的孟尼阁先生。[③]

198

---

① 白晋在此处并未提及这艘英国船只的名字，或许船名为"幸运号"。参见 Janette C. Gatty (1962)(ed.), *Voiage de Siam du pere Bouvet* (Leiden), p. LXXI. 船长可能是"斯蒂瓦特"。

② 白晋此处所说的"c'est-à-dire"意指当时手握大权的英王先人威廉，即詹姆斯二世，他统治的时间自 1685 年至 1688 年。他企图再次实施专制主义并奉行天主教，其结果导致其女婿奥林治的威廉发动所谓的"光荣革命"。奥林治的威廉自 1688 年开始掌握王权，直至 1702 年。当然，白晋更倾向于支持他，因其与天主教的关系。

③ 孟尼阁，巴黎外方传教会士，1655 年生于沙隆，1714 年 6 月 28 日卒于罗马，1685 年，他旅行至中国。1686 年，他被派往罗马，希望能够为中国申请几名教区代牧。三年后，他回到中国，并在中国南方工作。1693 年，他写了几篇有关"礼仪之争"的文章（Launay <2003>, pp. 122-124）。据说他于 1695 年回到了罗马，但事实上，他与白晋一起踏上了旅程，这一点可以从白晋的游记中获知。他受命向罗马教廷提交颜珰的"禁止中国礼仪的教令"和一封日期标注为 1693 年 11 月 10 日的信笺，以便获得有利于颜珰所提出的禁止中国礼仪的决议。白晋在启程前往中国时，对孟尼阁的任务一无所知，还对有个同胞结伴而行颇为高兴。后来，孟尼阁对白晋的不义之举变得越发明显，除此之外，孟尼阁声称白晋对中国语言一窍不通。Claudia von Collani (1987), "Ein Brief des Chinamissionars P. Joachim Bouvet S. J. zum Mandate des Apostolischen Vikars von Fu-kien, Charles Maigrot MEP", *NZM* 43, p. 192.

　　同时，为了回答他的善意，我请求英国舰长进入珠江，顺流而下直到广州，允诺在官员方面为他助力，满意地发出他的全部货物，如果采取此决定，不遵守船主要他去澳门做生意的指令。

　　另外，为了打消英国先生们可能敌视我们的疑虑，我毫无掩盖 199 有幸成为中国皇帝的使者。相反，我尽力说服他们，认为这是必要的，以便进一步促使他们，万一他们不如表现的那样好时，格外给予关照。因为每年他们有舰船来中国做生意获巨大利益，应该让他们明白，为负有皇帝指令的人物提供方便，对于他们会大有好处的。然而，冷风吹起，我们向这些先生们告辞，重回到我们的船上，寻找一个比此处更可靠的停泊地，肯定是**我们的守护天使**让我们想到了这一点，因为风一直越来越大，情况越来越坏，最终变成百年来不遇的最凶恶风暴之一，造成了可怕的破坏。致使我们自己都为之惊讶，像我们这样的难以在大海上航行的船，仅仅依靠简单的木质四爪锚怎么会抵御一天一夜的狂怒的暴风骤雨；一旦风暴过去，我们迅疾扬帆返回广州，14 日下午，我们顺利地抵达目的地。到达后，我便赶去抚院和其他官员本部，感谢他们为我们的旅行提供的船只。所有我遇到的人见到我都高兴，他们因为前几天的风暴曾为我担心发生什么意外。

　　20 日，抚院和其他官员离开了考试院，我去拜访他们，收到了他们常有的诸多祝福。

　　21 日，通常，皇家宴会在抚院本部举行，犒赏考试得胜者，抚院给我发来一个木版表，上面刻有全部的宴会上菜单。

　　22 日晚上，我在住所一间大厅里散步，大厅的铺路石非常潮湿，我瞥见石头上一个小小的蓝色光亮的东西近似发光蝇或萤火虫的蓝 200 色光，它在活动，我哈腰看个究竟，我看见，这是一种百足虫，有小手指长，身子两端在发出一种弱光；把它弄到一张纸上，我惊奇地发现，我给它弄的一个伤口上流出一些体液，体液在黑暗中发光，我把它靠近蜡烛，它开始躁动起来，这使它流出更多的体液，它的身体相继变得更加光亮；但是，光亮消失，它同时熄灭了；原作中，就此现象，有一长篇论文。①

202　　29 日，听说前几天，有多艘英国舰船从印度来福建省的厦门港，我去拜访抚院，向他讲述了有关我旅行的困难；让他明白：我获得关于舰船的非常确切的消息是多么重要，以使他安心。一些欧洲人

---

① 同上引书 B. Nat., Ms. Fr. 17240, ff. 313r–314r："我落下镜头看地面，一边看清楚瞥见的一种很细长的百足虫是什么样子，它有小手指长，其躯体两端发出一种很微弱的蓝光；我用刀尖把它挑到一张纸上，更便于我随意观察，切割一下体中部分，我惊奇地发现纸上有一点烟雾，其体液在黑暗中发光，类似萤火虫，我多次将这虫子放进黑暗里，发现一种蓝色弱光时而流向尾部，时而流向头部，时而流到中部，有时两处同时发亮光，有时毫无亮光。发现这种虫子在黑暗中不同表现后，我用蜡烛检查，我多次把带虫子的纸张置于离蜡烛二三寸距离，我发现，纸在蜡烛上有了某种热度，引起虫子极大躁动，多次在纸上洒出发光体液，体液像是从中段流出，就是201说在它受伤部位洒出；再加热一倍以上，使之痉挛不已，整个身子发出蓝光，沿着肚子，从头到尾，最后，虫子断气。经过这些观察之后，我觉得，要找出理由，只要像观察小瓶子里的液体磷就可以弄明白。每次打开盖子，引进新鲜空气，液体磷就燃烧起来，当盖上盖子切断与外部空气的接触它就灭了。人们可以把百足虫的躯体看成小玻璃瓶，把瓶内液体看作与液体磷同样性质的液体，因为根据现代物理学家的好奇的观察，他们观察了大部分毛虫，类似昆虫，沿着躯体有两排小孔洞，就像是昆虫呼吸的主要分支气管，人们可以设想这类百足虫如同所有昆虫一样由众多的环圈构成，犹如这些洞和小孔；很容易理解，这种百足虫，当打开这些孔洞之时，它吸进了外部的空气，时而向头部，时而向尾部，时而向中部，有时同时在几个地方；我说，容易理解这新鲜空气怎样引进，同昆虫的体内液体混合，如果这种体液与我们假设过的液体磷同样性质，应该产生同样效果。就是说，产生点燃作用，这就足以解释观察上述百足虫躯体在黑暗中发光现象。而对于发现使用蜡烛检查时的现象区别在于百足虫的呼吸孔道打开不是由于呼吸的自然动作，而是由于热力的暴力作用，同时吸入外部空气使然，昆虫体内液体燃烧，致使热力作用只涉及躯体的某些部分，旨在这些部分产生燃烧，如果热力延展到整个躯体，那么，所有的孔洞打开，混入外部空气，燃烧应是全面的，整个昆虫应该都是发光的，因为热力的剧烈不仅打开了这些孔洞，而且使昆虫体内液体变得稀少，于是，这种变得稀少燃烧起来的体液不能控制在原地方，必须离开管道，这似乎是能够也应该足以解释百足虫受热之时的全部现象。我们刚才说明百足虫发光的一切也许可以解释所有其他发光昆虫现象。"

新到厦门。我请求他为我找到一种既快又安全的办法找人携带一封给我的朋友的信，并且给我带回答复，以便我能够做出最后决定，并判断，我去距离此地 120 法里的厦门上船是否比我上预先定有位置的英国舰船是更为合适的应急办法。抚院告知我，必须找福建省总兵想办法，这位官员指定给我带信的人，他以其权威关照，带信人会非常高兴帮我这个小忙，并且对我说，让我最好给他指定的人发一个快件，抚院给他们寄送护照，第二天早晨我收到正式护照以及向他们提供路上需要的轿子和船只和其他必要的东西。孟尼阁先生像我一样希望收到福建的消息，给我找到一个人做此旅行，我们联合给勒布朗先生① 写信，他在那里有其常驻公寓，请他通告我们今年来厦门舰船的消息，如果有从马德拉斯（Madras）来人，请他为我们预订船位。

　　10 月 14 日，我收到朝廷信息，得悉皇帝身体好，体重一直有所增加，应该去鞑靼地区进行例行的狩猎旅行，已经任命张诚神父跟随，令人为这位神父准备靠近皇帝的帐篷，就像以前旅行那样，也得悉我们的北京驻所工程进展很快，花费已经超出皇帝允诺的整个房舍的数额。② 同这些信件一起，我收到索三老爷的完全公开的推荐信，便于我读到它们，这些信对我最为利好，是写给福建省头三号官员的，在我想要在他们下属的任何港口上船的话，嘱咐他们为我提供我的旅行所需的一切东西。得悉第二天 10 月 16 日是总督的

---

① 勒布朗（Philibert Le Blanc MEP），云南宗座代牧（1696 年 10 月 20 日），1644 年出生于法国博纳（Beaune），1720 年 9 月 2 日在广州去世。他曾在爪哇和暹罗传教，之后与陆方济一起来到中国。他曾在浙江、福建及云南工作过。他是颜珰（Maigrot）的拥护者，并于 1693 年 5 月 4 日为颜珰的"教令"做辩护。1693 年 5 月 4 日，与颜珰在一起。Von Collani (1995b), No. 17.

② "我同时得悉，差不多两个月以来忙于根据要求修盖我们神父房子的 80 名工人已经大大提前了工程，并且，工程费用已经超过皇帝的开支。" B. Nat., Ms. Fr. 17240, fo 314v.

诞辰日，所有官员都向他或事先发出祝贺帖子，并且呈送礼品，为了随乡入俗，在这类礼品中要有多样性，我准备了几件此地推崇的欧洲珍玩，以其稀有为贵，而不是礼品本身价值。其中有一幅按中国方式以丝绸装饰的铜版法国国王肖像。这位官员表示大为友好地接受了我的小礼品，让人给送礼人两个皮斯托尔钱币。

10月20日，收到我预订有船位的英国舰船长的信件，他请求我为他获得海关官员的许可，在澳门租一所房子做生意。海关官员认为不给英国船长许可对他们有好处，以便他们自己利用其舰船做买卖，我首先要求他们给他发放许可，他们向我表示难以给船长发许可证明，这种拒绝逼使我求助于总督，就此事给他写信；他高兴地同意我向他要求的一切，发出两封快信，一封给海关官员，另一封给附近部队指挥官，命令他们允许英国船长在澳门随意租一所房子。

在收到总督回复前一天，抚院向厦门发来特别快件，给我们带来了勒布朗先生信件，他通知我们，今年只有一艘从苏拉特来的印度英国舰船；船长向他提议，上他的船送我们去苏拉特。同一天，我去看望抚院表示感谢，并向他汇报我前天晚上收到的信息，他回访了我。第二天，我收到英国船长的第二封信，他重新恳求，希望获得在澳门租房的许可，主动提出让我们免费乘船，并且邀请孟尼阁先生和我与他聚餐。28日，我给他发去快件；寄去了他要求的许可证明。

11月2日，人们在我的房间里逮到一个盗贼，或更好说法叫作扒手，因为在中国也有这个行当的人，他被仆人们抓到，当即被打了二十几鞭子，避免了国家法律规定的惩罚，之后，我让人把他释放了。

3日，佟老爷和李国正神父登船回北京，伤心地发现，他们的旅行毫无意义，而且，闵明我神父——皇帝今年第三次派出皇家官员同我们的一位神父自北京直到澳门去迎接他——还没有到达。我引领他们直到河边，跪着请求佟老爷回到朝廷后告知陛下，请求允许我随时问询他的健康状况。

同一天，想同英国船长一起做印度之旅采取措施，同时担心他的生意可能遇到困难，尽管我获得了对他利好的指令，还仍然存在，我决定第二次旅行去澳门群岛，以便与他晤面，尽量促其提前动身时间。孟尼阁先生同我一样想着他的旅行，想陪伴我同行，我们第二天启程了。我们乘坐的船似乎很优秀，适于在江上，海岸岛屿间航行，因为它吃水浅，四、五或六名划桨手很容易迅速划行，我们还有一艘食物用品船和第三艘通知警告船。

3 日，我们到了香山县，是澳门从属的一个小城，我们在那里接待了总兵和他副官的拜访。但是，因为这位官员还没有落实我为英206国船长的嘱托，看来他担心我向总督抱怨，请求我不要着急，而他赶忙去协调英国人要求房子事宜，以便我到达之时就能看到他的指令已经落实了。确认事情已经像这位官员说的那样解决了，为了不使他感到难堪，我们接受了这一整天待在香山县，第二天早晨，孟尼阁先生和我离开船只，乘上了四人抬的轿子，从陆路穿过全岛。

除了轿夫，人们还给我们提供了许多人员携带必要的东西，还有一整套与广东官员让我亮出的朝廷命官标示相一致的行头，必须穿过香山县，县城门的守卫士兵做出准备战斗状，列队；我们进出门时，他们鸣炮三响（城市火枪的两个射程）向我们表示致敬。我们遇到了总兵，为了表示欢迎，他在他的帐篷下等待我们路过，或顺便邀请我们喝一杯鞑靼茶，派二十多名士兵护送我们。

我们一直乘着轿子，首先走了三法里山路，山陡直，周边是悬崖峭壁。习惯山路的轿夫们表现出难以置信的敏捷，有些地方，普通旅者很难攀爬。过了高山之后，我们发现一块平原地带，精耕细

作，就要进入白房子村，是总兵的宅邸，我们看到一个连的武装士
207 兵，点燃火绳，举着大灯笼，向我们走来。这位官员（李老爷）① 是
一位绅士，事先为我们准备了旅馆，他亲自引导我们去到旅馆，并
陪我们共用晚餐。遵照总兵指令，为我们举行了丰盛的半鞑靼式和
半汉人式的宴会，而第二天，考虑到他邀请了英国人，在其私宅犒
赏我们，举行半中式和半欧式的聚餐，由于我们的缘故，他对英国
人礼貌有加。

　　但是，因为我们特别想与之谈话的船长，据说，因为发烧不能
来，他谈到的房子，尽管有总兵的指令，还没有给到手，我请求这
位官员准备一艘船，送我去英国船长那里，同船长说话。第二天，
我们登船，刚走了四分之三法里，我们的船由于划桨手的失误，在
泥沙中搁浅，因为海水处于低潮期，并且天色已晚，我们不得不放
弃去英国舰船的想法，乘扁舟在澳门港登陆。任何小东西都必须经
过海关官员检查后才能进城，这是澳门的死规矩。② 人们尽量说服
208 我相信，阻碍给英国船长房子的困难来自澳门的英国人本身。但是，
我发现困难实际来自官员方面，似乎他们想让人花钱购买这一利好
措施，我用不到一小时时间排除了这一阻碍。船上英国人不知用什
么词汇向我表示他们的感激之情。第二天，与船主纠结非常不快的

---

① 这位"李老爷"很有可能指的是 Li shijen（Shih-chen），*SF* VIII, p. 446, no. 24。他与
法国耶稣会士相识甚久，参见 1687 年回北京的途中日记，"Route que...", Du Halde I
(1735), p. 73。当时，李住在余姚县，另参见白晋的《北京宫廷日记》，据日记记载，
1691 年 11 月 17 日，李到达北京，向耶稣会士讨要欧洲的珍品古玩，欲作为礼品献
给皇帝。B. Nat., Ms. Fr. 17240, fo 301。

② "……如欲走陆路回 Tsien chan、也就是我们出发的地方，需要经过堡垒和我们的学
院，还需要经过 Koïntcha（Koïn tcha 是横贯澳门这块狭长半岛的一面城墙，将澳门
与大陆分隔开来，城墙中间开了一扇门，还有一哨守卫，还有一间海关办公室，哪怕
是最不值钱的食物也得经过这海关，交足了让他们满意的税钱才能通过，这对澳门
城来说是一个不堪忍受的枷锁）。" B. Nat., Ms. Fr. 17240, ff. 316v–317r.

船长看到我给他们办到的房子后，来向我表示感谢，对我说，他们希望，用不了两个月便扬帆起航，并且，将发给特快件通知我。之后，13 日，我们到达广州，由此，我们重新上路。陪送我们的官员以我们受到的礼遇带领我们一一进行了回礼。

16 日，我收到了 10 月 8 日和 13 日的北京来信。洪若翰神父在信中对我说道："您南昌府的信用了 20 天到达这里。我们通报给了皇帝，他很高兴您旅行的成功。张诚神父跟随皇帝去了鞑靼地区，每天，陛下都发送给他餐桌上的菜肴。帝国的王储早晚做同样事情，生怕忘记了，命人提醒他。我们的房子，您看见的是多么破旧，而现在，它是多么美丽而干净。所有的墙壁都焕然一新。但是，还没有地方建教堂，在宫殿范围内，一个小教堂不够。如果我们没有献给真正上帝的寺庙，我们将如何在另一块土地上唱新歌？①

我真想把皇帝的书籍和瓷器寄给您，但是，人们对我说，瓷器不能走陆路，因为瓷器偶尔会破碎，若如此，这可是大灾难啊"。

下面是刘应神父说的："张诚神父"他说，"一直在皇帝身旁做事。皇太子开始像他父亲那样对他关照。皇帝的一个儿子不久前在鞑靼地区发烧了，皇帝让人给他服用了金鸡纳霜，药到病除。皇帝获悉他病愈消息时，说'我就知道，会是这样的，我自己体验过这种药效。'况且，皇帝身体比任何时候都好。据说，他自我感觉这次狩猎特别好，今年在鞑靼地区的狩猎延长 10 天。"②

张诚神父在皇家营地里写了两封信，用语差不多。一封写于距离长城外 16 法里地方，另一封写于鞑靼山区。皇帝对我一直很仁慈，尽管他不管计算问题，他也不问我忙什么，不过，他要我总

① Psalm 136, 4.
② 到此为止的文字，可参见 B. Nat., Ms. Fr. 17240, fr. 17 240, fo317v。

在他的身边。皇储对我也特别关怀，从他旅行第一天开始，就嘱咐赵老爷每次吃饭提醒他发给我他餐桌上的菜肴，并且对我说，当我需要什么东西时，他要求我一定提出来。他同我说话，同皇帝一样地仁慈、亲切。昨天，他问我什么是上天的上帝，这让我给他做了

210 一番简短的宣讲，他像是很高兴地听说这一切。三天前，他让我给他讲了半页我的日课经。照此下去，很可能他会变得如同皇帝那样对我们利好。他有您给皇帝做的全部计算表，他让我看了这些表，在我面前解释了用法，如同皇帝教给他的那样。他带着这些计算表，装在一个文件夹中，文件夹就吊在他的腰带上。您看，我们的计算表就受到了如此荣幸的待遇。皇帝的其他孩子对我也表示了特别的热诚，尤其是长子，昨日我刚给他解释了对数的用法。明老爷希望我给他儿子教授算术原理，要求我闲暇时每天到他家，昨天我开始去，我将尽最大可能继续下去。皇帝的叔叔是我的客人，待我很热诚，非常关心我。皇帝刚刚引导他的一位公主①（嫁给了这个国家的一位亲王的儿子）去到一所房子里，这房子是这位亲王专门为她修建的。我们在这里暂住了两天，其间，陛下在他的朝廷高官面前测量极的高度，就是使用您的天文环测量的，它可大显光

211 彩了。前天，他使用曼恩公爵先生②的半圆工具测量了最高山的高

①　很有可能是恪靖公主，当时 13 岁。她的长姐分别是荣宪公主和端静公主，当时分别 19 岁、18 岁，很有可能已婚。Spence (1985), pp. 179f.

②　路易·奥古斯特·波旁，即曼恩公爵（Duc du Maine, 1670—1736），是路易十四和蒙特斯潘夫人（1641—1707）所生的存活下来的长子。之后他的身份得以合法化，并于 1673 年获封杜麦尹公爵。1710 年，路易十四正式授予他及其他儿子与婚生王子同等尊荣，并且若男性继承人去世，他们都有权成为国王。杜麦尹公爵后来想摆脱菲利普二世和奥尔良公爵——从 1715 年至 1723 年，他们成为路易十五王朝的摄政王——的政治控制，但没能成功。路易十四原本想让其儿子继位，成为年轻的路易十五。Michaud, *Biographie universelle ancienne et moderne* 26 (Paris), pp. 138f; *Encyclopedia Britannica* (1994-2000)。杜麦尹公爵是法国使团的慷慨资助者，并将天文和数学仪器赠送给中国。中国皇帝和太子通过白晋和洪若翰与杜麦尹公爵

度。天晓得，这一切还会让许多人想弄到仪器：陛下也计算了让人携带其仪器的立杆影子的长度，远在中午以前已经标明应该产生影子的地方，计算十分准确。最近几天的狩猎收获非常丰富。前天，仅一次围场，就杀死一百三十多头鹿和二十几只狍子，皇帝自己射杀鹿和狍子共 43 头，亲王射杀 15 头。前一天，共射杀 140 头。今天，马笼头开始转向南方，就是说，向着北京方向，但是，因为人们总是一边狩猎，一边不紧不慢地行走，我不认为我们能在本月 25 日前抵达。曹相公①要在近日动身，我们将让其带走陛下的书籍和瓷器（系指皇帝准备送法国国王的礼物）和我在鞑靼地区旅行 212 日记。②

　　本月 19 日，总督或福建省和浙江省总监，以及南京省和江西省总监作为朝廷派出专员来到这个城市，检查这个省的抚院和盐法道的案情，他们相互指控，罪过足以使他们丢掉他们的官职。广东省长不满食盐高价，增长了一半，支持抚院，反对盐法道，大部分官员支持盐法道。这两位专员到达时声称他们被人腐蚀了，不想接受地方官员的任何礼物，同他们没有任何关系，先后点了他们的名字，了解情况。因此，他们避开了送礼还礼，首先到达给他们准备的公署，他们保持不与他人接触，直到看见抚院和盐法道，他们开始审问，当案子结束检查，预审完成，这两位官员作为罪犯出庭。专员大人可能没有组成法官团，将此案作为特件发往朝廷，然后，

　　（接上页）互赠礼物。白晋和张诚给他写了一封特殊的信，写信日期是 1691 年 11 月 30 日，后来这封信成为《中国（康熙）皇帝历史画像》（ARSJ, Js 165. ff.317r-147v）一书的核心内容。参见 Bouvet and Gerbillon, Lettre à Messieurs de l'Académie Royale des Sciences a Paris, ARSJ, JS 165, fo 173v, and Bouvet, lettre au P. de la Chaise, B. Nat., Ms. Fr. 17240, ff. 50v et 51v.

①　这里的曹"相公"是一位不可或缺的仆人，若没有他，中国传教站点的任何工作都将化为空谈。这些仆人集多重身份于一身：中文老师、秘书、信使以及口授讲经者。

②　最后白晋似乎收到陶器和书籍等礼物，这是中国皇帝托他转赠给法国国王的礼物。

他们接受了所有官员的拜访和礼仪，盐法道除外，最后，他们转回朝廷。

20 日，耶稣会士都加禄神父 ① 培育了众多佛山基督徒，很想找
213 我帮他解决其想在新会县建立一所教堂遇到的困难，新会 ② 是一个三级城市，距离首府有两天的路程。这位神父已经在三个月前借助葡萄牙耶稣会士艾未大神父 ③ 的推荐信从两位都统，或广州总兵都统获准，地方巡抚同意，购买一所房子；十天以来，他本人去了那里，以便开放这座教堂，尽管他先已收到各级官员的礼貌致意；不过，知县获悉都统逝世消息，都加禄神父事先向他做了推荐的，他不得不来到广州参加他的葬礼。在他不在的期间，接近神父想开放教堂的人们同其他一些不喜欢宗教的人去找到知县的代理人，并向他提出书面报告，表示他们反对建立这所真正上帝的寺庙，声称在一个滨海的城市里发给外国人许可是非常不合适的。代理人把这些反对
214 意见发给知县，这使都加禄神父很为难过，他本来对于许可证是寄以很大期望的，因为李国正神父向抚院提出要求，并且是获准了的。我更加热心地关注此事，因为新会县是 San siam，或更准确地说是上川岛的所属城市，这个岛屿由于第二位东方使徒光荣病殁的第一

---

① 参见原书第 74 页。1681 年后，都加禄在广州和佛山的时间便有 16 年之久了，他在佛山建立了两座教堂。Dehergne (1973), p. 276.

② Sin hoei，今天的新会，位于广州南部。1693 年，都加禄花了 280 两银子买了一套房子，同年，西塞神父也想在那里购买一套房子。1697 年，都加禄将一座教堂献给沙勿略。Joseph Dehergne（1973），no. 884.

③ 艾未大（Diego Vidal），1660 年 4 月 23 日生于里斯本主教教区里奥-迪莫鲁（Rio de Mouro），1704 年 5 月 23 日卒于几内亚沿海地区。1688 年，艾未大到达澳门，曾在福建工作，1690 年在广州，1692 年澳门大主教任命他为广东和广西教区代理牧师，1693 年来到桂林，1694 年在东京教区（Tonkin）被捕，1701 年被驱逐出境，1702 年，他以教会官员的身份，代表日本和中国前往罗马。Dehergne (1973), no. 884.

墓地而蜚声遐迩，这个墓地离此仅有一天的路程。[①] 但是，因为我收 215
到都加禄神父信的时候正是官员们忙于抚院和盐法道案件之时，必
须等到案件结束并且还不错过我的事情，我认为，抚院正忙于他的
案子，不大可能注意其他事情，不应找他添乱，我自忖，最简单可
靠的办法是直接到肇庆总督宅邸住处告别之时，请求他给我发一个
许可证帮助都加禄神父建筑他的新会县教堂。果然，先去找到这位
大人，除了我收到他方方面面的致意外，他还热心地不仅允诺这份
许可证明，还允诺一份类似的证明为了我们在广州开辟不久的另一
个教堂。我在这所教堂里停留了 15 天，让他的一名仆人为我发送这
两份证明，证明的用语和格式都是按我的要求完成的，就是说要人
在整个信中加进我们去年为我们的圣教以及全体传教士获得的真正
国王敕令。[②] 我一收到这两份许可证，便立即寄给都加禄神父一份，

---

① 它位于上川（位于中国南部沿海地区），沙勿略于 1552 年 12 月 2 日至 3 日夜晚辞世
于此。沙勿略，1506 年 4 月 7 日出生于纳瓦拉沙勿略城堡。他是罗耀拉的第一批同
行者之一。1541 年，他以教廷大使的身份前往印度，并以传教士、耶稣会士上级领
导以及印度第一位教区长官等身份留在印度，直至 1549 年。沙勿略在与两位身居马
六甲的日本人会面后，于 1549 年 8 月 15 日到达日本。在日本，沙勿略认识到中国
是日本文化和宗教的模板。假如中国人将来成为基督徒，那么日本及其他所有东亚
国家都会效仿中国。因此，沙勿略试图接近中国。一艘中国帆船偷偷地将沙勿略从
上川带到了中国，因上川允许与外国人士做临时性交易。然而沙勿略空等一场，帆
船并没有来。他的目的地近在咫尺，但他死了。1622 年，他被封为圣徒，并追封为
东亚地区的最初使徒。后来，他的遗体从上川运至果阿。Dehergne (1973), no. 904.
LThK 4, ff. 248f (Georg Schurhammer). ——许汉默（Georg Schurhammer）终其一
生几乎都在研究沙勿略，并尽其所能将他所知道的上川岛屿列入有关沙勿略的著作
中。另参见 Gaspar Castner, Relatio sepulturae emagno Orientis apostolo Sto Francisco
Xaverio erectae in insula Sanciana anno Domini 1700, printed as xylograph in Canton
(1701)，德译本《新世界报告》(*Der Neue Welt-Bott*)，no. 309（cf. Pfister [1932–
1934], p. 487）; Glaudia von Collani（2002），"Franz Xavers Grab auf Shangchuan.
Nach dem Bericht von Gaspar Gastner SJ"，载于: Rita Haub, Julius Oswald (Hg.), *Franz
Xaver —Patron der Missionen. Festschrift zum 450. Todestag* (Jesuitica 4) (Regensburg),
pp. 122–150。
② 指的是"宽容敕令"。

以作对其经过一个多月的使徒徒步传教后的巨大疲劳和实施 200 多场洗礼之成果的安慰和宽心。

我刚才谈到的两份许可证被热情完满地发送出去了，这不仅仅是我所得到的总督亲切关照的表现，在我登船去印度之前，亲自去向他辞行。他除了不辞劳苦亲自按礼仪拜访我，带着庞大队伍直到我的船位，让人给船装上清凉饮料，他还赠我三十多册鞑靼文书籍，他知道我正在寻找此类书籍，他精心安排时间同主要官员一起吃饭，我特别荣幸地单独同他在他的房间里用餐。最后，作为朋友，他向我提出小小的指责，因为我没有接收他和其他高官寄给我的钱款，他想逼我在我动身前接受他们的好意，他说，为皇帝服务进行如此长期的旅行，而且是在一条离奇的船上，这次，我不能说我不需要钱，这是他多次重复的话，而且是以紧迫的方式说，绝对应该答应他，我将接受他高兴寄我的东西。果然，不久后，他的一个仆人和另外两个人，一个是抚院的仆人，另一个是布政使的仆人，一起给我带来了我几个月前拒绝的同样钱款，我不得不接受，对此，我赞美命运之神给予我的双重助力，使我手上有足够的钱补贴长途旅行之费用，同时让我有办法资助我的伙伴，我留在北京的伙伴急需救济，他们期待多方，尤其是本地治里港方面，它们全无接济，因为失去了此地盘。我在肇庆府① 期间，参观了奥古斯丁教派神父在此城市的教堂，通常，在此居住的修士是一位非常受尊重的传教士，他年高德劭，在华建立了其教派的省修会，② 我很欣慰为他获得了他

---

① Kao king fou, 肇庆府，广东省的一个城市。1681 年 7 月，白万禾与方济各会士弗朗西斯科·德拉康塞普西翁·佩里（Francisco de la Concepcion Peris）在中国建立了第一个奥古斯丁会传教团。Bernardo Martinez (1918), *Historia de la Misione Agustianianas en China* (Madrid), p. 24; Manuel Merino（1990），"Origenes de la Misiones Agustianianas en Chine". *Missionalia Hispanica* XXXVII, pp. 80—82.

② 或许是葛安德（Juan Gomez OSA），1698 年 11 月 23 日出生于西班牙布尔格斯（Burgos），曾加入奥古斯丁会，并去过菲律宾，1690 年前往中国。*SF* V, p. 264, no. 80.

想在广州建立新教堂的许可证。

12 月 2 日，从肇庆回到广州路上，我遇到了也是奥古斯丁教派的李若望神父，他要回到在南京的宅邸。这位神父受到所有认识他的人的一致称赞。①

方济各·沙勿略节（la feste de ST. Francois Xavier）的第三天，我给一个成年人做洗礼，四个月以来，他为我所用，因为发现他为修炼其永福表现出极大的热忱，便给他起名方济各沙勿略；几天后，我还给另外九个人分两次行了洗礼，他们都是广东官员给我派来的仆人，为我逗留广东期间服务，这仅是第五部分人，其他人不信基督教，尽管他们也有机会聆听福音书真理的解释，对此怀有高度的敬意。

在此期间，看到季风在前进，而且四天以来，我们没有收到英国船长的消息，尽管他答应给我们发快件通知我们他们张帆启航的时间，担心我们等待的快件和信件发生意外，为了不冒险动身太晚或错过了我们的旅行，为此，我们决定孟尼阁先生和我 13 日动身，以便我们能够不停地登船。

12 日，我去向所有的广州官员告别，从抚院开始，对他我进行 218 了特别的研究，因为他是在索三老爷直接保护之下，他是我们的大恩人，我猜想，他生了我的气，因为我没有直接找他为英国人申请房子，还有为我刚才谈到的为教堂申请两份许可证书事，他没有给我接受他送行的荣幸，在他的榜样影响下，其他许多官员没有亲自拜访我，满足于发给我告别帖子。至于布政使，因为我三次拒绝了他寄给我的钱款和丝绸礼品，他对我几乎大发雷霆。我坚持这种做法，是出于对抚院的特别尊重，这位官员是他的敌人。

---

① 参见原书第 170 页。

13 日，当我们要从广州出发之时，"白屋"^① 的官员或澳门官府的一名仆人给我送来英国船长的一封信，得悉他的舰船 20 天内不能出航，我们放弃了孟尼阁先生和我的启程计划，我隐姓埋名在广州停留了 15 天，利用这段时间过一段隐居生活，之后，我们获得了我旅行需要的船只。27 日晚上，我们登上了船，只是在第二天才启程，因为我要求在运载我们行李的船上挂上旗号，以避免澳门海关的下级官员大惊小怪，认为我不应期待这些人有什么正当礼遇，因为从我为英国人获得房子，而我确实弄到手了这一过程中所产生的反感。

我们从广州到香山县（Hiang san hien）差不多用了两天时间。这个城市的官员们给了我们同前两次旅行相同的礼遇。在这里，我遇到一位中国人，他是葡萄牙在澳门的代理人，他来此是为了请求我向官员们推荐澳门城，我把此事就当作我的国家的事照办了。我们在香山城逗留了大约 24 小时，为了给知县足够的时间为我的旅行准备食物和生活用品。我带走两位中国人，他们是新近皈依基督教的，两人都品行端正、率性、聪明，受过相当教育，能理性阅读和理解一般书籍。第一位名叫让（Jean），他是"白屋"官员的亲戚，官员向我做了特别推荐，但是，因为他在苏拉特很害怕长途旅行，他希望回去，我答应了他。另一位名叫约瑟夫（Joseph），他是我在广州时，人们送给我的一名仆人，关照我的生活。这个可怜的孩子在极其虔诚地接受洗礼后，获悉我在寻找旅伴，当我向他提出建议时，他高兴至极，表示他的幸福就是为传教士服务。我收下了这两位中国人，我希望带走更多的人是出于对神父生涯的热爱，以便在

---

① 白屋（maison blanche，即 Casa branca），指金山县令的府第或衙门，但也可指整个城市。*SF* VIII, p. 438, no. 79.

旅途中帮助他们学习语言和汉字。然而，他们并非对我没有用途，特别是后者，他对上帝的痴迷和忠诚对于我是个极大的慰藉；但是，上帝召唤这位新基督徒很让我伤心。

1694 年元月 1 日。天亮前，我们去澳门群岛下锚，距离英国船有一刻钟距离；太阳升起后，我们派人通知船长，船长立马乘小艇来看我们。英国人很抱怨中国的某些商品让他们为难。我派去我的一个人告知他们，如果他们滥用权威阻止我的旅行，我将会在朝廷起诉他们，我的威胁只起到一半作用，我不得不转向白屋的官员，请他帮我即速解决这些困难，他立马找到我，并同意我提出的一切要求。我让人给他发了一份盖章的文书，通知说，英国人可以以他们喜欢的方式结束他们的贸易，如果有人想捣乱，将会像对待反对执行皇帝命令的人一样受到惩罚。通过这个办法，英国人很快结束了他们的生意。在去感谢白屋官员时，我高兴地顺便看了澳门城，仔细地看了看，如同我是澳门人。我们遇到了澳门主教①，他乘绿岛气球归来。在我回来时，该城的武官乘老爷车来向我们致意。

8 日，白屋官员搭英国船来向我们告别，在船上，他没有受到应有的接待，我向他表示十分抱歉，因为船长不在。我让他去澳门找人，他可能还没有到达，我便发现英国人方面对我们的态度有了变化，我担心他们在澳门长时间逗留使他们心中产生与我头两次时他们让我们感到的想法完全不同。我请白屋的官员嘱托船长尽其可能安全，迅速地把我们送到苏拉特，根据情况，如果他或别的人很快将我的信件带到此港口，他将会受到各种优惠待遇，请他出一文书，确保把我们安全送达。不管船长做出怎样友好样子，他仍流露出这

220

---

① 贾若翰（望）（João de Cazal），澳门主教（自 1690 年 4 月 10 日开始），1692 年 7 月 20 日到达罗马教廷。他一直担任主教，直到 1735 年 9 月 20 日去世。贾若翰（望）生于葡萄牙的维德堡（Castello de Vide）。*SF* IV, p. 547, no. 3.

种行事方式让他难过。我向在北京的诸位神父发出特别快件，通知

221 他们我动身的消息。我们在旅途中的情况表明我是否有理由利用这种预料手段，非如此，我怀疑，我们路上遇见的这些英国人会让我们通过。这同一天，我给白屋官员寄上几件欧洲小礼品，借以感谢他的尽心照顾，他很热心地接受了礼品，并且给我寄回了一个可以装多个灯光的大灯笼，我立即送给了英国船长，这种大灯笼在苏拉特估计要卖一百多埃居。

　　9 日，一位意大利籍德亚底安修会（Theatin）修士，名叫纪尧姆·德拉瓦莱从澳门来看我，[①] 他从果阿来到此地大约有两年了，有一名同伴一起去婆罗州岛（l'lle de Bornéo）他的使命之地，他同一教派的另一位神父死后被看作圣人，生前深得上帝恩宠，开辟教堂，留下了 4000 余众基督徒。[②] 德拉瓦莱神父告知我们，他几天后要登上开往科罗曼德尔海岸的葡萄牙舰船，从那儿去接任自其创始人死

222 后放弃的使团。他和他的伙伴是属于传信部圣会人员，分手时，他们给我留下了对他们人的崇高敬意。

　　10 日，澳门城最受尊重的半打葡萄牙人来向英国船长告别时，我们有幸接受他们的拜访，并且向我们表示非常友好，就是说，我们的最好朋友也不会为我们旅行的顺利成功向上苍诉求更恳切的愿

① 纪尧姆·德拉瓦莱（Guillelmo della Valle），在 *BM* V, no. 644 中曾提及。

② 婆罗州岛使团的创立者是安东尼奥·文蒂米利亚（Antonio Ventimiglia），1642 年生于巴勒莫（Palermo），1693 年去世。1687 年，他试图组建婆罗州岛使团，克服了诸多困难后，终于获得成功。（BM V, p. 197）英诺森十二世的"贵族委员会"的一份简报使得文蒂米利亚成为新成立的婆罗州教区的使徒牧师（*BM* V, p. 614）。婆罗州岛是一个只允许底安修会使团访问的国家（*BM* V, p. 615）。另参见萨尔瓦托·加洛（Salvatore Gallo）一份 1691 年 1 月 3 日由果阿寄来的报告，报告中他提及早期在婆罗州岛做传教士工作："Relazione della nuova Missione all'Isola del Borneo"，载于 Ferro, *Istoria delle Miss-ioni de' Chierici Regolari Teatini* II (Rom 1704), pp. 520–529（*BM* V, no. 607）。德拉瓦莱前往澳门的旅行也在上书中提及。（Ferro II, pp. 421–422）

望，也不会比这些老爷们以更多的热情和殷勤把我们推荐给英国人。就在 10 日和 11 日之间的夜里，我们舰船的船长决定扬帆起航。

在起锚之前，我还收到了一包北京神父们的信件，信中通知我说，莫斯科使团 ① 到达了，计有 300 人，自他们踏上中国土地，皇帝

---

① 俄国派遣到北京的使团由商人埃费尔特·伊斯布兰茨·伊台斯（Eberhard Isbrand Ides，1657—约 1706/1709）率领。埃费尔特·伊斯布兰茨·伊台斯出生于格吕克施塔特（Glückstadt），是俄国的一名商人。他曾面见过彼得大帝，并请求他允许其带领一队商旅团前往中国进行商贸活动，他的这一请求得到了彼得大帝的应允。伊台斯得到彼得大帝的几项使命，他需要调查中国方面是否有意履行《尼布楚条约》（Treaty of Nerchinsky, 1689），同时他还需要将俄军的逃兵带回俄国，并在北京建立一座东正教教堂。1692 年 3 月 3 日，商旅团与随行的士兵从莫斯科启程了，并于 1693 年 11 月 3 日到达北京。他们在北京一直停留到 1694 年 2 月 19 日，回莫斯科只花了 11 个半月时间——从商贸角度来说，使团获益颇丰，但从外交角度而言，却是一次失败的出使。谈判以一封内含不和谐之音的官方信笺开始。彼得大帝和伊台斯的名字置于中国皇帝之前。中国皇帝还告诫俄国人，日后需携带拉丁语和蒙古语翻译随行。——在使团中还另有 12 名德国人，其中之一便是亚当·布兰德（Adam Brand）。伊台斯和亚当·布兰德都撰写了关于外交关系的著作，分别是 Everard Isbrant Ides, *Driejaarige reize naar China, te lande gedaan door den moskovischen afgezant*, E. Ysbrants Ides... (1704?, Amsterdam 1710), 1710 年的德语版本, *Dreyjährige Reise nach China, von Moscau ab zu lande ...* (Franckfurt)。亚当·布兰德早在 1699 年就发表了有关此次旅行的小文: *Relation du voyage de Mr Evert Isbrand, envoyé de Sa Majesté czarienne a l'empereur de la Chine...*(Amsterdam 1699), 德语版: *Seiner Königlichen Majestät in Preussen Hof- und Commercien-Raths, Neu-vermehrte Beschreibug seiner grossen chinesischen Reise...* (Lübeck 1734)。莱布尼茨（Gottfried Wilhelm Leibniz）通过其通讯员尼古拉斯·维特斯（Nicolaas Witsen, 1641–1717）获得一些有关使团的材料。维特斯曾于 1664 年或 1665 年和荷兰代表团一起居留在莫斯科，他对俄罗斯兴趣浓厚。或许他曾将有关此次代表团的简报寄给莱布尼茨，后者便将相关材料发表在其《中国近事》（*Novissima Sinica*, 1697）的一篇简报中: "Brevis descriptio itineris Sinensis à Legatione Moscovitica Anno 1693. 94.& 95 confecti, communicante Dno. Brandio Lubecensi qui fuit in comitatu Dni. Isbrandi à Moscis ad Sinas Ablegati "（pp. 163–170）。另参见 Conrad Grau (1986), Nachwort zu Lorenz Lange, *Reise nach China* (Weinheim), p. 107，参见 Claudia von Collani (1996), "Zum 350. Geburtstag von Gottfried Wilhelm Leibniz (1646–1716)", *China heute* XV, p. 123; Eberhard Isbrand Ides / Adam Brand (1999), *Beschreibung der dreijährigen Reise. Die russische Gesandtschaft von Moskau nach Peking 1692 his 1695*, Michael Hundt (ed. and com.) (Stuttgart), pp. 39。更多出版物另可参见 Hartmut Walravens (1987), *China illustrate. Das europäische Chinaverständnis im Spiegel des 16.*

224 便使他们惊恐不已。头目像是一个有身份的人，他的所有人员面对
皇帝下跪，他要求皇帝召见，但不想打开他的箱子，因为他带了许
多不该带的物品。人们首先要求他刚才做的一切，他乖乖地回应说，
他可以在北京说，如果他之前这样说，可能就没必要来北京了。虽
然皇帝不想接受沙皇们的信件，也不想接受他们的礼物，因为，正
如陛下让人通知使者说明的那样，他们所带之物包含许多有违帝国
的习俗和习惯的东西，他不给予公开接见，也不当面犒赏他，得悉
该使团长是德国籍，懂意大利文，[①] 他喊来张诚神父和李若望神父[②] 做
翻译；陛下似乎很高兴耶稣会士自己听懂，而且让别人听懂。皇帝
第二天动身拜谒他的先祖墓地。张诚神父去看望使者，对他极尽礼
仪之举。跟使者一起的有一位年长的瑞典人，能讲一点儿法语，两
名德国人，能讲一点儿意大利语。其中一人有一封信带给薄贤士神
父，他以为薄贤士神父在北京。使者在皇帝的接见中按中国方式，
脱帽，以其前额击地。这是一位三十岁的男人，健壮潇洒，身着鲜
红长袍，刺绣金丝，貂皮衬里。皇帝自鞑靼地区归来后，丝毫没有
想到他的计算练习，他身体好极了。

225 皇帝称赞洪若翰神父向他展现的金壳表，说他还从未有过走得
如此准确的表，他随地都带着它在身上。使者是在 1692 年 3 月从莫

（接上页）*Bis 18. Jahrhunderts* (Weinheim), pp. 146-153; Claudia von Collani / Alexander Lomanov (2001), "Russian Orthodox Church" 载于: Nicolas Standaert (2001)(ed.), *Handbook of Christianity in China. Volume One: 635-1800.* (Handbook of Oriental Studies, Section 4: China 15/1. Handbuch deer Orientalistik, Abt. 4: China 15) (Leiden, Boston, Köln), pp. 367-375)。

① 比如埃费尔特·伊斯布兰茨·伊台斯，参见 Hundt (1999), pp. 1-4。

② "Fr. Ribeiro or Ribeira" 显得有些奇怪；在杜赫德的书中没有提到确切的日期。这里或许指的是陆玛诺（Manuel Ribeiro sen），1676 年出生于埃武拉（Evora），1734 年后去世。据说他于 1695 年或 1696 年启程前往中国，1695 年曾居留果阿，1697 年后居住在澳门。Dehergne(1973), no. 679. 又或许他到达中国的时间更早。同上引书 *SF* VIII, p. 829, no. 77。

斯科动身，从莫斯科到道波尔斯克（Tobolsk）只有六周的路程，他却呆了差不多一年，他说，法国人到处打胜仗，他们拿下了那穆尔要塞（place de Namur），他认为是整个萨瓦省（la Savoye），当他到道波尔斯克时，听说在法国和联邦派（les confederez）之间正在发生非常血腥的战役，他不知道打仗结果。这让人看到，在这条路上，用多么少的时间，就可以获得从欧洲到中国的消息。一支300人的摩尔人（Maures）商队到达陕西边缘，而不久后，一支更大的商队就要到达了。但愿上帝保佑薄贤士神父 ① 能够同他们一起到达。一个半月以来，从中国到印度的季风季节已经开始了，然而，在整个这段时期里，习惯通行的北风和东风丝毫没有风生水起的迹象，在广州和澳门，大家都为之惊讶，致使一艘从澳门去果阿的舰船启程差不多一个月了，因为逆风，动身19或20天后，还在澳门临近的岛屿之间。

　　但是，本月10日，在两天平静之后，傍晚时分，一股小风升起，我们扬帆起航，顺利地出了锚地。后来，风大起来，沿着东方航行，我们将船头调向南方，这是英国和荷兰舰船从广州或澳门返回印度通常走的路线，直到他们降低大约五、六纬度，以避免位于交趾支那对面的百多法里长的沙滩。226

　　从头一天起，风变得相当凉爽，我们以每小时一法里半的速度

① 薄安当（Antoine de Beauvollier），1657 年 7 月 2 日生于法国布莱（Blaviensis），1708 年 1 月 20 日在葡萄牙沿岸地区去世。1688 年，他试图通过中亚和蒙古前往中国，但是 1689 年他请求途经俄国进入中国时，遭到俄方的拒绝。因此，他只能选择途经亚美尼亚（Armenia）、苏拉特、马德拉斯（Mdars）抵达中国。1699 年，他乘坐一只英国船只登陆中国。1701 年，康熙帝派他和安东尼奥·德巴罗斯（António de Barros）作为使者出使罗马。他们于 1707 年 1 月 4 日从广州启程。二人在同一场暴风雨中丧命，但乘坐的是葡萄牙沿海岸不同的船只。Von Clollani (1995b), no. 71; A. Brou, "Un grand marcheur devant le Seigneur; Le P. Antoine de Beauvollier (1657-1708)", *Revue d'Histoire des Missions* 13 (1936), pp. 261-282.

行进，我们很快就看不见澳门岛了，因此就是看不见中国土地了。后来几天，风更凉了，海水波涛汹涌，我们的舰船摇摆厉害，许多人感到恶心，夏尔莫先生和我也不例外，但是，值得安慰的是，我们方向对，向南方行进，三天之后，太阳子午线高度告诉我们，我们已在北纬 16.5°，就是说，距离澳门群岛有 15 纬度的差异。我们沿着同一罗经方位继续行进，直到 19 日，致使每天只能走 35 或 40 法里路程，尽管一直是很凉爽的顺风，而海浪直接来自东方非常有利。英国人已经多次走过这条路线，他们对我们保证说：在同一季节，在这整个海域，他们从未遇见过海水和风都这样利好，天气温和而顺风，我们真地要大大感谢上帝的恩泽。

227 　　自 19 日起，我们已经到了 10 纬度地方，风力和海浪都减少了一半，当人们处于师傅们称为"信风"时期，我们开始享受热带地区通常享受的安静航行的甜蜜，可以挂满风帆行进。我们仍以每天 30 法里速度前进，我们这样航行至 23 日，我没发现，中午以前到了普罗迪梦岛①，傍晚时分，我们已经超过它两三法里的距离，把它抛在北方。这是从日本或中国回印度必须认定的第一块陆地，以便方便地进入马六甲海峡，距离马来西亚东海岸大约有 50 法里。前一天是 7 级风，飞鱼为了回避金枪鱼的巨口，成群地奋力飞进我们的船上，好像它们更喜欢变成人类的口中物，而不是做鱼类。

　　24 日，星期天上午 10 点到 11 点钟，我们发现了陆地的东海岸，就是说马来西亚，我们整夜坚持航向九度左右。但是，下午一小时后，我们发现太向北方了，必须向南方转，避开被称作"白色石头"②

---

① 普罗迪梦岛（Pulo Timon），北纬 2°50′，东经 104°10′，位于马来西亚半岛东海岸。Froger (1926), p. 185.

② 白色石头（Pierre Blanche, 即 Piedra blanca，或 Pedra branca），位于北纬 1°20′，东经 104°25′，新加坡海峡东出口。Froger (1926), p. 184.

的岩石，它位于海峡入口处。因为天色已变得非常黑暗，我们险些忽视了这个暗礁。感谢上帝，在黑夜降临之前，我们顺利地超过了暗礁有一海里远。之后，我们在陆地间两法里处停泊下来。停泊顺利。第二天早晨，当我们准备起锚时，发现舰船已在漂流，缆绳断了，我们庆幸已经不再需要锚了。

25 日，我们沿着马来西亚陆地航行，将近 11 点钟，我们到达海峡更狭窄地方。那里，小岛众多，只留下两个通道，一个通向北方，另一个通向南方。因为海潮，水流非常湍急，用了九或十小时，我们方得以通过。黑夜突然降临，我们不得不在一个岩石地带停泊，第二天，我们惊奇地发现，我们处于浅水区的小岛群包围之中，如果上苍不给我们最安静的黑夜，我们肯定完蛋了。同一天，苏门答腊岛的两只马来小艇发现我们的船在通道上，在最为湍急的海潮推着我们，劈风斩浪，给我们带来了众多的干鱼和鲜鱼，我们用以同他们交换了布匹、大米和多种用品。 228

26 日早晨扬帆起航，有小后侧风，潮汐推送着我们，在这些地方，潮汐毫无规则，也不是同一形式，致使难以科学解释。26 日至 27 日的夜里，我们有凉风相伴，航行顺利，致使第二天尽管有数小时的平静，我们瞥见马六甲城附近的高原陆地，而 28 日早晨，我们发现已经看得非常清晰了。因为海水的平静，我们不得不在距离四五法里的地方停泊，将近 10 点钟左右，起风了，我们借风力停泊在这块锚地，距离要塞一法里。尽管我们的舰船竖起来舰旗，但是，要塞不肯挂旗。我们听说，荷兰人是此地的主人，从不挂旗帜，除了星期日例外，还有海军元帅或总司令来了才挂旗。我们的船长不向要塞致意，因为这里没有回答致意的习俗。然而，所有经过海关的船只都必须向要塞致意，并且必须支付像以前葡萄牙人要求的金饼贡税（pain d'or de tribut），当他们是海关和印度其余地方的主人之时。

在这个港口逗留的三四天时间里，对我而言，尽管是在相当远的地方看到，这个贫穷的城市是一个凄惨的场面。从前，印度伟大使徒创造奇迹的主要策源地之一，现在变成了不信仰基督教的壁垒，这里伊斯兰教和偶像崇拜自由泛滥，而唯一的基督教却在可耻的奴役中苟延残喘。我们刚一抛锚，船长和他的伙伴们便登上陆地，他们听到令人不快的消息，但是，这些消息与我们无关，人们也在谈论本地治里港被攻下，说法各不相同，我们不认为是可信的。我们的船长收到一位船主的信件，让他路经阿舍穆，到那里去找他，以便和他一起完成余下的旅程。

29 日晚，我们发现了葡萄牙船，我已经说过的，他们是在我们之后三天从澳门动身的。它在靠近我们的地方抛锚，到达之时，它向要塞鸣炮五响。我也谈到过的两位德亚底安修会修士神父当晚来我们船上看望我们，第二天，他们陪同他们的船长又过来了，我们的船长挽留他们吃晚饭。大家在炮声中为法国国王、英国国王和葡萄牙国王干杯，然后，大家分手；我们借助小后侧风扬起了风帆。因为除了后侧风，我们还有潮汐助力，在 1 月 31 日这一天晚上三点钟左右（原文如此），我们不久就看不见马六甲港了：在我离开此港之时，我把寄往中国、暹罗和本地治里的信件交到一位名叫若奥·班蔡罗的葡萄牙人手里。这位葡萄牙人和另一位名叫狄艾格·德克鲁资的人给我们带来了帕伊思（pais）水果，例如，椰子、凤梨、倒捻之果（mangoustans）和柚子，对于他们的慷慨，我们付之以小小的茶水礼。

1694 年 2 月 1 日和后来几天，我们沿着陆地海岸航行，伴着小

北风。4 日和 5 日，更接近外海，经过被称作 Don Irmaos①的两个小 230
岛，亦即"两兄弟"的意思，而后，距离两兄弟岛八法里地方，我
们看到另一个小岛，名字叫万利拉岛，②尽管这个小岛直径不像有500
步大小，但是，它拥有优良的水和大量的木材。我们打算经过时靠
岸，上水，因为在马六甲港上的水不是很好，但是，我们遇到的水
流阻止我们前行，远离了我们原想靠近的苏门答腊海岸，然后沿陆
地去阿舍穆。6、7、8 三日，有时无风，有时微风，海水与陆地交错
出现，导致我们很难畅行至苏门答腊海岸，而不得不在与海岸线平
行却相距 70—80 海里的海道航行。后来侥幸碰上一阵东北风形成
的十级水流，这才抵达了阿舍穆港③。自 9 日早晨，我们发现离港口 231
不远有一座高山，俗称"金山"，因为人们可以从山上掏出金子来。
一位英国人在马六甲港登上了我们的船，要去他习惯的驻地阿舍穆，
他向我肯定地说，阿舍穆人，当他们同外国商人易货之时，他们封
矿，外国商人给他们带来大米、布匹，等等，他们发现不管是沙子

① Don Irmaos, Deux freres，即两兄弟岛，是苏门答腊东海岸拜加岛（Banka）和巽他海峡（Sunda）之间的一个小岛。Froger (1926), p. 181.

② 万利拉岛（Polu Errera，也称 Pol Vereyra、Pulo Varela），即布哈拉海岛（Berhala），位于马六甲海峡，北纬 3°50′，东经 99°35′。Froger (1926), p. 185.

③ 阿舍穆（Achem 也称 Ahemum、Acemum、Atjeh、Coconagora），是一个母系王国的首府或苏门答腊北部苏丹统治下亚奇（Atjeh）政府的首都。它位于北纬 116°45′，东经 200°4′，港口条件便利，贸易发达。18 世纪时，阿舍穆大约拥有 8 000 座房子和一座皇宫。国王统治着帕克姆（Pacem）和佩蒂特（Pedit）两个王国，1616 年，国王遭到葡萄牙人驱逐。Froger (1926), p. 180；Zedler I, cols. 319f. 通常由女王来管理国家，她在酋长首领中居首位，可掌控他们。1678 至 1688 年是扎伊亚特乌丁·伊那亚特（Zaqiyat uddin Inayat）上台统治时期（François-Timoléon de Choisy, 1995, *Journal du Voyage de Siam,* présenté et annoté par Dirk Van de Cruysse [Paris], p. 282, no. 47）。对于耶稣会士而言，这些故事令其难以置信。马若瑟（Joseph-Henri de Prémare SJ.）是白晋从法国带到中国的耶稣会士之一，他在 1699 年 2 月 17 日致拉雪兹神父的信中写道："人们有时还谈到一位阿舍穆王后，但我认为这只是一种传说；如果说有这么个人的话，她也只是个王国的幽灵，因为有四五个奥朗索瓦首任官在分享着政权。" *Lettres édifiantes et curieuses* III (Paris, 1843), p. 11.

里的黄金，还是人们常见到的有 8 或 10 盎司的黄金块，质地都很纯。这个人还对我讲述了在这个王国里惩罚坏人的方法，他告诉我，主要酷刑之一就是切除手或足，甚至手足同时切掉，根据罪行的严重程度而定。这次谈话，他还对我讲了一件令人难以置信，但在这个国家却是司空见惯的事情，是他亲眼看到的事情：被切除手或脚的可怜鬼被遗弃，得不到救助，除非是遇到慈善家送给他们几片被在印度的葡萄牙人称作"地狱之瑕"的植物叶子，敷在伤口处，三四天后，不仅伤口脱离危险，而且，伤口完全愈合。我们在此港口逗留时间很短，我没有机会获取其他特别的消息。两位英国商人彼佛尔先生（M. Beffort）和戴桐先生（M. D'Etton）得悉我们到达阿舍穆港，立马来到我们船上。在暹罗康斯坦斯家，我见到过后者，我们第一次在暹罗登上去中国的船之时，是他建造了用于去中国的船232 只，我们曾奋力取得成功，后来不得不放弃了。这位商人在东印度公司并不比在西印度更顺利，他对我说，在暹罗革命以后，他当时建造的船不幸丢失了。

12 日早晨，我们起锚，从阿舍穆港出发，借助东北风，用了不到七天时间，我们一直到达了锡兰岛附近，尽管我们的船很沉重。但是，我们只是在 21 日才瞥见这个岛屿。前一天，我们在左舷大约四法里地方发现一只帆船，几乎与我们同路，但是，它风向把握特别好，只用了四五个小时，这只船便靠近了我们，距离一法里。它竖起的是英国旗帜，并鸣炮一响。我们的船长和他的伙伴们记得，不到一年前，我们登上的这同一艘船被一位法国人购得，不知道靠近我们的是什么船，立刻命人打扫甲板，准备鸣炮，也竖起了英国旗帜，因为我们想得到法国方面信息，我们和英国人一样，很担心这船是法国的，不会离我们太近。然而，夜突然降临，凉风吹起来，我们调整航向直奔岛屿行进。致使第二天早晨，我们抵达了距离锡兰南海岸 1.5 法里地方，水深六英寻和四英寻*样子，没有碰撞声，没有照亮我们和障碍物的光亮。我们的船就要搁浅，破碎。此时，当地驰援我们，安慰我们，说那天夜里我们的航行速度，使前夜似乎想接近我们的船一下子就看不见了。第二天，当我们到达加勒角（la pointe de Galle）①——这是锡兰岛南方的一个海角——之时，人们瞥见靠近海角有一只帆船，人们认为，这就是我们失去视线的那只船，只有 48 小时的差别。它进了加勒港口，随之，尽管距离遥远，人们听到大概四十声炮响，之后，我们的船长想向我们保证说，这艘船是英国的，因为这是英国人和荷兰人之间一种习惯，在同样场合要做类似的庆祝表示，他想去寻找欧洲方面的消息，他甚至向这个方向调转航向：但是，海水平静，而且相反方向的风使他改变了主意。

在从阿舍穆到锡兰的穿越过程中，特别是在最后三四天时间里，在海上夜航中，我们发现海量的发光的鱼，在许多讲述中谈到的，这一次我有方便条件尽兴观察它们，完全消除了我的怀疑，至少，它们是真正的鱼类，有三个标志我认出了它们，就是说，一是它们的位置处境，二是它们的动作，三是它们的形象。因为它们是狭长形状，而且经常是一端比另一端更为粗大，它们以不同方式跳跃着奔向各个方向。况且，它们不浮出水面，像静物或无生命物体那样，但是，人们看见它们钻进水里，时而更深，时而更浅，这更向我证实了这种说法：海洋变得平静，同样的鱼群或是白天随时跳跃着，变成人们的捕获物，或是黑夜里出现在水中犹如蓝色火炬，看起来鲜艳而悦目，如同液体的磷火，就此，满足了我的好奇心，同时，获得了对于封斋期之需的补充，我们进入封斋期已经有几天了，正

---

* 1 英寻 =1.83 米。

① 即 Ponto Gale。

可以用作此时期的肉食，这是在阿舍穆做不到的。我们的船长对我们不像开始时那样热心，他拒绝夏尔莫先生自由上岸，只见他逮到一些这样的鱼，犹如南非黑人的机敏（l'adresse d'un caffre），连续几天在艏斜桅杆上，手拿鱼叉，逮到十余条鲷鱼（torades），之所以如此命名，因为它们的颜色鲜亮悦目，产生我们在海水里看到的光亮，然而，我不敢保证说，这些发光物是赞美鲷鱼、金枪鱼、白斑
234 鱼（albucors？）和其他类似能产生相同效果的鱼类。

　　自 23 日，直到本月末，我们行路很少，因为海水平静和逆向水流之故，致使 28 日晚，听到不习惯离开陆地的几声小鸟的叫声，我们都感到吃惊；但是，更让我们吃惊的是我们发现身后锡兰岛的陆地，我们还以为距离锡兰岛还有 30 或 40 法里之遥呢，以至于我们只是在 3 月 4 号才绕过科摩林角（le Cap Comoris），伴着非常凉爽的东风，这是与这一海域通常季风逆向的风，是对我们最为有利的风向，继续航行了三天，拯救了我们脱离这个注定倒霉的地方，在这里，平静的海水有时会使船只拖延三四周时间，每天只能行进几海里而已。

　　5 日和 6 日，我们走了很少路程，以及 7 日，我们去停泊在布里让（Brijan）附近，这是英国人自数月以来在此海岸开始建筑的一个小城堡，距离科摩林有 15 或 20 法里，① 是在阿婷嘉王后（la reine de Atinga）的土地上，是皇后邀请他们去的。在经过城堡统帅部时，我们得悉，就是这位皇后相当强大，能动员 10 万人武装队伍，已经在荷兰人要求下赶走这些人，而且，已有半月时间她封锁了城堡，任何驻军的人都不敢出去，他们的邻居也不能带走任何东西。在这个要塞面前，我们浪费了两天时间，我们只是在 9 日才能起锚，这一

---

① 科摩林（Comorin），马拉巴尔南海岸上的海岬，位于锡兰岛西面。古代的作者们称之为"Comaria"。

天，以及以后的日子，我们走了很少的路程，因为逆向风，逼使我们并船前进。在布里让，我们获悉，来了一位耶稣会神父，要去取马都拉岛传教团不久前被杀害的卜利托神父（le P. Brito）的首级，^① 235 带到科钦^②，由科钦带到果阿。

10 日，当我们在海上距离陆地有四五法里之时，一只小船从布图雷（Boutouré）出发，英国人在那里有一爿商行，小船找到我们，带来一封信。船长读过信后，调转船头，向布图雷行进，据说，要去那里取电报。同时，有几只小艇装满了椰子、无花果、鱼和其他清凉饮料，向我们的船开来，每个人尽其可能配备充足。几小时后，我们停泊在布图雷前。经过相互交换信息，直到第二天，始终没有 236 电报来，我们便起锚了。

12 日，我们超过了古龙（Coulon），这是荷兰人在此海岸从葡萄牙人手中夺取过来的前哨阵地。这一天和以后的几天，风向发生了变化，我们走了很少的路。我们多次观察到，夜里，海水稍有摇动，便显得特别明亮，尤其是在船尾有两条缆绳拖着浸在水里的小

---

① 卜利托神父，1647 年 3 月 1 日出生于里斯本，1693 年 2 月 4 日卒于印度南部的奥鲁尔（Oriur）。1669 年，卜利托神父以传教士的身份前往印度，自 1673 年开始在印度工作，在马都拉使团的困难时期，他与同行罗伯托·德·诺比利斯（Roberto de Nobilis）以适应策略进行传教。1687 年，他回到葡萄牙，后于 1690 年重新回到印度，尽管佩德罗二世希望他担任太傅一职。1691 年，他成为视察员。他皈依了塔蒂亚·泰瓦（Tadiya Teva）王子及其叔父蓝曼沙普兰王侯拉古纳特·泰瓦（Raghunatha Teva）。1693 年，他殉道而死。*BM* V, p. 168; *LThK* 22, col. 698 (Wicki).

② 科钦（Cochin）是阿拉伯海马拉巴尔海岸上的一个王国，也指科钦河统治者治下的城市。葡萄牙人佩德罗·阿尔瓦罗·德·卡布拉尔（Pedro Alvaro de Cabral）建立了这座城市，并以 1500 年第一批欧洲人发现印度时相同的城市名为之命名。1502 年，达伽马（Vasco da Gama）在印度建立了第一家欧洲工厂，1503 年，阿丰素·德·阿尔布克尔克（Afonso de Albuquerque）在印度建立了第一个欧洲港口。1510 年，欧洲在印度的第一座教堂，即圣弗朗西斯科教堂也在此落成。科钦成为大主教教廷，隶属果阿。1663 年，科钦被荷兰人攻占，荷兰人驻守此地直到 1795 年，之后被英国人攻占，直至 1947 年。科钦有托马斯基督徒及其主教，礼拜仪式采用的语言是迦勒底语。有胡椒和桂皮贸易。Zedler VI, col. 543, *Encyclopedia Britannica* (2000/2001).

艇，犹如非常明亮的彗星长尾巴，而船的尾涡显现白光，很像天上的银河。每次观察到海水里这种异样的亮光，我都发现白天在水面上油腻、肮脏，就像覆盖着一层淡黄色的灰尘，我看作是鱼籽。为了寻找这种现象的原因，我让人把海水装到盆子里，海水处于静态中，没有发生任何特别现象，但是，用手摇动海水，我观察到，大量的小光亮球体，犹如珍珠颗粒，随着水变得动荡便点亮起来。

15日，我们路过，看见科钦港。这是荷兰人沿着此海岸从葡萄牙人手中篡夺的最好、最重要的堡垒，大大有害于他们在此地几乎完全灭绝了的宗教，正如他们所到之处，成了主人的各个地方一样。我们看见一艘比我们大的舰船，停泊在港口之外，远离要塞炮火射程的地方。自16日至19日，航行总是一模一样，风也像似前几日的风。

17日，我们路过看见巨型宅邸，人们叫不出它的名字。有人认为，这是沿此海岸最强大的萨莫兰亲王迈哈迈德的宅邸。我们在此发现了位于河口处的两艘舰船，我们判断为葡萄牙人的突击舰（galliotes），根据我们所知，印度国王为了弄清楚葡萄牙人和迦尔居特的基督徒遭到萨莫兰或其臣子恶劣待遇原因，不久前从果阿派出237 突击舰，其中之一几天前在迦尔居特锚地烧毁了一艘摩尔人的海船，我们距离那儿尚有大约20法里。

19日是圣约瑟日，我们一下子到了迦尔居特锚地，英国人在那里有一爿商行。除了来自孟加拉和印度的其他地方的四艘小一些的摩尔海船，我还发现两艘英国的大军舰，一艘有60门炮，另一艘有50门炮，从英国到达已有三天时间，它们从英国动身差不多有一年时间了。第一艘名字叫"国防号"，当杜盖斯诺先生（Mr. Du Quesne）率领的法国舰队进攻荷兰军舰时，它停泊在马德拉斯港（Madras），荷兰军舰在要塞的炮声中撤走，据说，他参与战斗，表现很疯狂。这艘军舰上来了一位英国人，其头衔是总特派员的代理长官，他到达之时，获悉总特派员逝世消息，他便成了这支部队的头领。这类官员通常被派出向他人汇报他们的工作，有权根据他们的意志降低或提拔官员。他们很容易得罪人。尤其是个体人与之发生关系，惧怕他们。因此，我们的舰船属于私人而不是部队，我们的船长理应尽其所能避开类似的会面。我们的船已经停泊，向新特派员的军舰鸣炮九响表示致敬；陪伴它的舰船以七响回敬，而我们的船以三响表示谢意。随即，总特派员军舰的一只小船向我们开来，我们的船长立刻会见船主和作家，表示敬意。第二天我们的船长回来对我们说，名字叫约翰·加尔（Jean Gare）先生的特派员很荣幸获悉我们情况，很高兴我们的到来，并且他希望看望我们，以迦尔居特厂长布尔尼斯通先生名义邀请我们上岸纳凉、休息。我们回答他说，我们也感谢这些先生们的好意，如果我们离开中国时没有保证到达苏拉特前我们决不离开船，在到达这个锚地时，我们肯定会利用厂长邀请的机会，向将军先生表达敬意。第二天是个星期天，238我派我的会讲葡萄牙文的中国人去将军的船上，向他表示敬意，同时向他表示致歉；我们给他送去茶叶和瓷器小礼品，按中国人方式附上礼遇帖子。

22日，商行的官员帕泰尔（M. Pateel）先生来我们船上邀请我们上岸放松休息，提供他拥有的一切，我们再次向他表示感谢，不敢下船到我们与之交战的国家那里去。我们的船长向我们提出新的恳求，要我们去拜访将军，哪怕就只是一小时，同他喝一杯茶也好，但是，我总是坚持到底，并且我请求他起锚扬帆，继续我们的旅行，他说，他是身在有权威的人士手中，他不能没有他们的允许就动身，必须要有耐心才行。

24日，将军先生的舰长和工厂厂长来看望我们，寒暄之后，催促我们去见将军先生，但是，却不想担保我们的人员情况，致使，为了避免因不谨慎而冒风险，我们表示很受感动，我请求布尔尼斯通先生向将军先生转告我们的理由，将军先生当日派人送来两瓶橄榄油和一瓶刺山柑花蕾酱。

26 日，或者是人们没有向将军先生忠实地报告我们的理由，或者是将军不高兴，我们的船长对我说，将军一直保有想见我的愿望，这逼使我写信给他，表示感谢他的礼遇之举，并向他讲述。况且，因为没有足够的理由相信我们的英国人，我知道总特派员了解我们携带的一切，我毫不掩盖，我们在迦尔居特逗留期间，我们是在英国人诸位先生的掌控之下；我们很担心我们的自由受到伤害，只有当我们过了孟买这个英国人在印度的主要前哨之后，我们才能消除 239 这种担心。这种担心促使我总是以中国人方式对待英国将军先生，确信因为他们从不会有结果的贸易，至少不能公开地反对人身自由，他不能不知道我荣幸地被中国皇帝派遣。26 日这同一天，工厂厂长给我们送来了各种水果。因为是在扬帆航行的前夜，他想到了我们的船长同一位来到特派员舰船上去印度寻找对象的小姐完婚，这又耽误了我们四五天的时间。①

27 日起锚同三艘摩尔人的船一起出发，它们要去苏拉特，为了一起动身，已经等待我们两三天时间了，因为担心马拉巴尔海盗船经常在风平浪静或起锚时袭击。但是，我们行至不到半法里，便干脆停泊下来，我们浪费了一整天的时间据说是等待特派员的电报，然而，他没发出任何电报，他也没有回答我给他写的信。

最终，28 日，我们利用陆地风到了海上，傍晚，我们随着海风靠近了陆地，这是我们每天做的事情，根据每天风的不断变化。我

———————

① 无评论！

们停泊在距离迦尔居特七法里远的地方，靠近"牺牲岩"，因为马拉巴尔人的船通常埋伏在那里，当他们逮到船只之时，在此岩石上处理受害者。

29日，我们走了同前几日一样多的路程，来到看见塔里切的地方，英国人在这里有一爿商行。在这里，我们遇到了比我们早三天到达迦尔居特的两艘舰船中的第二艘，它是我们到达后的第二天动身的，为了在这里装运胡椒。我们也见到三艘摩尔船在我们前一天 240 从迦尔居特出发。

30日，我们只走了三法里路程，在距离卡那诺尔四分之三法里的地方停泊下来，这里还是荷兰人从葡萄牙人手里夺取的一个要塞。31日，我们前行直到距离一个高悬的海角差不多三法里的地方，海角高悬于海上，在这个季节，舰船往往要用八天多的时间绕过它。

4月1日，我们绕过了这个海角，后来的两天，我们走了不长的路程。3日和4日，我们的路况好些，6日，我们在芒伽罗河（Magalor）河口停泊；7日早晨，我们看见五艘船抛锚，另两艘船在河中，人们认为它们都是葡萄牙船，来此地是为了向果阿装运大米。自从闵明我神父登上这些船中去澳门的一艘船后，我了解这些情况。自从11日这一天，直到帕斯克（Pasque），风几乎总是逆向的，我们不得不保持抛锚状态，在靠近圣·玛丽岛（l'ille St. Marie）附近。最后三个夜晚，海水比平时更加动荡，对我们而言，好像是一片光亮，罕有的场景出现了，您可以说，这完全是液态磷的海洋，因为相互撞击的波涛在暗夜里呈现一片耀眼的光明，非常赏心悦目。后来的五天，伴着通常的季风，我们每天只走五法里路。

16日晚，我们停泊在一个名字叫卡鲁阿耳（Karouar）的港口，距离果阿有一天的路程。英国人在那里有一爿商行，我们看到一艘荷兰大船停泊在距离港口一法里远地方，它从巴塔维亚*动身开往波斯。同一天晚上，我们的船长上岸，第二天回到船上，带来商行的作家，他以其主人的名义给我们带来水果，其主人非常客气地邀请我们纳凉放松。我们像在迦尔居特那样向他表示感谢。他告知我们说，头目第二天要给果阿发送特别快件，我匆忙给闵明我神父准备一封汉文信件，我当时不知道他已经动身去中国了，告诉他最近三年里，皇帝很关心他，派出他的朝廷大员直接到澳门迎接他。我们的船长带到船上两只"小海马"，中国人这样称呼它，放在装海水的盆子里，活蹦乱跳的，说是送给我的礼物。但是，它们即刻就死了。雄性的海马比雌性的大一倍，全身呈黄色，身上有无数的黑点，雌性的呈灰色，像雄性的一样有无数的黑点。我把它们晒起来。以后，我要摘录中国博物学家对这种鱼的描述。我们的船长又回到陆地上，我们只是在 19 日才起锚，伴着顺利的小东风，这一天，我们走了六法里路。

20 日，绕过悬在海面上的海角后，我们看见了位于果阿沙洲入口的岛屿；这一天，我们顺利地绕过了。对我而言，如此靠近伟大的印度使徒方济各·沙勿略圣地而不能去向他表示敬意，心中很难过。

21 日，我们瞥见身后有三四艘船，一阵小凉风吹来，我们不久就看不见了。后两天，风和路程相像。23 日晚，我们在距离被称作马拉朗（Malaran）的苏瓦机要塞四分之三法里处停泊，要塞建在岛上，占据整个岛屿。第二天，我们刚起锚开航，两只小战船从要塞城墙那面出来，直接向我们开来，像似来侦查我们。我们的船长向他们发出三发炮弹，其中之一几乎沉船。这逼使他们撤退，这是欧洲人

* 巴塔维亚（Batavie），今雅加达旧称。

习惯地对付海盗船的办法。同一天晚上，我们在一个小港口入口停泊下来，人们告述我们说，这是苏瓦机①海盗船主要的集聚地。我们远远地瞥见五艘船，样子和大小如同我们地中海的单桅帆船，停泊在锚地，另有九艘更小些的船从靠近我们的港口出来，还看见另外五艘船在做不同的动作，这逼使我们的船长挂起了旗帜，准备出各种武器，以防夜里发生不测。不过，面对号称有 1500 多人的海盗船——这是我们船上人数的三倍，我们中只有 12 名欧洲人，其余大部分是摩尔人——我们停在那里直面他们，长达 12 个多小时，这种镇定的态度震撼了他们，以至于他们除了退回海港之外都不敢起碇。 242

　　自本月 25 日直至下月 10 日，风与水流都是逆向的，致使在此期间，我们只走了 20 法里路，经常是退行，而不是前进，我们多次冒风险，既在锚地，也在风帆出现险情，因为夜里没有灯光，我们的油早在一个半月前就已经用完了，而且，我们经常停泊于靠近岩石和在岩石之间。兼之，淡水、木材和大米几乎完全匮乏。如果坏天气继续下去，我们可能不得不放弃去果阿，或去临近某个港口，因为我们所在海岸，不能企望得到任何救援，因为这里的居民都是盗贼，他们靠可怜的旅者的施予生存。但是，让我们经常感受到特殊援助效果的上苍，此时此刻没有放弃我们，它让我们幸运地遇到了与我们同时从迦尔居特出发的三艘摩尔船之一，我们与之分手是在 19 天之前。我们只剩下够三四天用的大米，这稍许缓解了大家的不安情绪。作为交换，我们将一船的用水送给比我们更为匮乏给养的船。通过这种办法，我们继续一同赶路。这没能阻止，当仅有的 243

---

① 苏瓦机（Souagi，也写作 Suvagi, Sivaji）是孟买乡村地区操马拉地语印度人的领导，反对穆斯林，印度传统的重建者和保护者（参见奥朗则布）。1674 年，苏瓦机被加冕为独立王国的国王。1681 年，奥朗则布向南进发，与德干高原上的穆斯林苏丹国余部力量和马拉地人作斗争。Wolfgang Reinhard (1983), *Geschichte der europäischen Expansion. Band 1: Die Alte Welt his 1818* (Stuttgart), pp. 140f; *SF* VI, pp. 261f.

一点儿大米不久吃完以后，虽然平均分发给全体船员，每天只吃一顿饭，恐慌仍然在船员中开始产生，致使在我们船上，所有的人，主要是摩尔人高声抱怨，他们之中有一人因为绝望，投身大海，借以引起其他人骚动，他们只是在人们立即分配给他们一两袋大米之后，分配给基督徒水手，他们才缓和下来。但是，将近5月12日，天气发生了变化，我们去苏瓦机陆地的一个小海湾停泊，在那里，我们遇到了一艘渔民船，他们见到我们摇动的英国旗，给我们送来一些清凉饮料，答应来我们船上，但是，我们所得到的救援只是他们拥有的一些渔产，其中有一种我从未见过，相当奇怪的鱼，值得描述一下。

当地人把它叫作迦尔纳特（Carnate）鱼，它完全像鲨鱼，除了头部不像，它的头部像个有七八寸长，两寸半宽的双头锤，它身长大约四尺，眼睛长在翅膀的两端或锤子柄端，就是说大约在距离大脑一尺远地方。它有两排齐整而尖利的牙齿。夜里，身首分离的鱼头放在我的房间里，我感觉它发出一种淡蓝色的光，相当明亮，
244 我仔细观察企图找出发光的原因，我发现，这是一种透明的脂肪，充满皮肤和软骨之间的柔嫩空间，致使用手指触摸，手指上附着一种弱光，而后，逐渐熄灭。第二天夜里，我保留的这鱼头不再发光了。

13日，有风和潮汐，因为直到此时，水流一直是逆向的，走了四五法里路，去达布尔河口停泊，那里有两个要塞，一个在苏瓦机陆地，另一个在莫卧儿（Mogol）陆地。14和15日，风转向南方，更清凉，这两天，我们前行了大约20法里。15日，我们越过了苏翁特（Chuont)，这是葡萄牙人的要塞，距离孟买10或12法里，第二天下午两点钟，我们顺利地抵达孟买，稍远于要塞的炮程，我们向要塞鸣炮七响，表示致意。因为这是葡萄牙人在印度拥有的最为

重要的要塞，我们不无遗憾地逗留四天，眼看着我们丢失了大好时光。

居住在这个岛上的 17 或 12 名葡萄牙人晚上来看我们，从他们那里得悉传染病肆虐已有两年，夺走了岛上六分之一居民的生命。18 日，总督麦舍·瓦尔登（Messer Valden）给我派来他的秘书和翻译员慷慨地赠送他拥有的一切，好心地说，如果我想上岸，我就是主人，随着这种客气的问候，他还附带一顿盛宴：各类冷饮、鸡、羊、甜瓜、水果、蔬菜，以及一只私家母鹿。为了回应如此慷慨热情，我给他派去了我身边的两名中国人，按中国方式向他表示感谢，并以我的名义呈送茶叶、瓷器和其他中国珍品，总督先生热诚地接受了。

19 日早晨，我们起锚，向要塞鸣炮九响致意，要塞回答我们，鸣炮三响：这一天，我们能够做的就是走出港口，去岛屿的北方停泊。后来几天，我们有了非常凉爽的北风，22 日下午四点左右，我们顺利地到达苏拉特港 ①。从澳门岛出发以来，已经有差不多四个半月了。前一天，我们遇到了从苏拉特出来的五艘船。一艘摩尔船去孟加拉，两艘荷兰船去巴塔维亚，一艘英国船去波斯，我们与之晤面，向它致意，它给我们还礼，而第五艘船与我们相距太远，无法认出。

245

---

① 苏拉特是 17 世纪和 18 世纪达皮特（Dapte）河畔莫卧儿统治下的苏拉特王国的一个商业小城。港口距离安巴拉海湾 4 海里之处，也称为索马里。苏拉特有一家英国人、荷兰人、法国人及亚美尼亚人共建的工厂。这家工厂交易的商品有钻石、珍珠、香脂、麝猫香、丝绸、染料、棉布以及调味料。1659 年，苏拉特被查格汉（Chagehan）最年轻的皇子莫拉德-巴克什（Morad-Backche）攻占，1665 年被西瓦吉（Sivagy）王子攻占。（Zedler XLI, cols. 395-397.）吉安巴蒂斯塔·莫雷里·达·卡斯特罗诺沃（Giambattista Morelli de Castronovo）曾估测这座城市在 1682 年人口将达 300 000（*SF* VI, pp. 1256-1264）。耶稣会士在此有房子，由皮埃尔·迪于斯神父（Pierre Diusse）建造。*SF* VI, p. 109.

我真想登上去波斯的船，船长是已故康斯坦丁先生^①的好友，此后，我在苏拉特见到过他，他对我非常友好，并且向我表示过，他非常高兴能帮我这个忙。但是，后来得知，我要感谢命运的关照，我们未能及时赶到登上这艘船，因为这艘船没能到达波斯，经过七、八个月的旅行和毫无意义的疲劳之后，不得不又回到了苏拉特。当我们抵达苏拉特锚地之后，尽管印度的中国季风已经过去，我们担心因为风力和潮汐不能抛锚，我们在那里有八艘停泊的船，就是说六艘摩尔船，两艘英国船，它们从波斯来，当天早晨，我们刚停泊下来，便遇到了另外三艘帆船。人们派出小艇到岸，孟尼阁先生趁机上船。

24 日，我收到迪于斯神父^②的一封信，他是一年多以前抵达苏拉特的。他陪同前席斯帕哈姆传教会会长勒威尔神父，他来苏拉特为我们耶稣会在这里建立一处住所，以便联系勒望传教会和东方传教会。^③他告知我，皮亚瓦诺总管好心地命人准备小艇来接我和孟尼阁先生，以及我们的衣物。把我们的简单行装装上小艇后，我辞别了船长，在苏拉特上岸，找到了孟尼阁先生和勒威尔神父，迪于斯神父，他们是来迎接我的。第二天，我们乘坐其教团的四轮马车从苏瓦里动身，用了五小时时间，我们到达苏拉特，总管在勒纳尔（Renard）、佩蒂（Petit）、高德班（Codbin）以及其他皇家教团的人员诸位先生的陪同下莅临河岸边接待我们，他必定是抵达之时过来

---

① 康斯坦丁·华尔康是一位服务于暹罗纳雷王——自 1683 年后最强大的君主——的希腊探险家。

② 耶稣会士皮埃尔·迪于斯神父，1656 年 1 月 20 日出生于莱斯卡县（比利牛斯山），1713 年卒于苏拉特，以传教士的身份在孟加拉工作。*BM* VI, p. 6; *Sommervogel* III, col. 103.

③ 耶稣会士让-勒威尔神父（Jean Pierre Levert SJ），1648 年出生于洛特（Ginouillac），1725 年 1 月 6 日在法国去世，教授语法、人文以及修辞，以传教士的身份在亚美尼亚工作过 17 年。*Sommervogel* III, col. 445.

的。同一天，尊敬的于欧斯·德布尔值·卡普散神父（le R. P. Yuos de Bourges Capucin）同其教派其他几位宗教人士一起赏光看望我们。30 日，我们去聆听大弥撒曲和感恩赞美诗，在方济各会教堂，隆重演唱，感恩上帝助国王军队获巨大胜利，特别是攻取夏尔鲁瓦城 247（Charles Roy），同年赢得萨瓦省战役。而后，举办宴会，我们不能不参加。自早晨到晚上，在不断的炮声中为国王和国王家族健康干杯，向世界各国宣告法国人欢乐庆祝的正当理由。

在苏拉特停留半个多月，我们四个人在全年最炎热的时候，在这个季节，雨水持续三个月期间，时值传染病肆虐之时，住在一间狭窄房子里，很难避开房间的种种不便。6 月 13 日，孟尼阁先生，迪于斯神父和我，我们去苏瓦里。总管先生好心地让给了我们他自己的套间。苏瓦里①位于海边，那里，法国人、英国人和荷兰人各有他们的居住处和商店。在我们逗留期间，我们把此地看作荒漠，我们经常去岸边散步，我们捡拾各种各样的卵石和奇石，例如玛瑙、玉髓，看好它们多样的颜色和形状，我们高兴地观察大自然怎样鬼斧神工把这些石头造化成其生产的艺术杰作。②在苏瓦里，我们逗留了大约十个半月，而后，我们回到了苏拉特，等待从法国来的舰船，我们怀着希望期待，但是，它们根本没有来。于是，为了继续我的旅行，我必须想其他措施。因为时值我们同英国人和荷兰人在打仗，248我没能见到法国舰船。我只剩下取道波斯的路线，我必须赶上第一艘开往这方向的船。但是，我不喜欢这条路线，除了今年去波斯的舰船动身很晚之外，不仅是因为这条路线的种种困难，还因为据可靠信息，我的旅行会惹恼在这边立足的某些欧洲国家，它们一定会

---

① 苏瓦里是苏拉特的一个港口，距离城市四英里。

② 言外之意是："作者在这里做了篇冗长的论述文，证明石头有流失的生命，这里指废止意。"

给我设下陷阱，我不能在苏拉特长期居留休整，这一切促使我下定决心通过红海继续我的旅程，尝试一条新路线。

每年去穆哈（Moka）或吉奥达（Giodda）做生意的舰船为数众多，近年来，亚美尼亚商人在这些地方受到良好待遇，兼之，我可以等待一位忠实可靠的土耳其商人，他是皮亚瓦诺先生的好友，麦加亲王的侄子，他是亲自在吉奥达驾驶的一艘豪华舰船的船长（Nacoda）。我要了解国王诏书内容，其实是一份护照和一封写给世界大国君主的强有力的推荐信。所有这些理由最终决定我走这条路线，特别是因为勒威尔神父深谙土耳其人的语言和习俗，替我办这件事情非常容易；缩短我的旅程，为想去中国和整个东方的福音书工匠们开辟一条新路。在感谢总管先生为我热诚操心，助我发现这条新路线之后，我请求他在他的朋友船上为我留个位置，把我推荐给他，像国家首脑那样给吉奥达的巴沙（Bacha）写信，通知他国王诏书在各国，尤其是在奥特曼政府受到的高规格礼遇，我将有幸向他呈送的信件类同国王诏书。皮亚瓦诺先生[1] 看到我下定了决心，交给了我如我期望的一封推荐信。他让人把信翻译成阿拉伯文，卷好放进一个波斯锦缎袋内，他让人在信里盖上皇家教团印章。

几天前，孟尼阁先生因为没有与我相同的理由，放弃了波斯路线，登上了一艘英国小船，在他动身前夜，我才知道他即将动身的消息；他的陪伴曾大大缓解了我们从中国直至苏拉特这漫长航行中的各种难熬之苦。只有天知道这种分离使我多么痛苦。红海旅行的季风季节到了。这季节开始于二月，一直持续到四月末；在准备好了发往中国的信件，并给北京神父我的伙伴们发出一些小支助后，

249

---

① 皮亚瓦诺（Pillavoine）是苏拉特皇家教团的领导人。参见 Michael Smithies (1998), *A Resounding Failure : Martin and the French in Siam 1672-1693* (Chiang Mai), p. 35.

正当我万事俱备，准备世界上最洽意的登船之时，我突然受到敏感警报的打击；我获悉，曾热诚允诺在他的船上给我预留位置的土耳其人因为某些心怀恶意人的说法产生了怀疑，收回了他的承诺。接着发生更大的警报，针对整个苏拉特和像我这样几天后想要登船的人。离此城市 25 或 30 法里地方，出现一支武装队伍，首先传布的消息说，这是苏瓦吉的部队，效法其父亲来抢劫苏拉特。这一惊人的消息吓得不少商人出城，带走一部分财物，埋掉剩余财物。总管先生怀疑这只是个虚假的警报，借此机会在其居所进行必要的小工程，免得将来担心害怕这样的威吓。在此传言之后，发生另一个传言说，大莫卧儿奥朗则布①生病，甚至死亡，他以下一场战争威胁整 250 个帝国，他的孩子们一定会挑起战争，因为他们每个人都声称要继承王位。因此，皮亚瓦诺先生，尽管两国在打仗，在发生进攻之时，他建议英国人建立攻守联盟，建议被接受了。

上述差不多就是我从苏拉特动身时所处的状况。因为我们的土耳其人已经变得好说话了。因为我在苏瓦里留下了一些行李，皮亚瓦诺先生好心地派人找到它们，并将它们置于我所登上的同一条船上。1695 年 3 月 16 日，告别总管和教团的官员之后，他们是来为

---

① 默罕穆德·奥朗则布（le Grand Mogol Aureng Seb）是莫卧儿帝国的大莫卧儿，生于 1618 年或 1628 年，卒于 1707 年，自 1658 年至 1707 年统治莫卧儿帝国，是沙贾汗皇帝（1628—1657 在位）之子。1530 年，巴布尔（Babur），即蒙古征服者铁木真的后代，在印度建立了帝国。巴布尔的孙子阿克巴（1556-1605）称此帝国为莫卧儿帝国，该帝国疆土从阿富汗一直延伸到孟加拉。在阿克巴儿子贾汗季（1605-1627）的统治下，帝国度过了一段和平时期。贾汗季的儿子沙贾汗开始向南拓展疆土。奥朗赛博停止疆土拓展，在其去世时，几近整个印度次大陆得到了统一（Reinhard 1983, p. 134f）——尽管奥朗则布是第三子，但是他成功继承了王位，统治了莫卧儿帝国。在宗教方面，他没有像其祖先阿克巴大帝那样对宗教采取宽容措施。他在其父王的后代的宫斗中获胜，但是在他漫长而强势的统治下，莫卧儿帝国开始走向衰败。奥朗赛博是一个狂热的穆斯林，他一步步将帝国卷入到与印度所有统治者之间的战争中。Vongsuravatana (1992), p. 252; SF VII, p. 1262.

我送行直到河边，有一条小船来接我和方济各会的让-巴蒂斯特·莫
251 雷里神父（P. Jean Baptiste Morelli）①，他要乘去宁波的英国船去中国，
勒威尔神父陪我们到了锚地。当我接近土耳其船时，我脱掉了保娄帽
（le Poro），这是鞑靼人的帽子，换上了无沿帽，是船长这样要求的，
以避免可能的麻烦，他说，在这个既不接受异教徒，也不接受基督徒
的地方，如果我穿着异样，可能难办事。而后，我登上了船，只等船
长于第二天，3月17日，傍晚四五点钟扬帆起航。这艘舰船大约有
五百登记吨，按欧洲方式建造，是一艘优等帆船。况且，与其说是舰
252 船优势，毋宁说是船主的优势，促使苏拉特大部分商人把他们的货物
和人员都置于船上。因为除了船员以外，有两百多土耳其、印度和阿
拉伯旅客，他们都是伊斯兰教徒。尽管如此，我仍保留一斗相当适用
的私人工作室，除了圣弥撒外，我完全可以自由地进行我的职业训练
和回应某些个人的要求。我向一切需要我帮助的人分发小药品，致使
我和给我做翻译的天主教徒美国人忙个不停，因为在印度洋上航行
的摩尔人船上，他们不懂得什么是内科医生，也不懂得什么是外科医

---

① 莫雷里神父，即吉安巴蒂斯塔·莫雷里·达·卡斯特罗诺沃，1655年2月7日出生
于意大利卡斯特罗诺沃（Castronovo），1716年9月8日卒于印度。1675年，吉安
巴蒂斯塔加入方济各会新教罗马教省。1680年，他与方济各会士安杰洛·德阿尔巴
诺（Angelo de Albano OFM）被传信部（Propaganda Fide）派往中国。1680年10月
25日，他启程前往中国，1682年2月2日到达苏拉特，在那里他碰到了陆方济。他
们一起乘坐一艘法国船圣约翰号前往暹罗的阿瑜陀耶城（A'yuthia），并于1682年7
月4日抵达。1686年12月，吉安巴蒂斯塔与孟尼阁（Nicolas Charmot MEP）一起
乘坐一艘英国船只，从苏拉特到阿舍穆的苏门答腊岛（Sultanate）北部。然而，吉
安巴蒂斯塔想和他的同行伊大任一起工作，于是他返回欧洲。他试图与波西米亚方
济修会士约翰内斯·祖克曼德尔（Johannes Zuckmandel）一起乘坐一艘葡萄牙船只
前往中国，但是他的请求并未获得许可（祖克曼德尔是第一个决心去埃及或埃塞俄
比亚的人，但是后来他与吉安巴蒂斯塔一起前往中国，并在旅程中去世）。他们未获
得批准的原因在于他们拒绝向葡萄牙国王宣誓臣服于他。经过贯穿东方的漫长旅程
后，1693年他终于到达了印度，1695年8月到达广州，他居留在广州直至1699年
2月，然后他前往暹罗。*Necrologium* (1978), p. 137; *SF* VI, pp. 1241-1338（吉安巴蒂
斯塔的专著和信笺）。

生，甚至，他们不会利用他们自己买卖的治病药品。

我们从苏拉特沙滩动身，为的是不等到是星期五的第二天（土耳其人的神圣日子，他们很忌讳在这样日子扬帆起航），航向转向南方，我们沿着此路线一直到第二天到达达曼（Daman）附近，我们将罗盘方向西南转向西，这是我们一直保持的路线，直到四月二日圣星期六日子，我们看见了索科特拉岛（Ile de Socotra：位于阿拉伯海中，属也门）的东海角，我们每天航行 20、30、40 法里，在整个航程中，天气和海水非常温和平静，我们的小船单独也可以做到。跟在我们后面的另一艘有几百公吨的小船，但是，因为它不是一艘好帆船，我们不得不收起一半的风帆，等它。

25 日，根据印度内河船船员习俗，主要水手抬一只大盆，里面放入香料，而后将大盆相继展现在船上每个人面前，要他们往里面吐唾沫，每停一处讲一通话，以激发慷慨解囊，每人付出他们的香火钱，发明这种仪式实际是为了让商人和旅客缴纳赎金，这种仪式在下周同一天重复进行。这些人还有另一个习俗，对于船员而言，同样是讨好的，有利可图的。但是，这只是船主的钱袋要吃亏，就是：旅途中，被捕到的第一条鱼要进行拍卖，每人尽力抬到可能的最高价格，然后，按荣誉将它留给船主。例如，26 日，一位水手钓到了一条鲷鱼，在此情况下，在经过习惯的仪式后，鲷鱼被拍卖给我们的船长要 80 卢比，相当于我们的货币大约 40 埃居，这个价格不算过高，因为所有后来捕到的鱼留给船主，他可以享受美味，不再有花费，几天后，我们有了体验。

四月初一傍晚，我们在前方右舷瞥见一艘船。因为几年以来，在这一带海域除了一些流氓船外，出现过英国和丹麦的私掠船，它们收获颇丰。船主作为警惕性高的人物，让人们立即准备好大炮和船上可以做武器的东西。但是，发现这艘船收起了全部风帆后，大家心中的恐惧，尤其是毫无抵御能力的印度商人的恐惧很快烟消云散了。

四月初二，我们一看见索科特拉岛陆地，便鸣炮三响，表示高兴，因为这个位置正是阿拉伯半岛的入口。晚上和第二天是复活节日，我们沿着索科特拉岛海岸航行。当我们临近东海角之时，我们瞥见另两艘船，这又引起我们船的警觉，每个人都确信这一次碰上的是海盗船，这使得我们有一半的人整夜都蒙住了脸，尽管这些让我们恐惧的船一看见我们就会改变路线。当我们越过索科特拉岛时，我不禁同情地注视着这块不幸的土地，它是南亚第一块有幸见到方济各·沙勿略[①]的土地，却未能使他停留足够时间，以让这位伟大使徒业绩结出荣耀的果实，上天秘密判断这种需要崇拜而非深究的神谕，确定也许有更适宜于接受福音种子的国度，在这方面，这种子似乎比之世界上最文明帝国尚属野蛮。我想说的是中国，在其门口，这位伟大的圣徒抵达了，却只是为了结束他光荣的生涯。况且，这个广袤的帝国是在方济各·沙勿略的继承者后来发现可以接受他们一直热诚传布的信仰之光明，此前，它不具备由伟大使徒开启心灵的条件。然而，我们有理由认为，这是由于这位死于中国门口的圣徒之功绩，使中国皈依是他最终和最热诚的愿景，一个多世纪以来，不同教派的可敬的布道师通过他们的关注和功业，以及他们各自有益的努力，乃使这个王国受惠于福音书的进展，有了我们当今看到的它倾向全面皈依的条件。也似乎可以希望这位圣徒在华的短暂逗留的夙愿感动上苍施予恩泽，通过仿照圣徒热忱的布道活动完成它的皈依。

---

① 沙勿略自 1542 年 3 月至 5 月一直居留在索科特拉岛（Socotra）。George Schurhammer (1963), *Franz Xaver. Sein Leben und seine Zeit. Zweiter Band Asien (1541-1552). Erster Halbband. Indien und Indonesien 1541-1547* (Freiburg), pp. 120-129.

　　抱着利好这一伟大神圣之举的想法，我想用简单文字说明我发现的这个岛屿的特点，如果可以相信驾驶员手中的印度文手绘地图，它状如等边三角形 *，其角端面向东方，其对立的两边斜向南方和北 255方，其底线直对西方。一边，它位于距离非洲最东端的海角（通称瓜达富伊角）有 50 法里。这个岛屿状如一个小等边三角形，每边能有 30 法里长，至少我能证明我们沿着陆地航行的南侧，致使全岛能有大约 70 法里圆周长，介于方济各·沙勿略信中与勒威尔神父信中测量值之间。[①] 至于土地的质量，如上述信中所描述的，没有什么可补充的。关于居民方面，他们那时都是基督徒，宗教里必定发生了一种大变化，因为我看到的一位葡萄牙人的论文将岛上居民数量提升到 3 万人，一半是遵循伊斯兰法，另一半自称是基督徒，人们只是从他们崇拜十字架的标志看得出来。因为他们没有受洗礼，他们甚至不知道什么是洗礼。他们有一种特殊的语言，不过，阿拉伯语是通用的，他们是卡森国（la Terre de Casson）一位阿拉伯君主的臣子。在这个岛的海角处，还有两个小岛，我们于 4 日早晨周一复活节越过，我们处于距离索科特拉岛二十五多法里地方的第三个小岛附近。它虽然无人居住，却有木材和水。风好于所需，因为我们接 256近陆地，这逼使我们整夜以小帆航行。

　　第二天 5 日，我们瞥见距离我们三四法里地方，在非洲海岸上的这个构成著名的瓜达富伊角的三重海角，纬度 11 度半，就是说我

---

* 原文 izocelle 为 isocele 之误。

① 沙勿略在一封标注为 1542 年 9 月 20 日的信笺中描述过索科特拉岛。参见 Georgius Schurhammer (1944)(ed.), *Epistolae S. Francisci Xaverii aliaque eius scripta. Tomus I (1535-1548)*(Roma), pp. 123-125。这封信也出现在霍雷肖·托舍里诺（Horatio Tvrsellino）编辑的著作中：*Francisci Xaverii Epistolarum Libri Qvatuor, ab Horatio Tvrsellino e Societate Iesv in Latinum Conservi ex Hispano...* 此著有多个版本，初版于 1596 年在罗马出版（*BM* IV, no. 1092）。1682 年版本属于北京的法国耶稣会士，参见 Verhaeren (1969) no. 1635，白晋显然使用过此著。

们用了 20 天时间完成了这次海上行程，跨越了从印度西海岸到非洲最东端海岸之间的海域，摩尔人或印度人计算为 130 托姆（tom），一托姆等于我们的四法里，我们靠近海角差不多一法里，越过它，而后，我们进入了红海湾，因为顺风，我们每小时可行一法里，致使不到 12 小时，我们绕过了埃塞俄比亚北海岸的另一个海角，名字叫比雷埃夫斯海角（le Cap Piree），距离瓜达富伊角大约有 17 法里。后来的日子直到 10 日，我们一直沿着埃塞俄比亚海岸航行，在此期间，我们只是每天航行 60 或 70 法里，风时而推我们向前，时而完全放弃了我们。而后我们经过一个岛屿，它可以成为我们航线上的航行路标。

11 日，我们穿过海湾，朝西北方向航行，在被称作亚丁（Aden）的阿拉伯半岛海岸上发现一座很高的山峰，亚丁源于要塞的名字，这个地方距离麦加（la Mecque）大约有 40 法里。于是，我们向海峡前行，以便利用我们拥有的好天气，扯满风帆前进，整夜如此航行，顺风之快，第二天早晨，我们便抵达麦加海峡入口。但是，距离陆地如此之近，我们必须感谢上帝，我们没有在非洲海岸搁浅，在这个地方，陆地如此之低，在黄昏时分，我们没能发现陆地，尽管我们离它只有半法里远，这使我断定在这个季节流向红海的水流在海峡里是非常迅疾的。同样的风使天气更加凉爽，我们顺利地通过麦257 加海峡。这个海峡情况是根据我们的驾驶员报告，因为有两法里宽的大雾，我们不能很好地判断。当我们正要进入海峡之时，突然在我们身边出现了一艘小海船，它正从埃塞俄比亚海岸出来，与我们是同一个航向。这艘海船的形状和它出来的地方，都特别像打埋伏的船，让我们认为这是海盗船，但是，它没有及时发现我们搞突袭，因为我们的船扯满帆航行，而且我们的船掩饰得好，我们很快就看不见这海盗船了，它虽然很小，仍然引起我们不小的惊恐。

　　然而，一直越来越凉爽的风恶变成为一种风暴，持续30多个小时，这场风暴对我们而言，可以说是利大于弊，因为在它的推动下，13日，我们抵达纬度25°，虽然海峡只是处于11.5°。12日中午前，我们已经越过了穆哈港和穆哈城，虽然从那里到海峡有十多法里距离，而晚上，我们在左舷非洲海岸甩过了五六个看起来相当大的岛屿。13日中午，我们接近被称作贝尔太尔（Belleterre）的岛屿，以其中央火山著名，我清楚地看到在其峰顶出现的白烟，兴许那就是火山口所在地。这个岛屿荒无人烟，能有两法里长。

　　14日，从子午线高度看，我们又提高了一度半纬度。后来的三天，一半有风，一半平静，致使17日中午，我们只处于18°26′。因为这片海的两岸布满了岛屿，岩石和礁石，我们延着海湾中央航行，海湾的水道宽、深，而且非常清晰，至少直到吉奥达附近是如此。但是，几天后，我们没发现太靠近埃塞俄比亚海岸。18日和19日，风很弱。20日，因为驾驶员想认出环境，然后转向吉奥达，我们直向东方航行，风相当凉爽，我们继续这条夜里最好的航线，直到瞥见夜色中断定的岩礁，那可能是陆地或岛屿，这逼使我们迅速扯下我们的风帆，起锚，这是自苏拉特以来从未发生的。同时，因为人们以为接近吉奥达，根据习俗，鸣炮两响，通告渔民来船上领引进港。黑夜阻止辨认我们所在地方的大小。一些人开始钓鱼，有一人钓到一条漂亮的绯红色的鱼，样子有点像我们的鲤鱼，就是形状更大，更短。但是，天亮才让我们看到夜里经历的风险的危险性，因为我们曾进入充满山嘴和暗礁的迷魂阵，我立即感谢神佑，我们刚刚明显地感到这种特别的神助，非如此，我们笃定迷失方向了，如果整天非常凉爽的风没有幸运地平静下来的话。人们认出了，我们只是处于距离吉奥达北海岸四五法里地方。人们又鸣炮一响，提醒渔民来帮助我们离开这个危险地方。但是，因为锚地不好，人们担

258

心随时发生新事故，人们最小心地航行，避开暗礁，寻找脱离此地的道路，而后，弱风下起锚，风渐渐凉爽，用了两三小时时间，才使我们脱离危险区，摆脱了左右两侧令人恐惧的山嘴和岩礁。在靠近海岸时，我们发现两只小渔民船，向我们开过来。抵达一条小河口时，船长想停泊在那里，等待吉奥达消息。进入河流时，船龙骨触及岩石河底，致使它必须远离河岸。抛锚转向，我们在那儿等到第二天早晨，乘小北风重新上路起航，三四小时后，我们进入了吉奥达港，我们是当月22日抵达，是我们从苏拉特动身后的第36天。我们向要塞鸣炮九响，要塞给了回礼。风暴使我们分离的那只小船，我们以为一直是在我们后面的，在我们抵达前三天进入此港。

259 我们停泊后的一小时，要塞的一只小艇向我们开过来，船上有巴沙（Bacha）的一名官员，他同船长谈了一些时间后，带他去城里。傍晚，海关的两位官员来我们船上，一直呆到卸下全部货物，保留10%的关税。

　　第二天，25日，我们船上所有私人货品都搬到陆地上，随同一起的还有他们所拥有的一切。对我而言，我不着急，而且很高兴得悉事物的状态，我只是派我的翻译去城里，向船长打听我什么时候，以怎样的方式离开这土耳其船。获悉我明日可以登陆，而且我可以有一所完全准备好的房子居住，以至于24日星期天，在我买好了海关官员的许可，这是他们对我的趁机勒索，之后，我便登上了我事先租好的船，随同我的中国翻译和行李，我们下船去对面的律师事务所，这是必须出庭的地方。在那里，我受到了相当好的礼遇，因为首先，我本人和我携带的两个人受到了照顾，甚至不想搜查我们。至于我们的箱子，它们事实上都是开着的，但是，巴沙在他就坐的台子上能看见眼前发生的一切，看见两只箱子里只有书籍和纸张，发现我没携带任何要上税的东西，很快就把我打发走了。同时，为了提高他的身份，让人热心地告知我说，我是受到欢迎的，并说，如果我有什么需要，我可以自由地向他提出，要塞的门对我总是开着的。他命令一位官员把我的行李运到他府上，我要住到他的家里，以免丢失。我把这种优待看作是土耳其对我所属国家极大尊敬的结果。在商队停歇地方（dans un carvansera），为我租下的居所是位于海边的凉爽套间，在距离我们的船长相当近的地方，那里，我可以在一周或十天之内保持名副其实的孤独。

5月4日，获悉为完善艺术和科学，我从中国带往法国的几箱子 260 书籍和其他东西已经被卸船到海关，我不知道是谁的命令，在海关要进行检查。虽然因为我们赶上了土耳其的斋月和封斋期，我推迟了去拜访巴沙，向他递交法国国王诏书信件，请求他迅速下达由此地去开罗的文书，为了我的箱子不冒破碎和损坏的风险，为此，我必须去拜访巴沙。他知道我在现场后，立马让我进去，并让我在同一台上与他相对而坐。我首先对我所受到的良好待遇向他表示感谢，同时向他申明，如果不是遇到斋月，我知道在这期间人们是不进行走访的，我就不会等到如此长的时间履行我的义务，补充说，我希望他给想办法，安全地转到大开罗（le Grand Caire）。巴沙通过我的翻译热心地告知我，对待他的友好国家的外国人，他当然尽其可能为我提供方便，听到此话，我从丝绸袋中取出国王的特许信件，这是我专门备好的翻译成阿拉伯文的信件，将它呈送给巴沙，他很尊敬地阅读，为了表明他对如此权威的推荐信的尊重，他加倍地客气，满口答应，根据我的需要，设法通过海路或陆路最安全迅捷地送我到大开罗。他对我说，虽然陆路对基督徒关闭，但是，他完全可以安排我走这条路线，但他担心我因为缺水和极度炎热难以抵御旅途疲劳，在这个季节，人与马都会窒息难熬，水路更为合适，但就是要等待季风，就是说大约四个月时间，每年从苏伊士到吉奥达的船只要到 6 或 7 月份返回，我可以随心所欲地享受安全和舒适，他甚至主动让我转到他在这港口拥有的一艘船上。我向巴沙表示，非常

261 感激他的关照，因为我知道这是我的主人国王推荐信的效果，我不必亲自向他表示感谢，但是，当我到达之时，我一定在法国做一个原原本本的报告。我补充说，他的两个关于我的旅行的建议，我觉得相比海路，陆路非常困难，而且不安全，至于他向我谈到的船都要很晚才能动身，对于特别强调时间性的人来说，我请求他认可我向他提出的第三个建议，即我听说有人在等待一艘苏伊士双桅船，它不久就回来；如果可能的话，我请求他为我在这条船上找一个位置。他对我说，双桅船不受他支配，他不能对我做任何允诺，直到这艘船到达，他可以向船主人谈此事。而后，他想把我当公众人物对待，命人每天给我的居所提供面包、肉、水，等等。这个命令没有很好地执行，这不是巴沙的错，而是我的翻译的错，他串通了仆人，几乎把一切东西都转为他利用。

在向巴沙告辞前，我向他呈送了皮亚瓦诺总管的信，巴沙读了信，表示他会十分尊重这封信。几天后，巴沙的一位官员从陆路来到这里，他来自宫廷，带来了苏丹艾哈迈德（Sultan Acmet）的死讯和他的继承人苏丹穆斯塔法，穆罕默德四世的儿子加冕的信息，以及新苏丹送给巴沙的一件卡夫坦或长袍和一把军刀，表明他仍继续

262 其官位，这引起了第二天全城在要塞和港口的舰船鸣炮声中举行公共庆祝活动。[①] 庆祝以一场骑马驰骋开始，所有在吉奥达的贵族和富人都参加活动，并且郑重戴上新苏丹赠送给巴沙的全部荣誉标志。晚上，当庆祝活动高潮稍许过去，我去要塞向总督表示祝贺，共享

---

① 苏丹穆罕默德四世（Sultan Mehmed IV Avci, 1642—1693），统治时期 1648—1687年；苏丹艾哈迈德二世（1642—1695），统治时期 1691—1695 年；穆斯塔法二世（1664—1703），统治时期 1695—1703 年。

快乐，他非常礼貌地接待了我，对我说，他所感到快乐的重要原因之一，就是他能够以前所未有的权威，在各方面以我可能期待于他的所有事情上为我提供方便。这种庆祝之后接着是更为隆重的庆祝，祝贺苏丹·穆斯塔法登基帝国，这是根据宫廷本身的命令，整整一周时间庆祝，其间，每人尽量表现出热情，黑夜到处灯火通明；白天，装饰点缀房舍，家具正面顶级洁净，以及地方和民族所特有的表演和娱乐活动。

这些庆祝活动过去之后，我仔细地了解阿迦（Aga）为了返程应该动身的时间，获悉他只是在八月末期启程，然而，他要去麦加，直到 7 月 22 日，此时是大开罗的沙漠商队旅行时期，随商队从陆路归来。由于必须还要在此地长期逗留，也因为从吉奥达到苏伊士航行之缓慢而感到烦恼无比，我决定试一试陆路办法，认为我不会有比陪伴宫廷特使更好的机会。为此，20 日，我去要塞求见巴沙，他向我讲述了许多困难，经过几天来多次央求才表示同意，并且两次派他的副官来详细了解我央求的问题。我归结为这些困难都来自于我的译员使坏，他已经多次耍花招，他想延长我在吉奥达的逗留时间，利用根据巴沙的命令每天提供给我的开支，而且，私下里从我根据勒威尔神父的善良建议免费分发的小药物中获取大价钱。最终，获悉我的译员的做法后，我公开地，以威胁语气向他提出了警告，但是，因为此前他已经赢得了主要官员和大多数巴沙仆人的好处，263 结果对我不利，他并未因此表现出受到触动的样子。不过，我坚持提出求见要求。

寒暄之后，巴沙让我坐在他身旁，我向他说，记得他早先对我的允诺，助我由此通过海路或陆路去大开罗的承诺，此次，侯赛因·阿迦不就要通过陆路返回，通过大开罗去宫廷对我是个机会，专此来求他助我利用这个机遇。我发现巴沙对我态度有了变化，先是向我讲述各种理由，旨在要我放弃这种想法，他发现我一直没被说服，他让我的译员过去，秘密地对他说，让我明白，因为一年以来，在他与我必须去见的地区头领之间产生了不和，像我这样的人，去麦加旅行非常危险，考虑的结果，最可靠的办法还是等待在苏伊士动身的第一艘船，致使不管我的请求多么迫切，我也必须毫无所获地告辞，还要感谢巴沙为我的旅行安全所做的一切。然而，比之这次拒绝与其先前做出的承诺，这使我怀疑在所有的美丽允诺中都有许多安全问题，我担心当海路旅行时期到来之际，人们又会向我提出新的困难问题。因此发现自己处于这种令人不快的尴尬之中，为了不轻易做出决定，我认为不可能有更好的办法，只能是遵从圣·依纳爵（St. Ignace）在类似情况下的叮嘱，也就是说嘱托上帝解决，请求他告知我们为了他的荣誉，最切实可行的解脱困境的办法，如此这般，尽我最大可能实践这种基督徒的谨慎规则。看来，这就是我能够坚持的行为。首先，我不能再信任我的译员，我确信，他已经多次对我不忠，如果不说是对我背信弃义的话，我决定辞退他回老家。带我来此地的那艘船的船长，我觉得他是个非常

264 忠诚的老实人，他要很快去向巴沙辞别，他与巴沙关系融洽，我觉得，如果我同他一起去要塞，提醒他曾热心谈到过我的事，请他回复皮亚瓦诺先生的信，皮亚瓦诺先生是我国在苏拉特的首脑，在此信中，他很好地表达了善意关照我去往大开罗的方式。但是，当我找到纳考达，向他提出此建议时，我决定不用翻译对他讲话，因为我已经学会了足够的土耳其词汇在这种特需情况下让他明白我要说的意思。

　　我首先对他说，我带来的这个人不老实，我想打发他回苏拉特，我来就是把他送回去。这位土耳其人不习惯我的表达，想象是

我要回去，非常高兴这个建议，对我说，我完全有理由采取这个决定，摆出权威样子，补充说，宫廷已经向法国宣战，现在，在大开罗已经没有法国人，在勒旺岛（Ile du Levant）各个阶层也不再有法国人，土耳其皇帝（le Grand Seigneur）辞退了他们。如果通过那里继续我的旅行，我将面对令人不快的尴尬。我对自己相信的人从无提防，就像对待我的亲兄弟一样，当我的翻译第一次向我详尽讲述我原以为是欺诈的消息是确切可靠的时候，这次决裂的原因是因为土耳其皇帝确切获悉威尼斯人夺取了他的重要哨所 Scio（？），这是在法国国王派去了重大的舰队支援实现的，我说，在这块不忠实的土地上，没有任何人可以信任，我把这个土耳其人刚才对我的虚假的知心话当作友好表示，我问他是不是同意把我送回苏拉特。于是，最后令我痴迷不疑的是，他把手放到头上和眼睛上，让我明白，他将冒生命危险去做，致使我非常确信纳考达的所谓慷慨，在此场合，他向我叮嘱了秘密，担心巴沙反对我动身。为了进一步促使他对我坚持他的诺言，我给了他一只漂亮的金壳手表，这是我原本要送给巴沙的，此前，我已经给了他另外一件礼物，但是，我有根据地确信是被我的翻译转手了。这块手表换来了船长方面的新的友好表示，但是，他限制了他的效劳，对我说，对于我本人和我的仆人们，就是说我的中国人和我的翻译，全权由他负责。但是，对于我的包裹，因为海关，他不敢担责。不过，两三天时间里，经过多次的恳请，根据必须支付的适当钱款，借以堵住海关小官吏的嘴，他同意了帮忙。如此这般，以为自己取得了巨大胜利，两天后，我自己登船，离开了麦加的土地，口中唱着圣诗 "当以色列出埃及时（In exitu Israel de Egypto）"①，快乐的感觉就像从前以色列人当摩西给他

265

---

① Psalm113, 1.

们开辟了穿越红海的通道之时，他们开始尝到了获得新自由之甜蜜，因为我当时没有发现人们早已对我进行的欺诈行为。

几天前，穆罕默德后裔的一位爵爷，麦加亲王的叔叔专程来到吉奥达，据说是为了求教法国神父关于他深受其害的肺病。我们船的纳考达请我去看他。我去了。人们让我坐在他身边的扶手椅里。我给他号了脉，用了大约半小时时间，给他开了我们的医生对此重病经常开出的特殊食谱；我给他一小瓶铁线蕨糖浆 ①，幸亏我带在身上，它比任何医药处方都更受到欢迎，这些城区的人的怪癖是不管什么代价，是让您给他们成药，而不是简单的处方。但是，因为病人必须几天后回到麦加参加著名的每年吸引无以计数的伊斯兰教徒的牺牲节，他说，几天后要回到吉奥达开始用药，这使我产生怀疑，人们可以利用这个借口让我滞留在吉奥达，但是，这种疑虑很快消失了。

但是，关于医学，我简单地说一下我在此地进行的试验，以便就此道去印度和中国的传教士得以借鉴，自吉奥达以来，我在船上分发药品，我的想法是通过此手段赢得伊斯兰教徒的好感，使他们习惯看到我们自愿到达他们那里，是为了逐渐向去东方的传教士开辟至今仍向基督徒严格关闭的道路。经验让我看到这个建议对于抱此目的取得成功也是聪敏而实用的。但是，要想达到预期成功，必须懂得土耳其语，或阿拉伯语，可以自己听懂和让病人听懂，因为很难找到一位无私而忠诚的翻译。至于药物，不应只是依靠能够随身带的东西，人们不能相信一点儿特立克解毒剂（Thériaque）或一

---

① 糖浆（syrup de capilaire）由铁线蕨制成，此种植物在根部有长须。由此制成的糖浆可治疗胸部急性热病和咳嗽以及促进伤口愈合。Zedler I, cols. 500-502.

点儿奥尔维塔罗（Orvietaro），^① 使用些许"穷人的药"，或其他随意给的类似的药会产生良好效果。^② 维吉尔（Visir）的一个仆人从麦加归来时被蝎子叮了，这位土耳其人派人找我要药，我给他送去了一点儿特立克解毒剂，一部分用于口服，另一部分敷于伤口上，他几乎是立即痊愈了。他的主人了解此种药效后，我给他送去了自己剩下的一半，连同一些由亚山特（Hiacynthe）^③ 配制的匈牙利王后水^④，

268

① 自古代（伽林曾用过此药）开始直至 17、18 世纪，特立克解毒剂一直是一种普遍和最为流行的药物。特立克解毒剂是一种药膏（德语: lattwerge），能够治疗各种伤口，也可内服，尤其在治疗蛇毒和蝎子咬伤等方面有奇效。特立克解毒剂有多种类型，其中之一是安德罗马贺斯解毒剂（Andromachos），另一种类型甚至称为耶稣会士解毒剂（Theriaque of Jesuits）。来华传教士对这种药膏自然非常熟悉。此药 40%—60% 的成分可以替换，但是其中有两种成分至关重要：蛇肉（据说此药的名称就来自此种毒蛇的名称）和龙胆根。有时此药还含有牛黄、肉桂及 mosk（或为原文拼写错误）等。这种药在中国皇宫也非常受欢迎。1690 年（？），厄鲁特（Eluths）国王派遣的一队商人带着两小盒特立克解毒剂，作为礼物（或更恰当的说法"贡品"）进献给康熙帝。——Orvietan 或 Orvietum 是 theriaque 的一种特殊类型，名字取自城市奥维多（Orvieto）之名或来自一个"Orvietanus"的人名（事实上，这个人的名字叫耶罗尼米斯·弗朗斯 Hieronymus Ferantes）。这种药取材于 20 种有毒草本植物和植物根，经研磨后，与蜂蜜混合而成，类似于安德罗马贺斯解药。Zedler XXV, col. 2067, Zedler XLIII, cols. 1164-1218.——白晋居留在北京宫廷时，曾以身试用这种药。参见 B. Nat., Ms. Fr. 17240, fo 279v: "7 月 10 日，在我洗手候，被藏在毛巾里的蝎子刺了手指，我碾死了它，并糊在被刺地方，同时敷上这种药膏剂，我也口服一些。不到一小时半，就完全不痛了。"

② 见白晋，一封给不知名耶稣会士的信（显然不是"致耶稣会法国教省诸长上"的，因为白晋在信中是对一位耶稣会士说话的口吻），苏拉特，1695 年 12 月 21 日，ARSJ, JS166, fo 103r，信中写道，传教士应当携带一些特别之物，"尤其是优质的金鸡纳，3 种卡鲁埃先生（Mr. Caloüet）的名为'穷人药'的药膏，以及各种被证明过的特效药"。

③ 此种药物有四种不同的类型，以膏药的形式进行治疗，配方中除了其他药材外，还包括珊瑚、树脂、檀香木、翡翠以及蓝宝石等。据说这种药物对心脏有益，可抵抗瘟疫并具有抗毒性。Zedler VI, col. 947.

④ 匈牙利王后水（eau de la Reine de Hongrie），亦名匈牙利水，拉丁语为 spiritus Rosmarini, Aqua Reginae Hungariae，由迷迭香花与薰衣草混合葡萄酒后，再加入新鲜迷迭香花制成。据说波兰国王弗拉迪思来·洛克蒂齐（Vladislai Loctici）之女即继承人匈牙利的伊丽莎白王后（约 1300-1380）在 70 岁时，受痛风及其他病痣所苦，饮用此水一段时间后，不仅完全健康起来，而且变得年轻貌美，一位波兰王子甚至欲娶其为妻。参见 Zedler XLIX, cols. 1340-1343。

269 以及两块含有伯祖阿尔迪克成分的石头①，这一切都让他特别高兴，但是，此后，就没有任何我有权期待于他的关照了。

况且，上天没有允许我通过红海之旅去往欧洲，为使红海之旅对于试图通过这条路线，即或从欧洲去印度，或从印度去欧洲的传教士们能具有某些好处，因为我认为在这里必须说，这两种方式都是非常可行的。他们可以利用的是每年从苏伊士去吉奥达的船只、麦加商队。至于商队，从苏伊士到吉奥达有两类船只每年扬帆出航往返。有划桨的双桅船和舰船，双桅船数量很少。至于舰船，通常能有 25 艘，两种船几乎是同时开拔，就是说将近六月份，它们只用 20 天完成此航程，而返回时，它们只是在八月和九月底动身，有时它们要用八十天完成此行程。

至于商队，欧洲人可利用的机会有两种商队，在或去往，或返回时，就是说去大开罗商队和去大马士革商队。两个商队差不多是同时出发。后者大约用 40 天时间，而前者只用 35 天时间，去麦加的商队在节日前三周到达。今年的庆祝活动于 7 月 20 日举行，就是说斋月节后的 3 月 9 日。致使从欧洲去印度，不管采取这两条路线中的

270 哪一条，最迟也必须在斋月末到达麦加或大马士革，为了从印度去欧

---

① 伯祖阿尔迪克（Bezouardique），也称 Bezouar、Bezaar、Bezehard、Pe-Zahar，是波斯和东印度地区一种产自某些动物（多为反刍类动物）胃部的石头。一般磨成粉后兑水使用。用于解毒、治疗瘟疫、出汗疗法等，有时它也作为其他药物的成分（Zedler II, cols 1656-1683）。这种石头也见于中药，卫匡国书中曾提到（1981, p. 57）："在这些地方（山东省青州市），从牛的胃中提取出一种石头，中国人称之为牛黄（Nieuhoang），意为'牛的黄色'，因为它通常是黄色的。大小不等，有时与鹅蛋相当。它不像牛黄石（Bezoar）那样坚硬，却更光滑，比起牛黄石，中国医生更推崇它。它就像由较软但干燥的黄色粘土制成。中国人认为它性质极寒，对抑痰非常有效，他们说把它的粉末扔进沸水中，水会立刻停止沸腾、变得平静；如果在其上加一点冷水，它会释放出蒸汽，水则会迅速渗透下去。我认为这块石头就是皮埃尔·贝隆（Bellonius）在《奇特之物》（Singularibus）第 3 卷第 46 章中称为胆石的东西：他谈到了土耳其的屠夫，这块石头，正如其所说，被阿拉伯人称为 Haraczi。"

洲，必须于 2 月中旬到达苏拉特，在此期间，舰船出发去吉奥达，逗留三个月后，它们从吉奥达再出发返回苏拉特。因此，我于 7 月底登船，返回苏拉特。但是，在起锚之前，让我们谈一谈当地的事情。

　　吉奥达及周边地区确确实实是最凄惨的逗留日子，也是我从未见过的最不受大自然关照的地方。如果说距离此地只有两天多路程的麦加并不比这好多少，自从它变成为虚假的穆罕默德先知的亵渎宗教中心以来，可以说这块土地是被上帝双重诅咒的地方，因为如果相信他们的传说，人们指明，人类之母的陵墓位于吉奥达城墙外火枪射程之处，人类之母选择这个地方结束她的生命，是要人们相信这块土地初始时期是世界上最美好地方之一。① 位于海边的这个城市处于具有两法里深的大海湾深处，呈现六角形，周长大约半法里，完全由城墙封闭，只留出海岸；但是，城墙很弱，很低，人们更容易将其看作是花园围墙，而不是要塞的围墙。这座城市有三个门，其中两个门禁止基督徒出入，违者处以死刑，亦即麦加之门和麦地那之门。这并没有阻止我，开始时既通过了这个门，也通过了那个门；巴沙体面地待我的方式给予了我各种各样的自由；这个城市只有三分之一布满房屋，海水深入城市也占三分之一，而第三部分完全是空旷的。房屋只像似茅草屋，但商队停歇处的房子除外，朝觐者和商人居住的房舍是相当理性的好建筑，多层居所，但是里面不干净。周边的乡村皆为干旱不毛之地，乃至看不见半点草木，而 271 六七月份肆虐的风炎热烤人，致使人与动物时常窒息而亡。您可能会说，在我逗留期间，走出大火炉口，而感受到炙热的风如此强烈，以至于两名牵骆驼的人因此而窒息。然而，尽管有气候造成的贫瘠，却能在市场上，看到甜瓜、柠檬、橙子、枣子、葡萄，等等，但都

---

① 据称人类之母夏娃埋葬于此。

是从远处运来的，价格奇贵，绝非土生土长产物所能比。也能看到乳牛、绵羊、母鸡、鸽子、山鹑，等等。至于海产也很丰富，鱼和其他产品，因为人们在这里发现不同类别的石头，其形状、结构，以及它们的医疗功能等等，肯定是非常令人好奇的；海生植物也是丰富的，而贫瘠的土地却是不毛之地。城墙使用这些石头建筑的，而在这个野蛮的土地上，我所能有的唯一消遣，就是有时去沿着这些城墙走走，可以发现多种颜色，犹如身在充满最新奇的花园里。

关于政府，我就不说什么了，应该把百姓关于穆罕默德墓地的各种说法看作是一种神话传奇。伊斯兰教徒把这个地方看作是他们的圣地，由臣属皇帝的这位伪先知后裔的一个头领统治着。

7月17日，我们借助西北风扬帆起航，今年从苏拉特来的六艘舰船，其中只有一艘船陪同我们，抵达运河后，上路，21日，我们到达贝尔太尔岛附近，我们说过有一座火山。同一天，因为我们是顺风，我们越过了苏比亚群岛（les illes Soubia），该岛由五六个小岛构成。22日，下午，我们出现在穆哈港，我们鸣炮五响，向要塞致意，要塞以一声炮响作答。在港口里，我们发现许多其他舰船，其中大部分属于苏拉特。在短暂的逗留期间，我去了城里。此地的 272 阿拉伯人天性温和，从未有人问过我在寻找什么。这座城市位于海边，纬度13°45′，呈长方形，没有任何可称道之处。周边乡村并不比吉奥达乡村好多少，海中渔产不多，但是，与植物天性相关的石头差不多是一样的。总督的住宅通常在山上，距离摩卡有10或12天的路程，山上生产大量的咖啡，通过海路和陆路运往整个阿拉伯湾、土耳其、波斯、莫卧儿。港口也因为番泻、芦荟、乳香、没药，以及由此出口的其他药品而出名。番泻是本地出产，优质的芦荟来自索科特拉岛，乳香和没药源于埃塞俄比亚。这里也进行大量的奴隶、棉花和棉布生意。几年以来，吸引诸多海盗船光顾这些海岸，它们是为了等待劫掠返回的船只。致使所有的船长都期待相互护航，誓言绝不分离，直到索科特拉，违者缴纳 1 万卢比罚款。

最终，到了我们起锚从摩卡动身的日子。8 月 26 日，一共 26 只帆船，其中 2/3 是苏拉特船。莫卧儿王的船这支舰队，协调它们的动作。因为相当顺风，在落日之前，我们看到了构成海峡的亚非陆地。首先，望见远处两个小岛屿，最胆小的人还以为是两艘巨大的海盗船，这引起他们一阵阵巨大心跳。黑夜伊始，我们通过了海峡，没有遇到什么事情，这夜的余下时间，航行顺利，而第二天早晨，没有发现任何海盗船出现，大家放下心来，我们更安心地继续我们的旅行，沿着阿拉伯湾陆地，直到索科特拉附近，我们越过了索科特拉，却没能看见它。于是，每人按着选择的道路，撒满风帆行进，我们相互分手，一直借助凉爽的风，我们到了印度西海岸，距离苏拉特大约 40 法里，9 月 13 日，我们顺利地抵达那里。

我们就地发现我们舰队的四艘船比我们早半天到达，如果不是在 2/3 旅程里我们丢失了桅楼的大桅杆，我们本该首先到达的，因为我们的帆船是所有帆船中最好的。在我们旅行的末期，直到此时，我曾一直以为船长是有责任感的，对我却突然改变了他的行为，我先是不懂他的这种变化是为了什么，后来发现他用土耳其语谩骂我。一直到了苏拉特我才明白，在苏拉特，皮亚瓦诺总管先生对我说，所谓法国同（土耳其）宫廷决裂纯属虚构，被一个我原以为应该完全信任的人所欺骗，我错过了我的旅行机会。他以如此粗劣、如此令人不齿的方式欺骗了我，由此带来的羞耻感又使他不得不诉诸诽谤，与我的翻译一起编造了不知多少有损我声誉的谣言，以开脱他所犯下的明显的欺骗罪行。这就是为什么我不认为这个商人在对我做下恶劣勾当之后，还有权保留我之前送给他的手表，更何况我付给他的旅费可是只多不少。我请求皮亚瓦诺先生，当他计算这个土耳其人应该支付给我的钱款时，把手表的补偿费包括进去，他善意地帮我做了，致使船长留下了手表，不敢提出更多要求。我不知这个骗局是怎样形成的，除非是某些心怀恶意的人，不乐见我的旅行，让我陷进了这个我本以为选择红海路径，而不是波斯路径便避开了的陷阱，我知道薄贤士神父前不久在波斯遇到了极大困难。

274   几天后，我们的船到达了苏拉特，莫卧儿舰船的一只小艇先期到达海湾带去消息称，他的船在孟买附近落到英国海盗船手里。于是，苏拉特的纳巴卜（Nabab）或总督 ① 为了表现他的热情，要求法国人和荷兰人的支援，法国人和荷兰人立即武装几艘双桅横帆船奔向南方（？）；但是，已经太晚了，因为海盗船没有遇到任何抵抗，立刻成了主人，除了数额达到 30 莱克卢比的金、银，差不多相当于我们的 500 万里弗尔，这些海盗以最无耻的方式侮辱了登上这只船去麦加朝觐的妇女，其中有一位有身份的女士，据称，这比盗窃上述全部财富更加激怒了大莫卧儿。他们还拿出同一舰队的四艘船，各个满载货物。我个人特别感谢上帝，我所在的船只丢失了它的桅楼的桅杆之后，不在其列。我们的船长仍为此事件遭受巨大损失，因为他认为莫卧儿的船比他的船更具备防卫能力，他像其他人一样，将其最好的货物置于莫卧儿船上，人们将此事看作是对他的背叛行为的一种惩罚。纳巴卜想使所有在苏拉特建有据点的欧洲国家对此次强盗行为负有责任，他以给全部逮捕到的英国人戴上脚镣开始，因为人们认为他们是这次抢劫的主犯，多艘荷兰船卸货之后被逼空船返回。

275   上述就是当我们的舰队——由五艘国王的船和两艘印度皇家公

---

① 纳巴卜是莫卧儿的一个总督。

司的船构成，① 其中第三艘船由塞尔吉尼伯爵② 率领，脱离大家三个月时间后，抵达这个海湾，并于 1696 年 1 月 15 日停泊于此之时，苏拉特商业事务所处的令人不快的情景。感恩上苍通过这种办法给我提供了我能够希冀的最安全、最合适的路径，继续我的旅行，并且让我幸运地遇到了尊敬的塔夏尔神父，早前，我在 11 年前曾同他一起游历印度，其时，他率领一支新的传教士队伍刚刚第四次到达；③ 对我而言，这是双重安慰话题，但是，因为这支选择的队伍中没有任何人去中国，不管我多么快乐，都不能缓解我因为我的旅行长期被延迟强烈感到的极度烦恼。

我们的舰船一到苏拉特，总督便向皇家公司的先生们提出多种建议，旨在获得护卫摩尔商人舰队的船只，据说，该舰队不久要动身去红海。然而，塞尔吉尼伯爵先生为了利用应该用于谈判的时间，先行起锚，沿着孟买方向海岸巡游，企图对我们的敌人有所捕获，如果他遇到他们舰船上人的话；但是，他遇上了七艘装备完善的荷 276 兰舰船，根据来自荷兰的专门指令来寻找他，极力反对我们的舰队。发生了一场战斗，在距离果阿不远的地方，一些岛屿被燃烧。但是，不愿近战的荷兰人只想打断桅杆或瓦解我们的舰船，使其不能返回法国，因为我们在印度没有任何港口。战斗历时不长，没有顽强持续。因此，在我们的舰船上死了六七个人，同样多的人受伤。尽管荷兰人肯定损失更多，但是，人们还不能知道具体数字是多少。

---

① 白晋在此处提及七艘法国船只。在齐柏林（Kaepplin）的书中，塞尔吉尼伯爵的法国舰艇由六艘船只组成，"梅登布利克号""鹰隼号""泽兰德号"隶属于法国国王，"庞恰特兰号""隆雷号"（或"月桂树号"），以及"昌盛号"隶属于法国皇家公司。"隆雷号"在回国途中迷航了。参见 Kaepplin (1967), p. 657, Vongsuravatana(1992), p. 321。

② 马林·塞尔吉尼（Marin Serquigny）是 1695 年 3 月蓬查特兰（Pontchartrain）派往东印度公司的舰队舰长。

③ 参见 Vongsu ravatana(1992), p. 239。塔夏尔神父于 1696 年 1 月跟随塞尔吉尼的舰队一起到达苏拉特。

大约五周后，塞尔吉尼先生回到苏拉特海湾，所有谈判都无果而终。莫卧儿一直坚持留住俘虏的英国人，直到他们支付人们指控他们所谓的协同抢劫要负责的巨额费用，禁止同欧洲各国的贸易，寄以希望，纳巴尔可以提供货物给其他船只，还要在海湾一直等待到 4 月末。纳巴尔坚定地拒绝，不提供任何东西，于是，失去了再继续等待赢得什么的希望，统帅先生让其舰队的所有人上船，而我来登上了他的船，他好意地让给我塔夏尔神父先前占据的位置，在整个旅行中我受到了同样的礼遇。[1]

4 月 26 日，人们不再等前领导皮亚瓦诺先生，人们得悉他也从苏拉特动身，来登上了皇家公司的一艘船，返回法国。因为长期为其公司服务之后，为其献身，现在想退身，而让·巴蒂底斯特·马277 丁先生是来接替他的位置。国王的一艘名为"鹰"号舰船有理由担心我们敌人的庞大舰队在苏拉特滩头入口处来偷袭我们，被排出探寻，遇到七艘帆船，认出是荷兰船只，向苏拉特行进，发信号通告，来到靠近我们地方停泊下来，在向塞尔吉尼先生报告后，人们举行作战会议，确定子夜前，在退潮结束时开拔，利用黑夜避开它们，因为见到还有其他三艘舰船在苏瓦里水域，两艘英国船和一艘荷兰船，很可能是在等待其他船到来，加入他们当中。因为他们停泊在我们理应航行的路上，当我们靠近他们时，我们看清楚了他们舰船的帆，甚至他们的舰体，他们立即开拔，开始尾随我们，不时地鸣几声炮响，作为通告信号，这让人认为还有其他舰队，我们撒满帆行进，直到太阳升起，风力太小，不能压住潮汐，我们停泊直到 9点钟，风帆高悬，以便蒙骗敌人。而在 27 日中午，风向变了，我们向西南偏南的方向行驶，为了回避遇到别的舰队，似乎在向陆地开

---

① 比如白晋曾乘坐海军上将的"泽兰德号"旅行。Vongsuravatana(1992), p. 321.

进，因为人们在夜里听到多次炮声，回答跟在我们后面的舰船，只有五艘船，大部分人认为其中至少有两艘不同于在燃烧岛群打过仗的船只，因为前夜看见过的七艘船，有一艘脱离去追赶我们的苏拉特双桅横帆船，而另一艘船入夜时分奔向另外海岸，他们的船长是船长之中行进最缓慢的，鸣炮33响，叫停搜寻。不过，我们仍继续我们的路程，打算同他们战斗，如果我们能够把他们吸引到海湾滩头，这是皇家公司同莫卧儿国王签署协议的一个前哨据点，禁止在这个地方发生斗争。

24日，塞尔吉尼先生就此事咨询了诸位首脑，因为此事关系到 278 皇家公司利益，根据这些先生们的感觉，塞尔吉尼先生判断，绝不应该在孟加拉，也不能在苏拉特为他们的舰船等待货物，况且，他们说有肯定的消息称，荷兰人在这方面，为了反对我们的舰队武装了太多数量的舰船，而相比之下，我们的舰船数量如此之少，不敢希望能够根据会议的决议解救被敌人围困在孟加拉河水域中的人员。塞尔吉尼先生下令上路，返回法国，此前，关于正在率领他的一艘名为"昌盛"舰船的皇家公司领导人梅耶先生讲述情况，他判断，现在是派出"月桂树号"舰船合适时机，派它去巴拉索尔（Balassor）。就此事开过会后，"月桂号"便立即出发了。而我们向波旁岛（l'ille Bourbon）进发，我们想在那里逗留到9月份。

在我们的舰队里，不乏好奇人士，他们可能会准确地注意到我们所进行旅行的各种特点，我引荐读者阅读他们的"回忆录"，我的回忆录在这里结束，尽我所能，把我剩余时间用于有益于公众阅读中国书籍，这是我至今的主要任务，也是我自离开中国以来的唯一消遣，我没有机会做什么其他研究；不过，我要在这里补充两句关于这次旅行的主要情景，自苏拉特直到波旁岛，我们用了66天时间，感谢上帝，没有发生什么不快的事情。

5月17日，发生一次月全食，始于早晨3点钟。天空满布云彩，阻碍看到月食最后。24日，呈现完美的月亮虹光。28日，我们过了线，通向经度89°，发现磁针向西北X度变差。7月1日，看见了荷兰人居住的莫丽亚岛（l'ille Mauria）。那一天中午，我们处于南纬20°52′，经度79°，观测到磁针西北方向22°3′，而在傍晚时分，看到了波旁岛①，第二天下午，我们顺利地停泊在北岸的圣·德尼斯海湾；在上了木材、水和冷饮料后，我们从那里起锚，到了圣·保尔岛，距离有七法里之遥，于20日停泊，在这个岛屿里逗留两个月，所有舰船的船员中有多名坏血病患者借助此地的良好空气、水和清凉饮料完全恢复健康。9月4日，我们扬帆启程，通过巴西继续我们的旅行，不敢直接回法国，担心路上缺水。

8日，我们通过南回归线经度74°10′，观测到磁针指向西北22°15′。10月5日，我们发现水深100庹的针滩（le banc des aiguilles），有许多鸟（osyeaux）在水面上休息，也出现许多飞起来的白鱼（白状物），指针变差11°30′。纬度36°5′和经度41°7′。7日早晨，我们越过了好望角，观测到指针变差11°30′。我们从好望角发现的最大变差是西北24°。即纬度34°28′，经度32°28′。

22日，我们由经度16°重过南回归线，没有发现任何变差。25日，由纬度23°13′和经度15°，观测到东北1°变差。

11月14日早晨10点钟，在距离大约10法里的地方，我们看到了巴西海岸。那天中午，我们位于纬度13°22′，经度344°12′之地。只到18日星期天，我们才得以停泊进海湾。16日，法国领事勒隆（Le Long）来到船上，他告知我们，不到六周前，热爱诺先生与另两艘船已经从此地动身。17日，我们的船派副官到岸上，同总督协调

---

① 波旁岛（Isle Bourbon），即留尼汪（Réunion），位于马达加斯加东部。Froger (1926), pp. 180f.

关于致意的礼仪问题。此前，总督并未向我们鸣炮示意，所以双方没有相互致意。不过后来，我们向副官鸣炮五声，因为此时他是以总督名义来拜访我们船长的。堡垒中的一位船长以为这一致意是要塞所为，做"愚蠢"（beucice？）姿态，鸣炮三响，人们清楚地说明事情原委，总督对其官员非常生气，——接下来文字非白晋神父所写。

　　12月的第二天是礼拜日，我们从巴西出发了。13日，我们到了南纬17°53′，经度352°。由于逆风，不能越过佩尔囊布克海角（le Cap Pernambouc），晚上六点许，到达圣三节岛 ① 附近，改变航向。

　　22日，船头向北航行，到达纬度8°4′和经度351°58′，如此这般，人们越过了佩尔囊布克海角，或圣·奥古斯坦海湾。25日，越过了费尔南多岛（l'ille Fernando）。一名士兵溺水，无人发现。28日，到达经度353°18′，通过了赤道线。1697年1月13日，到达经度342°18′，通过了北回归线。炎热无比。人们发现在这一带海域里，有许许多多的海藻。16日，大风浪天气。不得不顶风低速航行。发 281 出各种信号，提醒其他船只。这些信号内容包括三声炮响。两声火炮在船尾，一声火炮在主桅楼，重新上路，鸣炮两响。一阵风把我们与昌盛号船分开了，自17日以来，我们没有再见到它。1月21日，下午两点前后，航向正北微偏西北方，人们发现在我们风向有三艘船，大约相距二法里，人们认出是西班牙船。人们分别三次挂出红色旗号，通告我们的舰船，这是敌人的船只，以及它们的数量。他们以同一信号回答我们，依靠风帆的力量，我们追上了敌人。很快赶上了一只船，我们先是亮出了法国旗号，敌人不亮旗号，向它发出几串炮弹，我们的船长发现它不能逃掉，因为我们的两艘船在他们和我们之间卡住了它，他没有放在心上，去追两艘中更大的一只

---

① 圣三节岛（Isles de la Trinité），位于特立尼达拉岛（Trinidad）和马丁瓦斯山之间，南纬20°15′和经度29°30′，巴西海岸前方。Froger (1926), p. 186.

船。晚上6点钟，"鹰号"占领了第一艘船，借助风帆优势，继续追另一艘船。但是，不幸的是大而凉爽的风刮断了我们的主桅杆，这大大延误了船速，一直追到九点钟左右，此时，出现了一个大黑点，敌人及时利用机会，借助夜色，取另外路线，在我们面前逃走，致使我们看不见它了，便低速前行，以期等待另两艘船和俘虏的船。第二天，22日早上，它们追上了我们。俘虏船上隐藏着"鹰号"和另一艘船的特别行动队。船长还派了他船上的一支行动队和三位军官，去指挥和领航俘虏船，人们估价40万里佛尔*，人们将俘虏船称为 La Senhora della Estrela，或曰"星之圣母号"。

2月1日和2日，大雾，阴霾之浓重，我们的船只一火枪射程之内难以看见，人们要不时地发射火枪，因为担心撞船和为保持同行。

282　　5日，舰船分手航行，致使听不见船长不时地让人打出的炮声。8日早晨，看见一只舰船，它没有认出我们，一阵风似地抵达，旋即跑掉。船长发出一个特别信号企图在海上认出它来。当人们收紧小桅杆和前桅帆分手之时，这艘舰船立即认出了我们，并以另一个特别信号回答我们，亦即收紧大帆，降下来小桅杆，这就让大家认出了这是俘虏船，来排在我们后面，并向我们喊了七次"国王万岁"。

9日，自48小时以来，大风浪天气一直继续，只能顶风低速航行；大桅杆头断掉了，必须修理，尽管怒海波涛汹涌。13日，又一次地顶风低速航行。18日，俘虏船由于风浪和大雾又与我们分手了。21日，人们估计在韦桑岛西（Ile de Ouessant）74法里处，亦即，经度11°15′和纬度47°3′，根据这一估计，人们探测，放线140度也没有找到海底，用了24小时跑了55法里路程。23至24日，跑了30

---

* 里佛尔（livre），法国古币名，近似一斤银价。

法里，仍未找到海底。24 至 25 日，跑了 19 法里，认为找到海底，根据估计，人们应该进入陆地带了，然而，人们就是看不见陆地。25 日，跑了 18 法里，人们看到翅膀端呈黑色的鸟，人们称为"大海鸥"，有理由认为，现在是接近陆地了。

26 日，早晨 6 点钟，查到了 80 度河泥深度，西南风顺而凉爽，大海波浪滔天：继续向东方向位东南。早晨 7 点钟，瞥见一艘船，距离它半法里时，人们竖起白旗，该舰船以为这是伪装者亮起的英国旗号，随即顺风逃走。不过，人们认为它是马尔维纳斯船，24 小时内跑了 30 法里。将近晚上四点钟，瞥见两艘船顺风向我们开来，并且竖起了荷兰旗号。但是，可能他们不认为自己有足够力量向我们进攻，硬顶风航行，人们认为它们是弗利辛恩船。将近 6 点钟，瞥见另外两艘船也是顺风向我们开来，我们没有中断我们的航程，他们整个白天保持在我们的东侧，我们有三次拿起了武器。人们测到了 70 度水深。自晚上 9 点钟起，低速航行，直到第二天早晨 5 点钟，因为人们认为已然靠近陆地了。

2 月 27 日早晨六点钟，开始看见陆地，人们认出了韦桑岛，距离只有三四法里，这使人下定决心逆风曲折行驶通过海湾，以绕过海湾岩石，而后去布雷斯特（Brest）。4 点钟左右，逆向的风和海潮，不得不停泊在 35° 深的岩石处，在阿尔让通（Argenton）和波尔蒲道尔（Polpedor）之间，非常恶劣的停泊点……因为失去了锚，船向岩石漂移厉害，只是在第二天，2 月 28 日早晨 4 点钟才发现，人们想尽快停下另一个锚，缆线戛然断裂，如果没有机敏水手的高操技巧，我们这些人全完蛋了，船已经漂移到靠近岩石半个手枪射程地方，面对波尔蒲道尔，我们深陷其间，我们只用一个牵引锚停泊下来，这使最胆大无畏的人也会吓得头发根都立起来了。从早晨 5 点直到 12 点钟，人们都处在焦虑之中。利用这个间歇时间，人们迅疾修理好一根缆绳和还留在船舱底的一只锚，与此同时，每隔一刻钟鸣炮 10 响，一些小艇和沿岸领航员向我们的海损地方开过来。一位艺高人胆大的能人帮我们脱离险境，声称只能孤注一掷冒险一试，宁肯白天冒险，而不是夜里碰大运，充分利用这些小艇派人去布雷斯特报警，求助必要的锚和缆绳。直到下午两点钟左右，我们终于脱离了这可怕的深渊，回到了我们原来的路上，绕过韦桑岛，决心通过伊鲁瓦兹（l'yroise）海湾进入，尽管我们缺乏各种给养，几天前已经只剩下水和饼干了。

284 　　3 月 1 日星期六，晚上八点钟左右，估计距离远海有 42 法里，由此决定改变航向，接近陆地。风来自南-西南方向，于是人们转向罗经东南向位格行进。星期日和星期一，风平浪静，不得不停泊。4 日，起锚，虽然见到陆地，但是人们只能利用潮水靠近。目前，我们停泊在伊鲁瓦兹海湾，70 度水深，由于大雾，风平浪静和逆向的退潮。5 日早晨六点钟，起锚，瞥见一艘船离开港口，向我们开来，它亮起了旗号，我们亦然。……大副立即认出了舰船，降下了它的长旒旗，回答了问候。风变得更为有利，直到早晨七点钟，迎来了派遣人员，借助海潮，我们上了路，我们终于于 1697 年 3 月 5 日下午 4 点钟通过布雷斯特海湾狭长通道进入了，感谢上帝，我们曾经停泊的地方。

　　白晋神父在他乘坐的舰船陷于上述谈到的岩石群尴尬期间，急不可耐地要回到法国，并且担心发生新的事故，他只拿上他的文件，登上了一只渔船，于 1697 年 3 月 1 日抵达布雷斯特。

　　　　　　　　　　　　　　　　　（以上，旅行记结束）

———— •◆• ————

下面是白晋神父写给其家人的信件抄录：①

I. 致阿朗松法国司库马莱斯先生

285

布雷斯特，1697 年 3 月 1 日

先生并亲爱的兄弟：

邮政就要出发了，写此短信是为了告述您，经过三年半艰苦而令人厌烦的旅行之后，我幸福地抵达这个港口；我匆忙地将几封写给你们大家的旧信，它们是我在路上重新找到的，包裹在一起寄出，下一次，我将寄给你们更新一些的信。上帝助力从此地出发，我不久就会到达。甚至可能时，我将路过阿朗松，请把此信作为给我的兄弟和姊姊的共同信函，我也特别问候我亲爱的侄女们。

白晋

II. 致德拉布里埃女士

北京，1692 年 10 月 1 日

我最亲爱并最尊敬的母亲。耶稣基督之和平。

———————————

① 以下这些信件是白晋写给其家人的：他的母亲德拉布里埃小姐（Madermoiselle de la Brière）、他的两位兄长，即杜帕克先生（Mr. du Parc）和德博泽先生（Mr. de Bozé）——他们都在法律系统里就职，以及他的姐姐。白晋的一个姐姐德拉布里埃女士是阿朗松圣母院（Notre-Dame d'Alençon）的修女，另一位姐姐嫁给了同城的法国司库马莱斯先生（Mr. Marays）。Gatty (ed.) (1962), introduction, p. LII. 除了给以上家人写信外，白晋还提及了几位堂兄弟和哥哥姐姐家的孩子。

在塔夏尔神父第三次印度之旅给我们带来的各种信件之中，① 我发现了两封您的信，而且它们是今年才到达我手中的，它们对我而言仍然是一个特别慰藉的话题，使我确知了您的健康以及全家人的健康状况，为了这一特别的恩泽，我要向耶稣基督表达我的极卑微的感恩，并且我要加倍我的祈祷，请求他的继续护佑，继续增加至今给予您的神圣慈悲。虽然从我这方面，我一直准确地每年都给您按规律地写信，但我怀疑有多封我的信件能否有幸抵达您的手中，而我现在对此比往年有更多的怀疑。因此，这次我只是偶然地给您写信，而且，为此我要简短地写，满足于只告述您，我们在这里每天尽管忙碌，要感谢上帝给了我十倍的必须有的健康，对付我能够做到的些许善事，然而，老实说，我确实需要这样的健康，才能抵挡住各式各样的辛劳，自我们抵达以来，神圣的天命让我们遇到的各种辛劳是出乎我们的想象的，然而，与此同时，我们感恩这同一天命以其远超于一切能想象到的辛劳之恩泽支持我们，使之在这个伟大帝国的传教士们都自感非常幸运，以 50 年的功德事业，乃至他们的鲜血换得了这无限的幸福。

在这整个伟大的帝国传布信仰是一种公开而完整的自由，感谢我们伟大的皇帝今年以一种极为荣耀、极为普及并且极为意想不到的方式，授予所有的福音书的布道者这种自由，致使我们在这里的所有人将此看作是上天智慧的奇迹，它掌握了全球国王之心，裁定了全球每个国家皈依和命运的时间。实在需要好好考量促成这一伟大事件的幸运成功之方方面面的情况，我们的前任在整个百年时间

---

① 1690 年 2 月 24 日，塔夏尔神父开始他的第三次旅程，他以大使的身份出使暹罗，并从暹罗到达本地治里。当本地治里被荷兰人占领后，他被抓并囚禁在监狱直至 1693 年。1694 年秋，他重新回到法国。Dehergne (1973), p. 263.

里以满心的执着和热情为此努力奋斗，要看到上帝在这些可怜而可爱的汉人和满人心里播下了种子，为了完全皈依这个帝国，现在没有什么是我们做不到的了，至于城市和人口的数量可与整个欧洲媲美；但愿我们在这里看见的这一切美好状态的创造者促使举凡能够在其幅员里充分利用的人们产生向该帝国派遣足够的福音书工匠，以期完成对于上帝及其教会如此荣耀的事业，但愿欧洲各国因为要在这广阔的葡萄园里进行宏伟的工程并采摘无限的果实，仅此一举便毫无夸张地说，价值为全世界全部其他的工程和果实的总和。为此，请继续祈祷欧洲各国主人向帝国派去符合丰富收获所要求的如此美好希望的既有质量保证，又有数量保证的福音书工匠。同时，也请为我们的伟大皇帝本人特别祈祷，祈愿上帝通过无愧于他的英勇而崇高的行为，为其本人及其千万臣子开放命运之路，也请您襄善行，向您所认识人们嘱托同样事情，同时为我请求，如果缺乏功德和我的所有毛病使我不配采集如此可贵的果实，至少我的罪过不为他人的神圣事业制造障碍或拖延。这是我请求您每天向耶稣基督要做的祈祷。

287

我要特别问候我亲爱的姑妈德拉玛祖尔，她的儿子和亲爱的表姊她的姐姐。我特别高兴获悉我的表兄进入神职，我毫不怀疑在此职业中，他会给上帝增得荣光。

我最亲爱而最尊敬的母亲，向您致以最崇高的敬意。

您的最卑微而最顺从的儿子，耶稣会的 J. 白晋。

Ⅲ. 致勒芒议会议长杜帕克先生

北京，1692 年 10 月 3 日

最亲爱的兄长：两个月以来，我一直推迟给您写信的机会，因

为我一直期待着当我收到信后来回信，我自信，自三个月以来理应
288　抵达中国港口的某艘欧洲舰船会带来信件，我希望，其中会有您亲
手写的来信，如同去年到达的信件一样，就是说，它们是三年前写
的，这并不妨碍它们给我带来如同三个月前写来的同样快乐和安慰。

　　我痛惜地获悉您失去了两位最好的朋友。我为他们做了弥撒圣
祭，像您要求我做的那样。因为耶稣基督喜欢在我们生命中更亲密
关系里不时地让我们感受痛苦，我希望上天的慈悲给我们保留其对
他人的真正安慰，这也是我们理应相互寻找的唯一安慰。去年以及
前几年，我给您写过，但我担心我的信不能到达您手中，因为我知
道一些信件甚至没能到达理应有舰船将它们带走的港口。因为对于
今年的信件，我有更多理由担心同样的命运，我不想对您讲什么细
节。您可以通过人们寄给威尔居斯神父（le P. Verjus）的《报道》，
得悉今年发生的重大事情，每年人们都向威尔居斯神父准确汇报一
切；我确信，您在阅读《报道》时一定会分享到快乐，感谢上天今
年让皇帝善意地授权给全体福音书神职人员在其帝国的各个地方公
289　布《诏书》①，命其臣子领会执行，这一庄严而确凿的允诺让我们充满
了感激，但愿您的祈祷加入到那些真正热心于上帝荣耀者的祈祷之
中，以谢主恩。去年，我曾请求李明神父，我的旅伴之一，登陆科
罗曼德尔海岸，在那里装上一些中国的小礼品，我想送给你们大家：

---

① 　这里指的是康熙帝颁布的《宽容敕令》。1698 年，郭弼恩编辑出版了《中国皇帝的
　诏令史》（Histoire de l'Edit de l'Empereur de la Chine, en faveur de la Religion Chres-
　tienne..., Paris）。自 1702 年开始，郭弼恩担任《耶稣会士书简》（Lettres édifiantes et
　curieuses）的编辑，此项工作一直延续至 1708 年其去世。然而，他从未到过中国。
　他住在巴黎耶稣会士的住所，充当中间人的角色，传递其中国同行与欧洲通讯员之
　间的信件往来。郭弼恩此书的资料很有可能来自白晋，后者曾使用在华其他法国耶
　稣会士搜集而来的资料，在其回欧洲的漫长旅程中，对这些资料进行了汇编。1697
　年初，他回到巴黎，白晋将这些材料交给了郭弼恩，于是他开始着手出版此书事
　宜，并于 1698 年面世。（参见 Claudia von Collani [2002b], "Portrait of an Emperor",
　SWCRJ XXIV, pp. 27f.）

但是，因为他不得不登上一艘英国舰船，他不敢带任何东西，因为我们同这个国家正在打仗。您路过认识的洪若翰神父现在离港口不远，他可能有办法弥补李明神父没有办到的事情，至少我向他请求了此事，我希望能够让你们看到某些我对亲爱的兄长所怀有的更真实、更实在的真挚与热诚。J.白晋。

　　向我的小侄女问好，她的姑妈要求于我的所有善事阻止我将她的教育问题嘱托于您，向所有的亲朋致敬。

Ⅳ. 致阿朗松圣母院修女德拉布里埃尔修女夫人

北京，1692 年 10 月 6 日

　　亲爱的姐姐，自六七个月以来，我收到了塔夏尔神父带来的您费神给我写的两封信，塔夏尔神父是第三次回到印度。您可以想象，以这种方式得悉全家的消息，特别是得悉身处非常痛苦中的您的消息，这对我是多么大的安慰。至今，每年我都尽我所能向你们通告我的消息。但是，我有更多的理由质疑我的信件能否有幸到达您的手中。至于我的工作，如同前几年，我向你们通报的那样，我在这里一直做着同样的事情，就是说，皇帝总是让我同我们在这个朝廷里的两三位神父，每天一起到他的宫里去，在那里，用大部分时间把他想了解的我们科学的多种事情翻译成满文。诚然，这位伟大的君主自我们抵达以来，在他的帝国里给予我们的仁慈表示，尤其是他刚刚为我们的神圣宗教所给予的非常恩典不止百倍地回报了我们在这里为他所能做到的一切微小服务，值得比我知之更多的人们用其整个一生向他表明他们的感激之情；但是，因为正如您能够想象得到的，这类营生一直使我们远离让我离开欧洲的真正职责，没有可以希冀的自由和闲暇，而忙于在自我修炼中皈依他人：我不能向您掩饰的是，自从我不得已被挽留在这里起，我心中充满了痛苦，

290

产生厌烦，不断增长的厌烦，直到今年此时此刻，致使我不仅要请求您每天为我祈祷，在您虔诚的祈祷中请求耶稣基督，恩准我解脱宫廷生活中的一切尴尬，今后只能不顾一切地为上帝服务，使这无以计数的好人中的一些人认识上帝，尊敬上帝，他们因为无人教育认知上帝而在生活中随意冒犯上帝，长期地在其他称谓中亵渎它的神圣名字。

　　在现在情形下，我们能够自有把握地完全皈依一个帝国，毫不夸张地说，它的人口多于整个欧洲，但愿世俗和教会的诸多热心，正直而博学的人士可以轻易地来欧洲像我们一样认知这里千百万正在失去灵魂者的真正需要，可以轻而易举地引领他们到命运之途，他们的良好榜样以及他们在这个东方国家能够做到的工作对我们的神圣宗教的发展会大有好处。亲爱的姐姐，让我们一起祈祷，在其高贵血液中有无限功德者，对于地球上各个民族不做任何区别，他的死也是为了世界各个民族，但愿他乐于将天意注定获取的目光转向这个丰富的使命，启迪具有必要权威的人士怀着赐福精神来这里工作，给予他们自由和来这里的一切手段，从而充分发挥其最全部热忱。这可能是你们整个神圣修会乐于经常祈求上苍的愿望。我总是请求上苍在所有祈祷和恩惠之中有所关照，请求你们以我最卑微的尊敬确保这一切，特别是勒努瓦尔女士，我想她一直是您的令人尊敬的修道院长，以及您亲爱的女伴，我的表妹柯莱。还要请您代我向阿朗松，我们的耶稣会神学院院长，可尊敬的神父，向可尊敬的大卫神父，以及您认识的所有耶稣会士，也不要忘了您的好友德奥娜普女士问好。我没有给马莱斯先生写信，有劳他代办一切，亲爱的姐姐，您无法想象我是多么想念你们。

　　您谦卑而听话的耶稣会士 J. 白晋

V. 致阿朗松法国司库马莱斯先生

北京，1692 年 10 月 10 日

先生和亲爱的兄弟，值此塔夏尔神父第三次旅行到印度之机会，292 我特别感激，您劳神给我写信，以及您同时给我带来的所有信息。我只是希望多了解一些关于新皈依的先生们的现状，因为虽然我们的主要思念在于异教徒的皈依问题，但是，我们没有忘记那些崇拜真正的上帝却不幸处于真正命运之路的外边，而且，我们确实很关心他们的真正幸福，我们尤其高兴获悉他们脱离了迷茫，并且坚持在正直道路之上。

我不知道您是否收到了我前几年写给您的信件，在我去年的信中，我感谢您的漂亮的阿朗松钻石，如果我对您说这里人们的重视情况，您都不会相信我，但没关系，不该向您掩盖。一年半以前，有人向皇帝呈现了一只假钻石手表。陛下首饰中没有过钻石首饰，这种宝石在中国不流行，甚或未见过，我们感觉这使他们特别高兴，我以为这是一件让皇帝高兴的事，我把您的六颗钻石献给了他，因为这是较之手表的钻石更美更大的钻石，同时，告诉他说，这不算精美的钻石，这位君主仍然很重视炫耀于人，在狩猎的一天，在他的帽子上戴上了一颗钻石。他的朝廷大员们看见后，问他这是什么东西。我给在朝廷里的我们最好、最强大的朋友送上了另外六颗钻石。这位朋友也非常看重其价值。等您认识这位大老爷，正如您阅读《报道》中说到的，就是人们今年寄给威尔居斯神父的书中讲到的皇帝今年给予我们的利好我们神圣教会的非常恩泽，我们都感激是这位强权朋友卓有成效的请求使然。您也许不能知道是否在这里很好地使用了您的钻石。我还剩下一些，不急于让人们看见它们，因为担心一旦被了解，就贬值了，为此，您不必费神给我寄新的来，第一批已经产生了我们不能祈求的最好效果，甚至远远超出了良好效果。

293

我假设您有办法看到每次寄去的回忆录，讲述每年在中国发生的有纪念意义的事情，我会不断地给您讲述，我们在这里的生活排场，差不多与往年一样，我们在宫廷里，在皇帝身边忙碌。除了几何学和哲学家身份，我们身不由己地加入到化学家和医生的行列，但有什么办法呢，我们所在的这个国家，在这里必须会做各种行当。在三个月时间里，我们为皇帝讲述，以医学的语言，而不是以在一年时间里给小学生上课的科班教师那样，给他讲解各种主要病患的原因；至于化学，我们甚至在皇帝的一所房间里建立起了一个实验室，或好几个月时间里，在那里用四个不同的蒸馏炉工作，以及其他工艺程序，陛下不时地来看我们，表示极大的满足。另外，尽管这类活计通常带来悲伤和烦恼的事情，您不能想象，因为一些人不得不与之打交道，看见今年他给予我们耶稣会如此重大的赐福，我们没有理由懊悔我们的工作。但是，因为我确信，任何别的人在我的位置上都会取得百倍于我的成功，我热烈地希望有人占据这个位置，享受福音书布道者现在所拥有的完全自由，忙于皈依整个帝国的异教徒。

我的姐姐写信对我讲了我侄女们的许许多多令人高兴的事情，我确信您特别关注小克萨薇的教育问题，我仍期待上帝护佑她们，使她们享受到天福，也使您得到安慰。我获悉您的妹妹小姐同您在294 一起，我真地很高兴，请代我在这里特别向她问好，还有我们亲爱的柯莱表妹，以及她们的兄弟贝鲁宇神父。我祝贺亲爱的高洪先生和柯莱先生在法律界获得的荣誉。如果有人还记得我，请您代我向他们致意，并请相信我一直想念他们。

Ⅵ. 致勒旺初等法院推事博泽先生

北京，1692 年 10 月 2 日

亲爱的兄长：您借道塔夏尔神父第三次来印度给我写的信都收

到了。除了关于家庭的特别信息，我从中还发现了关于今年欧洲发生事件的准确讲述，这种讲述让我完全了解一切，使我和有幸读到信件的伙伴们感到很高兴；因此，我能够做到的事情，就是尽我所能向你们表示感谢。对于你们的全部辛劳，这是一种可怜的回报。但是，因为我确知你们并不期待什么东西，我便为自己的不足而自感慰藉了。

去年，我获悉您借助塔夏尔神父的第二次来印度给我寄来的一部分蜡制水果已经到达中国的某一港口，而另一部分用于支助我们的在暹罗狱中的一位神父；这可是一件大善事，其成果和功德属于您。不过，我确实要为您的两个信息付出代价，就是说，以我所能表达谢意。我请求现在正在奔赴港口的洪若翰神父给您和家里的每个成员送去一些小礼品。我不知道他是否觉得合适。请您不要再给我寄送其他东西，只要告诉我，您的和整个欧洲的可爱的信息就行了，这是我每年期待于您的友好礼物。相反地，至于我今年收到的信息，我必须给您完整地讲述，关于中国皇帝最终授予全体福音书布道者公开在其帝国各个地方宣讲信仰问题的自由，并敕令其两个民族的臣子完整地领会。尽管我们在这里忙碌的事情有共同的《报道》连同今年在这里发生的更有意义事件的记录，寄发给了威尔居斯神父，对此，您会很容易地获得有关信息，但是，因为我对您的友爱，我乐意不辞劳苦讲述这一切。此前，我仅告述您，关于我们的特别工作，差不多与往年相同，因为皇帝或是听其医生意见，担心过分专心学习损害他的健康，或是听其身旁人士的建议，他们嫉妒其主人同我们这些外国人过分亲和与亲近，今年表现出对于欧洲科学知识的热忱有所冷淡，不像以前那样每天让我们到他面前给他解释这些知识。他仍然没有放弃通常总是让我们到他的宫殿里，在其马厩的马背上给他用满文翻译我们科学中的许多事情，他每天都让人送来这些东西，亲自准确地阅读，除了我们向他介绍的各种关于解剖和人体的问题，他还希望知道主要疾

295

病的病因以及在欧洲的疗法，致使我们就主要疾病问题给他做十八九
次，或二十次的小论文。① 在这种工作里，上帝将支配这位君主的精
296 神和心灵，给予我们利好我们神圣宗教的恩典，为了这种恩典，我们
的前辈已经努力奋斗了一个世纪，皇帝垂顾，使我们感到从未有过的
幸福，在为他所做的小论文工程中，穷尽他在这方面的所有问题，皇
帝感到了更多的满足，讲解中，我们附以多种大众喜欢的药物，诸如
养生糖浆，蒸馏水，等等，我们根据欧洲药学规则在皇帝套间的一间
屋子里建立了一种实验室，陛下不时地来实验室看我们，他对这些小
实验特别感兴趣，这也是让我们最高兴的事情了。

　　虽然只有上帝和我们才知道在这种工作中要克服种种困难，在
我们知道他在认真考虑赋予我们世界上令我们怀着最大激情期待最
好的事情之时，我们明白要尽我们所能使这位君主得到满意；感谢
上帝，我们不必抱怨为克服这些困难而筋疲力尽，只要使我们符合
陛下的意愿就心满意足了。您瞧，干好这一切事情，我们不大会有
时间完成，您知道，我们来到这里所应有的功能。在这里立马能够
做的是维持这里已经存在的基督徒，还要发展新成员，在其他地
方，传教士不做别的事情，他们就是忙于做这两件事情，通常情况
下，每年给四五百成年人行洗礼，在异教徒方面，这种需要是巨大
的，而这，是在我们圣律的发表和执行被禁止期间，而其后，这种
禁止改变为真正允许宣讲和领悟。亲爱的兄长，请与我们一起请求
上帝，它似乎停止了这幸福时刻，请求上帝在这个东方国度里建立
起它的王国，请求它派送注定旨在归化中国人的神职人员，不要我
297 在此占领的位置时间过久，派能力胜于我的人来在此发扬光大：但
愿它给我自由，同朝廷外的其他传教士一起分享提升自我修炼和为

---

① 疾病的观念在当时属于欧洲的哲学范畴。关于欧洲药物在中国的使用，参见本书
"前言"和第一章脚注。

耶稣基督赢得信徒的幸福。自从我开始给您写这封信以来，就是说今天上午十一点左右，皇帝给我们的居所派来了他朝廷中最重要的官老爷之一，他是我们在整个帝国里最牢固的朋友，通过您在我们的《讲述》中看到的这个人物，您会完全认出他来，他为我们的事业，或在这个整个帝国自由推行基督教做出了利好贡献，向我们宣布陛下有意将张诚神父和我单独安排住所，并且在其宫殿内给法国神父安排一所房宅。① 不久前，在一次特别接见中，陛下根据我们给他的讲述，采取了这项决定，他好意地给我们提供，以使我们的主人法国国王派来的我们和我们的伙伴们在此地传播福音书，同时，通过向我们与之有通讯关系的国王科学院的科学家们沟通，我们将能够发现的所有的中国书籍和中国智慧，一切宜于执行这项计划和法国想与这个伟大帝国建立文学关系的愿望，在艺术和科学领域相互交流，乃至在希望有的各个领域之一切智慧，知识和诀窍，用于完善艺术和科学。法国，或法国的各个方面，现在处于更高层次的，在世界任何地方未曾达到过的完美，能够给在这一切乃至其他方面差不多与我们无与伦比的君主具有同样爱好的陛下，以可能希望的充分满足。亲爱的兄长，我在此停笔，顺致最亲切的问候。

    您谦卑而恭顺的仆人，耶稣会士白晋。

298

VII. 布里埃修女夫人一封信的摘要：

    致杜帕尔科会长先生

    阿朗松，1697 年 3 月 23 日

    亲爱的兄弟：白晋神父是来过这里了，但是，他就像闪电一样

---

① 指的是康熙帝赐给法国耶稣会士的房子和土地，用以建造教堂和住处，即后来的北堂。

瞬间消失了，给我造成难以忍受的遗憾，不能通告您，尽管我是采取了预防措施的。一周前，一个准备好急着随时待发的人，甚至是夜里启程。这位亲爱的传教士周四晚上七点钟抵达，我们事先毫无所知，就是说他给马雷斯先生的信通知他应该经过这里是哪一天，只是在他走了以后才收到。我问他的第一件事就是他在阿朗松逗留多少时间，以便让他去找您。他说，因为没有能够路过勒芒（le Mans），他很难过。他告知，他必须于第二天早晨在我们的教堂里做过圣弥撒后动身，他一进来，因为是黑夜，半小时后，全修会的人都涌向会客室要见他。修会会长神父替我们把他抢走了，我们的修女们和我一样，都特别受感动，看到这位的笃诚、谦虚、满怀善良的新沙勿略，都神奇地受到感化，这是全城的人给他起的名字，尽管他逗留时间如此短暂，他的大胡子，他装束的简陋使大家成群地跟随着他，这使他困窘，给我增加了遗憾，因为我与他参与的抚慰金只是为陌生人所预计的。我只有一刻钟的时间与他单独谈话，我利用这个时间向他讲述了您和您的故事。

　　第二天早早吃过晚饭后，他同马雷斯先生骑马走了，去赶莫尔
299 塔尼的四轮华丽马车赴巴黎，在那里，人们一直在等他。要想见他，您必须去巴黎，但只是要在复活节之后，因为他对我说了，他至少需要一个月或六个星期时间，为了上帝之荣光，处理一下重大事情。因为他可是一个真正属于上帝的人，他的一切要求越来越像检察官一般。他要继续，并且要赶紧在明年9月份回去，如果可能，为了他所钟爱的使命带走他可能找到的全部传道工匠。马雷斯先生陪他直到第一个投宿处，在他们一起同行的路上，他可能获悉许多私密事情，我希望他将会告知我们，他一定会写信给德波则先生，后者肯定会告知您一切，我请您让他知道，如果你们不径直去布雷斯特迎接他，我可要抱怨你们两人的。至少，你们可能在路上获悉成百

上千的传奇而又大快人心的故事。因为我担心，在巴黎，你们不可能随意同他谈到他忙碌的大事情。他告知我们，他很为难不能给家里人带去礼物，因为他不得不登上一艘英国人的船，不敢携带他想带走的东西，在船上，他曾上百次地面对被抓当俘虏的危险，更不要说许许多多风险，多亏上帝解救了他。这些担心甚至不能让他携带上中国皇帝想送给法国国王的东西，恳求中国陛下将他的好意留在下一个季节，他希望可能有的更好机会。不过，他带上了汉文和满文书籍以及很少其他东西。他一个人带着两名中国仆人，是他动身时给他派的，一个死在路上，另一个向他请了假。

上述差不多就是我有时间了解到关于他本人的事情。马雷斯先生在他从莫尔塔尼回来后告知我们，白晋神父在向他告别的时候，告知我们不能过早地给他写信，我们不应期待他六周或两个月内给我们消息，我明白，对我们而言，我们有了这个短暂的满足，看到他就像飞过的鸟一样，因为对于他亲爱的兄长们，他非常遗憾不能谋面，自从白晋到了巴黎后，他们已经给他写了信，我不能相信，他再忙，还会不回答他们。人们告诉我，他忙得不可开交，白天劳累，晚上也通宵不休息。我确实也见识过，他在莫尔塔尼没有睡过觉，他燃尽两根蜡烛，或是祈祷上帝，或是写东西，我认为，他已经不懂什么是恬静生活，他过的是一种艰苦生活，他习惯艰辛的工作、忍受苦难。不过，因为他怀着爱和慈悲心做这一切，耶稣基督都伴以某种和蔼安详，使他保持着温和、谦卑，好像他忙而快乐，不纠结什么窘困，最终使他就像是毫无精神负担似的。然而，我们知道，他负有为宗教善事谈判的重要使命，而且他殚精竭虑为上帝的荣光促其成功。但最终，在这所有方面，他超然自控，好像没有任何事情要做、要思考，而处之泰然。我向你们承认，这一切使我着迷。当他屈尊让你们去看他之时，请告知我们。

Ⅷ. 白晋神父致德博泽先生另一封信的摘要

巴黎，1697 年 5 月 1 日

杜帕克先生可能与您沟通了，我在信中告诉他，在这个月 20 号左右，我要动身去罗马。^① 多件紧迫事情我未能在如此短暂时间里处理完毕，尤其是关于我们必须通过波斯路径，不断地向中国派送传教士事宜，以满足中国皇帝对我们中肯的指责，要在这些国家里招募众多的我们的伙伴，这促使我动身去意大利的时间推迟到 7 月末。我请您把这个变化告知我的兄长，还要告诉他，鉴于这所房子里缺少房间，我要变换住处，以便在我们的修道院留居我的两位朋友。现在，人们就要拆掉一所老住房，在原地建筑新住房，还有，我必须找我们神父中的一些人商讨我负责的多篇回忆录。中国的事情涉及太广泛的问题，不能通过我现在给您写的这样短信谈清楚。不过，我可以充分满足您在这方面的正当好奇心。然而，请您公正地相信，每次我高兴地给您写信之时，这种高兴劲儿总受到我所感受到的真实厌烦情绪所缓冲，因为我经常是不厌其烦地重复说，我没有时间给您说什么。自从我抵达这里以来，您简直难以相信，我还没有能同我们一半以上的神父，单独谈话的机会，他们都是我的老朋友，也没能向身在各省市的大部分朋友写过一个字，我不记得有多于三、四次的闲暇机会，为了更多的看到我，让我出现在我们会后的匆忙聚首的休息时刻。在这一切之后，我不认为您会把我书信数量之少，内容之短看作是缺少尊敬和感情的后果。刚收到的荣

---

① 当耶稣会士得知颜珰已经向罗马教廷提交了《禁止中国礼仪的教令》，白晋立刻决定前往罗马为法国使团辩护，并采取措施消除颜珰的"教令"在罗马的影响。他打算将其所写的小册子提交给教皇和传信部，但是因为时间仓促，他的计划并未得以实施。白晋 1697 年 6 月 10 日的信件和让·约瑟夫·吉贝尔的信件，BNC VE, FG A. 8^{63b}。

松主教先生（Mr. le Cardinal Jonson）① 的多封信催促我动身去罗马，302
致使我不得不坚持我的原先决定，我准备这个月底出发。

IX. 1697 年 5 月 7 日信摘要

　　长期以来，我一直看作一种真正的乐事：怀着您给我不久能有
幸看到您的希望。但是，当我内心一感到这种喜悦之时，却不知道　303
上苍是否允许我获得这种慰藉。不久前的罗马来信强烈地催促我做
这样的旅行，乃至于我无法逃避。况且，这一切对于我们使团的利
益，具有非常重要的影响，因为人们告知我，因为人们今秋派舰船
去印度。我必须采取尽可能快的行动，以便不错过对我的回归非常
有利的机会。因此，我准备在这个月 20 号左右动身去罗马。关于您
喜欢见我而决定来巴黎的这次旅行，我不知道如何给您建议。一方

---

① 荣松主教，即杜桑·德福尔宾·简森（Toussaint de Fourbin Janson），1634 年 10
月 1 日出生，1713 年 3 月 24 日逝世。荣松主教出生于法国福尔宾（Fourbin）一个
贵族家庭，曾是博韦（Beauvais）的牧师和主教，之后以大使的身份为法国国王效
力。他支持扬·索别斯基（Jan Sobiesky）当选波兰国王，由此他才能被任命为红
衣主教。然而，英诺森十一世（Innocent XI）并未同意此项任命，直至他的继任者
亚历山大八世于 1690 年任命荣松为红衣主教。荣松主教名字中的"简森"只是对
其身为家中长子的称谓，但是作为一名红衣主教，他也可以叫此名。1695 年，杜
桑·德福尔宾想要成为巴黎大主教，但是路易-安托万·德诺阿耶（Louis-Antoine de
Noailles，1651—1729）成功升为巴黎大主教，1697 年，杜桑·德福尔宾前往罗马，
为法国效命。Zedler I, cols. 1585f. 福尔宾似乎与耶稣会士关系良好，我们或许可以
想象一番，要是德诺阿耶没有升任巴黎大主教，没有发起对巴黎索邦神学院挑起的
"礼仪之争"的责难，那么又会是怎样的结果。同上引书白晋致约瑟夫·吉伯特神父
的信，1697 年 4 月 6 日于巴黎，BNC VE, FG A. 8⁶³ᵃ: "您给韦尔朱思神父写的最近一
封信帮助我们解决了一些困难（在如今、前往印度的船只起航之前仅剩的四个月时
间里，我有千头万绪的事情要做），我的这趟罗马之行对神父们，尤其是对我，同时
也对您而言都非常重要；然而种种您已知悉的原因加上一些别的事情使得此行暂时
中断，目前我希望在上帝的帮助下、如果可能的话，我和简森主教能在本月末之前
赶回去，以免错过船只。我将向您坦承，令我克服种种困难的主要原因，在于您在
支持一件事情时所展现出来的真正的热忱，我相信这里面蕴含着能让中国，乃至整
个东方世界皈依的能量。"

面，特别想能够尽早拥抱您使我希望既然您想给我这种满足，您就尽早来呗，但另一方面，想在此占据您更长时间的想法又使我担心，如果您在当前情况下来，我比以前更为忙碌，我不会有足够的闲暇尽情享受您想带给我的这种温馨的安慰。上周五，我有幸获得我所能希望的，最为利好的国王召见，在他的工作室里大约三刻钟时间，陛下让我自由地给他讲述关于我旅行的话题以及中国皇帝主动派我来见他的真正理由：国王似乎特别高兴听到中国皇帝责成我委托之事，着实完全像我主国王派我们去中国荣膺同样的使命。就是说，牢固的建立宗教和完善艺术和科学，我本来想讲得详尽一点，但是，有人打断了我的讲话。等我有机会看到您时再说吧。不过，我要补充告知您，陛下作为虔诚的基督徒极想利用我们宗教的良好发展形势，我荣幸地向他讲述了目前基督教在中国的状况，尽可能从中汲取成果和优势。尽管我向他讲述的中国皇帝方面事情还达不到他想委托我要办的事情之百分之一，如果不是战争形势迫使我让他想象

304 到，更大价值和更多的礼物会让英国人把我给抓起来，他们是唯一能把我送到印度的人，国王仍表明要赞同他们，好像这是更重要的事情。

X. 德拉布里埃尔修女夫人致德波泽先生信

1697 年 5 月 12 日

亲爱的兄弟：您可能是家里人中唯一不幸之人，没有看到罗马旅行归来的亲爱的白晋神父，留有遗憾。他告知我，绝对需要这个月底前动身。我不知道他是否有时间告诉您他的行踪，但我知道，一直希望看到你们，或个人见面，或与你们两人一起见面，这是对他答应了的事情，因为他对我说，如果他能满足地拥抱他的两位兄长，而后，他们将可以告知我许许多多他没有时间跟我谈的故事。

下面是他这个月 6 号信的内容和信中原话：昨日上午，我去了凡尔赛宫，受国王接见了三刻钟，整个过程极为顺利。我荣幸地向陛下汇报了我的旅途，以及中国皇帝派我来见他的所有理由，这使他特别高兴。我有幸向他讲述了基督教事业在中国的现状，他表示非常希望能从目前有利的环境中获得一切可能的好处，从而促进基督教的发展。尽管我代表中国皇帝向国王转交的物品并不足他本计划托我带来的礼物的百分之五——由于战争，沿途不太平，我只得挑选携带了其中价格更高、体积更大的物品，而且只能通过英国人来运送，因为只有他们能将我送到印度——国王仍然笑纳了，仿佛它们是更为贵重的礼物。我把这次成功看作是我们团体共同祈祷的结果，我请求他们继续这样为我祈祷，以使我在罗马获得同样的成功，我们都非常希望我能去那里。亲爱的兄弟，感谢上帝护佑您能够陪同他。因为我确信，在亲爱的兄弟陪同下，您做这次旅行会有双重的 305 喜悦。

（信件摘要结束）

白晋使法年表

1693 年

1 月

5 日：洪若翰和刘应在北京被召见；皇帝服用奎宁病愈

7 月

4 日：皇帝给耶稣会士房宅；白晋被任命为皇帝特使

6 日：耶稣会士询问皇帝健康状况

7 日：皇帝接见

8 日：白晋开始旅行

北直隶

9 日：行 7 法里至良乡县

9 日：行 7 法里至涿县

行 7 法里至新城县

10 日：行 7 法里至雄县

行 7 法里至任丘县

11 日：行 7 法里至河间府

12 日：行 6 法里至献县

行 6 法里至富庄驿

行 3 法里至阜城县

13 日：行 6 法里至景州

山东

13 日：行 7 法里至德州

14 日：行 7 法里至恩县

　　　　行 7 法里至高唐州

15 日：行 6 法里至清平县

　　　　行 6 法里至 Tong-kieou-ell（？）

16 日：行 12 法里至东平州

　　　　行 6 法里至汶上县、东和县

以下为 B. Nat., Ms. fr. 17240 所载《旅行日记》

17 日：行 4.5 法里至新嘉驿

　　　　行 4 法里至兖州府

18 日：行 5 法里至邹县

　　　　行 2.5 法里至界河驿

　　　　行 3.5 法里至滕县

19 日：行 8 法里至临城驿

江南（亦即南京）

　　　　行 8 法里至利国驿

20 日：行 7 法里至宿州

21 日：行 5 法里至桃山驿

安徽

　　　　行 4 法里至夹沟驿

　　　　行 6 法里至宿州

22 日：行 5 法里至大店驿

　　　　行 7 法里至固镇驿

23 日：行 6 法里至王庄驿，印玉山

行 6 法里至 Hao-leang-y（？）

24 日：行 4 法里至红心驿

行 6 法里至定远县

25 日：行 4.5 法里至张桥驿

行 6 法里至护城驿

行 4.5 法里至店埠驿

26 日：行 3.5 法里至庐州府

行 6 法里至 Y-ho-y（？）

27 日：行 6.5 法里至三沟驿

行 2 法里至舒城县

行 4 法里至 Mei-sin-y

28 日：行 6 法里至卢亭驿

行 2 法里至桐城县

行 4.5 法里至陶冲驿

29 日：行 6 法里至 Tsin-cheou-y（？）

行 6 法里至小池驿

湖广

30 日：行 6 法里至枫香驿

行 6 法里至 Ting-sien-y（？）

行 4 法里至黄梅尖

310 ## 江西

31 日：行 4 法里至 Cong-long-y（？）

行 5 法里至九江府

行 6 法里至通远驿

8 月

1 日：行 6 法里至德安县

2 日：行 6 法里至建昌县

　　　南昌府（附近的村庄）

3 日：行 6 法里

4 日：南昌府动身

5 日：行 10 法里至丰城县

6 日：行 6 法里至樟树

8 日：Ki cho yn hien（？）距离龙城县有 3 法里

9 日：至吉安府

10 日：行 8 法里至泰和县

　　　sou-cheou-tcheou?

11 日：行 10 法里至万安县

12 日：行 11 法里至良口

13 日：行 3 法里至攸镇驿

14 日：行 10 法里至赣州府

15 日：行 9 法里至邮局

16 日：行 12 法里至南康县

　　　行 10 法里至新城

17 日：行 12 法里至南安府

311

广东

　　　行 12 法里至南雄府

18 日：行 30 法里至韶州府

19 日：行 20 法里至英德县

20 日：行 20 法里至清远县

　　　行 4 法里至佛山

21 日：行 36 法里至广州府

23 日：方济各会士艾末大访问

　　　　24 日：宴会

9 月

　　　　4 日：总督给白晋送礼品

　　　　5 日：信息：英国舰船抵达澳门岛

　　　　6 日：白晋登英国舰

　　　　8 日：白晋从霞山县动身

　　　　10 日：西塞在船上

　　　　20 日：白晋参观考试院

　　　　22 日：百足虫

　　　　29 日：英国船在厦门？

10 月

　　　　11 日：白晋，广州，致信韦尔朱思神父①

312　　14 日：宫廷来信

　　　　20 日：英国船长要求在澳门租房许可

11 月

　　　　2 日：抓住盗贼

　　　　3 日：佟老爷和李国正神父回到北京

　　　　6 日：抵达霞山县

　　　　16 日：北京来信②

　　　　B. Nat., Ms. fr. 17240 所载《旅行日记》到此结束

　　　　20 日：都加禄神父要求白晋帮助

12 月

　　　　2 日：从广州肇庆府回到广州

---

① ARSJ, JS 165, ff. 419r–420v.

② 至此，法国国家图书馆 B. Nat., Ms. Fr. 17240, fo 317v 结束。

3 日：方济各·沙勿略节

12 日：告别

13 日：推迟告别

1694 年

1 月

1 日：他们上船

8 日：告别"白屋"官员

9 日：纪尧姆·德拉瓦莱拜访白晋

10 日：告别葡萄牙人；北京来信；出发

19 日：纬度 10°

23 日：普罗迪梦岛

24 日：马来西亚东海岸，"白色石头"

25 日：抵达马来西亚　　　　　　　　313

26 日：马六甲

29 日：同德亚底安修会修士会面

2 月

1 日：向北方

4—5 日：两兄弟岛，万利拉岛，阿舍穆方向

6—8 日：苏门答腊海岸

12 日：自阿舍穆出发

21 日：锡兰

23—28 日：缓慢前行

3 月

4 日：科摩林角

5—7 日：靠近布里让，科摩罗，阿婷嘉王后的土地

10 日：布图雷

12 日：古龙

15 日：科钦

17 日：萨莫兰亲王宅邸

19 日：迦尔居特锚地

27 日：与三艘摩尔人的船只一同起锚

28 日：迦尔居特锚地，牺牲岩

29 日：塔里切

30 日：卡那诺尔

4 月

1 日：芒伽罗河

16 日：卡鲁阿耳

20 日：果阿地峡

314

21 日：马拉朗要塞

5 月

10 日：缓慢前进

13 日：孟买附近苏翁特

17—18 日：与人会面

19 日：抛锚停泊

24 日：迪于斯修士来信，抵达苏拉特

1694 年 6 月至 1695 年 3 月

13 日：滞留苏瓦里 10 个月至 1695 年 3 月

1695 年

3 月

16 日：告别

17 日：同土耳其船出发去吉奥达

4 月

　　2 日：索科特拉岛附近

　　5 日：瓜达富伊角，经度 11.5 度

　　11 日：穿过海湾至亚丁海岸

　　12 日：贝尔太尔

　　22 日：抵达吉奥达

7 月

　　17 日：回到苏拉特

　　21 日：贝尔太尔

8 月

315

　　26 日：同 26 艘船会合

9 月

　　13 日：抵达苏拉特

　　12 月 21 日：苏拉特，白晋致信耶稣会士让·博斯米尔 ①

　　12 月 21 日：苏拉特，白晋致信耶稣会巴黎省会长 ②

1696 年

　　4 月末：归家行

　　5 月 17 日：月食

　　6 月 8 日：南回归线

　　9 月 25 日：苏拉特，白晋致信蒂尔索·冈萨雷斯 ③

　　10 月 7 日：好望角

　　10 月 22 日：南回归线

---

① ARSJ, JS 166, ff. 92r–101v.

② Ibid., ff.102r–103v.

③ Ibid., ff. 124r–125v.

11 月 7 日：巴西

12 月 2 日：从巴西出发

12 月 13 日：佩尔囊布克海角，圣三节岛

12 月 22 日：向北方航行

12 月 25 日：费尔南多岛

1697 年

1 月 13 日：北回归线

316 1 月 21 日：遇到三艘西班牙船，其一为俘虏船

2 月 5 日：船只分离

2 月 27 日：见到陆地！

3 月 1 日：白晋抵达布雷斯特；白晋写信给姊夫马莱斯先生[①]

3 月 5 日：路易港

3 月 23 日：阿朗松，德拉布里埃尔夫人写信给兄弟杜帕克先生[②]

3 月 31 日：巴黎，白晋致信蒂尔索·冈萨雷斯[③]

4 月 3 日：路易十四接见

4 月 6 日：巴黎，白晋致信让·约瑟夫·吉贝尔[④]

5 月 1 日：白晋抵达巴黎

5 月 1 日：巴黎，白晋致信兄弟德博泽先生[⑤]

5 月 7 日：巴黎，白晋致信兄弟德博泽先生[⑥]

---

① BSB, Codex Gallicus 711, fo 170.

② BSB, Codex Gallicus 711, ff. 184–187.

③ ARSJ, JS 166, ff. 187r–188v.

④ BNC, VE A. 8.63a.

⑤ BSB, Codex Gallicus 711, ff. 187–188.

⑥ Ibid., ff. 188–190.

5 月 12 日：德拉布里埃尔夫人写信给其兄弟德博泽先生 ①

6 月 6 日：巴黎，白晋致信让·约瑟夫·吉贝尔 ②

6 月 10 日：巴黎，白晋致信蒂尔索·冈萨雷斯 ③

6 月 23 日：巴黎，白晋致信让·约瑟夫·吉贝尔 ④

6 月 24 日：巴黎，白晋致信蒂尔索·冈萨雷斯 ⑤

8 月 4 日：巴黎，白晋致信蒂尔索·冈萨雷斯 ⑥

8 月 30 日—10 月 15 日：白晋，巴黎——枫丹白露，写信给
　　　　一位耶稣会士 ⑦

10 月 18 日：白晋，枫丹白露，写信给莱布尼茨 ⑧

10 月 24 日：白晋，枫丹白露，致信让-约瑟夫·吉贝尔 ⑨

12 月 1 日：白晋，巴黎 ⑩

12 月 2 日：巴黎，白晋致信蒂尔索·冈萨雷斯 ⑪

317

1698 年

2 月 28 日：拉罗歇尔，白晋写信给莱布尼茨 ⑫

3 月 6 日：乘安菲特里特号船从拉罗歇尔动身

11 月 2 日：抵达广州

---

① Ibid., ff. 190−191.

② BNC, VE A. 8.63b.

③ ARSJ, JS 166, ff. 196r−197v.

④ Ibid., ff. 200r−202v.

⑤ Ibid., ff. 203r−204v.

⑥ ARSJ, FG 704.

⑦ ASJP, Vivier, pièce 52，载于 von Collani (1987), pp. 198−211。

⑧ LBr 105, Bl. 1a-2a，刊：Widmaier (1990), pp. 46−48。

⑨ ARSJ, JS 166, ff. 254r−255v.

⑩ ARSJ, JS 166, ff. 259r−260v; Mazarine, Ms. No. 1667; ASV, Missioni 156.

⑪ Ibid., ff. 261r−262v.

⑫ LBr 105, Bl. 9r-12v，刊：Widmaier (1990), pp. 71−75。

1699 年

2 月 17 日：广州，马若瑟致信拉雪兹神父 ①

4 月 12 日：白晋，南京 ②

318   7 月 24 日：傅圣泽抵达厦门

9 月 6 日：北京，白晋致信蒂尔索·冈萨雷斯 ③

9 月 19 日：北京，白晋写信给莱布尼茨 ④

11 月 30 日：北京，白晋致信拉雪兹神父 ⑤

---

① 《耶稣会士书简集》第三卷（巴黎 1843），pp. 9–17; *Welt-Bott*, no. 39。

② Froger, p.104.

③ ARSJ, JS 166, ff. 359r–360v.

④ LBr 105, Bl. 13r–14v; 抄件 17r–20v; 刊：Widmaier (1990), pp. 102–107。

⑤ B. Nat., Ms. Fr. 17 240, ff. 43r–52v; 刊：《耶稣会士书简集》第三卷（1843），pp. 17–22（缩略版）；德语译本：*Welt-Bott*, no. 41。

缩略语表

AHSJ=*Archivum Historicum Societatis Jesu*（《耶稣会历史档案》）

ARSJ=Archivum Romanum Societatis Jesu（耶稣会罗马档案馆）

...........FG = Fondo Gesuitico（耶稣会专藏）

...........JS = Japonica et Sinica（日本与中国）

ASJP=Archivum Societatis Jesu, Paris（耶稣会巴黎档案馆）

...........Vivier = Fonds Vivier（维维耶藏品）

BAV=Biblioteca Apostolica Vaticana（梵蒂冈教廷图书馆）

.........RGO = Raccolta Generale Oriente（东方文献总藏）

.........Borg. Cin. = Borgia Cinese（中国藏书部）

BM=*Bibliotheca Missionum*（《传教文集》）, ed. R. Streit u. J. Dindinger, Vols, IV, V, VII (Freiburg 1929 and 1931).

BN=Bibliothèque Nationale, Paris（法国国家图书馆，巴黎）

........Ms. fr. = Manuscrit français（法语手稿）

........Ms. n.a. fr. = Manuscrit français, nouvelle acquisition（新入藏法语手稿）

........Ms. lat. = Manuscrit latin（拉丁语手稿）

........Ms. n.a. lat. = Manuscrit latin, nouvelle acquisition（新入藏拉丁语手稿）

BNC VE II=Biblioteca Nazionale Centrale Vittorio Emmanuele II, Roma（意大利国家图书馆，罗马）

........FG = Fondo Gesuitico（耶稣会专藏）

BStB=Bayerische Staatsbibliothek, München（巴伐利亚国立图书馆，慕尼黑）

CMSB=*China Mission Studies (1550—1800) Bulletin*（《中国传教研究杂志，（1550—1800）》）, I-X, *Sino-Western Cultural Relations Journal*, XI-XVII（1989 年后更名为:《中西文化关系学报》).

LBr=Leibniz-Briefwechsel, Hannover, Niedersächsische Landesbibliothek（莱布尼茨通信，汉诺威，下萨克森州州立图书馆）

LThK²=Lexikon für Theologie und Kirche（《神学与教会词典》），2. ed. (Freiburg 1957—1967)

MEP=Missions Etrangères de Paris（巴黎外方传教会）

MS=Monumenta Serica（《华裔学志》）

NZM=Neue Zeitschrift für Missionswissenschaft（《传教学新杂志》）

OFM=Ordo Fratrum Minorum (Franciscans)（小兄弟会，方济各会士）

OP=Ordo Fratrum Praedicatorum (Dominicans)（布道兄弟会，多明我会士）

OSA=Ordo Sancti Augustini (Augustians)（圣奥古斯丁会，奥古斯丁会士）

SF=Sinica Franciscana《中国方济各会志》IV–VIII (Romae 1954—1975)

SJ=Societas Jesu (Jesuits)（耶稣会，耶稣会士）

SWCRJ=Sino-Western Cultural Relations Journal（自 1989 年起，名为《中西文化关系学报》，更名前为 *CMSB*）

ZMR=Zeitschrift für Missionswissenschaft und Religionswissenschaft《传教学与宗教学杂志》

未刊资源

Joachim Bouvet, "Journal à la Cour de Pékin", B. Nat, Ms. fr. 17240, f. 263r–
291v.

Joachim Bouvet, "Journal des voyages du Pere Bouvet Jesuite, Missionnaire,
envoyé par l'Empereur de la Chine, vers Sa Majesté tres chretiene", BSB,
Codex Gallicus 711, t. VII n. o 1326.

—— part of it: "Journal de voyage à Canton", B. Nat., Ms. fr. 17240, ff. 291–317v;
printed in: Jean-Baptiste Du Halde, *Description de la Chine...* (Paris 1735), pp.
113–125; *Allgemeine Historie der Reisen* V (Leipzig 1749), pp. 469–478.

—— another part: "Description d'un repas solennel fait à Canton, où l'on voit ce
que les Chinois observent en pareille circonstance", in: Du Halde II (Paris
1735), pp. 134–138.

—— Prévost d'Exiles, *Histoire generale des voyages* liv. I (Paris 1749), pp. 122–146.

Joachim Bouvet, lettre au P. Louis Le Comte à Fou-tchéou, Pékin 20 octobre
1691, ARSJ, JS 165, ff. 100–102.

Joachim Bouvet, Jean-François Gerbillon, lettre à Mgr. le Duc du Maine, Pékin
30 novembre 1691, ARSJ, JS 165, ff. 137v–147v.

Joachim Bouvet, Jean-François Gerbillon, lettre à Messieurs de l'Académie
Royale des Sciences à la Bibliothèque du Roy a Paris, Pékin 11 décembre
1691, ARSJ, JS 165, ff. 173v–177v.

Joachim Bouvet, extrait d'une lettre au P. Antoine Verjus, Canton, 11 octobre
1693, ARSJ, JS 165, ff. 419r–420v.

Joachim Bouvet, lettre au P. Jean Bosmier, Assistant de France à Rome, Surate,
21 décembre 1695, ARSJ, JS 166, ff. 92r–101v.

Joachim Bouvet, lettre à un Jésuite, Surate, 21 décembre 1695, ARSJ, JS 166, ff.
102r–103v.

Joachim Bouvet, lettre au P. Tyrso Gonzalez, Paris 31 Martii 1697, ARSJ, JS 166, ff. 187r–188v.

Joachim Bouvet, lettre au P. Jean Joseph Guibert, 6 avril 1697, BNC VE, FG A 8 [63a].

Joachim Bouvet, lettre au P. Joseph Guibert, 10 juin 1697, BNC VE, FG A 8 [63b]

Joachim Bouvet, lettre au P. Tyrso Gonzalez, Paris 2 déc. 1697, ARSJ, JS 166, ff. 261r–262v.

Joachim Bouvet, lettre du Père Bouvet au Père de la Chaise, confesseur du Roy, 30 novembre 1699, B. Nat., Ms. fr. 17240, ff. 43r–52v.

Joachim Bouvet, lettre à M. l'abbé Jean-Paul Bignon et Leibniz, Pékin 15 septembre 1704,

—— B. Nat., Ms. fr. 17240, ff. 17r–36v; copy in: ARSJ, FG 730 II, 462–479;

—— s. a. von Collani (1989), *Eine wissenschaftliche Akademie für China*, pp. 32–85.

Joachim Bouvet, Supplément à une lettre non identifiée, Pékin 26 octobre 1704,

—— Paris, B. Nat., Ms. fr. 17240, ff. 318r–325v.

——s. a. von Collani (1989), *Eine wissenschaftliche Akademie*, pp. 86–117.

Joachim Bouvet, lettre au P. Bertrand-Claude Tachereau de Linyères SJ, Pékin 27 octobre 1704.

—— Paris, B. Nat., Ms. fr. 17240, ff. 260r–261v.

—— sa. von Collani (1989), *Eine wissenschaftliche Akademie*, pp. 118–125.

Kilian Stumpf, "Acta Pekinensia seu Ephemerides Historiales eorum quae Pekini acciderunt a 4.ª Decembris 1705. 1.ª adventus Illmi Rmi et Excmi Dmi D. Caroli Thomae Maillard de Tournon Patriarchae Antiocheni Vis. Apostolici cum potestate Legati de latere etc." APF: Inform. liber 162. Pro Miss. Sin. vol. 7 (collectus anno 1711).

Kilian Stumpf, "Acta Pekinensia seu Ephemerides Historiales eorum quae Pekini acciderunt a 4.ª Decembris 1705. 1.ª adventus Illmi Rmi et Excmi Dmi D. Caroli Thomae Maillard de Tournon Patriarchae Antiocheni Vis. Apostolici cum potestate Legati de latere etc." APF: Inform. liber 166. Pro Miss. Sin. vol. 11 (collectus anno 1716).

Antoine Thomas, "Annotationes annuae intermissae et postmodum continuatae. Incipiunt a 28.a Augi 1694. Praemittitur brevis Relatio terum gestarum ab anno 1686", ARSJ, JS 149, fo 530r–548v.

已刊资源

Anatomie Mandchoue. Facsimile du manuscrit No. II du Fonds Oriental de la Bibliothèque Royale de Copenhague. Publié sous les auspices de M. Abr. Clod-Hansen par M. Victor Madsen. Traduction du texte manchou par M. Wilhelm Thomsen (Copenhague 1928); another copy in Paris, Musée d'Histoire Naturelle, sign.: Ms. 2009.

Joachim Bouvet (1962), *Voyage de Siam du Pere Bouvet*, ed. J. Gatty (Leiden).

"Route que tinrent les PP. Bouvet, de Fontaney, Gerbillon, Le Comte et Visdelou, depuis le port de Ning-pouo jusqu'à Pékin, avec une description très exacte et circonstanciée de tous les lieux où ils assèrent dans les provinces du Tché-kiang, du Kiang-nan, du Chan-tong et du Pé-tche-li", in: Jean-Baptiste Du Halde, *Description de la Chine* I (1735), pp. 73−97.

Joachim Bouvet, "Journal de voyage à Canton", printed in: Jean-Baptiste Du Halde, *Description de la Chine...* I (Paris 1735), pp. 113−125; *Allgemeine Historie der Reisen* V (Leipzig 1749), pp. 469−478.

—— another part: "Description d'un repas solennel fait à Canton, où l'on voit ce que les Chinois observent en pareille circonstance" in: Du Halde II (Paris 1735), pp. 134−138.

—— Prévost d'Exiles, *Histoire generale des voyages* liv. I (Paris 1749), pp. 122−146.

Joachim Bouvet (1697), *Portrait historique de l'empereur de la Chine* (Paris).

Joachim Bouvet (1699), *Histoire de l'Empereur de la Chine* (La Haye).

Joachim Bouvet, "Lettre du P. Bouvet au P. De la Chaise: Pékin 30. XI. 1699", B. Nat., Ms. fr. 17240, ff. 43r−52v, partly printed in: *Lettres édifiantes et curieuses* III (Paris 1843), pp. 17−22; Joseph Stöcklein (1726), *Der Neue Welt-Bott* I, 2 (Augsburg), no. 41, pp. 21−25.

Joachim Bouvet, *Eine wissenschaftliche Akademie für China. Briefe des China-*

missionars Joachim Bouvet S. J. an Gottfried Wilhelm Leibniz und Jean-Paul Bignon über die Erforschung der chinesischen Kultur; Sprache und Geschichte, Claudia von Collani (1989) (ed.) (Studia Leibnitiana Sonderheft 18) (Stuttgart) with the following letters by Bouvet:

—— letter to the Abbé Bignon and Leibniz, Peking, 15th of September 1704, pp. 32-85;

—— lettre à M. l'abbé Jean-Paul Bignon et Leibniz, Pékin, 15 septembre 1704;

—— "Supplément à une lettre non identifiée", Pékin, 26 octobre 1704, pp. 86-117;

—— lettre au P. Bertrand-Claude Tachereau de Linyères, Pékin, 27 octobre 1704, pp. 118-125.

Gaspar Caster, *Relatio sepulturae magno Orientis apostolo Sto Francisco Xaverio erectae in insula Sanciana anno Domini 1700*, printed as xylograph in Canton (1701), German translation in: Joseph Stöcklein (1726) (ed.), *Der Neue Welt-Bott* II, (Augspurg, Grätz), no. 309.

The Chevalier de Chaumont and the Abbé de Choisy (1997), *Aspects of the Embassy to Siam 1685*, ed. Michael Smithies (Chiang Mai).

[François-Timoléon de Choisy] (1993), *Journal of a Voyage to Siam 1685 - 1686. Abbé de Choisy*, translated and introduced by Michael Smithies (Kuala Lumpur).

François-Timoléon de Choisy (1995), *Journal du Voyage de Siam*, présenté et annoté par Dirk Van de Cruysse (Paris).

Jean-Baptiste du Halde (1735), *Description de la Chine...* I-V (Paris).

Jean-Baptiste Du Hamel (1681), *De consensu veteris et novae philosophiae libri quatuor seu promotae per experimenta Philosophiae pars prior*. J. B. Du Hamel, P. S.L. & Regiae scientiarum Academiae à Secretis (Paris 1678[1], here edition Norimbergae).

Jean de Fontaney, "Lettre au P. de la Chaise". - A Tchou-chan, port de Chine, de la province de Tchekiang, à dix-huit lieues de Nimpo: le 15 de Février 1703", Lettres édifiantes et curieuses III (Paris 1843), pp. 82-113;

Joseph Stöcklein, *Der Neue Welt-Bott* I, 5 (Augsburg 1726), n. 97 pp. 1-22.

Jean-François Foucquet, "Relation exacte de ce qui s'est passé à Pékin par raport à l'astronomie européane depuis les mois de juin 1711 jusqu'au commencement de novembre 1716", ARSJ, JS II, 154, ff. 1-83, Appendix in: John W. Witek (1974), *An Eighteenth Century Frenchman at the Court of the K'ang-Hsi Emperor: A Study of the Early Life of Jean-François Foucquet* (Georgetown Diss.), pp. 459-678.

Girolamo Franchi, "Brief ... an R. P. Franciscum Voglmair, Nan-Ischang-Fù, 30. Sept. 1702," in: Joseph Stöcklein (1726) (ed.), *Der Neue Welt-Bott* (Auspurg, Grätz), no. 67.

François Froger (1926), *Relation du premier voyage des François à la Chine fait en 1698, 1699 et 1700 sur le vaiseau "L'Amphitrite"*, E. A. Voretzsch (ed.) (Leipzig).

Pasquale d'Elia (1942-1943), *Fonti Ricciani*, vols. I, II. *Storia dell' introduzione del Cristianesimo in Cina* (Roma).

Giovanni Gherardini (1700), *Relation du Voyage fait à la Chine sur le vaisseau l'Amphitrite, en l'année 1698. Par le Sieur Gio: Ghirardini, Peintre Italien. A Monsieur le Duc de Nevers* (Paris).

Adrien Greslon (1671), *Histoire de la Chine...* (Paris).

Michael Hundt (ed.) (1999), *Beschreibung der dreijährigen Chinesischen Reise. Die russische Gesandtschaft von Moskau nach Peking 1692 bis 1695 in den Darstellungen von Eberhard Isbrand Ides und Adam Brand* (Stuttgart).

Pierre Jartoux, lettre, 12 avril 1711, in: *Lettres édifiantes et curieuses* III (Paris 1843), pp. 183-187.

Engelbert Kaempfer (1998), *A Description of the Kingdom of Siam 1690* (Bangkok).

Engelbert Kaempfer (1999), *Kaempfer's Japan. Tokugawa Culture Observed*, ed., translated and annotated by Beatrice M. Bodard-Bailey (Honolulu).

Kangxi, "Holy Edict" = "Instructions sublimes et familieres de Cheng-tzu-quo-gen-hoang-ti, *Mémoires concernant... les Chinois* t. IX (Paris 1783), pp. 65-281. Later translation by Richard Wilhelm, "Das heilige Edikt des Kaisers Kang Hi", *Zeitschrift für Missionskunde und Religionswissenschaft* XIX (1904), pp. 1-14, 65-75.

Matthias Klaue (1997), "Wider das Budeyi. Gelingen oder Scheitern einer christlich-konfuzianischen Synthese in der apologetischen Schrift Budeyi bian (1665) des Jesuiten Ludovico Buglio", *MS* 45, pp. 101-259.

Louis Le Comte (1696-1997), *Nouveaux Mémoires sur l'Etat présent de la Chine. Par le P. Louis Le Comte de la Compagnie de Jesus, Mathematicien du Roy* 2 vols. (Paris).

Louis Lecomte (1990), *Un jésuite à Pékin. Nouveaux Mémoires sur l'état présent de la Chine 1687-1692*, établi, annoté et presenté par Frédérique Touboul-Bouyeure (Paris).

Charles Le Gobien (1698), *Histoire de l'Edit de l'Empereur de la Chine, en faveur de la Religion Chrestienne...* (Paris).

Gottfried Wilhelm Leibniz, "Au R. P. Bouvet Jesuite à Paris, Hanover 2 Decemb. 1697", in: Rita Widmaier (ed.) (1990), *Leibniz korrespondiert mit China. Der Briefwechsel mit den Jesuitenmissionaren (1689-1714)* (Frankfurt), pp. 58–67.

Lettres édifiantes et curieuses III (Paris 1843).

Victor Madsen (ed.) (1928), *Anatomie Mandcheou. Facsimile du Manuscrit Nr. 11 de la Bibliothèque Royale de Copenhagen* (Copenhagen).

Joseph Anne Marie de Moyriac de Mailla (1783), *Histoire générale de la Chine* XI (Paris).

Martino Martini (1981), *Novus Atlas Sinensis* (Amsterdam 1655; Trento).

Martino Martini (1981), *De bello Tartarico Historia, in quo pacto Tartari hac nostra aetate Sinicum Imperium invaserint, ac ferè totum occuparint, naratur; eorumque mores breviter describuntur* (1654, bound to: *Novus Atlas Sinensis*).

Lettre du Père Parennin à Messieurs de l'Académie des Sciences, Pékin, le 1er mai 1723, *Lettres édifiants et curieuses* III (Paris 1843), pp. 330–340.

Joseph de Prémare, "Lettre au P. De La Chaise, A Canton: le 17 Février 1699", *Lettres édifiantes et curieuses* XVI (Paris 1781), pp. 338–371; *Lettres édifiantes et curienses* III (Paris 1843), pp. 9–17; *Lettres édifiantes et curieuses* IX (Lyon 1819), pp. 209–229; Joseph Stöcklein (1726) (ed.), *Der Neue Welt-Bott* 1 (Augsburg Grätz) no. 39.

Joseph de Prémare, "Weeg-Weiser/ nach dessen Anläitung man durch die Meer-Enge von Malacca und Gobernadur durchfahren soll", Joseph Stöcklein (1726) (ed.), *Der Neue Welt-Bott* I (Augsburg Grätz), no. 40.

Alvaro de Semedo (1667), *Histoire universelle de la Chine* (Lyon).

Sinica Franciscana IV, V, VI, VII, VIII (Romae 1954-1975).

Joseph Stöcklein (1726, 1727) (ed.), *Der Neue Welt-Bott* I, II (Augsburg Grätz).

Guy Tachard (1686, 1687), *Voyage de Siam des Pères Jèsuites envoyés par le Roi aux Indes et à la Chine avec leurs observations astronomiques et leurs remarques de physique, de géographie, d'hydrographie et d'histoire* (Paris, Amsterdam).

English translation: Guy Tachard (1688), *A relation of the voyage to Siam performed by six Jesuits sent by the French King, to the Indies and China in the year 1685* (London).

P. Visschers (1857), *Onuitgegteven brieven van eenige Paters der Societeit van Jesus, Missionarissen in China,...* (Arnhem).

Rita Widmaier (ed.) (1990), *Leibniz korrespondiert mit China. Der Briefwechsel mit den Jesuitenmissionaren (1689-1714)* (Frankfurt).

参考文献

Giuliano Bertuccioli (1985), "Ludovico Buglio", in: *Alcide Luini (ed), Scenziati siciliani gesuiti in Cina nel secolo XVII. Atti del Convegno. Palermo, Piazza Armerina, Caltagirone, Mineo 26–29 ottobre 1983* (Roma, Milano), pp. 121–146.

E. Bretschneider (1935), *History of European Botanical Discoveries in China* (London 1898; repr. Leipzig).

A. Brou (1936), "Un grand marcheur devant le Seigneur: Le P. Antoine de Beauvollier (1657-1708)", *RHM* 13, pp. 261–282.

Cornelius Buckly, "A recently discovered letter of Guy Tachard, S. J.", *Indian Church History Review* 22 (1988), pp. 23–49.

Henri Chappoulie (1948), *Aux origines d'une Eglise. Rome et les missions d'Indochine au XVIIe siècle II* (Paris).

Monique Cohen (1990), "A point of history: the Chinese books presented to the National Library in Paris by Joachim Bouvet in 1697", *Chinese Culture. A Quarterly Review* 31 No. 4, pp. 39–48.

Claudia von Collani (1985), *P. Joachim Bouvet S. J. Sein Leben und sein Werk* (Monumenta Serica Monograph Series XVII) (Nettetal).

Claudia von Collani (1987), "Ein Brief des Chinamissionars P. Joachim Bouvet S. J. zum Mandat des Apostolischen Vikars von Fu-kien, Charles Maigrot MEP", *NZM* 43, pp, 188–211.

Claudia von Collani (1989), "Das Problem des Heils der Heiden - die Apologie des P. Vincentius Mascarell S. J. aus dem Jahre 1701", *NZM* 45, pp. 17–35, 93–109.

Claudia von Collani (1992), "A Note on the 300th Anniversary of the Kangxi Emperor's Edikt of Toleration (1692)", *SWCRJ* XIV, pp. 62–63.

Claudia von Collani (1994a), "Jing tian - the Kangxi Emperor's Gift to Ferdinand Verbiest", in: J. W. Witek (ed.), *Ferdinand Verbiest S. J. (1623-1688). Jesuit Missionary, Scientist, Engineer and Diplomat* (Monumenta Serica Monograph Series XXX) (Nettetal), pp. 453−470.

Claudia von Collani (1994b), "Charles Maigrot's Role in the Chinese Rites Controversy", in: David E. Mungello (ed.), *The Chinese Rites Controversy. Its History and Meaning* (Monumenta Serica Monograph Series XXXIII) (Nettetal), pp. 149−183.

Claudia von Collani (1994c), "Claudio Filippo Grimaldi S. J. zur Ankunft des päpstlichen Legaten Charles-Thomas Maillard de Tournon in China", *MS* 42, pp. 329−359.

Claudia von Collani (1995a), "Une légation à Rome manquée - Joachim Bouvet et Sabino Mariani", in: *Actes du Ve Colloque international de Sinologie, Chantilly 1989* (Taipei, Paris), pp. 277−301.

Claudia von Collani (1995b), "Kilian Stumpf SJ zur Lage der Chinamission im Jahre 1708", *NZM* 51, pp. 117−144, 175−209.

Claudia von Collani (1996), "Zum 350. Geburtstag von Gottfried Wilhelm Leibniz (1646-1716)", *China beute* XV, pp. 121−126.

Claudia von Collani (1999), "The Report of Kilian Stumpf about the Case of Father Joachim Bouvet", *ZMR* 83, pp. 231−251.

Claudia von Collani (2000), "Gottfried Wilhelm Leibniz and the China Mission of the Jesuits", in: Wenchao Li/Hans Poser (eds.), *Das Neueste über China. G. W. Leibnizens Novissima Sinica von 1697* (Studia Leibnitiana Supplementa 33) (Stuttgart), pp. 89−103.

Claudia von Collani (2001a), "Missionaries. Historical Survey", in: Nicolas Standaert (ed.), *Handbook of Christianity in China I: 635-1800* (Handbook of Oriental Studies. Handbuch der Orientalistik) (Leiden, Boston, Köln 2001), pp. 295−298.

Claudia von Collani (2001b), Alexander Lomanov, "Russian Orthodox Church" in: Nicolas Standaert (ed.), *Handbook of Christianity in China.* Volume One: 635−1800. (Handbook of Oriental Studies, section 4: China 15/1. Handbuch der Orientalistik, Abt. 4: China 15) (Leiden, Boston, Köln), pp. 367−375.

Claudia von Collani (2002a), "Franz Xavers Grab auf Shangchuan. Nach dem

Bericht von Gaspar Castner SJ", in: Rita Haub, Julius Oswald (Hg.), *Franz Xaver - Patron der Missionen. Festschrift zum 450. Todestag* (Jesuitica 4) (Regensburg), pp. 122–150.

Claudia von Collani (2002b), "Portrait of an Emperor: Jaochim Bouvet's Picture of the Kangxi Emperor of 1697", *SWCRJ* XXIV (2002), pp. 24–37.

Samuel Couling (1991), *The Encyclopedia Sinica* (Shanghai 1917, Oxford).

Pamela Kyle Crossley (1983), "The Tong in Two Worlds: Cultural Identity in Liaodong and Nurgan during the 13th – 17th Centuries", *Ch'ing-shib wen-t'i* 4. no. 9, pp. 21–46.

Pamela Kyle Crossley (1997), *The Manchus* (Cambridge, Mass.).

Jacques Davy (1950), "La condamnation en Sorbonne des Nouveaux Mémoires sur la Chine du P. Le Comte", *Revue des Sciences Religieuses* XXXVII, pp. 366–397.

Joseph Dehergne (1953), "La Mission des Pékin à la veille de la Condamnation des Rites", *NZM*9, pp. 91–108.

Joseph Dehergne (1959), "La Chine centrale vers 1700. I. L'évêché de Nankin. Étude de géographie missionnaire", *AHSJ* 28 (1959), pp. 289–330.

Joseph Dehergne (1953), "La Chine centrale vers 1700, III. Les Vicariats Apostoliques de l'intérieur (fin): le Kiangsi", *AHSJ* 36, pp. 32–71, 221–246.

Joseph Dehergne (1973), *Répertoire des Jésuites de Chine de 1552 à 1800* (Rome, Paris).

Joseph Dehergne (1976), "La Chine du Sud-Est: Guangxi (Kwangsi) et Guangdong (Kwuangtung). Étude de géographie missionnaire", *AHSJ* 45, pp. 3–35.

Pasquale D'Elia (1960), *Galileo in China. Relations Through the Roman College between Galileo and the Jesuit Scientist-Missionaries (1610-1640)* (Cambridge, Mass.).

Pasquale D'Elia (1963), *Il lontano confino e la tragica morte del P. João Mourão S. J. Missionario in Cina (1681-1726)* (Lisboa).

Du Shiran, Han Qi (1992), "The contribution of French Jesuits to Chinese science in the seventeenth and eighteenth centuries", *Impact of Scence in Society*, No. 167, pp. 265–275.

Europa und die Kaiser von China (Frankfurt 1985).

Theodore N. Foss (1990), "The European Sojourn of Philippe Couplet and Michael Shen Fuzong, 1683-1692", in: J. Heyndricks (ed). *Philippe Couplet S. J. (1623-1693). The Man Who brought China to Europe*, (Monumenta Serica Monograph Series XXII) (Nettetal), pp. 121–142.

Janette C. Gatty (1962) (ed), *Voiage de Siam du pere Bouvet* (Leiden).

Herbert A. Giles (1975), *A Chinese Biographical Dictionary* (repr. Taipei).

Noël Golvers (1999), "Verbiest's Introduction of Aristoteles Latinus (Coimbra) in China: New Western Evidence"; in: Noël Golvers (ed.), *The Christian Mission in China in the Verbiest Era: Some Aspects of the Missionar Approach* (Louvain Chinese Studies VI) (Leuven), pp. 33–53.

Conrad Grau (1986), Nachwort zu Lorenz Lange, *Reise nach China* (Weinheim).

Conrad Grau (1988), *Berühmte Wissenschaftsakademien. Von ihrem Entstehen und ihrem weltweiten Erfolg* (Frankfurt).

Han Qi (1995), "The role of the French Jesuits in China and the Academie Royale des Sciences in the development of the 17th and 18th century French and Chinese sciences", in: K. Hashimoto, C. Jami, L. Skar (eds.), *East Asian Science: Tradition and Beyond* (Kansai), pp. 489–492.

Ursula Holler (2001), "Medicine", in: Nicolas Standert, *Handbook of Christianity in China. Volume One: 635-1800* (Leiden), pp. 786–802.

Charles O. Hucker (1985), *A Dictionary of Official Titles in Imperial China* (Stanford).

Arthur W. Hummel (1970), *Eminent Chinese of the Ch'ing Period (1644-1912)* (Washington 1943; Taipei).

Catherine Jami (1995), "From Louis XIV's court to Kangxi's court: An institutional analysis of the French Jesuit mission to China (1662-1722)" in: K. Hashimoto, C. Jami, L. Skar (eds.), *East Asian Science: Tradition and Beyond* (Kansai), pp. 489–492, 493–499;

Catherine Jami (1996), "From Clavius to Pardies: The geometry transmitted to China by Jesuits (1607-1723)", in: Federigo Masini (ed), *Western Humanistic Culture Presented to China by Jesuit Missionaries (XVII-XVIII centuries)* (Roma), pp. 175–199.

Paul Kaepplin (1967), *La Compagnie des Indes Orientales et François Martin* (Paris 1908, New York).

Isabelle Landry-Deron (1995), *Les leçons de sciences occidentales de l'Empereur de Chine Kangxi (1662—1722) par les Pères Bouvet et Gerbillon* (Paris).

Isabelle Landry-Deron (2000/2001), "Les Mathématiciens envoyés en Chine par Louis XIV en 1685", *Archive for History of Exact Sciences* 55 (2000/2001), pp. 423−463.

Isabelle Landry-Deron (2002), *La preuve par la Chine. La "Déscription" de J.-B. Du Halde, jésuite, 1735* (Civilisations et Sociétés 110) (Paris).

Adrien Launay (2003), *Histoire générale des Missions-Étrangères* I (Paris 1984).

Wenchao Li/Hans Poser (Hrsg.) (2000), *Das Neueste über China. G. W. Leibnizens* **Novissima Sinica** *von 1697* (Studia Leibnitiana Supplementa 33) (Stuttgart 2000).

Bernardo Martinez (1918), *Historia de la Misiones Agustinianas en China* (Madrid).

Manuel Merino (1980), "Origenes de la Misiones Agustianianas en Chine", *Missionalia Hispanica* XXXVII, pp. 57−110.

Josef Metzler (1980), *Die Synoden in China, Japan und Korea 1570-1931* (Paderborn).

V. S. Miasnikov (1980), *The Ching Empire and the Russian State in the 17th Century* (Moscow).

Michaud, *Biographie universelle ancienne et moderne* (Paris, s. a.).

David E. Mungello (1977), *Leibniz and Confucianism. The Search for Accord* (Honolulu).

David E. Mungello (1994), *The Forgotten Christians of Hangzhou* (Honolulu).

Necrologium Fratrum Minorum in Sinis (Hong Kong 1978).

Robert B. Oxnam (1975), *Ruling from Horseback. Manchu Politics in the Oboi Regeng, 1661—1669* (Chicago).

Borjigidai Oyunbilig (1999), *Zur Überlieferungsgeschichte des Berichts über den persönlichen Feldzug des Kangxi Kaisers gegen Galdan (1686-1697)* (Tunguso Sibirica Band 6) (Wiesbaden).

Tatjana A. Pang (2001), *Descriptive Catalogue of Manchu Manuscripts and Blockprints in the St. Petersburg Branch of the Institute of Oriental Studies Russian Academy of Sciences Issue* 2 (Aetas Manjurica tomus 9) (Wiesbaden).

Paul Pelliot (1930), *L'origine des relations de la Chine. Le premier voyage de «l'Amphitrite» en Chine* (Paris).

Louis Pfister (1932—1934), *Notices biographiques et bibliographiques sur les Jésuites de l'ancienne Mission de Chine 1552-1773* (Chang-hai).

Irène Pih (1979), *Le Père Gabriel de Magalhães, un jésuite portugais en Chine au XVIIe siècle* (Paris).

Evelyn S. Rawski (1998), *The Last Emperors. A Social History of Ding Imperial Institutions* (Berkeley).

Wolfgang Reinhard (1983), *Geschichte der europäischen Expansion. Band 1: Die Alte Welt bis 1818* (Stuttgart).

100 Roman Documents Concerning the Chinese Rites Controversy (1645-1941), transl. by Donald F. St. Sure, ed. by Ray R. Noll (San Francisco 1992).

Wolfgang Romanovsky (1998), *Die Kriege des Qing-Kaisers Kangxi gegen den Oiratenfürsten Galdan. Eine Darstellung der Ereignisse und ihrer Ursachen anhand der Dokumentensammlung "Qing Shilu"* (Beiträge zur Kultur- und Geistesgeschichte Asiens Nr.27) (Wien).

Antonio Sisto Rosso (1948), *Apostolic Legations to China of the Eighteenth Century* (South Pasadena).

Georg Schurhammer (1963, 1973), *Franz Xaver. Sein Leben und seine Zeit.* Zweiter Band Asien (1541-1552). Erster Halbband. Indien und Indonesien 1541-1547. Zweiter und dritter Halbband: Japan und China (1549-1552) (Freiburg).

Joseph Sebes (1961), *The Jesuits and the Sino-Russian Treaty of Nerchinsk (1689). The Diary of Thomas Pereira S. J.* (Rome).

Michael Smithies (1998), *A Resounding Failure: Martin and the French in Siam 1672-1693* (Chiang Mai).

Michael Smithies, Luigi Bressan (2001), *Siam and the Vatican in the Seventeenth Century* (Bangkok).

Michael Smithies (2002), *Mission Made Impossible. The Second French Embassy to Siam 1687* (Chiang Mai).

Carlos Sommervogel (1890f), *Bibliothèque de la Compagnie de Jésus* (Bruxelles, Paris).

Jonathan Spence (1974), *Emperor of China. Self-portrait of K'ang-hsi* (New York).

Ich, Kaiser von China (1985), *Ein Selbstportrait des Kangxi-Kaisers* (Frankfurt).

Nicolas Standaert (1999), "A Chinese Translation of Ambroise Paré's Anatomy", *SWCRJ* XXI, pp. 9-33.

Nicolas Standaert (2001) (ed.), *Handbook of Christianity in China. Volume One: 635—1800* (Leiden).

Giovanni Stary (1985), *Opere Mancese in Italia e in Vaticano* (Wiesbaden).

Robert Streit (1932) (ed.), *Bibliotheca Missionum* VII (Freiburg).

A. Thomas (1923), *Histoire de la Mission de Pékin depuis les origines jusqu'à l'arrivée des Lazaristes* (Paris).

Mme Yves de Thomaz de Bossierre (1977), *Un belge Mandarin à la Cour de Chine aux XVIIe et XVIIIe siècles. Antoine Thomas 1644-1709. Ngan To Ping-che* (Paris).

Mme Yves de Thomaz de Bossierre (1994), *Jean-François Gerbillon, S. J. (1654-1707). Un des cinq mathématiciens envoyés en China par Louis XIV* (Louvain Chinese Studies II) (Leuven).

Agustin Udías (1996), "Meteorology in the Observatories of the Society of Jesus", *AHSJ* LXV, pp. 157-159.

Alfons Väth (1991), *Johann Adam Schall von Bell SJ. Missionar in China, kaiserlicher Astromom und Ratgeber am Hofe von Peking 1592-1666. Ein Lebens-und Zeitbild* (Köln 1933) (Monumenta Serica Monograph Series XXV) (Nettetal).

Dirk Van der Cruysse (1991), *Louis XIV et le Siam* (Paris).

Dirk Van der Cruysse (19973), *Madame sein ist ein ellendes Handwerk. Lieselotte von der Pfalz - eine deutsche Prinzessin am Hof des Sonnenkonigs* (Munchen).

Hubert Verhaeren (1969), *Catalogue de la Bibliothèque du Pé-t'ang* (Pékin 1949, repr. Paris).

Raphaël Vongsuravatana (1992), *Un jésuite à la Cour de Siam* (Paris).

Hartmut Walravens (1987), *China illustrata. Das europäische Chinaverständnis im Spiegel des 16. bis 18. Jahrhunderts* (Weinheim).

Louis Wei (1963), "Louis XIV et K'ang-hi", *NZM* 19, pp. 93-109, 182-194.

Reinhard Wendt (2001), "Des Kaisers wundersame Heilung. Zum Zusammenhang von Mission, Medizin und interkontinentalem Pflanzenaustausch", in: Reinhard Wendt (Hrsg.), *Sammeln, Vernetzen, Auswerten. Missionare und ihr Beitrag zum Wandel europäscher Weltsicht* (Tübingen), pp. 23-43.

Richard Wilhelm (1904), "Das heilige Edikt des Kaisers Kang Hi", *Zeitschrift für Missionskunde und Religionswissenschaft* XIX, pp. 1−14, 33−50, 65−75.

Wissenschaft und Technik im alten China, ed. by the Institut für Geschichte der Naturwissenschaften der Chinesischen Akademie der Wissenschaften (Basel 1989).

John W. Witek (1982), *Controversial Ideas in China and Europe: a Biography of Jean-François Foucquet, S. J. (1665-1741)* (Roma).

John W. Witek (1990), "Philippe Couplet: a Belgian Connection to the Beginning of the 17th Century French Jesuit Mission in China", in: J. Heyndricks (ed.), *Philippe Couplet, S. J. (1623-1692). The Man Who brought China to Europe* (Monumenta Serica Monograph Series XXII) (Nettetal), pp. 143−161.

Silas Hsiu-liang Wu (1979), *Passage to Power: K'ang hsi and his Heir Apparent 1661-1722* (Cambridge, Mass.).

John D. Young (1975), "An Early Confucian Attack on Christianity: Yang Kuang-hsien and his *Pu-te-i*", *Jourmal of the Chinese University of Hong Kong* III, pp. 155−186.

S. T. Kue-Hing Young (1974), "French Jesuits and the 'Manchu Anatomy' - how China missed the Vesalian Revolution", *Canadian Medical Association Jour-nal* CXI, pp. 565−568.

Johann Heinrich Zedler (1733-1750), *Universal-Lexicon aller Wissenschaften und Künste* vols. 1−64 (Halle, Jena).

索　引

(索引中的页码为原书页码, 即本书边码。)

一、人名

Acosta, José de, SJ (1539—1600),
何塞·德·阿科斯塔, 15

Ahmed II, Sultan (1642—1695), 艾
哈迈德二世苏丹, 1691—1695
在位, 31, 261

Akbar (1556—1605), 阿克巴, 250

Alexander VIII (1689—1691), 亚历
山大八世, 302

Ambassadeur, Allemand de Moscow,
大使, 一位来自莫斯科的德国人,
见 Eberhard Isbrand Ides, 224

Angelo de Albano, OFM, 安杰洛·德
阿尔巴诺, 251

Antonio Caballero de Santa Matia, OFM
(1602—1669), Li Andang, 利安
当, 185

Apostre des Indes: 印度使徒, 见
Francisco de Xavier, 229, 241

Augery, Fumbert, SJ (1618—1673),
Hong Duzhen, Fuzhai, 洪度真,
字富斋, 185

Augiers (Mr. de Augiers), 德奥吉埃
先生, 45, 47

Augustino a S. Paschal, OFM (1637—
1697), Li Anding, Weizhi, 利安
定, 字惟止, 187

Aurangzeb (Seb) = Muhyi-ud-din
Muhammad Aurangzeb Alamgir
(1618/28—1707), 奥朗则布,
莫卧儿王国君主, 1658—1707
在位, 242, 250

Babur, 巴布尔, 1483—1530 在位,
250

Bacha de Giodda, 吉奥达的巴沙, 248

Basset, Jean, MEP (1662—1707),
Bai Risheng, Ruovang, 白日昇,
字若望, 28, 42, 171, 192

Beauvollier, Antoine de, SJ (1657—
1708), Bu Xianshi, Andang, 薄
贤士, 字安当, 52, 224, 225, 273

Beffort (Mr. Beffort): 英国商人彼佛
尔先生, 231

Belleville, Charles de, SJ (Br. 1657—
1730), Wei Jialu, 卫嘉禄, 47, 48

二、中文术语

三、科学及主题术语

六、教堂及教区名索引

七、地名索引

中文版后记

　　编撰一位已逝近三百年且生前绝大多数作品都未能问世之人的文集，难度可想而知。幸好于此道上我辈从不孤独：中西方学者近百年来留下诸多线索乃至成型的作品，当今学者中也从不乏甘坐这冷板凳的人，一字一句梳理、转写、翻译那些脆弱的手稿，力图还原出这位三百多年前的孤独传教士的精神世界。

　　本卷中译本《白晋使法行记》的底本系德国学者柯兰霓 2005 年在台北利氏学社出版的 *Joachim Bouvet, S. J. Journal des voyages* 一书，作者依托于欧洲各图书馆和档案馆的手稿资源，主要以英文阐述，撰写了内容丰富的"前言"并给出大量的注解，同时整理出白晋此行的年表、路线等，治学严谨。柯兰霓教授在白晋研究方面具有权威地位，此书尤其是书的"前言"，可视为了解白晋的有利工具。柯兰霓女士对于出版中译本的计划非常支持，很快联系了利氏学社，并在我们的编译过程中随时提供咨询，对此我们深表感谢。不仅如此，柯兰霓女士作为《白晋文集》的学术顾问，对文集的编撰提供了整体性的指导，并亲自校对了大部分手稿的转写。

　　本卷正文部分为白晋的法语原稿，注释中融合了大量拉丁语、法语、意大利语的内容和参考资料。北京外国语大学法语语言文化学院退休教授张放老师承担了正文及其法语注释的翻译。那个时代的传教士在书面表述时往往极尽婉转之能事，白晋的个人风格又充满跳跃式思维，往往一句话中希望面面俱到，多有插入成分，且又受口语影响，经常带有补充或说明的分句，因此译成中文非常困难。张先生以极大的耐心和丰富的学养，在用通达的现代汉语翻译的同时，还尽力注意保持和体现作者的原文风格。由于三百年前的法语与当代法语的差别、作者拼写的谬误、誊抄和转写中的错漏、印刷或排版等过程可能出现的问题，等等，正文中有若干处难以卒读，更难以理解和翻译。遇到这些问题时，张放老师不仅自己多方查正，更会联系西方学者进行探讨，其中得到了法国资深汉学家、耶稣会传教士文学专家蓝莉女士的热心协助。本卷乃至本文集的出版，正是中西方学者通力协作的珍贵见证。

本卷的前言由北京外国语大学英语学院彭萍教授翻译，彭老师以极高的效率完成了此项工作，并配合后期校对进行了耐心的修订；正文的英语注释由《国际汉学》刊物编辑、北京外国语大学中华文化国际传播研究院王晓丹老师翻译，对于内容庞杂、语言错综的三百余条注释，译者除了遍查工具书外，还将外语条目、书名和人名也一一抄录，以供读者参考。前言中夹杂的非英语内容和注释、正文注释中的少量非英语内容等由文集主编之一全慧译出；极个别关于植物学和医学等方面的拉丁语字句因与主题关系不密切且专业性强，故而我们选择了附上原文，以供有需要者解读。因涉及语言和翻译人员较多，尽管已经多次校对，仍可能出现个别前后文不对应之处，祈请读者谅解并指出。

本卷及《白晋文集》的整体策划和人员分工，由主编张西平教授统筹。台湾大学历史系古伟瀛教授和南怀仁基金会对于本书的版权等问题提供了极大的帮助。商务印书馆学术编辑中心陈洁和安晓露等编辑老师以专业的素养和温柔的同理心与耐心，给予编辑团队莫大的支持。对于中外学者的倾情投入和学术公心，我们深表感佩——这也是本文集继续编撰下去最大的动力和支持。

张西平　全慧
2021 年秋

图书在版编目(CIP)数据

白晋文集.第3卷,白晋使法行记／(法)白晋著;
(德)柯兰霓编;张放,王晓丹,彭萍译.—北京:商务
印书馆,2024(2024.11重印)
ISBN 978-7-100-22861-9

Ⅰ.①白… Ⅱ.①白… ②柯… ③张… ④王… ⑤彭…
Ⅲ.①游记—作品集—法国—近代 Ⅳ.①I565.64

中国国家版本馆 CIP 数据核字(2023)第 165554 号

总主编:张西平 全慧

白晋文集
第三卷
白晋使法行记

〔法〕白晋 著
〔德〕柯兰霓 编
张放 王晓丹 彭萍 译

商 务 印 书 馆 出 版
(北京王府井大街36号 邮政编码100710)
商 务 印 书 馆 发 行
北京盛通印刷股份有限公司印刷
ISBN 978-7-100-22861-9

2024 年 4 月第 1 版　　　　开本 880×1240 1/32
2024 年 11 月北京第 2 次印刷　印张 10⅛
定价:74.00 元